KÜSTENDÄMMERUNG

Petra Tessendorf stammt aus Wuppertal und hat dort viele Jahre als Reporterin für lokale Medien gearbeitet, bevor ihr erster Roman erschien. Die acht Jahre, die sie in Ostholstein lebte, schenkten ihr tiefe Einblicke in Land und Leute an der Küste, die sie in ihren Geschichten verarbeitet. Seit einigen Jahren lebt sie mit ihrer Familie in Berlin, wo sie als Autorin, Lektorin und Dozentin für Kreatives Schreiben tätig ist. www.petratessendorf.de

PETRA TESSENDORF

KÜSTENDÄMMERUNG

Kriminalroman

emons:

Lust auf mehr? Laden Sie sich die »LChoice«-App
runter, scannen Sie den QR-Code und bestellen Sie
weiter Bücher direkt in Ihrer Buchhandlung.

Bibliografische Information der Deutschen Nationalbibliothek
Die Deutsche Nationalbibliothek verzeichnet diese Publikation
in der Deutschen Nationalbibliografie; detaillierte bibliografische
Daten sind im Internet über http://dnb.d-nb.de abrufbar.

© Emons Verlag GmbH
Alle Rechte vorbehalten
Umschlagmotiv: Dirk Wüstenhagen
Umschlaggestaltung: Nina Schäfer, nach einem Konzept
von Leonardo Magrelli und Nina Schäfer
Umsetzung: Tobias Doetsch
Gestaltung Innenteil: César Satz & Grafik GmbH, Köln
Lektorat: Lothar Strüh
Druck und Bindung: CPI – Clausen & Bosse, Leck
Printed in Germany 2020
ISBN 978-3-7408-0824-2
Originalausgabe

Unser Newsletter informiert Sie
regelmäßig über Neues von emons:
Kostenlos bestellen unter
www.emons-verlag.de

Dieser Roman wurde vermittelt durch Schoneburg.
Literaturagentur Dr. Patrick Baumgärtel, Berlin.

Sammle die Sterne ein,
die bei Mondlicht auf der See treiben,
und schenke sie der Wila.
Sie wird weiter tanzen mit den Nebelelfen.
Mit Haaren aus Seide,
Gewändern aus Spinnweben.
Gib ihr viele Sterne,
und sie lässt dir vielleicht dein Kind …

Prolog

Steilküste am Eitz, Mittsommer

Der Pfeil schoss durch die Luft, schnell wie ein Gedanke, und traf den Bock in die Seite. Er machte einen Satz nach oben, lief einige Meter in die Lichtung hinein, taumelte, dann knickten ihm die Beine weg. Die anderen Tiere ästen in aller Seelenruhe weiter. Schenkten dem Tod ihres Artgenossen keine Beachtung.

Kurz darauf lösten sich, ebenso lautlos, wie der Pfeil durch die Nacht gejagt war, mehrere Schatten aus dem Dickicht und bewegten sich auf die Beute zu. Sie bildeten einen Kreis um das tote Tier, das sein Leben für sie gelassen hatte. Einer von ihnen summte eine monotone Melodie wie ein Schamanengesang in einer uralten Sprache. Dann sanken sie langsam zu Boden.

Konstantin wetzte sein neues Messer, das sein Bruder ihm geschenkt hatte, denn heute war sein achtzehnter Geburtstag. Sanft wie ein Federstrich glitt es über die Bauchdecke und öffnete sie. Der Pfeil hatte beide Lungenflügel durchbohrt, helles, schaumiges Blut lief aus dem Maul. Innerhalb kurzer Zeit war der Rehbock aufgebrochen, die Eingeweide lagen wie dunkle nasse Lappen auf dem Waldboden.

Eigentlich wollten sie Konstantins Geburtstag, der mit der Sommersonnenwende zusammenfiel, zu viert feiern. Die Brüder Konstantin und Felix von Thomsen und ihre Freunde Niels Raven und Adri Holland. Doch Felix hatte Maria Liebe mitgebracht, die Tochter der »Hirschfänger«-Wirtsleute. Niels hatte Felix einen Vogel gezeigt und gesagt, dass es wieder nur Ärger gäbe, wenn das Marias Vater spitzkriegen würde. Hauke Liebe war nämlich der Ansicht, dass sich seine sechzehnjährige Tochter nicht mit diesen verwahrlosten Typen im Wald herumzutreiben habe. Noch dazu als einziges Mädchen. Aber Maria hatte unbedingt mitkommen wollen. Felix hatte sie abgeholt, heimlich natürlich.

Es war eine warme und windstille Nacht. Sie saßen an der äußersten Spitze des Kliffs, den lichten Wald im Rücken, die weite See vor sich. Ein oranger Streifen Licht lag am Horizont zwischen Meer und Himmel, der bis zum Morgengrauen nicht weichen sollte. Der Mond war eigentlich überflüssig, so hell war es. Es hatte beinahe etwas Hochmütiges, wie er da oben stand und die See funkeln ließ. Als wären alle Sterne herabgefallen, um sich auf der wogenden Oberfläche treiben zu lassen. Konstantin war noch bei dem erlegten Wild. Er hatte sich gewünscht, das Horn füllen zu dürfen. Heute war seine Nacht. Dass sein Geburtstag mit der Sommersonnenwende zusammenfiel, war für ihn ein Zeichen, das ihm der Wagriengott Prove gesandt hatte. Ihn galt es zu ehren, seine Kraft wollte Konstantin heraufbeschwören und anzapfen. Wenn der Morgen graute, würden sie alle gemeinsam das tote Tier als Opfergabe an den Strand bringen, um es auf die lange Reise zu schicken. Das Boot und die vielen Blumen lagen schon bereit. Den ganzen Tag lang war Maria über die Wiesen gestreift und hatte die schönsten Blumen gesammelt. Überhaupt hatten sich alle lange auf diese Nacht vorbereitet. Hatten sich wochenlang nicht mit Seife gewaschen, damit die Tiere sie nicht wittern würden. Das gab ihnen noch mehr das Gefühl, eins mit ihnen zu sein. Denn Prove war überall, im Blut der Tiere, den Blumen, den Pilzen.

Adri hatte ein paar Flaschen gelben Aquavit aus Dänemark besorgt, von denen zwei schon leer waren. Den größten Teil hatten sie getrunken. Den Rest des mit Kümmel, Dillsamen, Zimt und Nelken verfeinerten Aquavits hatten sie für den Zaubertrank benutzt, eine Art Soma, den Konstantin nach eigenem Rezept zubereitet hatte. Dazu brauchte er neben zerriebenen Pilzen und anderen geheimen Zutaten auch die Pisse eines Rentieres, das zuvor Fliegenpilze gefressen hatte. Um an diese wertvolle Ingredienz zu gelangen, hatte er extra einige

Monate auf einer Rentierfarm bei Inari am Solojärvi-See in Finnland gejobbt.

Als der kostbare Trank endlich fertig war, aber alle sich geweigert hatten, davon zu trinken, weil er ziemlich stank, hatten sie beschlossen, ihn mit Aquavit zu verfeinern. Letztendlich waren es Konstantins Anpreisungen gewesen, Soma führe zu Glückseligkeit, mache überaus mutig und sei ganz nebenbei ein Aphrodisiakum, die sie dann doch dazu gebracht hatten, sich zu überwinden und dieses grün-milchige, blasenschlagende Gebräu zu trinken.

Adri versuchte, das Holz anzuzünden, das sie am frühen Abend gesammelt und aufgeschichtet hatten. Dabei faselte er unverständliches Zeugs und kicherte ständig. Felix lag neben Maria auf dem Boden und wickelte sich Strähnen ihrer hüftlangen rötlichen Haare um den Zeigefinger. Adri warf einen Apfel nach Felix, nannte ihn ein »geiles Borstenschwein« und forderte ihn auf, Maria keine Angst zu machen mit seinen wilden, dunklen Locken und dem Bart.

Niels war von dem Trank schlecht geworden, und er war mehrere Male in den Wald gelaufen, um sich zu übergeben. Als er wieder zurückkam, sagte er, dass er schlimmen Durst habe, und Felix reichte ihm den gelben Aquavit. Er trank die Flasche leer und warf sie in hohem Bogen ins Meer. Durch das Glitzern des Mondlichtes auf dem Glas sah sie aus wie ein angeschossener Vogel.

Endlich kam Konstantin zurück. Er trug das Horn eines Rindes, das am oberen Rand mit Runenzeichen verziert war, wie eine heilige Reliquie vor sich her. Er hatte nur seine Jeans an, die zudem völlig verdreckt war. Mit seinen hellen Locken und den blutigen Händen und Armen sah er aus wie ein verunglückter Engel. Langsam ließ er sich am äußersten Rand des Kliffs nieder. Die anderen kamen hinzu. Konstantin gab jedem von den Pilzen, die in einem großen Ring auf der Wiese gewachsen waren. In diesem Ring habe die Wila gemeinsam mit den Elfen getanzt, sagte er. Und sie sei so schön gewesen, dass er fast mit ihr weitergetanzt hätte, aber er habe gerade noch weglaufen können, da er wusste, wie gefährlich es war, sich diesem Naturgeist zu nähern. Dann schloss er die Augen und führte das Trinkhorn an den Mund. Ein feiner roter Blutfaden lief aus seinem Mundwinkel, als er es absetzte und an Niels weiterreichte. Das Blut war noch warm. Konstantin lächelte entrückt, schloss die Augen und sagte, er habe an weiße Tiere gedacht. Genauer gesagt, an einen toten weißen Vogel. Und an ein Feuer, weit draußen auf dem Meer. Ein Feuer, so mächtig und groß, dass sie sein Licht noch sehen könnten, bis es am Horizont bei Prove, dem Gott der Wagrier, angekommen sei. Jeder solle seine Gedanken laut aussprechen, und niemand dürfe übergangen werden, nur so sei der Zusammenhalt des Kreises stark genug.

Den Rest verstanden sie nicht mehr richtig. Konstantin begann, Fetzen von Gedanken, die ihm durch den Kopf gingen, aneinanderzureihen. In einer Geschwindigkeit, der niemand folgen konnte, in Sprachen, die niemand sprach. Finnisch war dabei, manches hörte sich schwedisch an. Konstantin war ein Babylonier und kam nicht von dieser Welt. Aber das war nicht weiter schlimm, sie kannten das ja nicht anders.

Als Maria an der Reihe war, sagte sie, dass ihr auch schlecht sei. Sie stand auf und lief in den Wald. Adri machte Anstalten, ihr zu folgen, doch Konstantin drückte ihn sanft wieder hinunter und sagte, er solle sich keine Sorgen machen, er würde sie schon finden. Schließlich bräuchten sie Maria ja noch. Dabei grinste er. Felix sah ihr teilnahmslos nach und öffnete eine neue Flasche Aquavit. Lange saßen sie dann am Feuer. So lange, bis ihre Gedanken nicht mehr ihnen allein gehörten. Es schien, als hätten sie sich zu einem einzigen großen Ring über ihren Köpfen zusammengefunden, was ihnen eine ungeheure Stärke verlieh, die sich im ganzen Körper ausbreitete. Die Pilze und der Alkohol hatten ihre volle Wirkung entfaltet.

Ein Marder schrie in die Nacht, ein Waldkäuzchen antwortete. Als wäre dies ein Zeichen gewesen, richteten sich alle Blicke nun auf Konstantin, und der begann, sich auszuziehen. Felix legte ihm die Hirschkappe mit dem riesigen Geweih an und fragte seinen Bruder, ob er für das Blutopfer bereit sei und ob das Boot und der Grillanzünder am Strand bereitlägen. Konstantin nickte. Adri rieb Konstantins schönen Körper und die Haare mit einer Mischung aus Erde, Blut und Meerwasser ein. Als sie fertig waren, lief Konstantin los, bis sich seine Gestalt zwischen den Bäumen auflöste. Die anderen legten in aller Seelenruhe die Köcher an und nahmen ihre Bögen auf. Sie horchten. Sie warteten. Dann verschwanden auch sie im blass orangen Schein der warmen Nacht. Leise und leicht wie Rehkitze.

Maria fand den Weg nach Hause nicht mehr. Die Schmerzen gingen los, als sie von diesen Pilzen gegessen hatte. Eigentlich hatte sie die gar nicht essen wollen, aber Konstantin hatte gesagt, sie solle keine Angst haben, die Pilze würden sie beruhigen. Dann hatte sie es doch getan, und da war ihr schlecht geworden, und alles brannte und zog und tat so weh, dass sie fast den Verstand verlor. Überall waren die Hände auf ihr, wühlten in ihrem Haar, zogen an ihrem Kleid, fuhren ihre Beine hoch, ihren Rücken, lagen an ihrem Hals. Jemand lachte, war das Adri? Wieso lachte er denn? Sie verstand das nicht. *Die Schmerzen, die Schmerzen. Ihr Schweine, lasst mich in Ruhe. Warum habt ihr mir diese schrecklichen Pilze gegeben?*
Maria fand sich zwischen den großen Steinen am Strand wieder. Das Wasser ölig-schwarz, der Himmel hatte die Farben verändert; hinter der Dunkelheit lag etwas Oranges, als hätte Gott seine Tür angelehnt, weshalb nun ein wenig Licht aus seinem Haus zu ihr drang. Rauch lag in der Luft, vielleicht von dem Feuer, das oben an der Klippe brannte. Aber es roch auch nach etwas anderem, nach Auto oder Benzin. Da bemerkte sie das Blut, das an der Innenseite der Schenkel runterlief, bis in die weißen Chucks hinein. Sie war beim Runterrutschen an der Steilküste an einer Baumwurzel hängen geblieben. Die Schmerzen kamen zurück, und Maria hatte nur einen Wunsch: in das kalte Wasser zu gehen. Irgendwie schaffte sie es, die

Schuhe auszuziehen. Es war so schwer, auf den rutschigen Steinen zu laufen. Endlich konnte sie sich fallen lassen. Sie schwamm einige Meter, drehte sich auf den Rücken und ließ sich treiben. Schaute in die vielen Sterne, die vom Himmel regneten, in das warme orangefarbene Licht am Horizont. Als ihr Gesicht unter der Wasseroberfläche verschwand, stellte sie sich vor, wie sie durch die Tür ging, die Gott für sie geöffnet hatte.

Die Nacht gewährte ihnen Sicherheit. Die Gesichter zum Schutz gegen den schneidenden Wind mit Mütze und Schal vermummt, gingen sie schweigend hintereinander. Streiften trockenes Gezweig, stolperten über Baumwurzeln, einem fast zugewachsenen Weg folgend, der sie langsam tiefer in das Waldstück führte. Jussi Petersen ging vorneweg, die Tasche schräg über eine Schulter gehängt. Hinter sich hörte er Edgars schwere Schritte. Bald musste die Stelle kommen, an der die erste Schlinge hing. Gut versteckt hinter einer Wand aus dichtem Brombeergestrüpp und Ilex, weit abseits des Weges. Er schaute hoch, nichts als Schwärze. Die Wolken hielten das Mondlicht zurück, und es schien zu regnen. Ganz leicht und fein. Im Schein der auf den Boden gerichteten Taschenlampe sah er allerdings, dass es Schneeflocken waren. Durch den Wind tanzten sie umher wie aufgewirbelte Staubflusen.

Es war kalt und ungemütlich, und Jussi wunderte sich darüber, dass Edgar trotz des Vollmondes im Wald unterwegs war. Erstens hatte er außer einer Plastiktüte nichts dabei, um irgendetwas zu schießen. Zweitens war Edgar abergläubisch, bis hin zur Lächerlichkeit.

Jussis Vater Freddy erzählte immer gern, dass er einmal mit Edgar auf die Pirsch gehen wollte und ihnen Henny Liebe vom Hirschfänger entgegengekommen sei, worauf Edgar sofort wieder nach Hause wollte. Und das, obwohl er Henny sein ganzes Leben lang kannte, sie ständig sah, während der Gildefeiern im Hirschfänger, beim Vogelschießen oder wenn sich das halbe Dorf nach einer Treibjagd in Hennys und Haukes Gaststätte versammelte.

Aber Jussis Vater habe ihn dazu bringen können, ihr einen »Guten Morgen!« zuzurufen und hinter ihrem Rücken drei Kreuze zu schlagen, um den bösen Zauber der Alten zu bannen. (Wobei es keine Rolle spielte, dass es Henny war. Entscheidend war allein die Tatsache, dass sie eine alte Frau war.) Und vorher habe Edgar ihn genötigt, noch einmal nachzuzählen, ob er auch ganz sicher eine ungerade Anzahl an Patronen dabeihabe. Sieben, ganz unbedingt sieben! Und dass er bloß keinen neuen Hut aufsetzen solle.

Edgar hatte Jussi erschreckt. War urplötzlich aufgetaucht. Hatte hinter einem Baum gestanden.

»Hast du sie noch alle?«, hatte Jussi gerufen. »Ich hab fast einen Herzinfarkt gekriegt! Was willst du hier?«

Edgar hatte gegrinst. »Frag ich dich. Bist wieder für den alten Hauke unterwegs, damit er was zum Ausstopfen hat, stimmt's?«

Hauke Liebe war bekannt für seine Tierpräparate, und Jussis Vater versorgte ihn regelmäßig mit Wild.

»Geht dich das irgendetwas an?«

»Ich komm ein Stück mit, will auch mal ein bisschen gucken.«

Dann hatte Edgar leise gegrunzt, so wie er das manchmal tat. Jussi wusste, dass er nichts dafürkonnte. »Ist doch sowieso nix drin in euren komischen Fallen«, murmelte Edgar noch.

Jussi hatte die Augen verdreht. »Lass das meine Sorge sein, okay?«

Und so stapfte Jussi vorneweg, Edgar ihm dicht auf den Fersen. Jussi hatte schon zu Hause ein ungutes Gefühl gehabt, das wie eine böse Vorahnung herangekrochen war. Aber er war doch losgezogen. Er hatte mit seinem Vater geredet und ihm gesagt, er solle aufhören, diese Schlingen im Wald zu verteilen. Sie hatten schon genug Ärger deswegen bekommen. Dass er jetzt auch noch Edgar Allweis dabeihatte, diesen tumben Blindgänger, machte die Sache nicht besser.

Die erste Schlinge war leer.

»Heff ik doch seggt«, feixte Edgar, »nix drin.«

Jussi bückte sich schnell, löste die Schlinge vom Baum und stopfte sie in seine Umhängetasche.

»Eure komischen Konstruktionen sünd veel to vigeliensch«, brummte Edgar leise.

»Kannst du mal Hochdeutsch reden?«

»Mensch, bist du doof, ik dink, du studeerst. Zu … na … verzwickt eben.«

Schweigend gingen sie weiter. Da wehte Jussi wieder dieser Benzingeruch in die Nase. Er hatte ihn schon gerochen, als Edgar hinter dem Baum gestanden hatte. »Wieso stinkst du so nach Benzin?«

»Mein Moped. Ist nicht angesprungen. Musste dran schrauben.«

Im schwachen Schein der Lampen schwirrten vereinzelte Schneeflocken umher wie aufgescheuchte Insekten im Hochsommer, wenn man durch das hohe Gras in der abendlichen Feuchte vom Meer strich. Aber der Wind ließ merklich nach, je weiter sie in den Wald eindrangen.

Das Tier in der nächsten Falle war weiß.

»Von wegen, die taugen nichts!«, rief Jussi.

Edgar aber wich zurück. »Schmeiß den weg!«

Der kräftige Fasanenhahn hatte sich in dem Draht verfangen und war unversehrt. Aber er war weiß und somit ein Bote des Unglücks.

»Stell dich nicht so an! Hier, halt mal die Lampe!« Jussi bückte sich, um das verendete Tier zu befreien. »So einen hab ich ja noch nie gesehen«, murmelte er dabei. Kaum hatte er sich wieder aufgerichtet, hielt er den Vogel seinem Begleiter grinsend vor die Nase. »Für den wird Hauke was springen lassen, der wiegt gute drei Pfund.« Als Jussi Edgars angsterfüllte Augen sah, riss er ebenfalls die Augen auf und begann, wie ein Hutzelmännchen um Edgar herumzutanzen. »Mitternacht«, raunte er, »alle Toten werden kommen und dich holen, weil dieser Vogel ihnen zeigt, wo du wohnst – buaaahh …«

Edgar konnte nicht darüber lachen, entsetzt sprang er zurück. »Schmeiß den weg, der wird uns umbringen! Das stimmt. Ich hab das schon mal gesehen, ganz echt.«

»Jajaja. Aber ein Brathähnchen, das mal weiße Federn hatte, frisst du dann doch.« Plötzlich stutzte Jussi. »Was ist?«

Edgar hatte nämlich seinen Arm gepackt und hielt jetzt den

Zeigefinger vor den gespitzten Mund. Er starrte auf die Wand aus Sträuchern und schien sich nicht mehr für das böse Omen zu interessieren. Dann hörte Jussi es auch, das Streifen eines Ärmels am Strauchwerk. Ein Ast knackte. Da schlich doch jemand herum. Sie sahen sich an und nahmen gleichzeitig wahr, dass sich die Schritte behutsam entfernten, bis es wieder ganz ruhig war.

Nein, nein, ein Tier war das nicht. Da war jemand. Und er musste sie gehört haben. Oder gesehen. Wie zwei Wachsfiguren standen sie da, horchten, versuchten vergebens, irgendetwas in der Dunkelheit zu erkennen. Dann löste sich Jussi aus der Starre. Ganz langsam schlich er zu der Stelle, von der die Geräusche gekommen sein mussten. Verharrte, lauschte, glaubte jetzt nicht mehr, dass da noch jemand war. Das hätte ihm gerade noch gefehlt, dem Jagdaufseher zu begegnen. Aber er hielt es für beinahe ausgeschlossen, dass Niels Raven ausgerechnet in so einer ungemütlichen Nacht hier draußen nach dem Rechten sah.

Die Anspannung bei einer solchen Operation lässt die Phantasie auf Hochtouren laufen, dachte Jussi. Ging auch schon mal ganz mit einem durch. Es musste doch ein Tier gewesen sein, wenn auch ein großes.

Edgar aber hatte genug. »Laat uns afhau'n!«

»Ja, gleich, die eine noch.« Jussi lief los, und Edgar beeilte sich mitzukommen.

Jussi versuchte, die Stelle wiederzufinden, an der die letzte Schlinge sein musste. Dabei stieß er mit dem Fuß an etwas Großes, Schweres. Er richtete den Strahl der Lampe nach unten. »Was ist das denn? Scheiße, guck dir das an.«

Edgar näherte sich vorsichtig. »Wat denn?« Seine Stimme war dünn und zittrig.

»Der Kopf ... ein Keiler. Der wurde ... Verdammt, den hat jemand abgerissen. Wer macht denn so was?«

»Ein Löwe. Oder ein Tiger?«

»Ja klar.« Jussi seufzte. »Ein wildernder Hund, würde ich sagen. Ein verdammt großer.« Er leuchtete umher, dabei streifte er Edgars Gesicht, der wie versteinert dastand, die Augen weit aufgerissen. »Hast du dir jetzt in die Hose gemacht?«

»Das war –«, Edgars Stimme versagte, »die Wila. Sie ist da, sie kann sich in einen Wolf verwandeln.«

Jussi runzelte die Stirn. »Wer ist das denn jetzt schon wieder?« Dann erinnerte er sich dunkel. Sein Vater hatte ihnen Märchen von der Wila vorgelesen, jener schönen, durchscheinenden Frau, die auf Wiesen tanzt und junge Männer zu sich lockt. Und die sich in einen Schwan oder auch einen Wolf verwandeln konnte. Er schüttelte den Kopf. Klar, dass Edgar nie kapiert hatte, dass es Fabelwesen waren.

»Laat uns echt beter afhau'n«, flüsterte Edgar. »Wir können ja im Hellen wedderkamen.«

»Weswegen bist du überhaupt hier, wenn du schon wieder wegwillst? Und was wolltest du hier eigentlich gucken, nachts, im Dunkeln? Ich weiß es, du wolltest Freddys Fallen plündern. Wäre ja nicht das erste Mal.«

»Gar nicht wahr.« Edgar klang beleidigt.

Nach einer Weile merkten sie, dass sie den Weg, den sie längst hätten erreichen müssen, verfehlt hatten. Das Gestrüpp war dichter geworden, der kleine Pfad, von dem sie glaubten, ihn entlanggegangen zu sein, endete im Unterholz.

»Mist!«, rief Jussi.

Sie drehten sich im Kreis. Sahen nach oben, nach unten, leuchteten in die Büsche.

»Wir müssen wieder zurück. Hier geht's nicht weiter.« Jussi stolperte, verlor die Taschenlampe. Sie landete auf der dünnen Schneeschicht und erlosch. Es war Freddys alte Lampe, die einen Wackelkontakt hatte.

Sie standen jetzt am Rande einer kleinen Lichtung, beide im Griff dieses beklemmenden Gefühls, die Orientierung verloren zu haben. Und dass da noch jemand umherschlich, jemand, der sich verborgen hielt. Jussi war anfangs in dem Glauben gewesen, in der Nähe der Hügelgräber zu sein. Die mussten doch hier irgendwo sein. Sie waren doch auch an den Mauerresten der ehemaligen Meierei vorbeigekommen, die am Rande des

Gutes lagen. Wie konnte man sich in diesem kleinen Waldstück nur verlaufen? *Lächerlich!*

Jussi bückte sich, um nach der Lampe zu suchen. Edgar ging vorsichtig weiter, blieb stehen, duckte sich und fiel dann, plump wie ein Sack, zu Boden.

Jussi sah auf. »Was ist denn jetzt schon wieder?«

»Sie sind da«, kam es flüsternd von Edgar zurück. »Ich spür das genau, die Wila hat sie gerufen. Das hast du jetzt davon. Die sind wiedergekommen, ausm Hügelgrab. Weil du hier wilderst.«

Jussi hatte endlich die Lampe gefunden und schüttelte sie, aber sie ging nicht mehr an.

»Pst«, machte Edgar, hob den Kopf und spähte auf die Lichtung. Da hockte doch was, nur wenige Meter vor ihm. Im kalten Licht des Mondes konnte er lediglich erkennen, dass es groß war. Vielleicht ein riesiger Hund. Und der war mit etwas beschäftigt, das auf dem Boden lag. Edgar hörte Schmatzen und begann leise zu wimmern. Das musste dieses ... was immer es auch war, gehört haben, denn es fuhr hoch und stierte in ihre Richtung, angespannt, auf der Lauer, als wolle es auf sie zuspringen. Dann verschwand es in den Büschen. Alles eher ein instinktartiges Zucken als koordinierte Bewegungen.

Als Jussi bei Edgar angelangt war, sah er nur noch, dass etwas Großes und Dunkles im Dickicht der Lichtung verschwand. Er sah zu Edgar hinüber, der flach auf dem Boden lag, beide Arme über den Kopf gepresst.

»Was war das? Sah mir nicht nach deiner Wila aus«, sagte Jussi grinsend, »ich denke, die ist fast durchsichtig.«

Edgar starrte mit offenem Mund auf die Lichtung. Einige wenige Schneeflocken schaukelten hinab. Das Rauschen des Meeres schien verschwunden, es war seltsam still. Schnee fiel lautlos.

Edgar war mit den Nerven am Ende. »Ein W... W...«, stotterte er.

»Jetzt reiß dich mal zusammen, Mann!«

»Werwolf«, brachte Edgar endlich hervor.

Seufzend erhob sich Jussi, schaute sich um und ging langsam auf den Kadaver zu. Es war wirklich ein barbarisches Gemetzel, so etwas hatte er noch nie gesehen.

»Ich will nach Hause.« Edgar kam wieder auf die Beine und blickte umher. Versuchte, sich zu orientieren. Durch den wieder einsetzenden Wind konnte er nicht orten, aus welcher Richtung das Meeresrauschen kam.

Jussi sah ihn ein Stück in den Wald hineingehen. Sah, wie er stehen blieb, wie er lauschte. »Da geht's nicht lang«, rief er Edgar leise zu, »wir müssen zurück.«

Doch Edgar ging weiter. »Keine Sekunde bleib ich länger hier. Erst recht nich, wenn du das weiße Vieh nich verbrennst.« Er verschmolz langsam mit den Umrissen der Büsche. Es sah aus, als ob die Dunkelheit ihn aufsöge.

Jussi war unschlüssig. Er blieb stehen und wartete. Er hörte, dass Edgar weiterging, Schritte, leise knackende Äste. »Eddi?« Er horchte angestrengt. Nichts. »Verdammt, wo steckst du?« Wieder diese Schritte, zaghaft und vorsichtig, beinahe leicht. Das konnte unmöglich Edgar sein. Der war an die eins neunzig groß und schwer wie ein Walross.

Dann war es wieder still. Jetzt wusste er, dass etwas nicht stimmte. Da war jemand, der sich vor ihnen verbarg. Und Jussi wusste verdammt noch mal nicht, was das sollte. Ein surrendes Gefühl heraufziehender Angst packte ihn. Kroch seinen Rücken hinauf wie ein Tier, das ihn mit kräftigen Pranken festhielt, ähnlich dem, das den Keiler gerissen hatte. Es gelang ihm, einen ersten Schritt zu machen, einen zweiten, endlich rannte er los. Einfach geradeaus. Ohne nachzudenken brach er durch Büsche, stolperte über Baumwurzeln. Einmal stürzte er, weil er mit dem Fuß umgeknickt war. Ganz egal in welche Richtung er lief, irgendwann musste dieser beschissene Wald doch zu Ende sein!

Erst als er seinen alten VW-Bus erreicht hatte, wurde ihm wieder bewusst, was er da in seiner Tasche hatte. Er öffnete sie vorsichtig und starrte verwirrt und angewidert zugleich auf den toten Fasan. Es schien, als habe auch er nun begriffen, dass das Pech nicht lange auf sich warten ließ, wenn man ein weißes Stück Wild erlegt hatte.

✳✳✳

Paul Lupin war vor dem Fernseher weggedöst, doch die Druckspülung der Toilette weckte ihn. Seine linke Hand war eingeschlafen und vollkommen taub. Er setzte sich aufrecht und musste sich erst einmal sammeln. »Wie spät ist es?«

»Drei durch. Lohnt sich nicht mehr, ins Bett umzuziehen.« Johann schaltete den Fernseher mit der Fernbedienung aus. Jetzt war der Wind zu hören, der in heftigen Böen ums Haus fegte. »Hört sich verdammt nach Sturm an«, murmelte er und verließ den Raum.

Paul blieb sitzen und rieb seine Hand, bis wieder Leben in ihr war. Er war es nicht gewohnt, vor dem Fernseher einzuschlafen. Er war es auch nicht gewohnt, überhaupt so lange vor dem Fernseher zu sitzen. Oder zu liegen. Aber seit seinem Unfall vor einigen Tagen, bei dem er sich die Ferse gebrochen hatte, weil er bei der Installation der Lampe in Johanns Küche von der Leiter gefallen war, hatte er nicht viele Alternativen zum Sofa.

»Heiliger Bimbam!«, hörte er seinen Vater plötzlich von nebenan rufen.

Paul nahm seine Krücken auf und brauchte lange, bis er endlich stand. Die Hand war immer noch taub, aber er machte sich trotzdem in Zeitlupe auf den Weg.

Johann stand vor dem Küchenfenster. »Das nenne ich einen ordentlichen Winter, guck dir das an.«

Paul stöhnte auf. »Nicht das noch. Schnee und Eis und ich auf Krücken.« Er schüttelte sich und setzte sich auf die Bank des Kaminofens in der Ecke der Wohnküche, der behaglich vor sich hin bullerte. Ihm war kalt, es schien, als wäre der eisige Wind durch sämtliche Ritzen des Hauses gekrochen bis in seine Knochen hinein. Dieser grün gekachelte Kamin war aus Pauls Sicht der einzige Grund gewesen, das alte Haus für seinen Vater anzumieten, nachdem der sich entschieden hatte, die feuchte Heimat im Bergischen Land zu verlassen, um seinen Lebensabend (ein Wort, das Johann Lupin niemals in den Mund nehmen würde) am Meer zu verbringen. Pauls Oma hatte auch so einen Ofen besessen, und gefühlt hatte er seine ganze Kindheit lang auf dieser Ofenbank gelegen. Er konnte sich gut vorstellen, den Rest der Nacht auf der Bank zu verbringen. Neben Kater Baptiste. Der hatte diesen behaglichen Ort längst für sich entdeckt und lag zusammengerollt auf seinem Stammplatz in der Ecke.

Johann rieb sich die Hände und wandte sich dem Herd zu. »Bei diesem Wetter ist ein Punsch oberste Pflicht.« Seit Johann hier wohnte, hatte er den Grog, den er früher immer getrunken hatte, gegen Punsch eingetauscht. Er stufte den als gesünder ein, da er dem Getränk neben Tee und Wein auch immer einen Schuss Apfel- und Orangensaft zufügte.

Paul gähnte, und Johann schaute aus dem Fenster, während er auf das Wasser wartete. Unten in der Sackgasse, in der rechts Hinrichs Hof lag, leuchtete eine einsame Straßenlaterne. Schneeflocken tanzten in Böen vor ihrem gelben Schein wie Stare am Sommerhimmel.

Plötzlich stutzte er. »Da ist Licht«, er streckte den Hals, »da, in dem kleinen Haus.«

Paul kam hinzu, und beide sahen nun, dass sich tatsächlich jemand in dem Häuschen aufhielt, das an Johanns Zaun angrenzte. Durch dessen hintere Fenster konnte man ungehindert hineinschauen, daher wussten sie, dass es eigentlich unbewohnt war.

»Gehört das Haus zum Gutshof?«

»Nein«, sagte Johann, »das gehört diesem Reeder, hab den Namen vergessen. Ist vor einigen Jahren gen Süden gezogen. Früher gehörte das tatsächlich zum Gut, aber als das Geld knapp war, wurde ein Teil davon verkauft.«

Der Mann war aus ihrem Blickfeld verschwunden.

»Ich glaube, es ist das ehemalige Bedienstetenhaus«, fuhr

Johann fort. »Also von ganz früher, als hier noch alles vom Landadel beherrscht wurde.«

Der Fremde war wieder zurückgekehrt und stellte eine silberne Box auf dem Boden ab. Dann lief er herum, als suche er etwas.

»Was zum Teufel macht der da?«, rief Johann, denn der Mann hatte jetzt einen Stuhl über den Kopf gehoben und schlug ihn mit voller Wucht auf den Boden. »Ein Vandale womöglich.«

»Ein Wagrier eher«, entgegnete Paul belustigt. Dann öffnete er die Tür, um besser sehen zu können. »Hm, sieht ganz so aus, als ob er ein Feuer machen will. Da, jetzt hat er den Stuhl kleingekriegt und steckt ihn in den Ofen. Er hätte die Schlagläden zugemacht, wenn er etwas Verbotenes täte, meinst du nicht?«

»Er friert, so viel steht fest.« Plötzlich hellte sich Johanns Gesicht auf. »Mensch, das könnte der neue Hausmeister sein. Das hab ich glatt vergessen. Hab ich im Hirschfänger gehört. Und es ist einer, der mal hier gewohnt hat. Den Namen habe ich auch vergessen, hm ... ein Name wie eine Stadt ... ein Land ...« Er kratzte sich am Hinterkopf. »England?«

Paul stellte die Krücken am Holzgeländer ab. Mit beiden Händen fegte er Schnee vom Geländer zusammen und formte einen festen Schneeball. Der erste knallte an die Hauswand und ließ den Mann aufhorchen. Der zweite traf die Scheibe, und Paul befürchtete schon, sie würde zu Bruch gehen. Jetzt erhob sich der Fremde, ging mit zögernden Schritten ans Fenster und öffnete es.

»Können wir helfen?«, rief Paul ihm zu, und es dauerte eine Weile, bis der Mann sich aus seiner Starre löste und nickte. Paul winkte ihm zu. »Kommen Sie!«

Als der Fremde kurz darauf das Haus betrat, wehten erneut Schnee und eisige Luft herein. »Sie schickt der Himmel. Hätten Sie vielleicht ein bisschen Holz übrig?«

»Jetzt setzen Sie sich erst einmal an den Ofen und wärmen sich auf«, sagte Johann. »Sie sind doch der neue Hausmeister?«

Der Mann nickte und lächelte. Dann zog er sich die Mütze vom Kopf, sodass seine schwarzen Haare in alle Richtungen abstanden. Er hatte ein kantiges Kinn, das unrasiert war, eine hohe weiße Stirn und auffällig tief liegende dunkle Augen. »Hausmeister, ja, das hört sich gut an. Das bin ich wohl. Holland, heiße ich, Adri Holland. Und mir ist verdammt kalt.«

Johann reichte Adri Holland den dampfenden Punsch, den der dankbar entgegennahm. Dann setzte der Hausmeister sich auf die Ofenbank, wärmte seine Hände an dem heißen Glas, und plötzlich wurden seine Augen glasig. Er schaute sich um und lächelte. »Das hier war mein Haus«, sagte er leise, »hier bin ich aufgewachsen.«

Als sie später am Frühstückstisch beisammensaßen, ließ Adri Holland seinen Blick durch die Wohnküche streifen. »Niemals hätte ich gedacht, dass ich dieses Haus noch einmal betreten würde. Die Schränke sind ja noch drin. Die Küche mit dem Ofen war immer mein Lieblingsort gewesen.«

»Das wird bei uns nicht anders sein, denke ich.« Paul schaute sich zufrieden um. Die Küche war zweifelsohne der schönste Raum des in die Jahre gekommenen roten Schwedenhauses. Die Küchenzeile ging über Eck und füllte zwei Wände aus. Die Schranktüren in Sechziger-Jahre-Mint waren in gutem Zustand. »Betrachte sie als Kapitalanlage«, hatte Paul seinem Vater vorgeschlagen. »Solltest du das Haus mal kaufen wollen.«

In der Mitte des Raumes stand der Esstisch mit den fünf verschiedenen Stühlen, die Johann aus seinem Haus mitgenommen hatte. Das lang gestreckte Fenster nahm die ganze Wand über der Spüle und der Arbeitsplatte ein; darüber hatte Johann alle wichtigen Utensilien genagelt: Lesebrille, Flaschenöffner, Korkenzieher, Kochlöffel, Kartoffelstampfer, Schere, Taschenlampe, diverse Angelhaken, Mausefalle, Kreppband. Links davon lag die Haustür, durch die man auf eine Veranda mit weißem Holzgeländer gelangte, wie bei einem Kaffeeplantagenbesitzer in den Südstaaten. Hinter dem leicht hügeligen Feld war die Ostsee zu sehen.

Adri erzählte ein bisschen über sich; dass er als kleiner Junge aus Hamburg nach Havgart gekommen war, weil sich seine Eltern für ihn und seine jüngere Schwester ein gesundes Landleben vorgestellt hatten. Sie hielten Tiere, und Schäfchen Emmi lief mit einer Windel im Haus herum. Einen Fernseher gab es nicht, und um ihre Kinder gesund zu halten und abzuhärten, wurde so oft wie möglich draußen übernachtet, manchmal sogar im Winter. »Das Abhärtungstraining hat offensichtlich nicht vorgehalten, so wie ich letzte Nacht gefroren habe«, stellte er lachend fest. Dabei vollzog sein Gesicht eine Wandlung, als würde alles an ihm strahlen, und Paul dachte, dass da ein echter Schelm säße. Einer, der im Leben nichts ausgelassen hatte. Die wirren schwarzen Haare unterstrichen diesen Eindruck.

»Haben Sie die Tiere gegessen?«, wollte Johann wissen.

»Die Hühner ja. Emmi ist nach heftigem Widerstand von uns Kindern dann doch erst an Altersschwäche gestorben. Was wir an Fleisch brauchten, holten wir uns aus dem Wald.«

»Wilderei?« Johanns Augen wurden groß.

Adri lächelte. »Sagen wir mal so, der heutige Besitzer des Waldes, Felix von Thomsen, und dessen Jagdaufseher Niels Raven waren meine Freunde. Sie kennen sie bestimmt.«

»Vom Sehen.« Johann zuckte mit den Schultern. »Ich wohne gerade mal seit einem Jahr hier, und besonders gesprächig sind die Leute nicht gerade. Aber einige kenne ich tatsächlich schon.« Er deutete mit dem Finger hinter sich. »Da hinten wohnt eine Schriftstellerin, die treffe ich ab und zu am Strand, eine tolle Frau.«

Adri nickte. »Die Lundblad, ja, Alice und ihr Mann, die sind in Ordnung, das waren gute Freunde meiner Eltern, Altachtundsechziger eben. Aber die anderen …« Er lachte verächtlich auf. »Meine Eltern haben sechzehn Jahre hier gelebt, und als sie den Möbelwagen packten, gab es immer noch Leute in der Nachbarschaft, die sie nicht gegrüßt haben.«

»Ist das der Grund, warum Sie weggegangen sind?«, wollte Paul wissen.

»Meine Mutter ist einfach nicht mit denen hier warm geworden, obwohl sie eine Hamburgerin ist, und die sind ja auch nicht gerade redselige Frohnaturen.« Adri stieß Luft durch die Nase aus. »Wenn du dich nicht direkt vor einen aus Havgart stellst, ihm minutenlang in die Augen guckst und unmissverständliche Zeichen von dir gibst, dass du ihn jetzt ansprechen wirst, dann geht der weiter. Ohne auch nur einmal mit dem Gesichtsmuskel zu zucken. Kurz nach meinem achtzehnten Geburtstag hatten meine Eltern die Schnauze voll und sind nach Formentera gegangen, zusammen mit meiner jüngeren Schwester.«

Paul zog die Augenbrauen hoch. »Und Sie?«

»Ich bin ihnen nach einem Jahr gefolgt.«

»Formentera – das muss doch ganz schön sein«, entgegnete Johann. »Was um Himmels willen wollen Sie dann in dem Verschlag dort drüben? Noch dazu im Winter?«

»Sagt Ihnen der Name Kippling was?«

Jetzt erinnerte Johann sich wieder. »Der Reeder.«

»Genau, er war unser Nachbar hier. Aber die meiste Zeit lebt er auf Ibiza. Ich soll hier überwintern und nach dem Rechten sehen, bis er sich entschieden hat, ob er verkaufen soll oder nicht. Außerdem brauche ich mal ein wenig Abstand vom Paradies, wissen Sie? Man muss aufpassen«, er tippte sich an die Schläfe, »es macht komische Sachen mit einem, das Paradies. Es ist im Grunde auch nicht anders als hier. Bis auf die Temperaturen vielleicht.«

»Und Sie werden daheim nicht vermisst?«, fragte Johann. »Und gestatten Sie mir die Frage nach Ihrer Profession? Sie sind doch nicht wirklich ein Hausmeister.«

»Ich bin Maler, arbeiten kann ich überall. Und ich bin ja nicht für immer weg.«

»Ein Künstler, großartig!« Johann streckte ihm die Hand entgegen. »Wir als Nachbarn müssen zusammenhalten. Ich bin der Johann!« Er deutete auf Paul. »Mein Sohn Paul, Kommissar aus Hamburg und Schriftsteller, derzeit leider nicht zu gebrauchen.« Johann sprang erstaunlich behände auf und marschierte zum Küchenschrank. »Darauf müssen wir anstoßen.«

Seit dessen Hüftoperation vor vier Jahren hatte Paul seinen Vater nicht mehr so vom Stuhl hochschnellen sehen. Überhaupt schien er Gefallen an seinem neuen Nachbarn gefunden zu haben.

»Ein Kommissar, der schreibt?« Adri sah ihn interessiert an. »Krimis bestimmt, oder?«

»Unter anderem, ja. Ich sitze ja quasi an der Quelle. Es sind aber eher Kurzgeschichten, bisher. Wenn ich mal ganz viel Zeit habe, dann werde ich mich an was Längeres wagen. Material habe ich genug.«

»Schreibst du unter deinem Namen?«

»Nicht ganz, später vielleicht, wenn ich nicht mehr im Dienst bin.«

»Wenn er Bestsellerautor ist!«, rief Johann dazwischen. »Jetzt schreibt er als Paul Johannsen, was ja auch nicht ganz falsch ist.«

»Lupin ist aber auch kein häufiger Name«, bemerkte Adri, »von hier ist der Name nicht.«

»Den haben wir Napoleon zu verdanken«, sagte Johann. »Der war mit seinen Mannen auch durch unsere Bergische Heimatstadt gezogen. Aber einer seiner Soldaten, Jean-Baptiste Lupin mit Namen, entfernte sich unerlaubt von der Truppe. Naturgemäß musste er untertauchen, und da er dies im Hause tat, in dem das schönste Mädchen Beyenburgs lebte, blieb er und wurde der glücklichste Mann, bis zu seinem Lebensende.«

»Ein Märchen.«

»Wir sind die Nachfahren eines Deserteurs«, entgegnete Paul, »nichts weiter.«

Johann verteilte die mit Doppelkorn gefüllten Gläschen.

»So wie es aussieht, hat dieser Kippling deine Ankunft nicht besonders gut vorbereitet«, bemerkte Paul.

Adri winkte ab. »Mich wundert das nicht. Er ist genauso chaotisch wie meine Eltern. Er hat's einfach vergessen.«

»Ich werde dir helfen, Adri, ich bin ein guter Handwerker. Besser als manch andere in diesem Raum. Wobei ich niemanden speziell ansehen möchte.« Johann hob sein Glas an. »Auf gute Nachbarschaft und gute Zusammenarbeit. Prost!« Er knallte das Glas auf den Tisch. »Und eine Schütte Holz müssen wir dir auch besorgen.« Johann nahm seine rote Pudelmütze, die neben der Tür auf der Fensterbank lag, und zog sie über.

»Warte, ich komme mit.« Adri leerte seine Kaffeetasse und wandte sich noch einmal Paul zu. »Vorerst kann ich euch nur tausendmal danken. Ihr habt mir das Leben gerettet.«

Paul blickte seinem neuen Nachbarn nach, wie der, weiße Atemwolken ausstoßend, durch den Garten lief. Paul fragte sich, wie dieser Kippling es geschafft hatte, Adri zu diesem Job zu bewegen. Einerlei, dachte er, Tatsache war doch, dass Johann heute Morgen derart aufgeblüht war, dass Paul ihn kaum wiedererkannt hatte. Und das lag zweifelsohne an diesem Maler. Adri Hollands Misere war ihr Glück. Johanns, weil er jetzt eine Aufgabe hatte. Und Pauls, weil er nun in Ruhe seinen Fuß kurieren konnte. Diese Vorstellung gefiel ihm ausgesprochen gut.

***

Hauke Liebe hockte mit gekrümmtem Rücken auf seinem Drehschemel vor der Schnee-Eule und sah ihr lange und tief in die Augen. Es herrschte vollkommene, beinahe andächtige Stille. Wie auf einem lebensgroßen Gemälde. Die Zeit war stehen geblieben, die ganze Szene wie eingefroren. Es schien, als wären die beiden in einen stummen Gedankenaustausch vertieft. Jäger und Gejagter. Sieger und Verlierer. Hauke Liebes Blick wanderte von einem Auge zum anderen und wieder zurück. Dann beugte er sich nach vorn und pustete dem Tier vorsichtig ins rechte Auge. Er legte seine schwere Brille ab, nahm das Vergrößerungsglas und den Pinsel auf und tupfte ein wenig von seinem Speziallack auf das Auge. Ja, so war es gut, auf keinen Fall mehr, dann würde es künstlich wirken. Nachdem er seine Utensilien beiseitegelegt und das Fläschchen mit der sorgsam gehüteten Geheimtinktur verschlossen hatte, ließ er seinen liebevollen Blick auf dem Eulenweibchen ruhen. Es war ein außergewöhnlich schönes Exemplar. Er hob die Hand und strich über das weiche Gefieder, ganz zärtlich. Edgar hätte die Eule niemals hergebracht, dieser Döskopp. Hauke grinste. Zum einen, weil Eulen Weisheit symbolisierten, von der Edgar so viel besaß wie ein Dachs Tischmanieren. Es war nichts als Hohn, dass Edgar auch noch Allweis hieß. Aber daran lag es gar nicht. Er kannte Edgar gut genug, um zu wissen, dass es der lautlose Flug war, den Edgar so fürchtete. Das Unsichtbare, das ihn packen könnte, da draußen, nachts beim Wildern. Deshalb ging er auch nie allein auf die Pirsch. Eulen waren Boten des Teufels, der dafür sorgte, dass sie lautlos fliegen konnten. Wieder lächelte Hauke. Dabei war es nur eine besondere Beschaffenheit der Flügelkanten und der Oberseitenstruktur der Eulenfedern, die die Geräusche beim Fliegen verhinderten.

Plötzlich setzte es wieder ein, dieses Flimmern hinter seinem rechten Auge, das ihn schon seit geraumer Zeit ärgerte. Immer wenn er an dem Auge der Eule gearbeitet hatte, trat dieses Flimmern auf. Nur heute war es ungleich stärker, ging schon bald in ein Flackern, dann in ein Zittern über. Ihm schwindelte. Sicher wäre es jetzt besser, sich ein wenig hinzulegen, dachte er und sah auf die Uhr. Es war früher Mittag. Der Petersen-Junge, der Vorname fiel ihm nicht ein, wollte doch kommen. Er war schon die letzten Male anstelle seines Vaters hier gewesen, und Hauke wusste auch, warum. Freddy war auf dem absteigenden Ast. Saß die meiste Zeit im Hirschfänger herum und trank. Und wer schon früh damit anfing, war wohl kaum in der Lage, anschließend noch irgendeinen Job zu erledigen. Aber Hauke hielt Freddy nicht davon ab. Warum sollte er auch? Immerhin war der Hirschfänger sein

Gasthaus, und zahlende Stammgäste sollte man hüten wie ein seltenes Vogelei.

Der Junge hatte etwas von einem weißen Fasan geredet, das interessierte ihn. Aber er konnte jetzt nicht auf ihn warten. Wenn jemand Geld wollte, musste er halt so oft kommen, bis er ihn, Hauke Liebe, antreffen würde. Er war hier derjenige, der verteilte.

Schwer erhob er sich von seinem Schemel und schlurfte in Richtung der Tür. Verfolgt von unzähligen Augenpaaren, die ihn aus den Regalen anstarrten. Über der Tür hing ein Bild. Jesus mit der Dornenkrone. Mit seinen sanften Augen voller Demut schaute Jesus an Hauke Liebe vorbei.

Jussi Petersen hatte nicht vor, sich länger als nötig in Liebes Keller aufzuhalten. Zum einen war der Alte nicht gerade die Freundlichkeit in Person – aber er bekam sein Geld pünktlich, und alles andere war nebensächlich. Zum anderen war es der Geruch, der Jussi zu schaffen machte. Es war immer dasselbe. Sobald er die grüne Tür im Hof neben dem Hirschfänger geöffnet hatte, um die schmale und knarrende Holzstiege hinabzusteigen, drang dieser unbeschreiblich widerliche Geruch, in dem auch ein Hauch Verwesung lag, in seine Nase. Es war das Formalin, das Hauke manchmal noch benutzte. Es drang in jede Pore, ins Haar, in die Kleidung. Und noch Stunden später meinte Jussi es wahrzunehmen, wenn er den Kopf drehte oder eine schnelle Bewegung machte. Niemand sonst beschwerte sich über den Geruch.

Auch Edgar konnte die Sache mit dem Gestank in keiner Weise nachvollziehen, stattdessen machte er sich immer lustig über ihn. Von wegen, er habe sowieso was Weibisches an sich. *»Du lauwarmer Schlappi, färbst dir die Haare was? Zieh mal deine Buxe hoch, die rosa Unterhose guckt raus, bist 'n Schwulibert, was?«*

In der Regel machte Jussi einen großen Bogen um diesen Vollidioten. Dass Jussis Vater Freddy der einzige Mensch hier war, der mit Edgar ab und zu ein Bier im Hirschfänger trank, war Jussi egal. Trotzdem fragte er sich manchmal, warum sich Freddy mit so einer Null abgab. »Er hat doch sonst niemanden«, hatte Freddy Petersen einmal gesagt. »Beinahe so wie ich.«

Heute früh hatte Jussi aber doch bei Edgar geklingelt. Er hatte wissen wollen, wie Edgar nach Hause gekommen war, denn seine Zündapp stand immer noch am Waldrand. Aber er hatte nicht geöffnet. Jussi wusste nicht, wie er dessen Bemerkung über diese Wila, die erst zum Wolf und dann auch noch zum Werwolf mutiert war, einordnen sollte. Gerade bei Edgar nicht, wo der doch ständig von irgendwelchen Phantasiewesen verfolgt wurde. Aber irgendetwas war vorher schon mit dem los gewesen.

Jussi glaubte nicht, dass er nur mitgekommen war, um ihn beim Schlingeneinsammeln zu begleiten. Edgar hatte etwas gesucht, das war Jussi später klar geworden. Er hatte sich an Jussi gehängt, weil er sich allein nicht getraut hatte, aber war immer mal wieder zurückgeblieben und hatte den Weg verlassen. Erst der weiße Fasan hatte Edgar aus der Fassung gebracht, hatte ihn seine Suche vergessen lassen. Nur was hatte er gesucht? Hatte es mit dem zu tun, was sie gesehen hatten? Nein, was *Edgar* gesehen hatte. Jussi hatte nur etwas verschwinden sehen, nicht mehr und nicht weniger. Aber trotzdem, da war was gewesen, etwas, das sich ein ausgewachsenes Wildschwein geholt hatte.

Die Wila? Der Werwolf? Ausgeschlossen, so etwas jemandem zu erzählen. Aber auch wenn er Edgars Phantasiegestalten weglassen würde, könnte er mit niemandem darüber reden. Jeder würde doch gleich Rückschlüsse ziehen. *Was hast du denn nachts im Wald verloren, he? Werwolf? Zu tief ins Schnapsglas geguckt, oder was?* Ein Petersen trinkt, und ein Petersen geht nur zum Wildern in den Wald. So dachte hier jeder. Er hatte sich vorgenommen, später noch einmal an die Steilküste zu fahren. Vielleicht konnte er ja im Hellen irgendetwas sehen. Außerdem hatte er nicht alle Schlingen eingesammelt. Zwei fehlten.

Langsam stieg Jussi die schmutzigen Stufen hinunter. In der Kühltasche lag der weiße Fasan. Obwohl die Treppe nicht lang war, kam Jussi immer wieder der Gedanke, dass der Abstieg in Liebes Kellergewölbe durchaus mit dem Abstieg in die Hölle vergleichbar war. Schwefel roch auch nicht besser als Formalin, und Hauke Liebe hatte in der Tat etwas Teuflisches an sich, wie er da über seinen toten Tieren hockte und sich anmaßte, sie neu nach seinem eigenen Willen zu erschaffen. Seine buschigen Augenbrauen standen ab wie Hörner. Und es würde Jussi nicht wundern, wenn seine Augen rot oder gelb gewesen wären, mit geschlitzten Pupillen wie die eines alten Reptils oder einer bösen Katze. Aber so genau wollte er ihn gar nicht ansehen. Er klopfte immer nur an die Tür, sagte »Tag«, zog ihm die Scheine aus den Fingern (wobei er jedes Mal das Gefühl hatte, dass Liebe sie extra langsam freigab, damit Jussi auch ja nicht vergaß, wer ihn da am Kacken hielt) und verschwand wieder.

Da aber diese Höllenbesuche aufgrund der momentan schwierigen Finanzlage unumgänglich waren, hatte Jussi diese spezielle Nasenausschaltatmung entwickelt, mit der er vorübergehend den Geruchssinn abstellen konnte: Mund auf, Zungenbein verschieben, Nase zu. Dass er dabei aussah wie ein Idiot oder ein bisschen wie Edgar, war das kleinste Übel.

Kurz bevor er unten angelangt war, spürte er, dass etwas nicht stimmte. Mit aufgeklapptem Mund und heraushängender Zunge ging er langsam weiter und sah im Halbdunkel, dass Hauke Liebe an der Wand neben der Tür zu seinem Keller stand und ihn genauso belämmert anstierte, wie Jussi selbst wahrscheinlich gerade aussah.

Im ersten Moment hielt er Liebes Verhalten für einen Scherz. Als wollte sich der Alte über ihn lustig machen. Aber Hauke machte niemals Scherze. Er war vollkommen humorlos, genauso wie es Jussis eigener Großvater, Hannes, gewesen war.

Jussi blieb stehen. Die Nasenausschaltatmung funktionierte nicht mehr. Als er das merkte, wurde ihm schlecht. Doch

Hauke Liebe gaffte ihn immer noch so komisch an. Jetzt sah Jussi, obwohl er bereits hart dagegen ankämpfte, zu kotzen, dass Haukes Gesicht ganz schief war, was ihn noch zynischer aussehen ließ als gewöhnlich.

»Oh Scheiße«, flüsterte Jussi.

Um herauszufinden, ob es sich um einen Schlaganfall handeln könnte, gab es einfache Methoden. Das wusste er noch von Großvater Hannes, der mehrere Schlaganfälle erlitten hatte. Er könnte Liebe bitten, zu lächeln. Aber da er dies vorher auch nie getan hatte, würde das absolut nichts bringen.

»Können Sie mir Ihre Arme entgegenstrecken, damit ich Sie hochbringen kann?« Und tatsächlich gehorchte der Alte. Doch sosehr er sich bemühte, es gelang ihm nicht. Das war deutlich genug.

Jussi ging auf Hauke Liebe zu, nahm seinen Arm und führte ihn in Richtung der Treppe. Es war recht gewöhnungsbedürftig, dass der sich das alles gefallen ließ. Niemals wäre Jussi vorher auf die Idee gekommen, den alten Klotz ungefragt irgendwohin mitzunehmen, schon gar nicht in dessen Haus. Aber er wusste, dass er keine Sekunde verlieren durfte.

Endlich oben angekommen, versuchte Jussi als Erstes, ganz viel frische Luft in seine Lungen zu ziehen, um das Formalin und die Übelkeit aus seinem Körper rauszuatmen. Obwohl ihm ein wenig schwindelig war, ging er weiter, führte Hauke zur Hintertür der Gaststätte und zog sie auf. In diesem Augenblick öffnete sich die Tür zur Gaststube, und Haukes Frau Henny trat in den Flur. Sie bekam einen Schreck, als sie die beiden sah, doch dann schien sie zu begreifen. Sie schloss die Tür und griff ihrem Mann unter den Arm. »Wir bringen ihn rüber«, sagte sie leise, aber bestimmt.

Jussi war erstaunt über ihre Coolness, und gemeinsam brachten sie den Alten in seine Wohnung, die im hinteren Teil des alten Backsteinhauses lag. Während sie den dunklen, schlauchartigen Gang entlanggingen, der Gaststätte und Wohnung trennte und der nach Bier und Essen roch, dachte Jussi, dass diese gefasste Reaktion eigentlich doch nicht so verwunderlich war. Er hatte Henny Liebe immer nur als die Frau von Hauke wahrgenommen, die, wenn sie nicht in der Gaststätte arbeitete, am Fenster saß und vermutlich irgendeiner Handarbeit nachging. Aber immer wirkte sie hölzern, stumpf und mechanisch. Wie ein aufgezogener Roboter.

Nachdem sie den alten Mann auf das Bett gelegt hatten, stand Jussi noch einen Moment unschlüssig an der Tür herum. »Soll ich einen Krankenwagen rufen?« Er schaute sich im Raum um, konnte aber kein Telefon sehen.

Henny schien ihn nicht gehört zu haben. Sie stand am Bett ihres Mannes und schaute ihn unverwandt an.

»Frau Liebe?«

Langsam drehte sie den Kopf in Jussis Richtung. »Das kann ich ja gleich machen.« Sie lächelte. »Aber ich danke Ihnen, junger Mann.«

»Wie Sie meinen.« Er wandte sich ab und wollte gehen, hielt aber inne. »Sie wissen schon, dass er nur Chancen hat, wenn ihm sofort geholfen wird?«

Wieder kam die Antwort erst nach einer Weile. »Ja … ich weiß.«

Jussi nickte und schloss die Tür. Aber er ging nur einen Schritt weiter und blieb auf dem Gang stehen. Nichts tat sich. Mist, dachte er und ging wieder zurück. Sie zuckte zusammen, als er die Tür erneut öffnete. »Wo ist Ihr Telefon?«

Sie sah ihn fragend an.

»Ihr Telefon, Frau Liebe. Wo ist das?«

Die Frau reagierte nicht, und Jussi hatte keine Lust, noch länger zu warten. »Mein Handy liegt draußen im Bus, bin gleich wieder da.«

Henny Liebe blieb mit herabhängenden Armen im Schlafzimmer stehen. Ihr leerer Blick verlor sich irgendwo in den Blümchen der gelblichen Wandtapete.

Sie steht unter Schock, dachte Jussi, als er zu seinem Bulli ging. Das hat mir gerade noch gefehlt. Während er der Leitstelle alle nötigen Angaben durchgab, eilte er wieder zurück ins Haus.

Frau Liebe kniete jetzt vor dem Bett ihres Mannes und hatte zu beten begonnen. Eigentlich müsste er sie jetzt hinlegen, mit erhöhten Beinen. Aber vielleicht war es besser, sie in Ruhe zu lassen. Außerdem fand er es irgendwie pervers, sie neben ihren Mann auf das Bett zu legen. So als hätte er gleich zwei Patienten für den Krankenwagen. Also ging er zum Fenster und schob die Gardine beiseite. Das Schlafzimmer lag nach hinten raus, aber von hier konnte er die Straße sehen, von der der Krankenwagen kommen würde. Es sah so trostlos aus da draußen. Die Kälte lag sichtbar als feine Schneedecke über den hügeligen Feldern, durch die sich die Knicks zogen. Die kahlen Äste der Kopfweiden ragten daraus hervor wie widerborstige Gespenster.

Diese verfluchten Bäume, dachte Jussi, sind genauso wie die Leute hier. Genauso wie der alte Liebe. Abweisend, sperrig und frostig. Er war so froh, dass er jetzt in Kiel wohnte. Aber leider musste er in letzter Zeit doch wieder regelmäßig nach Havgart kommen, wegen Freddy.

Er wurde durch ein Geräusch abgelenkt. Es war Henny Liebe, sie wisperte etwas, murmelte, aber er verstand die Worte nicht. Manches hörte sich wie Latein an. Er horchte angestrengt, aber sie sprach zu schnell. Vielleicht hilft's ja, dachte er. Glaube kann bekanntlich Berge versetzen. Das sagte sein Vater Freddy auch immer, aber der Berg an Sorgen, den dieser im Moment vor sich herschob, bewegte sich nicht von der Stelle. Vielleicht sollte er ihm auch mal ein Gebet empfehlen.

Er schaute auf die Uhr und fragte sich, wann der Wagen endlich kommen würde, schließlich hatte er nicht den ganzen Tag Zeit. Wie alt war Hauke überhaupt? Mitte siebzig vielleicht? Seine Frau war jünger.

Er sah sich um, überall lagen Deckchen herum, große und kleine, alle bestickt. Das macht sie also immer, wenn sie am Fenster sitzt und handarbeitet, dachte er. Er schaute weiter umher. Die Möbel waren abgenutzt und dunkel. Es war das trostloseste Zimmer, das er jemals gesehen hatte. Er stellte sich vor, er müsste in so einem Raum schlafen. Ihn würden Alpträume plagen und ihn irgendwann in den Suizid treiben. Im Hintergrund tickte eine unheimlich laute Uhr. Es war so ein altmodisches großes Teil aus Holz, das auf der Kommode stand. Jedes einzelne Ticken kam ihm vor, als pikte es mit einer Nadel in die schwere Stille des Raumes. Wie konnte man bei diesem Lärm schlafen? Oder bei der Temperatur hier drinnen? Es war eisig kalt. Am schlimmsten aber war das riesige Kreuz, das über dem Bett hing. Es war bestimmt einen Meter fünfzig lang und hatte etwas Bedrohliches, weil es sich oben ein Stück von der Wand neigte, als würde es gleich herabfallen und die Schlafenden erschlagen. Der frisch gekreuzigte Jesus sah so echt aus. Er hatte eine schmerzverzerrte Miene und war ganz grau. Jussi hörte förmlich sein Klagen und Stöhnen. Dann begriff er, dass die Laute von dem Alten kamen. Jussi sah, dass Hauke die Lippen bewegte, als versuchte er, etwas zu sagen.

Wo verdammt blieb der Krankenwagen? Jussi sah wieder auf die laute Uhr. Na gut, sie waren hier auf dem Land, da konnte es vielleicht ein bisschen dauern. Andererseits gab es hier aber nicht so viele Menschen, als dass die Kapazitäten bis zum Anschlag ausgelastet wären. Ein paar Minuten noch, dann würde er noch einmal anrufen.

Draußen wurde eine Tür geöffnet, jemand ging den Flur entlang. »Oma Henny, bist du hier irgendwo?«

Es war eine helle Stimme, die Jussi bekannt vorkam.

»Henny? Ich habe die Brote zu Olaf in die Küche gebracht.«

Jemand klopfte an die Tür, kurz darauf steckte ein rotblondes Mädchen den Kopf hinein. Jussis Herz machte einen Sprung, und in seinem Kopf begann es zu rattern. Das war doch Lou, Lou Raven. Die Tochter des Jagdaufsehers Niels Raven. *Meine kleine Freundin aus Kindertagen ist beinahe eine Frau. Verdammte Scheiße, ist die hübsch geworden!*

Erstaunt sah Lou erst ihn an, dann fiel ihr Blick auf Henny Liebe, dann auf das Bett. »Was ist passiert?«, flüsterte sie und trat ein. »Oma Henny.« Sie ging auf die Frau zu, die mit dem

Beten aufgehört hatte, aber immer noch vor dem Bett kniete. »Was machst du denn?« Behutsam griff sie Henny unter die Arme und zog sie hoch.

»Warte, ich helfe dir«, sagte Jussi, und gemeinsam brachten sie sie zum Sessel.

»Er hatte einen Schlaganfall«, flüsterte Jussi und ging wieder zum Fenster. »Keine Ahnung, warum der verdammte Krankenwagen nicht kommt.«

Lou betrachtete den jungen Mann. »David?«, fragte sie. Er schüttelte den Kopf. »Jussi.«

»Sorry, aber ich habe euch so lange nicht gesehen.«

»Schon okay.« Er und sein Zwillingsbruder sahen fast gleich aus, sodass sie diese Frage gewohnt waren.

Lou ging zum Bett zurück und schaute Hauke an. Seine Augen starrten geradeaus, ab und zu blinzelte er, das Gesicht war schief, Speichel lief aus dem Mundwinkel. Dann wandte sie sich wieder Jussi zu. »Was machst du hier?«

»Ich wollte ihn besuchen und habe ihn so in seinem Keller gefunden.« In der Ferne tauchte das blaue Licht des Krankenwagens auf. »Na endlich«, sagte er und ging hinaus.

Lou setzte sich auf die Lehne des Sessels und legte ihre Hand auf Hennys Schulter. »Das wird schon wieder«, sagte sie leise. »Hauke ist doch so zäh, das weißt du doch. Komm, lass uns in die Küche gehen.«

Henny sah noch einmal zu ihrem Mann hinüber, dann stand sie auf.

Lou nahm ihren Arm und führte sie hinaus. »Ich koche uns einen Tee, der wird dir guttun.«

»Er hat gar nicht gesprochen«, sagte Henny. »Er hat mich immer nur angeguckt.«

»Jetzt ist ja ein Arzt da. Mach dir keine Sorgen.« In der Küche füllte Lou Wasser in den Kessel und zündete den Gasherd mit einem Streichholz an.

Nun saßen sie am Tisch und horchten auf das immer lauter werdende Rauschen des Wassers. Im Flur waren Schritte und Stimmen zu hören, der Kessel gab erste zaghafte Pfeiftöne von sich. Lou stand auf, drehte das Gas ab und bereitete den Tee zu.

Nach einer Weile klopfte es, und Jussi steckte den Kopf zur Tür herein. »Ich bin dann weg.«

»Warte!« Lou drehte sich zu Henny um, die auf das rot karierte Wachstuch des Küchentisches starrte, dann folgte sie ihm.

»Wie sieht es denn aus?« Sie standen vor der Gaststätte und beobachteten, wie Hauke über den Hof geschoben wurde. Fragend sah sie Jussi an. »Was sagt der Arzt?«

»Er konnte noch nichts sagen.« Er deutete mit dem Kopf in Richtung der Gaststätte. »Kannst du nach ihr gucken?«

»Klar, ich bleibe erst mal hier.«

Jussi reichte ihr einen Streifen Tabletten, den er vom Notarzt erhalten hatte. »Sie soll eine davon nehmen und sich hinlegen. Sind nicht stark, nur zur Beruhigung.«

»Okay, danke.« Sie betrachtete Jussi und lächelte. Offensichtlich hatte er sich die Haare heller gefärbt, einige Strähnen hingen ihm in die Augen. »Als wir uns das letzte Mal gesehen haben, warst du noch einen Kopf kleiner.«

»Und du hattest eine Zahnspange. Dass man sich so wiedersieht, was?«

»Du warst ewig nicht in Havgart.«

»Ab und zu bin ich bei Freddy, aber der wohnt ja ein bisschen abseits. Deshalb sehen wir uns nie.«

»Wohnst du noch in Kiel?«

»Jo.« Jussi stopfte die Hände in die Taschen seiner Jeans. »Aber im Moment bin ich öfter bei meinem Vater, dem geht's grad nicht so gut.«

»Ja, ich habe davon gehört, er hat seinen Job verloren, sagen die Leute.«

»Auch, ja.« Jussi zog den Autoschlüssel aus seiner Jackentasche. »Ich muss dann mal.«

»Sehe ich dich wieder?«

»Schon möglich.«

Lou nickte, lächelte ihn an und ging wieder ins Haus.

Jussi blickte ihr einen Moment hinterher und öffnete die Tür zu seinem Bus, dann fiel ihm ein, dass die Kühltasche mit dem Fasan noch im Keller stand. Also ging er noch einmal zurück.

Dieses Vieh wird mir langsam unheimlich, dachte er, als er die Tasche auf dem Beifahrersitz abstellte. Edgar besaß zwar das Hirn eines Kleinkindes, hatte aber mit weißen Vögeln als Unglücksboten und diesem ganzen Scheiß deutlich mehr Erfahrung als er selbst. Und wie man sehen konnte, war das Unglück bereits vorausgeeilt. Hatte sich dem alten Liebe auf den Rücken gehockt und ihn in die Knie gezwungen. Durchsichtig wie diese Wila, also nicht zu packen. War aber vorher auch schon bei Freddy und ihm selbst vorbeispaziert, das Unglück. Der weiße Fasan war im Grunde nur noch die Quittung.

※※※

Der Krankenwagen fuhr die Dorfstraße hinunter, vorbei an Paul, der mit seinen Krücken am Straßenrand stand und ihm nachsah. Er musste eine Pause einlegen, um seine Arme auszuruhen. Außerdem hatte er Blasen an den Handinnenflächen. Ein Stück weiter unten war eine ältere Frau gerade dabei, die Mülltonne auf den Hof zu rollen. Daneben saß ein alter Mann auf seinem Rollator und beobachtete sie dabei. Paul hatte kurz zuvor den Müllwagen gesehen. Da sitzen die Leute hinter ihren Fenstern und warten auf den Müllwagen, dachte er. Und ich stehe hier herum und gucke mir das Ganze an. Ich bin genauso ein Zeitdieb wie die.

Eigentlich hatte er nur schauen wollen, ob der Gutsladen geöffnet hatte, doch er war einfach weitergegangen, inzwischen schon ein gutes Stück am Hirschfänger vorbei, einfach nur, um sich zu bewegen. Normalerweise hätte er für dieses Stück nicht mehr als fünf Minuten gebraucht, jetzt war er schon zwanzig Minuten unterwegs; Sitzpausen auf einem Mülleimer und diversen Gartenmäuerchen nicht mit eingerechnet. Er wandte sich um und ging langsam wieder zurück. Das würde er jetzt jeden Tag so machen, laufen, sich bewegen, er würde sonst schwermütig werden.

Er dachte an seinen Vater, der vor Stunden kurz in der Küche aufgetaucht war, sich ein Brot mit Teewurst gemacht und berichtet hatte, dass sein Nachbar Hinrich eine Schütte Brennholz zu Adri transportiert habe. Sei ganz einfach gewesen, und Bauer Hinrich habe dies aus freien Stücken getan, sine pecunia, sozusagen, was den Transport betraf, und hier oben alles andere als selbstverständlich. Paul erinnerte sich daran, dass sie jemanden gesucht hatten, der Johann beim Streichen des Flures helfen sollte, und dass alle Vorkasse verlangt hatten.

»Ist man nicht ein Hiesiger, halten die die Hand auf, alles Geizhälse«, beschwerte Johann sich regelmäßig. Die seien es nicht gewohnt, selbstständig zu arbeiten. Früher habe es nur den Gutsherrn gegeben, der seine Knechte durch die Gegend peitschte. Das sei der Grund dafür, dass sich bei den Leuten hier bis zum heutigen Tage keinerlei eigenständiger Geschäftssinn entwickelt habe.

Ganz im Gegensatz zum Bergischen Land, betonte Johann immer wieder. Dort, in seiner alten Heimat, habe fast jeder in seinem Kotten im engen und düsteren Bachtal gehockt und an dem vom guten Bergischen Wasser angetriebenen Schleifstein seine Messer geschliffen. »Alles Knösterpitter. Sind die ja heute noch. Das genaue Gegenteil von den Giezknochen hier.«

Johann war jedenfalls, das Brot noch in der Hand, gleich wieder abgezogen, um seinem neuen Nachbarn dabei zu helfen, das Häuschen auf Vordermann zu bringen.

Paul hoffte, dass Johann nicht irgendwann mal im Hirschfänger nach zu viel Bier seine gewagte Theorie zum Besten gab, und schlurfte langsam weiter. Eine Frau kam ihm entgegen. Er hatte sie vor einigen Tagen schon einmal gesehen, er vermutete, dass sie eine der Feriengäste war, die auf dem Gut wohnten. Die Frau war jünger als er, hatte kurzes braunes Haar, vorn zur Seite gestrichen, und sah ihm in die Augen. Paul lächelte sie an, weil sich ihre Blicke länger als gewöhnlich trafen. Als sie zurücklächelte, fielen ihm ihre Augen auf, er wusste aber nicht, warum. Sie sah sympathisch aus, fand er, während er sich wieder auf das Gehen konzentrierte.

Die Dorfstraße, in der Johanns Haus stand, verlor sich auf der Höhe in einem Acker. Sie war abschüssig, denn Havgart lag inmitten einer weitläufigen Endmoräne. Die Dorfstraße war die Hauptstraße des Ortes, von der aus die anderen Straßen und Wege abzweigten. Milchweg, Ochsenkamp, Seeweg. Nichts erinnerte ihn im Moment an die sonnigen Tage, an denen er mit Martin Heimdahl hier draußen gewesen war. Sein Freund und Kollege, der einen großen Teil seiner Freizeit mit der Beschaffung und Zubereitung von wunderbarem Essen zubrachte, hatte vor einigen Jahren den Gutsladen in Havgart entdeckt, in dem es Wild von allerbester Qualität gab. Sorgsam eingeschweißt und so frisch, dass man den Nachhall des Schusses noch zu hören glaubte, wenn man die Folie einstach.

Paul hatte es in dem kleinen, malerisch gelegenen Ort gleich gefallen. Im Sommer waren die Backsteinhäuser von Stockrosen und Sonnenblumen umgeben, Malven umrahmten die Hauseingänge, Sanddorn und Heckenrosen am Zaun. In den Gärten standen prall behangene Obstbäume. Alles schien so friedlich, ein Bullerbü, wie man es nur noch selten fand. In der Saison kamen junge Familien hierher, die in den Apartments auf dem Gutshof wohnten und in den Fahrradanhängern Kinder und Spielzeug zum Strand fuhren. Bei günstigem Wind war das Rauschen der See auch in Johanns Garten zu hören. Dann war der Ort wie verwandelt. Das Meeresrauschen adelte die Gegend, befreite sie vom Mief des Piefig-Provinziellen. Nur leider nicht heute, nicht einmal der kleinste Windhauch strich übers Land, und so wirkte das Dorf samt seiner Einwohner wie in einem Vakuum, das meterhoch über der Erde schwebte.

Paul setzte eine Krücke nach der anderen in den Schneematsch und ging an den niedrigen roten Häusern entlang, die sich am unteren Teil der Straße so dicht aneinanderdrängten, als wollten sie sich gegenseitig wärmen. In einer geöffneten

Tür stand ein Mann, der ungefähr in Pauls Alter war. Er trug eine Jogginghose und musterte ihn kritisch, ohne zu grüßen. Paul dachte an das, was Adri Holland über die Leute in Havgart erzählt hatte, und musste ihm recht geben. Also ging er einfach weiter.

»Die sind zu hoch«, hörte er den Mann plötzlich sagen.

»Bitte?«

Der Mann griff nach Pauls rechter Krücke und fingerte daran herum, dann gab er sie ihm wieder zurück. Er bedeutete ihm, dass er auch die andere haben wolle, indem er ungeduldig mit den Fingern der rechten Hand hin und her wedelte. Paul gab sie ihm kommentarlos. Nachdem der Mann auch diese eine Stufe niedriger eingestellt hatte, drückte er sie Paul in die Hand.

»Krankenhaus Oldenburg, was?«

»Ja, genau.«

»Bin selbst monatelang auf den Dingern rumgeeiert. Und im Krankenhaus haben sie mir die auch nicht richtig eingestellt. Haben halt nie Zeit. Jetzt müsste es besser gehen. Probier's aus.«

Paul ging ein paar Schritte, und tatsächlich, es war jetzt viel angenehmer. »Ja, super, vielen Dank.«

»Dafür nich.« Der Mann ging zurück, und die Tür fiel ins Schloss.

Lächelnd machte Paul sich wieder auf den Weg.

Sein Handy summte in der Jackentasche, er stellte eine Krücke an eine Hauswand und schaute nach.

Es war Lilli. »Hi, Paps.«

»Lilli, na, meine Süße, was gibt's denn?«

»Nichts eigentlich, hab nur Langeweile.«

»Bist du nicht in der Schule?«

»Die letzten Stunden sind ausgefallen, und wir haben auch nichts auf. Geht's dir gut bei Opa? Was macht dein Fuß?«

Paul schaute auf die Krücken, dann lehnte er sich an die Hauswand und stellte den verbundenen Fuß auf dem Stiefel des anderen Fußes ab. »Er nervt.«

Lilli lachte. »Das glaub ich dir. Du musst dir auch keinen Stress machen, ich komme hier gut klar. Mama hat morgen und übermorgen frei. Dann kannst du dich bei Opa erholen.«

»Bei Opa kann man sich nicht erholen, das ist ein Widerspruch in sich«, entgegnete Paul, und Lilli stimmte ihm zu. »Du, Paps? Noch was. Hast du zufällig Geld bei dir zu Hause? Ich wollte nachher ein bisschen einkaufen und habe noch kein Taschengeld bekommen. Deinen Schlüssel hab ich ja.«

»Geh an die oberste Schublade im Arbeitszimmer, da müsste noch Bargeld sein. Wie viel kriegst du eigentlich jetzt?«

»Hundert.«

»So viel?«

»Dafür bezahle ich auch fast alles selbst.«

»Dann nimm sie dir in Herrgotts Namen. Und grüß Mama von mir, ja?«

Er schob das Handy zurück und ging wieder zurück Richtung Gutsladen. Hundert Euro, dachte er, verdammt viel, wusste ich ja gar nicht. Er grübelte darüber nach, was er sonst alles nicht wusste. Vor nicht ganz zwei Monaten war seine Frau Anna ausgezogen, und die Situation war für alle noch ungewohnt. Obwohl er den Eindruck hatte, dass Lilli sich am schnellsten damit arrangiert hatte. Zumindest am Telefon gerade klang sie unbeschwert und offen. Das war anfangs nicht so gewesen. Aber jetzt lebte Lilli abwechselnd bei Anna und bei ihm. Und da sie beide viel arbeiteten, war Lilli meist allein. Aber sie war jetzt vierzehn und bestimmt nicht traurig darüber, dass sie ihre Ruhe hatte.

Er blieb noch einmal stehen. War es denkbar, dass er selbst mit der Situation haderte? Er war nicht derjenige gewesen, der auf einer Trennung bestanden hatte, sei es auch nur vorübergehend. Er seufzte tief und ging langsam weiter. Trennung, war es das überhaupt? Irgendwie ja und nein. Es hing weitgehend von seiner Gemütslage ab. Im Moment schien es ihm endgültig zu sein. Anna kommt nicht wieder, dachte er. Das würde nicht zu ihr passen. Seine Gemütslage vermittelte ihm aber auch keine negativen Gefühlsausbrüche mehr, er stand der ganzen Sache mittlerweile fast neutral gegenüber.

Paul wusste nicht, an welchen Tagen der Gutsladen geöffnet war, aber als er das Torhaus passiert hatte, sah er, dass die Tür trotz der Kälte offen stand. Er blieb einen Moment stehen und sah sich um. Das Herrenhaus der von Thomsens lag an der Stirnseite eines Innenhofes, gegenüber dem Torhaus, auf dem in Eisenlettern »ANNO 1753« prangte. In der Mitte des Hofes stand eine Linde, gepflanzt in demselben Jahr, in dem der Hof errichtet worden war. Rundum schlossen sich reetgedeckte flachere Bauten an, die früher als Gesindehäuser und Ställe gedient, im Laufe der Jahre aber immer wieder ihre Bestimmung geändert hatten. Jetzt beherbergten sie die Ferienwohnungen, vor denen gerade mehrere Frauen standen und sich unterhielten. Er zählte fünf. Darunter war auch die Frau, die ihm eben noch entgegengekommen war. Sie schloss gerade die Tür ihres Apartments auf und ging hinein. Paul dachte, dass man schon eine große Liebe für diesen Landstrich mitbringen musste, um zu dieser Jahreszeit hier Urlaub zu machen.

Der Gutsladen war neben Bauer Hinrich, bei dem man sich Milch und Eier holen konnte, der einzige Laden in Havgart und wurde von Linda Raven betrieben. Da ihre Hauptaufgabe das Gestüt des Gutes Havgart war, das sie schon vor vielen Jahren von Felix von Thomsen übernommen hatte, war der Laden nur an zwei oder drei Tagen in der Woche für einige Stunden geöffnet. Linda war die Frau des Jagdaufsehers Niels Raven und zweifelsfrei ein Lichtblick hier, mit ihrem dänischen Akzent, dem hellen dicken Zopf auf dem Rücken und den kräftigen Armen und Händen, wie sie Menschen hatten, die mit und für ihre Pferde lebten. Überhaupt mochte Paul den dezenten Lavendelgeruch des Ladens, Lindas unaufdringliche Art, ihren klaren Blick. Johann hatte einmal die Bemerkung fallen lassen: »Blöd, dass sie Frau Jagdaufseherin ist.« *Und nicht Frau Kriminalhauptkommissarin, wolltest du das sagen?* Paul hatte dies nur gedacht, aber nicht gesagt, weil er keine Lust hatte, mit seinem Vater darüber zu reden, welche Frau zu ihm passte und welche nicht.

Paul betrat den Laden, in dessen Mitte sich noch die Feuerstelle befand, groß und eckig, unter einem tief hängenden Kamin, in der ein Feuer vor sich hin brannte. Linda Raven lächelte ihm zu, als er eintrat. Sie stellte gerade einen Weinkarton ab, das Telefon zwischen Ohr und Schulter geklemmt. Paul steuerte den Kamin an, setzte sich auf eines der Kissen, die am Rand der gemauerten Feuerstelle lagen, und sah sich um. Auf einer Tafel an der Wand wurde frisches Wildschwein und gefrorenes Reh- und Damwild aus dem eigenen Revier sowie Rapshonig vom hiesigen Imker angeboten. Vielleicht würde er etwas von dem Wild mitnehmen.

»Bleib ruhig noch ein bisschen bei Henny. Grüße sie von mir, ja?« Linda legte das Telefon ab und wandte sich Paul zu. »Sie gehen mit Ihrem verletzten Fuß bei diesem Wetter auf die Straße? Sie hätten auch anrufen können, ich hätte Ihnen alles gebracht.«

Erneut kam sich Paul wie ein nutzloser Zeitdieb vor. Er winkte ab. »So schlimm steht's noch nicht um mich, aber danke trotzdem. Sagen Sie, der Krankenwagen eben, kam der vom Hirschfänger?«

Sie nickte. »Ja, meine Tochter hat gerade angerufen. Hauke Liebe hatte einen Schlaganfall.«

»Das tut mir leid.«

»Seine Frau hat das ganz schön mitgenommen. Meine Tochter schaut gerade nach ihr.«

Paul dachte daran, dass es Johann auch jederzeit treffen könnte. Er schätze, dass die beiden Männer ungefähr im gleichen Alter waren. Über Hauke Liebes Gesundheitszustand wusste er nichts. Über den seines Vaters nicht viel mehr. Nur, dass er Arztpraxen und Vorsorgeuntersuchungen rundweg ablehnte. Ebenso Erkältungen und Herzinfarkte. Dafür besaß er eine mehrbändige Gesundheitslexikonreihe, die er regelmäßig nach seinen aktuellen Wehwehchen durchforstete. Dabei kam er jedes Mal von der eigentlichen Suche ab und stellte fest, dass er sämtliche Symptome der anderen Erkrankungen aufwies, auf die er beim Blättern gestoßen war. Dann legte er den Band mit sorgenvoller Miene beiseite, in der Hoffnung, bis zum erreichten Endstadium nicht allzu lange leiden zu müssen. Tatsächlich aber war Johann bis auf sein Asthma, das sich an der Seeluft so weit gebessert hatte, dass er wieder seine Zigarillos paffte, kerngesund. Paul konnte sich nicht daran erinnern, dass er überhaupt jemals krank gewesen war, abgesehen vom Austausch des Hüftgelenks. Paul betete innerlich, dass es bis zu dem Moment, in dem er abtreten würde, auch so blieb.

»Kennen Sie Hauke Liebe denn gut?« Linda Raven sah ihn besorgt an.

»Ich kenne ihn überhaupt nicht. Nur vom Sehen.«

»Er geht auch kaum noch aus dem Haus.«

»Aber Ihre Tochter hat ein gutes Verhältnis zu Frau Liebe?« Paul hatte ja das Telefonat mit angehört, und wenn die Mutter sagte, ihre Tochter solle dortbleiben und sich um Henny kümmern, dann gehörte sie wohl zum engeren Freundeskreis der Liebes.

»Henny ist Lous Ersatzoma. Die beiden hatten schon immer eine innige Beziehung zueinander.«

»Die Liebes, das sind doch die mit dem Mädchen, das ertrunken ist, wenn ich mich recht erinnere. Wie hieß sie doch gleich?«

»Maria. Ja, die Liebes sind ihre Eltern.«

»Ein Kollege von mir, Martin Heimdahl, hat damals an dem Fall gearbeitet.«

»Ich weiß. Niemand hier hat die Namen der ermittelnden Beamten vergessen, glauben Sie mir.«

»Wie sind die Eltern damit zurechtgekommen?«

Sie hielt einen Moment inne. »Wie kommt man mit so etwas zurecht? Gar nicht, denke ich. Man ist jeden Tag aufs Neue verzweifelt. Henny lebt ihr Leben in dieser Gaststätte und serviert lächelnd Wildgulasch. Hauke sitzt in seinem Keller und stopft Vögel aus. Beide haben sich in die Arbeit geflüchtet, sie machen einfach weiter. – Aber mal was anderes«, Linda zögerte einen kurzen Moment, als fände sie keine Überleitung, »wir haben gehört, Sie haben einen neuen Nachbarn?«

Paul nickte. »Adri Holland, Sie kennen sich ja von früher, richtig?«

»Allerdings.« Sie schüttelte den Kopf. »Wir haben uns nämlich gefragt, was er hier will. Er ist nicht gerade – wie soll ich sagen? – in aller Freundschaft gegangen damals.«

Paul dachte an das, was Adri erzählt hatte. Von seinen Freunden, von denen Niels Raven und Felix von Thomsen wohl die engsten gewesen waren. Und die Frage, was Adri denn in Havgart wolle, war natürlich berechtigt, aber der Tonfall ihres »Allerdings« verriet Paul, dass sie nicht gerade begeistert waren von der Rückkehr ihres alten Freundes.

»Er hütet das Anwesen der Kipplings. Man weiß ja, wie schnell leer stehende Häuser verfallen.«

»Verstehe. Nein, Leerstand ist tödlich. Nun, dann sind wir ja wieder vollzählig«, sagte Linda.

Paul sammelte die Krücken ein und erhob sich. »Sie müssen arbeiten, und ich Zeitdieb stehle Ihnen die Zeit.« Ihm fiel auf, dass dieses Wort ihn tatsächlich beschäftigte.

Linda lachte. »Brauchen Sie Hilfe beim Einkaufen?«

»Bloß nicht! Lassen Sie mir noch einen kleinen Rest Selbstachtung.«

Eine Stunde später stand Paul wieder in der Küche und räumte seinen Einkauf ein. Während er die Regale des Gutsladens entlanggehumpelt war, hatte er sich entschlossen, ein Gericht aus der Gegend hier zu kochen, da sein Vater bisher kein gutes Haar an der ostholsteinischen Küche gelassen hatte. Am meisten irritiert hatte Johann, dass es Labskaus in Dosen zu kaufen gab, hatte er diese rosabraune Masse aus Kartoffeln, Rindfleisch, Matjes und roter Bete doch schon immer für einen schlechten Scherz gehalten. Linda Raven hatte Paul Steckrübenmus empfohlen. Die Mettenden, die Steckrüben, Möhren und Kartoffeln hatte er gleich mitgenommen. Er hatte gefragt, ob das am Ende nicht auch eine Pampe sei, ähnlich wie Labskaus. Linda hatte gelacht und erwidert, dass Welten dazwischenlägen.

Vom Fenster aus konnte er sehen, dass Johann die Arbeitsleuchte aus dem Schuppen geholt hatte und dass er und Adri dabei waren, den Wohnraum wieder herzurichten. Kurz darauf sah er Linda Raven neben einem hochgewachsenen sportlichen Mann mit feuerroten Haaren und ebenso rotem Bart, den Paul als Niels Raven erkannte, auf das kleine Haus zusteuern. Sie hatten einen Münsterländer dabei, der neben ihnen hertrottete. Ah, das Begrüßungskomitee, dachte Paul. Eigentlich hatte er sich auf die Ofenbank legen wollen, um seinem Fuß eine Ruhepause zu gönnen. Aber jetzt wurde er doch neugierig. Schien es doch, als gehörten diese Leute, die sich gerade dort unten versammelten, zum Who's who von Havgart. Fehlten nur noch die Thomsen-Brüder.

Und auch er selbst fühlte sich irgendwie zugehörig zu diesem kleinen Ort. War es vorher nur ein hübsches Dorf gewesen, das er dann und wann wegen einer Wildschweinkeule aufgesucht hatte, so hatte er jetzt einen Fuß hier drin. Sein Blick wanderte nach unten. Aber wirklich nur einen, dachte er.

Adri und Johann hatten einiges geschafft, stellte Paul fest, als er das kleine Haus betrat. Sie hatten geputzt, und auch der Teppich, den er Adri im Garten hatte ausklopfen sehen, lag in der Mitte des Raumes. Niels Raven, in einer dunklen Barbour-Wachsjacke, lehnte an der Fensterbank, der Hund lag neben ihm und schlug mit dem Schwanz an die Holzwand, als Paul auf sein Herrchen zuging.

»Herr Lupin«, sagte der Jagdaufseher und gab ihm die Hand. »Geht es Ihrem Fuß wieder besser?«

Paul hob eine Krücke an. »Die Blasen an den Händen machen mir im Moment mehr zu schaffen.«

»Und, Paul, was sagst du?« Adri klopfte Johann auf die Schulter. »Ohne deinen Vater hätte ich das nie hingekriegt.«

Johann winkte ab. »Muss man keinen Staatsakt draus machen.«

»Oh doch, mein Freund, ich bin dir was schuldig.«

»Im Flur und im Gästezimmer fehlen noch Deckenlampen«, sagte Paul.

»Ein zweites Paar Krücken habe ich noch im Schuppen«, ergänzte Johann, der sich bereits neue Arbeit gesucht hatte und das kaputte Rattangeflecht eines Stuhls in Augenschein nahm.

Im allgemeinen Gelächter sah niemand, dass Lou Raven gekommen und in der Tür stehen geblieben war. »Hab ich was Lustiges verpasst?«

»Ah, Lou.« Niels wandte sich an Adri. »Darf ich dir unsere Tochter vorstellen? Lou, das ist Adri Holland, mein bester Freund von damals.«

Adri sah das Mädchen an, mit einem Ausdruck in seinem Gesicht, als hätte er nicht begriffen, wer da vor ihm stand.

Lou hingegen kam auf ihn zu und streckte ihm ihre Hand entgegen. »Hallo, schön, dass ich dich endlich mal kennenlerne.« Sie hatte einen ebenso festen Handgriff wie ihre Mutter. »Ich kenne dich nur von dem Bild, auf dem du dich selbst zusammen mit Felix gemalt hast, es hängt in seinem Flur. Ich liebe dieses Bild.«

Adri war geschmeichelt und froh, dass ihn jemand auf seine Arbeit angesprochen hatte, noch dazu lobend. »Er hat es tatsächlich noch? Freut mich, dass es dir gefällt.« Er schenkte ihr ein Lächeln, und Paul dachte wieder, dass sein Lächeln absolut betörend sei. Es war ein Lächeln, das sein ganzes Gesicht veränderte, als wäre in diesem Moment nichts als reine Freude in ihm. Adri ließ seinen Blick eine Weile auf Lou ruhen, dann schüttelte er langsam den Kopf. »Ich wusste gar nicht, dass die Tochter meines alten Freundes so reizend und schon erwachsen ist.«

»Na ja, erwachsen bin ich noch nicht«, entgegnete Lou, der eine leichte Röte übers Gesicht geflogen war, weil alle Blicke auf ihr ruhten. »Aber danke für das Kompliment. So was Nettes hört man in Havgart sonst nie.«

Adri lachte auf. »Das kann ich mir vorstellen.«

Lou schaute sich um, sah die Staffelei und die eingepackten Bilder an der Wand stehen. »Du malst also immer noch?«

»Malen ist das Einzige, was ich kann.«

»Auch Porträts?«

»Möchtest du eins von dir?«

»Echt? Klar, das wäre super.« Lous Gesicht erstrahlte. Sie sah zu ihren Eltern hinüber. »Oder? Ich bin noch nie von jemandem gemalt worden.«

Linda hob die Schultern und lächelte. Adri sah ihr an, dass ihr der Vorschlag nicht gefiel, und er kam sich plötzlich so vor, als hätte er etwas Anzügliches von sich gegeben.

Linda wandte sich der Tür zu. »Ich muss wieder in den Laden zurück.« Sie sah ihre Tochter an. »Schaust du noch einmal nach Henny?«

»Klar«, erwiderte Lou und folgte ihrer Mutter.

»Erstaunlich«, murmelte Adri und sah den beiden nach. »Gratuliere, mein Freund.«

»Übertreib nicht, Adri.« Niels schickte sich ebenfalls zum Gehen an.

In dem Moment hörten sie ein Niesen, das seltsam gedämpft klang.

»Gesundheit!«, rief Paul seinem Vater zu. »Hol dir bitte keinen Schnupfen bei der Zugluft hier. Ein Kranker im Hause Lupin reicht.«

»Deine Fürsorge in allen Ehren, aber ich habe nicht geniest«, erwiderte Johann, der mittlerweile das ganze Geflecht vom Stuhl entfernt hatte und die Sitzfläche mit einem Zollstock ausmaß.

Wieder das Niesen. Die Männer wechselten kurze Blicke, und Adri schaltete das Radio ab, das die ganze Zeit im Hintergrund gelaufen war. Eine Weile standen sie da und horchten, dann ging Adri in die Mitte des Raumes, blieb unter der Dachbodenluke stehen und zeigte mit dem Finger nach oben. Dort rutschte etwas oder jemand über den Holzboden.

Adri sah Niels fragend an.

»Wo ist die Leiter?«, flüsterte Niels.

Adri schaute sich um und stellte fest, dass die Leiter, die letzte Nacht noch an der Wand gehangen hatte, nicht mehr da war. »Weiß nicht, weg.«

»Wir haben eine Leiter im Schuppen«, sagte Johann. »Die kann ich holen.«

»Ich helfe Ihnen.« Niels Raven folgte Johann.

Paul und Adri standen weiterhin unter der Dachklappe und horchten. Der Wind pfiff leise durch eines der angelehnten Fenster, ansonsten war es jetzt ruhig dort oben. Kurze Zeit später kamen Johann und Niels Raven mit der Aluleiter wieder, von der Paul gefallen war. Bei ihrem Anblick überkam ihn ein unbehagliches Gefühl im Magen und ein Ziehen im Fuß. Als die Leiter stand, kletterte Adri hinauf, schob die Klappe beiseite und leuchtete mit der Taschenlampe in die entstandene Öffnung.

So viele Jahre war er nicht in Havgart gewesen, aber Edgar Allweis hätte er auch ohne Lampe erkannt. Allein an der Statur. Der aufgedunsene große Bursche mit dem runden Kopf und dem tumben Gesichtsausdruck hatte sich in der langen Zeit kein bisschen verändert. Wie ein verängstigtes Kaninchen hatte er sich in eine Ecke verzogen, die Leiter hielt er wie ein schützendes Gitter vor sich. Es dauerte eine Weile, bis Adri ihn dazu bringen konnte, wenigstens aus dieser Ecke hervorzukommen. Erst als Niels ebenfalls hinaufgeklettert war und Edgar gut zugeredet hatte, war der schließlich bereit, den Dachboden zu verlassen.

Sie setzten ihn auf den einzigen intakten Stuhl, und Johann lief noch einmal nach Hause, um einen heißen Punsch zuzubereiten. Das war jetzt der dritte Notfall innerhalb von zwei Wochen. Vielleicht sollte ich eine Sanitätsstation bei mir einrichten, war ihm dabei durch den Kopf geschossen. So eine, wie sie die DLRG unten am Strand betreibt.

Wenig später hockte Edgar auf dem Stuhl, in eine Decke eingehüllt, den dampfenden Pott in den Händen. Die anderen warteten geduldig, bis er nicht mehr so zitterte. »Sie sind gekommen«, sagte er nach einer Weile.

»Wen meinst du, Eddi?«, fragte Adri, der sich ihm gegenüber auf einen Bierkasten gesetzt hatte.

Edgar glotzte ihn mit offenem Mund an. »Wer büst *du* denn?«

»Adri. Kennst du mich nicht mehr? Adrian Holland.« Er zeigte auf das Glas in Edgars Hand. »Du musst das trinken, es wird dich wärmen.«

Doch Edgar begann zu grinsen, als er sein Gegenüber endlich erkannte. »Du hast immer die Bilder ins Meer geworfen und gerufen, alle sind doof.«

Adri verdrehte die Augen. Natürlich, so was merken sich die Leute, dachte er. »Du hast ein gutes Gedächtnis, Eddi. Ich war ärgerlich, weil ich meine Bilder scheiße fand. Also, wer ist wieder da?«

»Nee, nee, nix da, von wegen Bilder. Du hast gemeint, *wir* sind doof.«

Adri gab sich geschlagen. »Du hast ja recht, das habe ich wohl auch gesagt.« Er machte eine kleine Pause, um Edgar nicht zu sehr unter Druck zu setzen. Er reichte ihm eine Bierflasche aus dem Kasten, auf dem er hockte. »Hier, ich denke, das ist eher was für dich.«

Edgar nahm sie entgegen und stellte den Punsch auf den Boden. Dann zog er ein Feuerzeug aus seiner Hosentasche und ließ den Kronkorken mit einem dumpfen Plopp davonfliegen. »Deine Bilder waren aber auch 'n Schiet, Mannomannomann. Das kann ja sogar ich, so 'n Gekrakel.« Er trank einen Schluck und wischte sich mit dem Handrücken über den Mund. Dann sank er wieder in sich zusammen und starrte ins Leere.

Adri fiel ein, dass Edgar ein guter Zeichner gewesen war. Adri sah ihn wieder im Hirschfänger am Tresen hocken und Bierdeckel oder den Block des Kellners mit Karikaturen der Leute bekritzeln. Jede einzelne hatte man tatsächlich ihrem Vorbild zuordnen können. Adri hatte es schade gefunden, dass niemand es für nötig hielt, sein Talent zu fördern.

»Und, willst du uns nicht sagen, was dir so eine Angst gemacht hat?«

»Das war gar kein Hund letzte Nacht. Der war viel zu groß.«

»Hm, was meinst du denn, Eddi?«

»Du kapierst auch nix, he?« Edgars überheblicher und schadenfroher Blick ging jetzt zwischen Adri und Niels hin und her. Adri dachte, dass dieses Verhalten typisch war für Menschen, denen ihr ganzes Leben lang gesagt wurde, wie dämlich sie doch seien, und die nun endlich mal einen Wissensvorsprung hatten.

Jetzt schaltete sich Niels ein. »Von welchem Hund redest du, Edgar?«

»Na, von dem im Wald. Und das mit dem Keiler, nee, nee, also wir waren das dieses Mal aber nich. Kannst uns nix anhängen, Herr Aufseher.«

»Niemand will dir was anhängen«, sagte Niels ruhig. »Jetzt erzähl doch einfach mal der Reihe nach. Was für ein Hund? Was für ein Keiler?«

Edgar zog eine Schnute. »Wenn ich das sage, bin ich bestimmt als Nächster dran.«

»Warum gehst du denn nachts in den Wald? Hattest du gar keine Angst?«

Edgar grinste nur.

»Ah, verstehe. Du warst nicht allein.« Niels versuchte es andersherum.

Edgar nickte, sah Niels plötzlich erstaunt an, als wäre ihm ein Licht aufgegangen, warf denselben Blick Adri zu und schüttelte heftig den Kopf, als wollte er das vorherige Nicken wieder wettmachen.

»Ja, was denn nun?« Niels Raven wurde ungeduldig.

»Allein, ich war allein. Bin allein nach Hause gelaufen.«

Adri seufzte. »Aber du bist ja gar nicht zu Hause, sondern hier auf dem Dachboden gelandet.«

»Ich bin doch hier vorbeigekommen, und die Tür war auf, und da bin ich rein. Ging doch schneller als nach Hause −« Er hielt inne, als wäre ihm plötzlich etwas eingefallen. »Und dann der weiße Vogel, das ist das Allerschlimmste.« Edgar sah ins Leere, dann plötzlich wandte er sich wieder Adri zu und riss die Augen auf. »Da sind wieder die dunklen Schatten im Meer, und ihr wisst, was das heißt.«

Niemand gab eine Antwort, und Edgar saß eine Weile ganz abwesend da.

»Die Wila ist zurück. Sie hat die anderen geweckt, die … Ich darf das doch nicht aussprechen, das bringt noch mehr Unglück. Und die haben den Vogel in die Falle gelegt.«

Adri runzelte die Stirn und warf Niels einen schnellen Blick zu.

Edgar biss sich auf die Lippe. »Hab sie gesehen. Letzte Nacht.« Er beugte sich nach vorn, griff Adri am Kragen seines Troyers und zog ihn zu sich heran. »Sind ausm Hügelgrab gekommen, da, wo der Fiete das Loch gegraben hat … Ihr wisst schon … die … Dwargen.«

Adri schaute die anderen Männer an, schwieg aber.

»Ihr glaubt mir mal wieder nicht. Aber wenn ich sage, ich habe sie gesehen, dann hab ich sie auch gesehen!«

»Kannst du mal Klartext reden, Edgar?«, fuhr Niels ihn an. »Wen hast du wo gesehen? Und verschon uns mit deinen Geschichten von durchsichtigen Frauen und Unterirdischen.«

Edgar wandte sich beleidigt ab. »Ich sage nur, es wird wieder einer kaputtgehen«, brummte er mehr zu sich selbst. Dann schaute er einen nach dem anderen an. »Die Wila, die kann sich doch in einen Wolf verwandeln, und das kann auch nur ein Wolf gewesen sein, ein Werwolf … Das ist die Rache für das Loch im Hügelgrab. Weil ich da mal drin –« Er brach ab und schlug sich die Hand vor den Mund. »Ich sag nix mehr, sonst bin ich tot.« Er hob den Kopf und blickte flehend die Dachluke an. »Aber wenn ich da oben wäre … und vielleicht die Leiter mit hochnehme …«

»Das mit der Wila und den Dwargen, das ist Quatsch, Eddi, Märchen, nichts weiter.« Adri stand auf. »Komm, du gehst jetzt am besten nach Hause, einverstanden?«

»Kein Quatsch. Und das wisst ihr alle.« Er zeigte auf Niels. »Und vor allem du weißt es. Du hast mich doch immer vor denen gewarnt. Hast selbst immer gesagt, da sind Wolfsähnliche drin. Und jetzt sind sie wiedergekommen.« Edgars Stimme war in ein Flüstern übergegangen.

»Oh Mann«, stöhnte Adri.

»Schluss jetzt!«, rief Niels. »Ich höre mir den Blödsinn nicht mehr länger an. Du gehst jetzt nach Hause und schläfst dich mal aus, Edgar.«

Edgar riss die Augen auf und zeigte wieder auf die Luke.

»Eddi, du wirst erfrieren. Da oben gibt es keinen Ofen«, sagte Adri in besänftigendem Ton.

Edgar nickte resigniert.

»Na, komm schon, geh nach Hause, nimm ein heißes Bad und schlaf dich aus.«

»Ik heff doch gor keen Baadwann«, kam es kleinlaut aus Edgar heraus, aber er gehorchte doch und trottete davon. Kam aber gleich wieder rein. »Hab meine Tüte da oben.«

»Was für eine Tüte?«

»Tüte eben«, sagte Edgar und stieg noch einmal die Leiter hinauf.

»Fortschritte hat der in der langen Zeit nicht gemacht«, sagte Adri, als Edgar endlich gegangen war.

Niels Raven winkte ab. »Was mich viel mehr interessiert, ist die Sache mit dem Keiler. Das hat er vielleicht nicht erfunden.« Ein Blick auf die Armbanduhr. »Ich rede später noch einmal mit ihm.« Er legte seine Hand auf Adris Schulter und lächelte. »Du hast es richtig erkannt, mein Freund. In Havgart hat sich nichts verändert, alles wie immer.« Der Blick auf die Uhr seines Herrchens war für den Hund offenbar ein Zeichen gewesen, dass ein Ortswechsel bevorstand, denn er war bereits aufgestanden und schaute erwartungsvoll zur Tür. »Komm, Nelli!«

»Dieser Edgar ist ein recht eigenwilliger Geselle«, bemerkte Johann, als der Jagdaufseher gegangen war.

»Das ist doch der mit dem Moped, oder?« Paul erinnerte sich jetzt an den riesenhaften, untersetzten Burschen, unter dem das Moped immer viel zu klein aussah. An den stieren

Blick unter der schwarzen Halbschale auf seinem Kopf und daran, dass er sie kein einziges Mal gegrüßt hatte.

»Von wem hat er da geredet?«, wollte Johann jetzt wissen.

»Die Wila, ja.« Adri seufzte, dann sah er in die Ferne, wie um sich die Ereignisse von damals wieder ins Gedächtnis zu rufen. »Edgar ist … anders, er glaubt an Geister, Elfen, daran, dass Tote wiederauferstehen, und so was. Den würdest du niemals auf unseren Friedhof kriegen. Er ist dermaßen abergläubisch, dass ich mich damals schon gefragt habe, wie er seinen Alltag auf die Reihe kriegt, so sehr steht er sich damit selbst im Weg. Die Wila entspringt einem uralten Mythos der Wagrier, einem slawischen Stamm, der früher hier angesiedelt war. Sie ist ein Naturgeist, mit dem man sich besser nicht anlegen sollte. Edgar ist übrigens nicht der Einzige, der sie schon gesehen haben will.« Adri lächelte. »Und das, obwohl sie fast durchsichtig ist. Und dann sind da noch die Dwargen, das sind – ja, was eigentlich? Zwerge halt. Sie leben in den Hügelgräbern, deshalb werden sie auch Unterirdische genannt.«

»Diese Buckel da draußen an der Steilküste?«, fragte Paul.

Adri nickte, immer noch ganz in Gedanken versunken. »Genau die«, sagte er nach einer langen Weile. »Uralte Grabstätten, über dreitausend Jahre alt.«

»Aus der Bronzezeit«, ergänzte Johann. »Ich habe darüber gelesen.«

»Edgar erzählte eben von einem Loch, das jemand dort gegraben hat«, sagte Paul. »Was ist da passiert?«

Adri schüttelte den Kopf. »Lange bevor wir nach Havgart gezogen sind, da hat tatsächlich jemand in einem der Hügel Grabungen vorgenommen, illegal. Fiete Jacobsen, er wohnte drüben in Kleinwessek. Und während er grub …« Adri hielt inne und runzelte die Stirn. »Seltsame Geschichte, ich habe in all den Jahren nicht mehr daran gedacht.«

Paul sah ihn neugierig an, während Johann aufgestanden war und ein Holzbrett begutachtete, das an der Wand stand.

»Also, Fiete ist nicht weit gekommen mit dem Graben. Er

hörte hinter sich plötzlich jemanden ›Feuer!‹ rufen. Doch da war niemand, zumindest hat er niemanden gesehen. Instinktiv wusste er, dass es sein Haus war. Er ließ die Spitzhacke fallen und rannte zu seinem Wagen, den er unten am Waldeingang vom Eitz abgestellt hatte. Als er in Kleinwessek ankam, stand sein Haus in Flammen. Seine bettlägerige Mutter ist dabei ums Leben gekommen.«

Eine Weile herrschte Schweigen.

»Hat man denn herausgefunden, wer ›Feuer‹ gerufen hatte?«, fragte Paul dann.

»Nein. Es hat sich zumindest niemand gemeldet. Das Verrückte ist, dass eine alte Sage über die Dwargen so ähnlich lautet, nur dass das Feuer in dem Moment erstickt, in dem der Grabschänder zu graben aufhört.« Adri schüttelte bedächtig den Kopf.

Paul beobachtete Johann, der begonnen hatte, das Brett auf den Stuhl zu schrauben. Völlig selbstvergessen, ganz in seine Arbeit vertieft.

»Ich hatte gar nicht mehr an den ganzen Quatsch gedacht. Aber ich bin keine vierundzwanzig Stunden hier draußen, schon ist alles wieder da.« Adri seufzte. »Ich habe Eddi heute zum ersten Mal wiedergesehen, seit ich damals weggegangen bin, und sofort fängt er wieder mit diesen Geschichten an.« Er lachte einmal auf. »Ich kann kaum glauben, wie tief das in ihm drin ist. Wie man mit so was leben kann.«

»Er ist wie ein Kind«, erwiderte Paul nachdenklich, »die verweben Märchen auch ganz locker mit der Realität, als wäre es das Normalste der Welt.«

»Und in jedem Märchen steckt ein bisschen Wahrheit.« Adri sah gedankenverloren zu Johann hinüber, der gerade auf dem reparierten Stuhl Platz genommen und sich einen Zigarillo angezündet hatte, dann wandte er sich wieder an Paul. »Eddi hat auf jeden Fall was gesehen. Irgendwas oder irgendwer hat ihm eine Riesenangst eingejagt.«

»Aber was?« Paul sah ihn fragend an.

Adri zog die Brauen hoch, zuckte mit den Schultern und

rieb sich die Hände. »Havgart, du düstres Juwel am Meer, sei mir willkommen!«

※

»Umbambaba … der Wolf geht um … ulala … das ist von Übel … dumdidum … holt sich den Zwerg … holt sich den Zwerg … ulala … aus meinem Hügel …«

Edgar saß zufrieden singend in seinem Ledersessel, vor sich allerhand Utensilien auf dem niedrigen Wohnzimmertisch. Damit versuchte er, den Flugrost aus dem Lauf seines Gewehres zu entfernen. Die alte Jagdbüchse hatte er nach dem Tod seines Opas in dessen Keller gefunden, und sie war Edgars erste und einzige Waffe geblieben. Jedes Mal, wenn er sie hervorholte, fragte er sich, wann sie ihm endgültig um die Ohren fliegen würde.

»Umbambaba singt der Zwergenkönig … schneidet dem Wolf … schneidet dem Wolf das Herz heraus …«

Er brauchte noch ein Bier. Edgar legte die Büchse beiseite und stand auf. Doch bevor er zum Kühlschrank ging, hielt er noch einmal inne und streichelte zärtlich seinen Ledersessel. Ganz neu war der. Seine Eltern hatten auch so einen besessen. Edgar hätte ihn so gern geerbt, aber sein Bruder hatte ihn genommen. Einfach so, ohne ihn wenigstens zu fragen. Erst war seine Mutter gestorben. Kurz darauf sein Vater, *und dieser Blödmann geht einfach in die Wohnung und holt sich den Sessel.* Edgars Miene verfinsterte sich, doch dann lächelte er gleich wieder. Aber der hier, verflucht noch mal, der hier war bestimmt zehnmal so teuer. Und neu war er auch.

Edgar holte sich eine Dose Bier und ging ins Wohnzimmer zurück. Er ließ sich in den Sessel plumpsen und nahm den Jagdwaffenprospekt, der vor ihm auf dem Tisch lag. Er blätterte darin, bis er sie gefunden hatte. Seine Augen begannen zu leuchten. Ja, die wäre was für ihn. So eine hatte nicht mal der adlige Schnösel von und zu Arschgesicht. Rausgeschmissen hatte er ihn. Und nur, weil er ein Rebhuhn geschossen hatte.

Na und? Der Wald wimmelte doch von lauter Viechern. Herr von Thomsen und sein wie aus dem Ei gepellter scharfer Hund von Aufseher mit dem geschniegelten Bart wollten immer alles für sich haben. Und für ihre Freunde, die reichen Jüngelchen aus Hamburg, mit ihren teuren Autos und teuren Klamotten, die bekifft – ja das hatte Edgar mit eigenen Augen von seinem Geheimversteck aus gesehen – im Wald rumballern durften. Er, Edgar, brachte die Tiere immer zu Hauke Liebe, damit er ihnen ihre Form zurückgab. Das machte doch wenigstens Sinn. Hauke sagte immer, damit ehre man das Tier, indem man ihm seinen Ausdruck wiedergebe. Ja, fast so, als würde man ihnen Leben einhauchen. Und man zeige den Menschen, wie schön die Tiere seien. Wann sonst kriege man eines aus dem Wald schon zu sehen?

Hauke war auch nicht besonders gut auf die da oben zu sprechen. Nein, ganz und gar nicht. Die hielten sich für was Besseres, spielten sich auf, als hätten sie hier was zu sagen. Aber den Hauke, den konnte niemand rumkommandieren, den nicht. Und den Edgar bald auch nicht mehr. Nicht aufregen, Eddi, sagte er sich. Wird schon werden, wird schon werden.

Zum hundertsten Mal las Edgar die Beschreibung, die er markiert hatte: »Bockbüchsflinte … (Doppelschloss-System) mit schwarz eloxiertem Systemkasten … eingebauter ›Extra Voll‹-Wechselchoke (titannitriert) … Abzüge goldfarben.«

Er hatte sich natürlich die Preisliste mitgeben lassen und war schwer beeindruckt, was so ein Ding kostete. Natürlich würden sie das Gewehr ihm selbst nie verkaufen, aber das war kein Problem, es gab immer einen Weg, er wusste auch schon, welchen. Und wenn er dann noch sein Vorhaben da draußen im Wald erledigt hatte, dann würden die sich noch umgucken. Von wegen Döskopp, oder was sie sonst immer zu ihm sagten. Wenn er erst einmal wieder für Ordnung gesorgt hätte, würde er groß rauskommen, er, der schlaue Edgar.

Das Telefon klingelte, und er ärgerte sich. Er mochte keine Anrufe. Schon gar nicht mitten in der Nacht. Er stellte die

Dose Bier auf den Tisch, rülpste laut und nahm das Telefon auf. »Dosenbierentzugsanstalt!«

»Ich bin's, Jussi.«

»Wat wullt du denn?«

»Nur mal hören, ob du gut nach Hause gekommen bist.«

Edgar fiel wieder ein, dass er sich ziemlich unsportlich auf dem Dachboden versteckt hatte, weil er dachte, das Ungeheuer aus dem Wald würde ihn verfolgen. Er hatte noch nicht einmal versucht, sein Moped anzuschmeißen, aus Angst, es würde nicht anspringen. Und er glaubte immer noch, dass dieses Biest unten gehockt hatte, er hatte es doch schnaufen und scharren gehört. »Gut«, sagte er knapp.

»Hast du noch irgendwas gesehen? Ich meine, hast du vielleicht … Hunde gesehen?«

»Nee. Wieso?«

»Okay. Dann mach's gut.«

»Warum willst du das wissen, he?«

»Nur so. Bis später, tschüss.«

Edgar legte das Telefon auf den Tisch zurück. »Nur mal hören, ob du gut nach Hause gekommen bist«, äffte er Jussi nach. Was rufst du hier an, du Schnulli mit gefärbten Haaren?, dachte er. Dass du Knirps überhaupt schon Auto fahren darfst. Der Herr Student, ja, klugscheißern, das kannst du gut.

Dass Edgar den Führerschein nicht machen durfte und deshalb mit dem Moped fahren musste, war manchmal schon ärgerlich. Aber alles andere würde sich bald ändern. In den letzten Tagen hatte er seine Pläne geschmiedet, und er freute sich schon, so wie er sich als Kind gefreut hatte, wenn er mit zum Brandungsangeln durfte. Er trank die Bierdose leer und zerdrückte sie. Scheiß aufs Pfand, dachte er, jetzt muss ich nicht mehr auf die Pfennige achten. Er warf die Dose hinter sich über die Lehne des Sessels, dann schaltete er den Fernseher ein.

Als das Telefon schon wieder klingelte, schreckte er auf und sah auf die Uhr. Er musste eingenickt sein. »Schiete!« Wütend griff er nach dem Telefon. »Was willst du schon wieder?«

»Du kannst die Flinte testen. An deinem Boot.«

Edgars Augen weiteten sich. Hatte er richtig gehört?

»Jetzt?«

»Wann sonst? Und bring deine Schrottbüchse mit, zum Vergleich.«

Edgar brauchte eine Weile, bis er begriffen hatte. »Komme!« Er hatte jetzt schon Herzklopfen, aber es gab kein Zurück mehr. Heute Nacht war seine Nacht. Er nahm das Gewehr vom Wohnzimmertisch, zog die warme Jacke an und verließ das Haus.

Donnerstag

Im Morgengrauen, draußen zeichneten sich bereits die Umrisse der Bäume von der Schwärze der Nacht ab, schreckte Paul Lupin aus dem Schlaf hoch. Er hatte vom Strand geträumt, und dieser Traum war so merkwürdig gewesen, so real, dass er sich fragte, ob er nicht wirklich dort draußen gewesen war, mitten in der Nacht im blassen Mondlicht, und dort eine Gestalt gesehen hatte. Sogar das Schwappen der Wellen hatte er noch im Ohr, den kalten Wind im Gesicht. Er setzte sich auf und trank einen Schluck Wasser.

Der Traum war so intensiv gewesen, dass er sich an den gesamten Ablauf sowie alle Details erinnern konnte. Ein dicker Mann, der eine seltsame Melodie sang und dabei lachte wie ein Kind. Es war ein erwartungsfrohes Lachen, als stünde ihm eine Überraschung bevor. Der Mann hatte kein Gesicht, auch die Konturen waren unscharf, aber er war so präsent gewesen, als stünde er hier in seinem Zimmer. Er hatte ein Tier dabei, ein Frettchen, Wiesel oder so was. Doch mit diesem Tier stimmte irgendetwas nicht, es war aufgeregt und lief hin und her. Es weinte ganz fürchterlich, so wie ein Mensch, ein kleines Kind. Da ging der Mann zu dem Tier und gab ihm Tabletten, die seien gegen das Weinen, sagte er und gab ihm noch welche, immer mehr, bis die Packung leer war. Das Tier fiel in sich zusammen, und der Mann summte ein Kinderlied. Und das machte Paul so traurig, dass er ebenfalls anfing zu weinen.

So ein Blödsinn, hatte Paul noch gedacht, bevor er wieder einschlief, dieses Mal traumlos. Doch später, als er in der Küche auf das Kaffeewasser wartete, fiel ihm alles wieder ein. Seit er in Havgart war, träumte er immer so viel und intensiv. Kaum schlief er ein, ging es wieder los. Und Tage später wusste er jedes Detail noch. Das war seltsam, denn in der Regel konnte er sich schon beim Aufwachen nicht mehr an seine Träume erinnern.

Paul humpelte in Richtung Bad. Als er am Wandspiegel im Flur vorbeikam, blieb er stehen und sah hinein. Er hatte Johanns gestreiften Schlafanzug an, weil er sein letztes sauberes T-Shirt, das er zum Schlafen anzog, mit Rotwein bekleckert hatte bei dem Versuch, ohne Krücken das Sofa zu erreichen. Da er etwas kleiner als sein Vater war, schlug die Hose an den Füßen Falten. Das mittelblonde dichte Haar war durcheinander und bestimmt schon fünfzehn Zentimeter lang. Er nahm den Zollstock vom Fensterbrett, mit dem er vor dem Unfall das Fenster ausgemessen hatte, um ein passendes Rollo zu kaufen, und legte eine Strähne an. *Fünfzehn Komma drei, gut geschätzt.*

Er strich die Haare zurück und suchte nach dem ersten Grau, fand aber nur vereinzelte hellere Haare, die er als vernachlässigbar einstufte. Am Kinn zeigten sich einige weiße Barthaare, was er aber ganz okay fand. Paul hatte einen schmalen Mund, ein gut geformtes Kinn mit einer Kerbe in der Mitte, eine hohe Stirn, königsblaue Augen, war eins sechsundsiebzig groß und bisher mit sich im Großen und Ganzen zufrieden gewesen. Aber der, der ihn an diesem Morgen aus dem Spiegel anschaute, war ein anderer. Ob er ihn besser oder schlechter fand als den Paul, den er bisher kannte, wusste er nicht. Nur, dass er sich verändert hatte.

In diesem Moment sah er Baptiste durch den Garten springen wie ein Fohlen, gefolgt von Johann, der ein langes Stück Treibholz in der Hand hielt. Auf der Veranda und der Rückseite seines Hauses sammelten sich bereits die Fundstücke, die er von seinen täglichen Spaziergängen mitbrachte.

»Schon gefrühstückt?« Johann stellte das Holz in der Ecke ab und zog die Jacke aus. »Könnt einen ordentlichen Kaffee mit Schuss gebrauchen.« Er warf Paul einen fragenden Blick zu.

Der hob die Hände und wollte abwehren, reflexartig, wie er das sonst getan hätte in seinem bisherigen Leben. Alkohol zum Frühstück ging gar nicht! Eigentlich.

Johann zuckte mit den Schultern und ging zum Herd, als

das Telefon klingelte. »Ist nicht für mich«, sagte er. »Die Einzigen, die mich anrufen, sind Lotte und du. Deine Schwester hat heute schon angerufen, und du telefonierst gerade nicht.« Er nahm das Telefon und brachte es seinem Sohn.

Paul schaute auf das Display und erkannte die Nummer der hiesigen Polizeistation. Er nahm den Anruf entgegen. Es war Emma Flint, eine ehrgeizige junge, zuweilen aufbrausende Kriminalbeamtin, mit der er in Hamburg zwei Jahre zusammengearbeitet hatte, bevor sie nach Oldenburg gewechselt war. Emma war in Havgart aufgewachsen und kannte die meisten Bewohner gut.

»Guten Morgen, Kollege Lupin. Ich höre gerade von Martin, dass du deinen Urlaub unfreiwillig verlängern musst. Wie geht es dir denn?«

»Weiß noch nicht, so lala, aber danke, Emma, dass du an mich denkst. Wie sieht's aus bei euch, viel zu tun?«

»Frag nicht. Im Moment häufen sich Wohnungseinbrüche, bei denen nur Lebensmittel verschwinden, Schlägereien auf einer Geburtstagsparty, weil nach einem Tweet Hunderte von Leuten aufgelaufen sind, und ein Zusammenstoß bei einer Kundgebung gegen das geplante Flüchtlingsheim in der Kaserne. Und dann sind da diese Typen auf Supermarktparkplätzen, die den Einkauf aus dem Kofferraum klauen, während die Leute den Einkaufswagen zurückbringen. Schließe also immer den Wagen ab, auch wenn du nur eine Minute weg bist. Ach so, du kannst ja sowieso nicht fahren. Und zwei Kollegen sind krank. So sieht's aus –«, sie brach ab, »warte mal kurz.«

Paul aktivierte den Lautsprecher des Telefons und stellte es auf dem Tisch ab. Dann löste er den Fußverband, den er zu fest gewickelt hatte. Währenddessen hörte er, wie Emma den Hörer wieder aufnahm.

»Bin wieder da, hier ist gerade was Interessantes reingekommen, es lag im Briefkasten. Gefällt dir bestimmt. Soll ich mal vorlesen?«

»Okay.«

»Also: ›Warnung‹ Ausrufezeichen, Warnung mit h. ›Dies

ist ein Aufruf an die Leute, nicht in Thomsens Wald zu gehen. Da ist was‹, Klammer auf, ›Werwolf‹, drei Fragezeichen, Klammer zu. ›Hat ein ausgewachsenes Wildschwein gerissen und gefressen. Ist saugefährlich.‹«

Paul und Johann sahen sich an. »Den Verfasser kenne ich, glaube ich«, sagte Paul.

»Wirklich?«

»Sagt dir der Name Edgar Allweis was?«

»Natürlich, Hohlraum-Eddi. Den kennt jeder in Havgart.«

»Er hat uns gestern so etwas in der Art erzählt, nachdem wir ihn auf einem Dachboden gefunden haben, auf dem er sich versteckt hatte.«

»Auf welchem Dachboden?«

»Bei einem Nachbarn. Genauer gesagt in dem ehemaligen Bedienstetenhaus von diesem Reeder da, diesem Kippling.«

»Hm, jetzt, wo du das sagst … Schrift, Rechtschreibung und Ausdrucksweise könnten zu ihm passen. Was mach ich denn jetzt damit?«

Paul legte den Fuß auf dem Tisch ab. »Könnte ein Hinweis auf Wilderei sein.«

»Nur dass Wilderer in der Regel auf Trophäen aus sind und nicht gleich alles an Ort und Stelle aufessen, roh noch dazu.«

»Wir könnten ja noch mal mit dem Jagdaufseher sprechen. Der war auch dabei, als wir diesen Edgar gefunden haben. Dann musst du nicht extra herkommen.«

»Niels Raven. Ich war eine Zeit lang Babysitterin seiner Tochter Lou. Das wäre natürlich super, Paul. Amtshilfe aus Hamburg lehne ich nicht ab, dann hast du was gut bei mir.«

Johann zeigte plötzlich in Richtung der Dorfstraße, wo gerade einige Männer entlanggingen. Einer von ihnen war der Jagdaufseher.

»Wenn man vom Teufel spricht«, sagte Paul. »Raven kommt gerade hier vorbei.«

Als er das Telefonat beendet hatte, war sein Vater bereits im Gespräch mit den Männern. Paul nahm die Krücken auf und stelzte über den Rasen zu der Gruppe hinüber. Dabei sah er, dass Niels Raven jedem der Männer die Hand gab. »Wir sehen uns später.«

»Moin«, begrüßte ihn Niels Raven. »Jemand hat den Tierriss gemeldet, höre ich?«

»Es gab also wirklich einen?«, fragte Paul.

»In der Tat.«

»Und? Weiß man, wer das war?«

»Hunde. Das zeigen die Bissspuren.«

»Hunde«, sagten Paul und Johann gleichzeitig.

Niels Raven nickte.

»Wilderei – kommt das öfter vor hier draußen?«, fragte Paul.

»Immer wieder. Meist sind es Hunde, Katzen und leider auch Wilderer in Menschengestalt.«

Menschengestalt, dachte Paul und sah kurz seinen Vater an, der nur unschuldig die Schultern hob. »Und sonst so?«, fragte Paul vorsichtig.

»Was meinen Sie?«

»Ich weiß nicht genau, wer oder was sonst noch so wildert. Haben Sie eine Vermutung, wem die Hunde gehören könnten?«

»Petersens Hunde sind mehrfach auffällig geworden«, entgegnete Raven, hob aber sofort entschuldigend die Hände. »Nur eine Vermutung. Aber da liegt das Problem. Hunde haben einen angeborenen Jagdtrieb, und wenn sie die Gelegenheit haben, dann jagen sie im Team. Sind sie erfolgreich, sind sie nicht mehr zu kontrollieren. Sie brechen dann immer wieder aus, um auf Beutefang zu gehen.«

»Und das lässt sich nicht wieder abtrainieren?«, hakte Paul nach.

Der Jagdaufseher schüttelte den Kopf. »Nachträglich eine einmal geweckte Jagdneigung wieder rauszukriegen, halte ich für ausgeschlossen.«

»Also einsperren oder einschläfern lassen.«

»So ist es.«

»Hat dieser Petersen, ähem, große Hunde?« Johann hielt

seine Hand in Hüfthöhe und hob sie langsam bis zu den Schultern an.

»Mischlinge, ist alles Mögliche drin.« Raven schaute fragend zwischen Paul und dessen Vater hin und her. »Wollen Sie auf etwas Bestimmtes hinaus?«

»Wir versuchen nur, diese Hinweise irgendwie einzuordnen. Der Kadaver ist doch bestimmt schon beseitigt worden, oder?«

»Natürlich.« Niels Raven runzelte die Stirn. »Sagen Sie, warum interessieren Sie sich so dafür?«

Johann kam seinem Sohn zuvor. »Ich bin vom Fach sozusagen, und als Rentner«, er deutete auf Paul, »noch dazu mit meinem behinderten Jungen, da hat man viel Zeit.« Er lachte und klopfte Paul dabei auf die Schulter.

»Dann halte ich Sie gern auf dem Laufenden«, erwiderte Niels Raven und verabschiedete sich.

»Tun Sie das, tun Sie das.«

»›Behindert‹«, sagte Paul, als der Jagdaufseher außer Hörweite war, »wie sich das anhört. Hättest auch ›verletzt‹ oder ›außer Gefecht‹, von mir aus auch –«

»Leidend«, unterbrach ihn Johann und musterte ihn. »Wieso hast du eigentlich gesagt, du wärst vom Fach?«

»Mich interessiert das eben.«

Wieder in seinem Zimmer kramte Paul das Fläschchen mit den Tramadol-Tropfen aus der Schublade, die sie ihm im Krankenhaus mitgegeben hatten. Bisher hatte er sie nur einmal abends genommen, weil er vor Schmerzen nicht hatte einschlafen können. Sie machten einen ganz schön benommen, aber mit ihnen konnte er sich schmerzfrei bewegen. Und das war es, was er jetzt wollte. Laufen, auf andere Gedanken kommen. Endlich mal etwas anderes sehen als immer nur Johanns Haus von innen. Er ging mit dem Fläschchen in die Küche und nahm ein Glas aus dem Schrank. *An den Strand? Ja, das müsste zu schaffen sein.* Dieser Gedanke heiterte ihn auf wie schon lange nichts mehr, seit er hier war.

Johanns Haus lag am äußersten Rand von Havgart in der Dorfstraße, die in einer Art Wendehammer vor Bauer Hinrichs Hof endete. Dabei umkurvte die Straße eine gepflegte kreisrunde Rasenfläche mit einer riesigen, von einer grün gestrichenen Bank umschlossenen Platane in der Mitte. Gleich neben dem ebenfalls kreisrunden Löschwasserteich, auf dem dunkle Schlieren glänzten, lag die Einfahrt zu Hinrichs Hof. Hier sah es weniger ordentlich aus: Einige Paletten und ein alter Pflug neben dem Schuppen waren von Gras und Unkraut überwuchert. Auf einem blauen Schild, auf dem eine Kuh, weiße Wölkchen und eine Sonne aufgemalt waren, wurde frische Milch angeboten, was Johann im Sommer ebenso gern nutzte wie die Touristen. Dafür legte er den entsprechenden Betrag in eine kleine Geldkassette und schöpfte sich die fette Milch in eine mitgebrachte Glasflasche. Gleich nebenan stand ein angerosteter Kühlschrank mit frischen Eiern, von denen Johann sich auch regelmäßig welche mitnahm.

Der würzige Geruch von Kuh, Milch und Mist lag auch jetzt in der Luft, und Paul blieb stehen, um einige tiefe Atemzüge davon zu inhalieren, als würde er ihn für den Marsch an den Strand stärken. Links vom Hof lag der schmale, in der Mitte mit einem Streifen Gras bewachsene Weg, der an den Feldern vorbei ein wenig bergab in Richtung Strand führte. Im Sommer war der Weg verheißungsvoll, geleitete er einen doch an die Küste, ans Meer, das für den Großstädter Paul immer ein bisschen Urlaub und Abstand von allem bedeutete. Jetzt entließ ihn der Weg mit seinem braun gewordenen Gras in einen tristen Acker. Zu Schleiern verwehter Schnee lag auf der dunklen Erde. Am Ende des Feldes grenzte das Waldstück an, das ebenso wie das Feld zu Felix von Thomsens Ländereien gehörte. Hinter dem langen, zugewachsenen Knick lagen die Weiden von Bauer Hinrich, auf denen im Sommer die Milchkühe grasten.

Thomsens Wald wirkte wie eine dunkle Wand, wie eine Grenze. Wie ein fernes Reich, in dem Edgar Allweis etwas angeblich Furchterregendes gesehen haben wollte. Paul spähte während des Laufens auf den grauen Streifen Meer, der links davon in den Horizont überging. Immerhin war das Gehen mit den neu eingestellten Krücken jetzt ein bisschen komfortabler.

Mitten auf dem Acker arbeitete ein Minibagger mit monotonem Brummen gemächlich vor sich hin. Er hatte schon mehrere hundert Meter dunkler Erde zu einer Art Wall auf dem weißen, frostigen Feld aufgetürmt. Ein anderer Arbeiter stand daneben und sah zu Paul herüber. Auch Paul war stehen geblieben, um seine Arme und die Hände auszuruhen, die vor Anstrengung brannten. Mindestens zwei Minuten standen sie einander so gegenüber, während der Bagger unablässig weiterarbeitete. Paul dachte, dass so etwas in einer Stadt wie Hamburg undenkbar gewesen wäre. Wie anders doch alles hier draußen war. Wie sehr man hier aufeinander fixiert, aufeinander angewiesen war. Sich hier in Anonymität zu flüchten, war nur schwer möglich. Eine schwere Trostlosigkeit und Einsamkeit überkam ihn plötzlich, und langsam nahm er seinen Marsch wieder auf.

Obwohl es kalt war, hatte er unter der Mütze zu schwitzen begonnen. Außerdem war sie ihm schon wieder halb über die Augen gerutscht. Er stopfte sie in die Tasche seiner wattierten Jacke, die auch viel zu warm war. Paul hatte nicht auf die Uhr geschaut, er wollte gar nicht wissen, wie lange er bis zum Strand brauchte. Er wusste auch so, dass er nicht mehr konnte. Seine Kräfte waren restlos verbraucht. Ein Bild hatte sich in ihm festgesetzt, das seine Laune nicht gerade verbesserte: das von dem klapprigen Opa, den er auf einem Rollator an der Dorfstraße hatte sitzen sehen. Trotzdem, so ein Ding hätte er zwischendurch gern gehabt.

Endlich hatte er auch das Waldstück nahe der Steilküste durchquert und war unten am Strand angekommen. Mit allerletzter Kraft schwang er seinen Fuß über die rote Leitplanke, die die schmale Straße, die zum ehemaligen Schloss Weißenhaus führte, vom Strand trennte, setzte sich und wischte sich mit dem Ärmel den Schweiß von der Stirn. Dann ließ er den

Blick an der Küste entlangwandern. Berge von Algen lagen am Strand. Der Sturm der vergangenen Tage hatte sie an Land geworfen. Er mochte diese Bucht; hier ging der Sandstrand in den steinigen Strand der Steilküste über, deren Rand ein dichter Buchenwald säumte. Die aktive Abbruchkante verlor jedes Jahr einige Zentimeter, und Paul sah ein paar Bäume, die erst vor Kurzem abgestürzt sein mussten. Ein weiterer Baum stand so schräg am Rande des Kliffs wie der Milchzahn eines Kindes, kurz bevor er ausfiel. Noch wenige Tage, dachte Paul, vielleicht sogar nur Stunden, bis auch er in den Abgrund stürzen würde. Ein schönes Motiv für einen Landschaftsmaler. Ein Vanitas-Gemälde. Adri sollte sich das anschauen, dachte er. Hatte er nicht gesagt, dass er auch Landschaften male?

Der Wind der vergangenen Tage war eingeschlafen. Lustlos schwappte die graue See an den Strand. Außer einem Brandungsangler sah Paul keinen anderen Menschen. Er fragte sich, wie die Fangaussichten zu dieser Jahreszeit waren. Meerforelle vielleicht. Dorsch, Plattfisch oder Hering waren wohl eher mäßig. Es kam ihm vor, als befände er sich an einem hermetisch abgeschotteten Ort. Gedämpfte Geräusche, alles im Begriff, sich im farblosen Nichts aufzulösen. Ein rotes Boot lag kieloben am Strand. Klein und unschuldig wie in einem Bilderbuch. Überhaupt war das Rot des Bootes die einzige Farbe, die aus dem breiigen Grau hervorstach wie eine Signallampe.

Möwen kamen angeflogen, Möwen flogen wieder weg. Sie hatten es auf den Fang des Anglers abgesehen, der bis zur Brust im Wasser stand. Angeln gehörte auch zu Pauls Leidenschaften. Wenn die Zeit es zuließ, ging er mit Martin Heimdahl zum Angeln, direkt hinter dessen Haus am Graswarder in Heiligenhafen. Heimdahl hatte sich vor Jahren von Hamburg ein Stück weiter Richtung Küste versetzen lassen, als seine Mutter krank geworden war. Paul hatte Martins Weggang anfangs bedauert, aber die wunderbaren Abende auf der Terrasse am Strand wogen das inzwischen auf. Außerdem konnte er das Gästezimmer nutzen, wenn es frei war. Mit seinem Zimmer in

Johanns Haus hatte er mittlerweile zwei Urlaubsstützpunkte an der Küste. Was für ein Luxus, dachte er immer wieder. Paul sah zu dem Angler hinüber, der sich über die Möwen zu ärgern begann. Dann streckte er den Hals, um zu schauen, um was die Vögel, deren Zahl tatsächlich zugenommen hatte, so erregt stritten. Er stand auf, um besser sehen zu können. Der Traum von letzter Nacht tauchte plötzlich in seinem Bewusstsein auf, und er setzte sich langsam in Bewegung. Sein Fuß hatte das Gewicht eines Bleiklumpens. Er pochte und müsste höllisch wehtun, aber noch hatten die verabreichten Tropfen genug Kraft, den Schmerz zu ersticken wie eine feuchte Decke das Feuer.

Oberhalb des Strandes war die Düne mit Steinen befestigt, ein Weg führte zum Strand hinab. Paul ging ihn entlang, mechanisch, wie ein Roboter. Es war das Boot, das rote Boot. Der befestigte Weg hörte jetzt auf, aber auf der dicken Schicht Algen konnte er seine Krücken absetzen, ohne im Sand stecken zu bleiben. Seine Augen hingen an dem kleinen roten Boot fest. Unmöglich, den Blick abzuwenden. Nach vorn gebeugt, mit verkniffenem Gesicht, steuerte er darauf zu.

Der Angler war mittlerweile aus dem Wasser gestiegen und sah zu Paul herüber. »Alles in Ordnung?«, rief er, doch Paul antwortete nicht. Er konnte nicht sprechen, seine Kehle war zugeschnürt, der Kopf vollkommen leer. Alle verfügbare Energie war in die Arme, die Hände und in sein gesundes Bein geflossen.

Der Angler kam ebenfalls auf das Boot zu. Er hatte auch die Möwe gesehen, die etwas darunter hervorgezerrt hatte und damit weggeflogen war. Verfolgt von anderen Möwen, die versuchten, ihr die Beute abzujagen. Über ihren Köpfen fand ein Gezerre und Gezeter statt, bis die Möwe schließlich ihren Fang fallen ließ. Direkt vor Pauls rechte Krücke. Es sah aus wie ein Stück Fisch.

Paul war jetzt fast am Ziel, der Schweiß lief an seiner Brust hinunter, dass es zu jucken begann. Er hatte das große Bedürfnis, sich die Klamotten vom Leib zu reißen, die Krücken von sich zu schleudern und die letzten Meter einfach so weiterzu-laufen. Als er mit dem verletzten Fuß auf dem Boden aufkam, durchschoss ihn ein Schmerz, dass er aufschrie.

»Gehen Sie zurück!«, rief er dem Angler zu, der ihn mit offenem Mund anstarrte.

Endlich war Paul angekommen. Heftig atmend ließ er sich vorsichtig auf den Boden sinken.

»Was ist denn los mit Ihnen?«, hörte er den Angler rufen.

»Nix ist los«, keuchte Paul, »alles schon passiert.« Er legte sich flach hin, um unter das ein wenig zur Seite gekippte Holz-boot zu schauen.

Da lag jemand. Auf dem Rücken. Ganz ruhig und friedlich, als wollte er ein Schläfchen machen. Paul dachte, dass er das bestimmt öfter getan hatte, an einem lauen Sommernachmittag. Denn irgendwie hätte es zu Edgar Allweis gepasst. Früher, als er noch am Leben gewesen war.

***

Kurz nachdem die Kollegen Tenning und Blume von der Schutzpolizei den Strandabschnitt gesichert hatten, waren Martin Heimdahl und die anderen Kollegen des K6 sowie die Rechtsmedizinerin Caren Andersen aus Lübeck gekom-men. Emma stand unten am Strand, im Gespräch mit dem Brandungsangler. Johann saß oberhalb des Strandes auf den Steinen der Deichbefestigung wie in einem Amphitheater und verfolgte das Treiben mit äußerster Wachsamkeit. Dabei machte er sich Notizen in einem kleinen Block. Paul hatte ihn angerufen, um ihm mitzuteilen, was passiert war. Johann war natürlich sofort gekommen. Er ist froh, dass endlich mal was los ist, dachte Paul.

Paul hatte zugesehen, wie sie das Boot umgedreht und den Toten fotografiert hatten. Edgar Allweis war unbekleidet. Die Hände waren über dem Bauch zusammengelegt und gefesselt. Mit der gleichen schmutzig weißen Binde, mit der auch seine Augen verbunden worden waren. In der Herzgegend war ein dunkler Fleck zu sehen. Unterhalb beider Kniescheiben klafften längliche Wunden. Eine davon war deutlich größer als die andere, vermutlich waren das die Möwen gewesen. Der Körper des großen Mannes war weiß und schwammig, mit spärlicher Behaarung. Das Gesicht rund, der Hals dick und speckig. Ein riesiges, fettes, vorzeitig gealtertes Baby, schoss es Paul durch den Kopf.

Als die Augenbinde entfernt worden war, konnte Paul die Verwunderung sehen, die in Edgar Allweis' Gesicht lag. Eine Überraschung, nicht Schmerz oder Qual. Die Augen waren weit geöffnet, und Paul versuchte, den Blick dieser blassen Augen einzufangen.

»Diese Augen haben den Mörder gesehen«, hörte er Heimdahls Stimme hinter sich. »Ich prophezeie dir, irgendwann wird eine Methode entwickelt werden, das zuletzt Gesehene von der Netzhaut des Toten abzunehmen, in den Computer einzulesen und anschließend als Fahndungsfoto auszudrucken.«

Paul deutete auf die Steilküste. »Es sei denn, der Schütze stand da oben hinter einem Baum, dann hast du eine schöne Landschaft auf deinem Ausdruck. Immerhin aus dem Reich der Toten.« Er sah wieder auf Edgar Allweis, und der Traum von letzter Nacht fiel ihm ein.

Heimdahl betrachtete Paul mit gerunzelter Stirn. »Wieso findet man einen Toten versteckt unter einem Boot, wenn man spazieren geht?« Er deutete auf die Krücken. »Noch dazu in deinem Zustand?«

Paul wusste gar nicht, wie er den Fund erklären sollte. Nachdenklich betrachtete er die Möwen, die immer noch im Sand herumhüpften in der Hoffnung, etwas von dem Leckerbissen zu ergattern. Ihre Zahl hatte sich vervielfacht. »Die Möwen haben ihn verraten.«

Emma war auf dem Weg zu ihnen. Sie hatte eine beige Mütze mit Fellbommel auf dem Kopf, aus der ihre langen roten Haare fielen. Paul dachte, dass sie damit wie eine nägelkauende Pubertierende aussah und nicht wie eine Kriminalbeamtin.

»Ob der Täter absichtlich den Strand gewählt hat, um es

der Spurensicherung schwer zu machen?«, fragte sie, als sie bei den beiden angekommen war.

»Fakt ist, dadurch ist der Täter klar im Vorteil«, bemerkte Paul. »Sag mal, Emma, du kanntest Edgar doch, ihr habt beide in Havgart gelebt. Kannst du etwas über ihn erzählen?«

Emma dachte einen Moment nach. »Er war nun mal die Dorfhupe, da gibt es nichts zu beschönigen. Obwohl ich glaube, dass er gar nicht so dumm war, wie er immer wirkte. Er war – wie sagt man? – bauernschlau. Und er war verschlagen, ja, das wohl auch. Dabei war er früher ein ganz normaler Junge gewesen.«

»Was ist passiert?«

»Seine geistige Behinderung, die hat er erst seit dem Unfall. Er ist nachts mit dem Fahrrad den Strandweg entlanggerast und mit dem Kopf an eine dieser schräg stehenden Strandpappeln geknallt. Da war er ein Teenie gewesen. Mehr kann ich dir nicht über ihn erzählen.« Sie setzte einen nachdenklichen Blick auf. »Hm, ich kann mich gar nicht erinnern, je mit ihm gesprochen zu haben.«

»Und das geht in so einer kleinen Gemeinde?«

»Klar geht das.« Sie betrachtete den Toten eine Weile. »Er war einfach immer nur da. So wie das Bushäuschen oder die Straßenlaterne.« Sie sah betreten auf. »Sorry, das war jetzt ziemlich daneben. Aber wenn ich ehrlich bin, genau so war es mit ihm. Er fuhr mit seinem Moped herum. Er war unfreundlich, mit Kindern konnte er schon gar nichts anfangen. Ich habe mal gesehen, wie er eins getreten hat, im Vorbeifahren, von seinem Moped aus. Also wir haben immer einen Bogen um ihn gemacht.« Sie seufzte. »Ich frage mich, ob es jemanden gibt, der um ihn trauern wird.«

»Was ist mit seiner Familie?«

Emma hob die Schultern. »Seine Eltern sind gestorben, es gibt einen Bruder, glaube ich.« Sie deutete auf das Boot. »Der Angler sagt, es wär Edgars Boot.«

»Wieso liegt es überhaupt hier draußen, zu dieser Jahreszeit?«

»Er sagt, Edgars Boot ist immer hier. Er wäre ständig damit draußen gewesen.«

Sie ließen ihre Blicke auf Caren Andersen ruhen, die neben dem Toten kniete und die Wunden an den Knien untersuchte. Paul fragte sich, woher sie kamen. So etwas hatte er zuvor noch nie gesehen. Heimdahl machte sich wieder an dem Boot zu schaffen. Paul sah sich um. Noch war niemand zu sehen, aber es dauerte bestimmt nicht mehr lange, bis es sich herumsprechen würde, dass einer von hier einen gewaltsamen Tod am Strand gefunden hatte. Noch dazu der Dorftrottel, der doch in jedem Dorf so etwas wie einen Prominentenstatus innehatte.

»Warum hatte Edgar nichts an?«, hörte er Emma sagen.

»Jemand muss ihn entkleidet haben, er geht ja nicht bei dieser Kälte nackt am Strand spazieren«, murmelte Paul. Doch dann fiel ihm ein, dass sein Vater durchaus nackt draußen herumspazierte, auch im Winter. Früher zumindest, als er aus seinem Saunahäuschen gekommen war, das im Garten stand. Überhaupt, wo steckte Johann? Auf den Steinen saß er nicht mehr. Paul blickte umher und sah ihn schließlich ein Stück weiter an einem Baumstamm herumwerkeln, der an der Wasserkante lag.

»Jetzt müssen wir herausfinden, ob es einen Zusammenhang mit diesem Zettel gibt, den Edgar geschrieben hat«, sagte Emma.

»Und mit den wildernden Hunden von den Petersens. Der Jagdaufseher hat heute Morgen so etwas erzählt.«

»Schon möglich. Soweit ich weiß, liegen mehrere Anzeigen gegen Freddy vor.« Emma seufzte. »Dabei kann er einem nur leidtun, so wie er da alleine haust. Jeder hier weiß, dass er momentan nicht so gut drauf ist, hat wieder mit dem Trinken angefangen.« Sie musterte Paul. »Wie geht es dir überhaupt?«

»Hast du Angst, dass ich jetzt auch zu trinken beginne?«, fragte er lachend, wurde aber gleich wieder ernst, als ihm einfiel, dass sie in den letzten Tagen keinen der vielen Kaffees ohne Rum getrunken hatten. Und dass man das bestimmt riechen konnte. Er würde sich Fisherman's Friends extra stark besorgen müssen. Alternativ könnte er natürlich auch den Rum weglassen.

Emma hob sofort abwehrend die Hände. »So war das nicht gemeint. Ich wollte nur sagen, du wohnst ja im Moment hier, und es wäre toll, wenn du hier und da ein bisschen genauer hinhören könntest. In Dorfkneipen wird viel geredet.«

»Ich schätze, die wechseln das Thema, wenn ein Polizist dort sein Bier trinkt. Aber wir halten unsere Ohren auf.«

Emma schenkte ihm ein warmes Lächeln, das ihn seltsamerweise tief berührte. Sie sieht so jung aus, ging es ihm unvermittelt durch den Kopf. So frisch und unverbraucht. Der Job wird sie verändern, dachte er, kein Zweifel. So, wie er sie alle verändert hatte. Dieser Job richtet sich seine Leute schon zu. Und auch ihr würde man das eines Tages ansehen. Das Weiche in ihrem Gesicht würde härter werden. Paul ging zu der Leitplanke und setzte sich, um Kraft für den Rückweg zu sammeln. Umhören sollte er sich. Im Gutsladen, im Hirschfänger. Auch in seinen eigenen Träumen vielleicht?

Da sah er sie wieder, sie schien vom Strandweg gekommen zu sein und stieg von ihrem Fahrrad ab. Bestimmt hatte sie die Polizeiwagen gesehen. Es war die Frau, die ihm gestern auf der Dorfstraße entgegengekommen war, die mit den seltsamen Augen. Er stand auf und bedeutete ihr, einen Moment stehen zu bleiben.

»Hallo, einen kurzen Moment, bitte.« Er wollte reflexartig seinen Dienstausweis aus der Jackentasche holen, doch den hatte er gleich am ersten Urlaubstag in die Schublade gepackt, um Abstand zu gewinnen. »Tut mir leid, kein Ausweis dabei. Ich bin von der Polizei.«

Die Frau streifte mit einem kurzen Blick die Krücken. »Was ist denn passiert?«

»Es wird Ihnen nicht verborgen bleiben, dass wir hier am Strand einen Toten gefunden haben, und ich möchte wissen, ob Ihnen vielleicht irgendetwas aufgefallen ist.«

»Einen Toten?«, fragte sie erschrocken. »Hier?«

Paul musste sich beherrschen, sie nicht allzu lange anzustarren, denn ihre Augen hatten etwas an sich, das ihn irritierte. Sie waren wie helles blaues Wasser, silbrig und gleichzeitig auf seltsame Weise durchsichtig, wie entrückt. Er konnte gar nicht sagen, was genau es war, nur, dass sie eine unwiderstehliche Anziehungskraft auf ihn ausübten.

»Ja, leider. Sie machen Urlaub hier?«

»Ja. Auf dem Gut. Aber aufgefallen? Nein, ich habe allerdings auch nicht sehr auf die Umgebung geachtet.«

»Wo sind sie denn langgefahren?«

Sie zeigte auf die Steilküste. »Dort oben, den ganzen Küstenweg entlang, bis nach Sehlendorf und wieder zurück.«

Genau den Weg, den sein Vater täglich ging. Bestimmt war er ihr schon begegnet. Paul verfluchte den Umstand, dass er gerade kein Fahrrad fahren konnte. Genau das hatte er während des Urlaubs jeden Tag tun wollen.

Die junge Frau sah mit besorgtem Gesicht in Richtung des roten Bootes. Die Beamten hatten einen Sichtschutz um die Leiche aufgebaut. »Ist es jemand aus der Gegend hier?«

Paul dachte, dass es sowieso bald die Runde machen würde, wer da unter dem Boot gefunden worden war. »Ja, er stammte aus Havgart. Kennen Sie denn jemanden dort?«

»Nein.« Sie schüttelte den Kopf. »Gott sei Dank.«

»Darf ich nach Ihrem Namen fragen?«

»Eva, ich heiße Eva Jordan. Muss ich mich ausweisen?«

»Quatsch, nein.« Paul lachte, ein bisschen aus Verlegenheit. »Seit wann sind Sie denn hier?«

Sie musste einen Moment lang nachdenken. »Seit ein paar Tagen. Ich weiß es gar nicht so genau, im Urlaub verliert man das Zeitgefühl.«

»Stimmt. Also ich wohne zurzeit in dem roten Schwedenhaus. Das auf dem Hügel, mit dem Obstgarten und der Sanddornhecke.«

Sie sah ihn neugierig an. »Jetzt weiß ich auch, wo ich Sie schon einmal gesehen habe.« Sie lächelte, und Paul wunderte sich abermals über ihre Augen.

»Ich hoffe nur, auf Ihre Ferien fällt jetzt kein dunkler Schatten, nach dem, was hier passiert ist.«

»Beklemmend ist es schon.« Sie hob die Schultern, und Paul spürte eine Zerbrechlichkeit durchscheinen. Für einen kurzen Moment wirkte sie hilflos, wie ein alleingelassenes Kind.

Paul suchte in seiner Jackentasche nach der Brieftasche, um ihr seine Karte zu überreichen, musste jedoch feststellen, dass er keine mehr hatte. »Das ist aber ärgerlich. Ich hätte Ihnen gerne meine Nummer mitgegeben.« Er steckte die Brieftasche wieder zurück und suchte in der anderen Tasche nach seinem Notizblock, doch den hatte er seinem Vater gegeben.

»Ich gehe Ihnen nicht verloren«, sagte Eva und lächelte ihn an. »Ich bin ja noch ein paar Tage hier.«

Paul freute sich darüber, und er hoffte, dass er sie bei einer netteren Gelegenheit wiedertreffen würde.

✳✳✳

Es war kalt, weißer Hauch floss aus Kubas Nüstern. Lou Raven hatte die Fellmütze tief ins Gesicht gezogen und die beiden Ohrenklappen unter dem Kinn geschlossen. Die gleichmäßigen langsamen Hufschläge des Pferdes aber, sein Schnauben, das freudige Hin- und Herwerfen seines Kopfes, hatten sie die Kälte nach kurzer Zeit vergessen lassen.

Lou war gestern noch eine Weile bei Henny geblieben. Sie hatten Tee getrunken, und Lou hatte von den Turnieren erzählt, von der Schule und ein wenig Tratsch, den sie im Gutsladen mitbekommen hatte, um Henny abzulenken. »Und dann haben sich der Hinnerk und Dr. Stoevesand in die Haare gekriegt, weil sie sich ein Schwein teilen wollten und Hinnerk dann doch kein Geld hatte, um seine Hälfte zu bezahlen.«

Dann hatte sie Henny die Beruhigungstablette gegeben und sie ins Wohnzimmer zur Couch gebracht. Lou hatte ihr versprochen, später noch einmal vorbeizuschauen. Außer Hauke hatte Henny ja niemanden mehr. Henny war für Lou wie eine Großmutter, und es war ihr egal, dass sie gar nicht verwandt waren. Ihre echten Großeltern, Niels' Eltern, waren vor Jahren nach Flensburg gezogen, und sie besuchten sich ab und zu. Lou mochte sie gern. Lindas Mutter Inger lebte abwechselnd im dänischen Nykøbing und in ihrem Sommerhaus am Øresund, was auch nicht gerade um die Ecke lag. Lou war schon als Kind oft im Hirschfänger gewesen oder in Hennys Küche. Henny hatte ihr dann einen heißen Kakao gemacht, ihr sogar manchmal etwas vorgelesen, wenn gerade nichts los gewesen war. Niels hatte immer gesagt, dass eine Kneipe wohl nicht der richtige Ort für ein kleines Mädchen sei, aber Lou war trotzdem gegangen. Später hatte sie herausgefunden, dass Niels prinzipiell was gegen die Liebes hatte. Was genau, wusste sie nicht, aber sie scherte sich nicht darum. Und noch später hatte Lou gedacht, dass Henny in ihr ein bisschen von Maria sah. Dass sie wieder ein Mädchen verwöhnen, ihm Kakao kochen konnte, es in den Arm nehmen und für ein Stündchen beschützen. Wie schrecklich musste es sein, wenn man diese Liebe, die Fürsorge nicht mehr geben konnte, weil einem das Kind auf so grausame Weise genommen worden war. Wie fühlte es sich für Henny an, wenn sie auf das Meer schaute? Auf das große Wasser, in das ihre Tochter gegangen war. Das sagten nämlich die Leute im Dorf, dass Maria »ins Wasser gegangen« sei. Lou fand diese Umschreibung seltsam. Im Sommer ging sie ständig ins Wasser, ohne sich darin umzubringen.

Dies alles dachte Lou oft, wenn Henny ihre braunen und warmen Augen auf ihr ruhen ließ. Augen, die immer traurig wirkten. Aber gleichzeitig auch vor Freude aufblitzen konnten, wenn Lou zu ihr kam. Lou wusste, dass sie um Henny, wenn sie einmal sterben würde, viel mehr trauern würde als um Oma Inger.

Kuba war in einen gemächlichen Trab gefallen, als sie an den Feldern entlangritten. Plötzlich scheute er, und Lou spürte eine Unruhe in ihm. Sie tätschelte seinen Hals, stieg ab und band ihn an dem Hochsitz am Waldrand fest, in dem sie schon als Kinder gespielt hatten. Langsam stieg sie die bemooste Leiter zur Kanzel hinauf. Oben angekommen, holte sie ihr Fernglas hervor, setzte es an und ließ es, beide Arme auf das Geländer gestützt, an der Küstenlinie entlangfahren. Das Meer war ein farbloses Nichts mit ungewissem Ausgang. Kein Horizont trennte die graue See vom Himmel, als wäre sie am Rand der bewohnten Welt. Die Erde nichts als eine Scheibe.

Lou rechnete kurz nach: Februar, März, April, Mai – vier Monate noch, am 1. Mai würden sie wieder anbaden, wie jedes Jahr. Egal wie kalt die Ostsee an diesem Tag war, sie würden schreiend da reinrennen. Linda und sie, Hinrich war auch immer dabei, Felix von Thomsen und ein paar andere. Außer Niels, der würde den Teufel tun, ins Meer zu gehen, selbst im Hochsommer nicht. Nächtelang konnte er bei Minusgraden auf dem Hochsitz verbringen, aber bei der Vorstellung, in dieses graue Brackwasser voller Algen und Quallen zu rennen, auf dessen Grund zudem noch scharfe Steine lagen, schüttelte er jedes Mal verständnislos den Kopf.

Der Feldstecher fuhr weiter bis an den Waldrand, ein wirres Durcheinander von Ästen und Gestrüpp, ein schräg stehender toter Baum, ein Hund, nicht angeleint. Lou nahm das Fernglas ab, um sich zu orientieren, wo das Tier herumstromerte, setzte erneut an und hatte es nach kurzer Zeit wieder im Blick. Einen dazugehörigen Menschen fand sie allerdings nicht, dafür tauchte ein zweiter Hund auf. In kleinen Planquadraten suchte sie nun den Wald ab, konnte aber nichts weiter entdecken. Unten hörte sie Kuba schnauben.

»Ruhig, Kuba, bin ja gleich da.«

Die Hunde suchten den Boden ab. Sie schienen an irgendetwas zu schnuppern, nein, sie fraßen etwas. Lou sah wieder auf. Das waren wildernde Hunde! Sie führte das Glas langsam am Wald und am benachbarten Feld entlang und hatte plötzlich einen Fußgänger im Visier. Sie versuchte, ihn zu fokussieren, doch das weißblonde Haar verriet ihr schon vorher, dass es Jussi war, der da an der Steilküste entlangwanderte. Sie behielt ihn ihm Blick. Ab und zu blieb er stehen, schaute aufs Meer, dann wieder Richtung Wald. Einmal bückte er sich und hob etwas auf, warf es ins Meer.

Sie stieg hinab, nahm Kuba an den Zügeln und führte ihn auf dem schmalen Streifen entlang, der den Wald vom Feld abtrennte. Ihre achtsamen Augen suchten den Wald ab, bald müssten sie eigentlich an der Stelle angekommen sein, wo sie die Hunde gesehen hatte. Aber sie waren verschwunden, bestimmt von den Huftritten des Pferdes vertrieben. Sie zog ihr Handy aus der Jackentasche. Ihr Vater meldete sich nach dem zweiten Klingelton.

»Ich bin's. Ich glaube, ich habe gerade wildernde Hunde gesehen.«

»Wo bist du denn?«

»In der Nähe der Steilküste an dem Hochsitz, den sie mal angesägt haben.«

»Ich wusste es doch. Wie viele sind es denn?«

»Ich habe zwei gesehen.«

»Petersens?«

Lou schluckte. Daran hatte sie gar nicht gedacht. Sie wusste, dass Freddy Petersen mehrmals mit Niels aneinandergeraten war, weil er die Hunde immer wieder frei herumlaufen ließ. Und gerade eben hatte sie doch Jussi gesehen. Aber er war doch viel zu weit von den Hunden entfernt, als dass es seine sein könnten. Jetzt bereute sie, dass sie ihren Vater angerufen hatte. »Kann ich von hier aus nicht erkennen.«

»Versuch doch mal, ob du näher drankommen kannst.« Sie hörte, wie er ins Telefon schnaubte. »Er will's einfach nicht kapieren. Sollten es seine Köter sein, schießen wir sie endgültig ab, hörst du?«

Lou wurde heiß im Magen. Sie beendete das Gespräch. Jussis Vater hatte mehrere Hunde, wie viele es waren, wusste sie nicht genau. Niels hatte erzählt, dass die Tiere sich weitgehend selbst überlassen waren. Es schien nicht zum Besten zu stehen mit ihm. Mit ihm und wohl auch mit den Hunden. Lou saß auf und ritt den Waldrand entlang.

»Bist du meinetwegen hier?«, fragte Jussi, als sie bei ihm angekommen war.

»Nein, ich wollte einfach nur reiten«, erwiderte sie und stieg ab.

Jussi tätschelte Kubas Hals. »Schönes Tier. Reitest du auf ihm deine Turniere?«

»Ja, die meisten.«

»Du bist gut, habe ich gehört.«

Lou hob die Schultern. »Ich bin nicht schlecht.«

»Komm, tu nicht so, du bist richtig erfolgreich, kann man in der Zeitung lesen.« Er musterte sie lange und lächelte, dass sich die beiden Grübchen an den Mundwinkeln zeigten. »Du hast dich ganz schön verändert.« Er neigte sich zur Seite, holte aus und warf einen Stein so weit in Richtung Meer, dass Lou ihn aus den Augen verlor. »Aber ein ganz bisschen pummelig bist du immer noch.«

»Danke für den Hinweis, hätte ich gar nicht gemerkt.«

»Sorry, aber es stimmt doch. Und ich habe nicht gesagt, dass das nicht gut aussieht.« Jussi betrachtete sie und deutete grinsend auf Kuba. »Eigentlich müsste man vom Reitsport doch schlank werden, oder nicht?«

»Ich war nie schlank, das weißt du doch wohl noch.« Lou wollte nicht weiter über ihre Figur reden. Sie dachte, dass sie ihn auf die Hunde ansprechen musste, obwohl sie dazu eigentlich gar keine Lust hatte. »Was machst du eigentlich hier draußen bei dieser Kälte?«

Jussi steckte die Hände in die Taschen seiner Jeans und sah sich um. »Runter an den Strand gehen, gucken, was der Sturm angetrieben hat.« Er räusperte sich. »Haben wir doch früher auch immer gemacht.«

Lou lächelte ihn an. »Wir haben Seegras, Algen und Quallen gerettet und zurück ins Meer geworfen, weißt du noch?«

»Klar.«

»Und sonst? Was macht dein Vater?«

»Keine Ahnung, nix Besonderes.«

»Was ist eigentlich mit euren Hunden?«

»Was soll mit denen sein?«

»Hast du sie dabei?«

Jussi sah sie fragend an. »Warum willst du das wissen?«

»Sind sie hier oder nicht?«

Er sah sich um. »Siehst du hier Hunde?«

»Also sind sie bei Freddy?« Lou blieb hartnäckig, weil sie einfach nur hören wollte, dass die Hunde nicht hier herumliefen, sondern zu Hause in ihren Körbchen lagen.

»Dein Vater hat dich geschickt, verstehe. Fängt der schon wieder an, an unseren Hunden herumzunörgeln?« Jussi machte Anstalten, zu gehen.

»Jetzt bleib hier.« Lou packte ihn am Ärmel. »Ich habe gerade Hunde gesehen, nicht angeleint, und ich will einfach nur ausschließen, dass es eure sind. Du weißt, wie mein Vater drauf ist.«

Jussis biss sich auf die Lippen, sagte aber nichts.

Lou wunderte sich über sein starrsinniges Verhalten. »Mein Vater sagt, sie hätten schon öfter gewildert und … beim nächsten Mal will er sie zum Abschuss freigeben.«

»Ach, will er das«, erwiderte Jussi verächtlich. »Der Herr Jagdaufseher kann mich mal. Das darfst du ihm gern ausrichten.«

»Findest du das in Ordnung, was die hier anrichten? Warum lasst ihr eure Hunde in den Wald? Ihr wisst doch, dass Niels und Felix in der Beziehung keinen Spaß verstehen. Macht ihr das mit Absicht?«

Jussi stieß einen verärgerten Seufzer aus. »Das waren nicht unsere Hunde. Außerdem haben wir nur noch einen, den anderen mussten wir letzten Monat einschläfern lassen. Zufrieden?«

Lou war erleichtert.

Jussi dachte an die vorletzte Nacht, gut möglich, dass das dieselben Hunde gewesen waren, die Edgar gesehen hatte. »Wie sahen die Hunde denn aus?«

»Schwer zu sagen, ein bisschen wie eure halt. Eine Mischung, vielleicht mit Schäferhund drin. Kennst du jemanden, dem die gehören könnten?«

»Keine Ahnung. Hast du deinen Hund eigentlich noch? Diese kleine Töle?«

»Er ist gestorben, wir haben jetzt einen Münsterländer.«

Lou entschied, dass es vorerst besser war, das Thema zu wechseln. »Machst du eigentlich noch so viel Sport?«

»Im Moment nicht so.«

»Und wie geht es David? Ist er auch in Kiel?«

»Wo sollte er sonst sein?«

Offenbar wollte Jussi nicht über seinen Bruder reden, vielleicht hatten sie ja Streit. Also hörte Lou lieber auf, nach ihm zu fragen. Sie sah Jussi an, der nur eine dünne Kapuzenjacke über dem Pulli trug und zu frieren schien, seine Nase war von der Kälte schon ganz rot. Außerdem wirkte er angegriffen und müde. Plötzlich tat es Lou leid, dass sie ihn und seinen Vater verdächtigt hatte. Sie spürte, dass es eigentlich Niels war, der aus ihr sprach. *Der* behauptete doch immer, Freddys Hunde würden wildern.

»Kommst du mit zurück?« Lächelnd zupfte sie an seinem Ärmel. »Du wirst erfrieren in den dünnen Klamotten.«

Jussi überlegte, ob er mit ihr zurückgehen sollte. Er verspürte eigentlich Lust, noch etwas mit Lou zu unternehmen, trotz des unerfreulichen Gespräches. Andererseits wollte er noch einmal in das Waldstück gehen, jetzt, da es hell war. »Ich bleib noch ein bisschen.« Er lächelte sie an und dachte, dass er sie jetzt abwimmeln musste, obwohl er eigentlich das Gegenteil wollte. »Ich lauf mich warm.«

Lou zog Kuba zu sich heran und saß auf. »Sehen wir uns noch, oder musst du zurück nach Kiel?«

Jussi versuchte, sich nichts anmerken zu lassen, aber Lou bemerkte, dass er sich über ihre Frage freute, denn die Antwort kam ziemlich schnell. »Heute und morgen bin ich noch hier.«

Lou zog ihr Handy aus der Jackentasche. »Gib mir mal deine Nummer. Mich findest du übrigens später im Stall. Meine Carlotta bekommt ein Fohlen.«

Nachdem sie die Nummern ausgetauscht hatten, machte Lou kehrt und ritt davon. Jussi blickte ihr nach. Weit hinten, am Ende des Waldes, sah er, dass sie ihm zuwinkte. Er hob ebenfalls die Hand, dann wartete er, bis sie nicht mehr zu sehen war. »Die ist immer noch so süß«, murmelte er.

Er hatte vergessen, dass er dieses Mädchen schon gemocht hatte, als es noch klein gewesen war. Lou war drei Jahre jünger als er, also sechzehn, und es schien, als hätten sich seine Gefühle für sie in irgendeinem Winkel seines Gehirns versteckt gehalten. Oder seines Herzens? Jussi dachte einen Moment darüber nach, wo wohl die Liebe sitzen könnte. Doch dann schüttelte er den Kopf. Er wusste nur, dass er sich lange nicht mehr so gut gefühlt hatte wie jetzt in diesem Moment. Das Unglück des alten Liebe war sein Glücksmoment gewesen. Hätte den nicht der Schlag getroffen, wäre er Lou vermutlich nicht begegnet. Jeder kriegt das, was er verdient, sagte sein Vater Freddy immer. Da schien was dran zu sein.

Er schob den Rollkragen seines Pullovers übers Kinn und marschierte los, um die beiden Schlingen zu suchen, die er vorgestern nicht mehr gefunden hatte. Eigentlich hatte er gestern schon gehen wollen, aber der Pick-up von Lous Vater hatte am Waldrand gestanden. Und später hatte er Raven schon wieder gesehen, als der mit einigen Leuten hier unterwegs gewesen war, vermutlich hatten sie den Kadaver beiseitegeschafft.

Jussi ging den breiten Weg entlang, der parallel zur Steilküste durch den Wald führte, und bog rechts in den schmaleren Pfad ab. Wieder musste er an diese chaotische Nacht denken. Daran, dass er tatsächlich für einen Moment den Überblick verloren hatte. Er stieß ein verächtliches »Tsss« über seine eigene Blödheit aus, die der von Eddi in nichts nachgestanden hatte. Endlich tauchte das erste Hügelgrab vor ihm auf, nichts mehr als ein mehrere Meter hoher, baumbestandener Buckel im Wald. Hier musste es irgendwo sein, in der Nähe der kleinen Lichtung. Immer wieder sah er sich um. Wusste er denn, ob das Tier oder derjenige, der gemeinsam mit ihnen hier umhergeschlichen war, sich nicht auch jetzt hier herumtrieb? Dummerweise hatte er außer einer Taschenlampe nichts zu seiner Verteidigung bei sich.

Jussi versuchte, sich so leise wie möglich zu bewegen. Hier im Wald war die Schneedecke nur dünn, und er konnte erkennen, wo ein Ast lag, auf den er nicht treten sollte. Ein Vorteil war, dass er genau sehen konnte, wer hier unterwegs gewesen war. Spuren von Kaninchen, Rotwild war hier durchgelaufen, Füchse. Jussi blieb stehen, er war jetzt am Rande der kleinen Lichtung angekommen, dort, wo der Kadaver gelegen hatte, das konnte er an dem aufgewühlten Boden erkennen.

Wieder fragte er sich, was Edgar bloß gesehen hatte. Er zog die Taschenlampe hervor und begann, den Boden abzuleuchten. Am Rand der Lichtung war mehr Schnee liegen geblieben als im Wald, und da sah er sie: Abdrücke von Pfoten, großen Pfoten, eingetreten in den Schnee. Die Fährte verlief ein kleines Stück entlang des schmalen Streifens zwischen Wald und Lichtung, führte dann in den Wald hinein. Er folgte der Spur. Es schien tatsächlich ein Hund zu sein, aber die Pfotenabdrücke erschienen ihm zu groß. Doch dann, als hätte sich das Tier verdoppelt, teilte sich die Fährte plötzlich in zwei, ein paar Meter dahinter waren es bereits drei. War das möglich? Es waren mehrere, kräftige, ausgewachsene Tiere. Und ja, denen war es durchaus zuzutrauen, den mächtigen Keiler zu reißen. Langsam ging er wieder zurück bis zu der Stelle, an der sich die Spur erstmals teilte. Es waren mehrere Tiere, die hintereinander gegangen waren, und sie hatten ihre Pfoten in die Abdrücke des vorausgehenden Tieres gesetzt.

Jussi richtete sich wieder auf und pfiff durch die Vorderzähne. Drei, vielleicht mehr. Er war sich fast sicher, dass es sich um ein ganzes Rudel handelte.

* * *

Hallo Tagebuch!
Heute habe ich beschlossen, dich anzufangen. Es rast
so viel in meinem Kopf herum, dass ich nicht einschlafen kann. Ich weiß nicht, wem ich es erzählen soll. Ich
habe große Angst, dass es dann auf irgendwelchen Wegen

wieder zurückkommt und womöglich bei meinem Vater landet. Und mit meiner Mutter will ich nicht reden, die hat echt andere Sorgen. Also bleibst nur du, dir kann ich alles anvertrauen, dann habe ich es wenigstens rausgelassen. Ich muss dich nur gut verstecken, damit dich niemand findet. Vielleicht muss ich dir schlimme Sachen gestehen, ganz schlimme.

Darum habe ich beschlossen, mit etwas Gutem anzufangen: Lucky ist heute geboren worden, ein winzig kleiner Hund. Er ist noch bei seiner Mutter auf Hinrichs Hof. Und der hat gesagt, ich kann ihn haben. Lucky!!! Ich freue mich so auf ihn.

So, jetzt hast du was Schönes auf der ersten Seite stehen. Alles Weitere kommt später. Mach dich schon mal drauf gefasst.

∗∗∗

Henny Liebe legte die Wodkaflasche in die Schublade zurück, rückte ihre Brille zurecht, hielt die Nadel ins Licht der Stehlampe und fädelte einen neuen Faden dunkelblaues Glanzgarn ein. Dann legte sie den Stoff zwischen die Ringe des Stickrahmens und zog ihn glatt. Flink und mit geübter Hand führte sie die Nadel durch das Gewebe. Dabei schaute sie aus dem Fenster ihrer Küche auf den beleuchteten Platz vor der Gaststätte. Sie beherrschte ihr Handwerk blind. Ihr ging es wieder besser, nachdem sie sich gestern ein wenig ausgeruht hatte. Schlafen hatte sie nicht können, dazu war sie zu aufgewühlt gewesen. Sie hatte Lou und den Jungen durch das Fenster gesehen. Die beiden hatten dem Krankenwagen nachgeschaut und waren danach noch einige Zeit draußen stehen geblieben. Henny hatte sich gefragt, was in dem Jungen vorgegangen sein mochte. Hatte er an seinen eigenen Großvater Hannes Petersen denken müssen? Sie selbst war ja früher Krankenschwester gewesen und hatte sich damals ein wenig um Hannes gekümmert, bevor er gestorben war. Sie konrte sich daran erinnern, wie die Zwillinge vor dem Haus gestanden und dem Krankenwagen nachgeschaut hatten. Es war dasselbe Bild gewesen wie gestern. Nur dass Lou anstelle des Bruders dagestanden hatte.

Natürlich musste der Junge Lou kennen, sie waren in dieselbe Schule gegangen, in Oldenburg. Die Schule, in die auch ihr Mädchen gegangen war, ihre Maria. Eigentlich wohnten die Petersen-Jungen nicht mehr hier. Einer der beiden kam aber neuerdings immer mal wieder her, zu Hauke. Ein hübscher Junge. Immer so ernst. Aber bei Lou hatte er einmal gelacht. Erst vor ein paar Tagen war er hier gewesen. Hatte draußen vor der Tür gestanden, und da war wieder der Mann in dem schmutzigen Parka und der bunten Wollmütze gekommen. All seine Habseligkeiten hatte er in Plastiktüten auf einem Fahrrad festgezurrt. Henny Liebe kannte ihn, er war ein paarmal da gewesen, und sie hatte ihm etwas zu essen aus der Küche gegeben. Der Mann war bei dem Jungen stehen geblieben, und der hatte in seine Hosentasche gegriffen und ihm etwas gereicht, einige Münzen bestimmt. Ein guter Junge.

Und dann war Adrian Holland plötzlich wieder hier aufgetaucht. Sie hatte ihn mit einer Schubkarre vorbeilaufen sehen. Er war gegangen damals, kurz nachdem seine Eltern weggezogen waren, was ihr sehr leidgetan hatte. Sie hatten ihren Jungen einfach zurückgelassen. Gut, er war erwachsen gewesen, aber – waren die jungen Leute heute mit achtzehn wirklich erwachsen? Ihre Maria, sie war zwar erst sechzehn gewesen, aber sie war sehr reif damals. Sie war erwachsen gewesen. Im Gegensatz zu den beiden Thomsen-Jungen, Felix und Konstantin. Das waren kindische, unselbstständige Kerle, was sich bis heute nicht geändert hatte. Zumindest Felix, den anderen hatte sie seit damals auch nicht wieder gesehen. Adri war anders gewesen, ihm hatte sie immer vertraut.

Henny wusste nicht, wie es um Hauke stand. Ob er irreparable Schäden davontragen würde. Welche Regionen im Gehirn betroffen waren. Vielleicht konnte er bald wieder allein zu seinen Tieren in den Keller hinabsteigen. Vielleicht würde er im Rollstuhl sitzen. Vielleicht den nächsten Tag nicht überleben. Alles war offen. Für einen Moment schloss sie die Augen, griff nach den beiden Kreuzen aus Gold, die an einem Kettchen um ihren Hals hingen, küsste jedes und murmelte einige Worte. Dann nahm sie ihre Stickarbeit wieder auf.

✳✳✳

Aus dem altmodischen Kofferradio auf der Fensterbank knarrten die Stimmen der Anrufer eines Gesundheitsmagazins, das sich mit altersbedingten Krankheiten beschäftigte: Schrumpfung der Körpergröße durch Osteoporose, Darminkontinenz, Krampfadern. Und *Multimorbidität* – darüber dachte Paul besonders lange nach. Er stand an der Küchenzeile und spürte seinen verbundenen Fuß. Er war jetzt dreiundvierzig, und heute Morgen war ihm klar geworden, dass er mit seiner Lebenswippe, denn so sah Paul das mit dem Alter immer, exakt ausbalanciert war. Nicht mehr jung, noch nicht alt, waagerecht. Doch seit dem Aufenthalt im Krankenhaus, wo man ihm die gebrochene Ferse verschraubt hatte, da hatte diese Wippe gewackelt, hatte sich ein ganz kleines bisschen Richtung alt geneigt. Und das, obwohl es nur ein Unfall gewesen war. Aber dank dieser Radiosendung waren die Eindrücke aus dem Krankenhaus zurückgekommen: lange Flure, Geruch nach Sterilität und Buttergemüse, das Gefühl des Ausgeliefertseins, wenn man nicht mehr ohne Hilfe laufen konnte. Ein Warnschuss war das gewesen. Er hätte auch tot sein können. Oder behindert, ein Pflegefall. Ganz sicher älter.

Tot war auf jeden Fall Edgar Allweis, und ausgerechnet er hatte ihn gefunden. Immer wieder dachte er an diesen Traum. Entweder war es Zufall gewesen, oder er hatte wirklich die Ermordung von diesem Eddi vorweggeträumt. So etwas kam vor, aber ihm selbst war das noch nie passiert. Auf jeden Fall würden jetzt die Kollegen übernehmen. Er hatte seine Arbeit getan und konnte sich wieder der Genesung seines Fußes und dem neuen Kurzkrimi widmen, den er in Havgart und Umgebung ansiedeln wollte. Mit etwas Glück bekam er den Stoff dafür gerade geliefert.

Er war gespannt, wie sich das Ganze noch entwickeln würde. Er würde sich nachher hinsetzen und sich mit den Protagonisten beschäftigen. Das Opfer hatte er bereits, wie würde er es nennen, welcher Name passte zu einem Dorfdeppen? August? Nein, das passte ganz und gar nicht zu Edgar. Hein? Auch nicht. Alle würden gleich an Hein Blöd denken, zu klischeehaft. Er würde vorerst bei Edgar bleiben. Die Namen konnte er später immer noch ersetzen. Er dachte kurz an Adri, den er gestern erst kennengelernt hatte. Würde er eine Rolle spielen in seinem Küstenkrimi? Wer hatte Edgar umgebracht, so kurz nach Adris Auftauchen in Havgart?

Eine ganze Weile stand er da und schaute aus dem Fenster. Das Geplapper im Radio ging ihm auf die Nerven, er schaltete es aus. Zu hören war jetzt nur noch das Rauschen des Heizkörpers. Die Ruhe hier draußen irritierte ihn. Sie zwang ihn, sich mit sich selbst zu beschäftigen, sich selbst zu hören, sein Räuspern, das Reiben der Kleidung, Magenknurren. Selbst die Gedanken schienen hier eine Stimme zu haben. Für so etwas hatte er bisher nie Zeit gefunden. Das lag wohl daran, dass Havgart die meiste Zeit schlief, so wie Kater Baptiste. Hamburg hingegen, wo er seit dreiundzwanzig Jahren lebte, schlief nie. Das Atmen der Großstadt war immer zu hören; ein großes Tier, das Geräusche von sich gab, Grunzen, Husten, Schnaufen. Und sollte es doch einmal eingenickt sein, war immer noch ein Auge halb geöffnet.

Das Wort »Pflegefall« huschte wieder durch seinen Kopf. In gewissem Sinn war er jetzt selbst einer. Er seufzte einmal laut auf und ließ seinen Blick über die Landschaft schweifen. Nichts sah mehr so aus wie vorher. Der Schnee hatte ganz Havgart in eine surreale Winterwelt verwandelt. Die sanften Hügel Ostholsteins, die sich bis zu dem grauen Streifen Meer erstreckten, lagen weiß und von den dunklen Streifen der Knicks durchzogen vor ihm und weiteten sein Herz. Und obwohl es für Paul erschwerte Bedingungen bedeutete, das Weiß verscheuchte seine düsteren Gedanken.

Von draußen schallte ein Klopfen herüber. Nachdem sie den ganzen Morgen über die Ereignisse am Strand hatten Revue passieren lassen, war Johann in seinem Schuppen verschwunden. Während Paul auf das Kaffeewasser wartete, fiel sein Blick auf die Flasche mit dem kleinen Rest braunem Rum. Ihm kam der Gedanke, dass er an einem so kalten Tag wie heute den Kaffee ruhig mit dem Rum zu einem Pharisäer aufwerten könnte. Allerdings hatte er keine Sahne. Also gab er einfach je einen guten Schuss Rum zusammen mit viel Zucker in die Thermoskanne. Dann machte er sich auf den Weg, in beiden Händen je eine Krücke und über der Schulter eine Stofftasche mit der Kanne und zwei Gläsern darin.

Johann hatte eine Schneise rund ums Haus gefegt und mit Sägespänen ausgestreut, sodass Paul sicher dort entlanggehen konnte. Durch die offene Schuppentür konnte er seinen Vater sehen. Mit Pudelmütze und dem neuen dunkelblauen Seemannspullover gegen die Kälte geschützt, war er gerade dabei, einige Roststellen am Kotflügel von Pauls Wagen mit feinem Schmirgelpapier zu bearbeiten. Johann hatte den klapprigen Porsche gleich nach Pauls Unfall im Schuppen untergestellt, da in den nächsten Wochen nicht damit zu rechnen war, dass Paul den Wagen selbst fahren würde.

Paul war kein Autonarr wie sein Vater, ganz im Gegenteil. Aber dann war dieser wohlhabende Kaffeeröster in Hamburg entführt worden. Die Geschichte war allen in die Knochen gefahren, vor allem die Tatsache, dass zum Zeitpunkt der ersten Lösegeldforderung an die Frau ihr Mann längst tot gewesen war. Die beiden waren über fünfzig Jahre lang verheiratet gewesen und – das hatte Paul besonders berührt – hatten sich immer noch geliebt. Es war unweit des Jenischparks geschehen, und Paul hatte die Frau später noch einmal besucht, als sie gerade aus der Garage gekommen war. Und da hatte er ihn gesehen. Hinter dem SUV und einem Jaguar E Cabriolet. Vergessen, ganz hinten in der Ecke, ein Elfer, vermutlich aus den Siebzigern, vipergrün, ziemlich verrostet. Die Witwe hatte Pauls leuchtende Augen sofort bemerkt.

»Autos sind mir eigentlich schnurz, aber der hier ...«, er hatte über das Dach des Wagens gestrichen, als wäre er ein edles Rennpferd, »der ist einfach toll.«

»Wir haben ihn damals als Neuwagen gekauft, obwohl ich die Farbe grässlich fand. Aber mein Mann verliebte sich sofort in ihn. Seine Augen leuchteten genau so, wie Ihre jetzt leuchten.«

Als sie wieder im Haus gewesen waren, war die Frau zu einer Schublade gegangen, hatte den Schlüssel herausgeholt und ihn Paul gegeben. »Ich möchte, dass Sie ihn fahren. Mein Mann hätte das auch gewollt.«

Paul hatte gelacht. »Selbst in diesem Zustand übersteigt ein Porsche das Budget eines Polizeibeamten.«

»Und deshalb möchte ich Ihnen den Wagen ja schenken.«

»So leid es mir tut, und das können Sie mir wirklich glauben: Ich darf so etwas gar nicht.« Paul war schwindelig geworden.

»Papperlapapp, natürlich dürfen Sie. Wie Sie gesehen haben, ist der Wagen ja in furchtbar schlechtem Zustand, nicht wahr?« Sie hatte ihn schelmisch angesehen. »Und der Betrag ist auch für einen Kommissar noch aufzubringen. Und sei es nur in seinen Gedanken.«

Als er nun den Schuppen betrat, sah Johann neugierig auf die Kanne, die Paul aus der Tasche zog.

»Hier hast du was zum Aufwärmen.«

Johann nahm das Glas entgegen, schnupperte daran, und nun leuchteten seine Augen kurz auf. »Ein Pharisäer, gut gemacht, mein Junge.« Er schlürfte lautstark an dem dampfenden Getränk. »Du weißt, dass der von der Nordsee quasi zur Ostsee rübergeschwappt ist?«

»Klar.«

»Und dass es den auch im Dorf deiner Mutter gibt?«

»In Österreich? Nein, das wusste ich nicht.«

»Daher kenne *ich* den nämlich. Haben die dösigen Nordfriesen bestimmt geklaut und behaupten jetzt, sie hätten's erfunden.« Vorsichtig ließ er sich auf einem der Baumstümpfe nieder, die er abgesägt hatte und die als Hocker und Gartentisch dienten. Baptiste schlich um seine Beine herum. Johann zog ein Schälchen heran und füllte etwas von dem Kaffee hinein. Sofort machte sich der Kater darüber her.

»Er wird Probleme mit dem Herz und der Leber bekommen«, bemerkte Paul.

»Wir haben keine Probleme, nicht wahr, Monsieur Baptiste?« Johann streichelte den runden Kopf des rot-weißen Katers.

Paul schaute zu seinem Vater hinüber. Wie er dasaß, mit seinen langen dünnen Beinen, die länglichen weißen Haare nach hinten gestrichen, sodass die Geheimratsecken zum Vorschein kamen. Das Gesicht voller Runzeln, das schmale Kinnbärtchen war in letzter Zeit gewachsen. Dass sie beide jetzt hier saßen, in einer zugigen Scheune an der Ostsee, und Pharisäer schlürften, kam Paul plötzlich so unwirklich vor. Als hätte es einen Ruck gegeben, einen Zeit- und Ereignissprung. Angekündigt hatte er sich vor vier Jahren, an Johanns achtzigstem Geburtstag. Paul und seine Schwester Charlotte hatten ihn in seinem Haus im Bergischen besucht, wo sie aufgewachsen waren, und da hatte Johann die Bemerkung fallen lassen: »Ein Häuschen an der Seeluft. Verdammt noch eins, das wär was auf meine alten Tage.« Ganz beiläufig hatte er das gesagt, beim Streuselkuchen. »Schon allein, um meinem Asthma eins auszuwischen.«

»Nord- oder Ostsee?«, hatte Paul gefragt. Es hatte ein Scherz sein sollen.

»Ostsee natürlich. Die Nordsee ist ja die meiste Zeit abwesend. Dieses Ostholstein hat mir ganz gut gefallen. Wir haben da mal Urlaub gemacht, weißt du noch?«

»Heiligenhafen, klar weiß ich das noch.«

Dann hatte Johann das Thema gewechselt. Aber das Eigentliche, dass er beschlossen hatte, die ihm noch verbleibende Zeit nicht mehr in seiner Heimat zu verbringen, das war verkündet. Das feuchte Klima im Bergischen bekam einem Asthmatiker in der Tat nicht. Aber das allein war nicht der Grund gewesen.

»Er kriegt Schiss, so allein hier draußen«, hatte Lotte mit ihrer tiefen Stimme ihm zugeraunt, als sie im Garten standen, um eine zu rauchen. »Sein letzter Freund, der alte Uellendahl, ist letzte Woche gestorben.«

»Echt? Das wusste ich gar nicht.«

»Ja, und alle anderen liegen schon auf dem Friedhof. Er hat hier niemanden mehr. Ich bin in Berlin, das ist zu weit weg. Aber du bist von Hamburg aus doch schnell an der Küste.«

»Ich? Ausgerechnet ich soll mich um den alten Dickschädel kümmern? Ich kenne ihn doch kaum.« Paul griff nach ihrer Zigarette, um einen Zug zu nehmen, obwohl er nicht mehr rauchte. Ihm dämmerte, dass die ganze Sache wohl doch kein Spaß gewesen war.

»Sieh es als eine Art Freundschaftsangebot an. Ich glaube, er begreift jetzt erst, wie weit weg du immer für ihn warst.«

»An mir hat's nicht gelegen.« Paul dachte daran, dass er mit zwanzig nach Hamburg gegangen war. Aber auch davor hatten sie nicht die innigste Beziehung zueinander gepflegt. »Und jetzt soll ich die verlorene Zeit schnell noch nachholen? Ich wüsste gar nichts mit ihm anzufangen.«

»Er will dich einfach nur in seiner Nähe wissen, Paulchen.« Lotte hatte ihn liebevoll angeschaut und ihn leicht in die Wange gekniffen, wie sie das immer bei ihrem kleinen Bruder tat. »Papa will nicht unterhalten werden, das weißt du doch. Er hat seine Autos, seine Spaziergänge, seine Orgel, sein Schnäpschen, seine Krimis. Und ja, holt sie nach, die Zeit. Wer weiß, wie viel ihm davon noch bleibt, um all das zu bereinigen, was schiefgelaufen ist.«

Johann stand jetzt auf und legte Holz nach. Im vergangenen Herbst hatte er einen Bullerjan im Schuppen installiert, damit er auch bei Kälte ohne steif gefrorene Finger arbeiten konnte. Dann machte er sich wieder an dem Kotflügel zu schaffen.

All das bereinigen, was schiefgelaufen ist. Wie sollte er das anstellen? Paul musste auf die Zeit setzen, schauen, was passieren würde. Zumindest war es ihm gelungen, das alte rote Schwedenhäuschen anzumieten. Allerdings war es in keinem guten Zustand. Eigentlich sollten sie eine Generalüberholung vornehmen. Die Fenster waren zugig, die Holzböden müssten abgezogen werden, die Heizungsanlage war alt, das Dach an einer Stelle undicht. Dafür war die Miete niedrig. »Das Haus hat dasselbe Baujahr wie ich«, hatte Johann ausgerufen, als er sein neues Heim zum ersten Mal besichtigt hatte. »Und es hat genauso viele Schwachstellen wie ich auch, einschließlich Dachschaden.« Dabei hatte er so gestrahlt, dass Paul sich gar nicht erinnern konnte, ihn jemals so gesehen zu haben. »Ich sage dir, mein Junge, Havgart hat auf mich gewartet, das ist so klar wie Kloßbrühe.«

Immerhin hatte Paul zu seiner Beruhigung festgestellt, dass sein Vater genau so weiterlebte, wie Lotte es vorhergesagt hatte. Er unternahm seine täglichen Spaziergänge, las Krimihefte, aß Unmengen Schokolade und schraubte an seinen Autos herum. Neben seinem alten Mini standen noch ein weiterer, halb zerlegter Mini als Ersatzteillager im Schuppen herum und der Capri, den Johann damals bei einem Preisausschreiben gewonnen hatte, weil er richtig geraten hatte, wie viele Nutella-Gläser in den Kofferraum des Wagens passten. Auch hatte er seine alte Heimorgel mitgenommen, der er neuerdings seltsam sphärische Klänge entlockte.

Erst hatte Paul sich über diese Art von Musik gewundert, sie passte nicht unbedingt in das sonst übliche Repertoire seines Vaters, das hauptsächlich aus leichter Unterhaltungsmusik und Easy Listening mit Anklängen hin zu Swing bestand. Aber dann war Paul ein Licht aufgegangen: Die Yogalehrerin eines nahe gelegenen Wellness-Hotels hatte sich neulich mit seinem Vater im Gutsladen unterhalten, und sie waren auf das Thema Musik gekommen. Johann hatte von seiner Orgel erzählt und dass er unter anderem Komponist sei (Paul hatte sich bei dieser Bemerkung dem Weinregal zugewandt, um sein Grinsen zu verbergen), und daraufhin hatte sie ihn gefragt, ob er nicht Lust habe, etwas für die abschließenden Meditationsphasen ihrer Yogastunden zu komponieren. Dann könne sie ihren Schülern sagen, dies sei eine Komposition aus der Region, umweht von der guten Energie der See. Offensichtlich hatte Johann mit seiner Arbeit begonnen.

Was Paul bedenklich fand, war Johanns sporadisch auftauchende Vergesslichkeit. Mehrere Male schon hatte er Paul in dessen Hamburger Wohnung angerufen, weil er seinen Schlüssel nicht fand, Charlottes Geburtstag nicht mehr wusste oder sich beim Binden seiner Krawatte verheddert hatte.

»Kannst du dich nicht mal für ein oder zwei Wochen bei ihm einquartieren, um zu schauen, ob er überhaupt noch alleine klarkommt?«, hatte Lotte zu Paul am Telefon gesagt, als Johann sie angerufen und gefragt hatte, wie man noch mal Pellkartoffeln kochte. Das war im Sommer gewesen, aber Paul hatte keine Chance auf Urlaub gehabt, und so hatte er seine Tochter Lilli gefragt, ob sie vielleicht ein paar Tage Urlaub bei Opa an der Ostsee machen wollte. Die Antwort war die typische einer Vierzehnjährigen gewesen: »Was soll ich denn da oben in diesem Langweilerkaff?« Doch Pauls Wink mit dem Surfwochenende am Weißenhäuser Strand hatte Wunder gewirkt.

Ganze zwei Wochen war Lilli in Havgart gewesen, hatte surfen gelernt, neue Freunde gefunden und abends ihren Großvater beim Memory in die Verzweiflung gestürzt. Lilli hatte ein unverkrampftes Verhältnis zu Johann, obwohl sie sich nicht so häufig sahen. Bei der Frage, ob ihr Großvater seinen Haushalt und überhaupt sein Leben im Griff habe, war Lilli allerdings keine große Hilfe gewesen. »Weiß ich doch nicht. Ich war doch die ganze Zeit am Strand. Memory spielen kann er jedenfalls nicht.«

So war es Februar geworden, bis Paul endlich ein paar Tage Urlaub nehmen konnte, und Johanns einzige Reaktion war gewesen: »Kannst dich gleich nützlich machen und das Brennholz hacken. Und in dem oberen Schlafzimmer ist eine feuchte Stelle an der Decke. Und in der Küche geht die Deckenlampe nicht.«

Das Holz hatte sich Paul für später vorgenommen. Er war der Meinung gewesen, die Küchenlampe sei wichtiger.

»Ich wollte ja nicht wieder alles besser wissen«, war Johanns Kommentar gewesen, als Paul von der Leiter gefallen und mit dem Fuß an den Herd geknallt war, wobei er sich einen komplizierten Bruch der rechten Ferse zugezogen hatte. »Aber ich hätte dir gleich sagen sollen, überlass es denen, die was davon verstehen.«

Und Paul hatte sich im Krankenhaus wiedergefunden, behaglich umnebelt vom Schmerzmittel, befreit vom Druck laufender Ermittlungen und dem schlechten Gewissen, zu wenig Zeit mit seinem alten Vater zu verbringen.

»Jetzt hast du ja Zeit, dich um Opa zu kümmern«, hatte Lilli gestern Abend am Telefon gesagt und gelacht. »Oder er sich um dich. Das möchte ich zu gerne sehen.«

»Gibt es schon was Neues zu dem Ermordeten?«, unterbrach Johann seine Gedanken.

»Bisher nicht.«

»Kaum bist du hier, gibt es Tote«, sagte Johann und wischte sich die Finger an einem öligen Lappen ab. »Ich finde das höchst interessant.«

Ebenso interessant ist es, dass ich vorher davon geträumt habe, dachte Paul und trank nachdenklich von seinem lauwarmen Kaffee.

»Kannst 'nen Krimi drüber schreiben. Mit einem vierundachtzigjährigen Privatdetektiv, der alles aufklärt.« Johann zog Pauls kleinen Notizblock aus der Seitentasche seines Blaumanns. »Hier, hab ich am Strand beobachtet und aufgeschrieben, als sie den Toten untersucht haben. Für deinen Krimi.«

»Danke, Johann, gut gemacht.«

* * *

Adri Holland hatte lange geschlafen. Der Ofen war über Nacht ausgegangen, nun bedeckten Eisblumen die Innenseiten der Fenster. Als er geheizt hatte und der Pulverkaffee fertig war, zog er die letzte seiner Coronas aus der Schachtel. »Fumar puede matar«, las er laut, öffnete die Ofenklappe und warf die Schachtel hinein. »Bei diesen Temperaturen in Havgart zu sein, kann einen schneller umbringen, als ihr das schafft.« Er setzte sich, legte die Füße auf den Tisch und schaute sich um. Hier würde er also für die nächsten Monate leben und arbeiten. Wobei seine Aufgabe hauptsächlich darin bestand, das Anwesen bewohnt aussehen zu lassen. Dazu gehörten das Haupthaus, das ehemalige Bedienstetenhaus, in dem er selbst wohnen und arbeiten konnte, und die Orangerie. Im Haupthaus war die Heizung defekt, eines der ersten Dinge, um die er sich kümmern musste. Dann würde er gelegentlich ein Bad nehmen können, in einem Badezimmer, das in etwa die gleichen Grundmaße aufwies wie sein Bedienstetenhäuschen.

Er stand auf und wärmte seine Hände über dem Ofen. Dabei schaute er aus dem Fenster. Auf Formentera war es die meiste Zeit des Jahres angenehm. Die Luft angenehm warm, ebenso das Meer; abends herrschte angenehme Kühle. Doch in den letzten Jahren hatten ihn diese Annehmlichkeiten zu nerven begonnen. Er hatte die feuchtkalten Nebel vermisst, die langen dunklen Nächte, in denen die Geister der See den Raureif an die Fenster hauchten. Das hatte aber auch daran gelegen, dass seine Einkünfte, die er als Maler erzielte, stetig zurückgegangen waren. Die kleine Finca, in der er wohnte, war in ähnlichem Zustand wie das kleine Haus hier in Havgart. Doch dann war das Wunder geschehen. Er wollte einige Freunde auf Ibiza besuchen, und da hatte er plötzlich vor ihm gestanden. In Sant Antoni, am Hafen. Braun gebrannt, weißes, zusammengebundenes Haar, weiße Jeans, weißer Helly-Hansen-Pullover, alles an ihm hatte geleuchtet. Ein Engel.

»Adrian?«, hatte der Engel gerufen und ihn angestrahlt. »Ich bin's, Markus, Markus Kippling. Wir waren Nachbarn, in Havgart. Sag bloß, du erinnerst dich nicht mehr?«

Und ob Adri sich erinnert hatte. Kippling war der beste Freund seiner Eltern gewesen. Nachdem sie beide dessen Jacht besichtigt hatten, waren sie in die nächste Bar gegangen. Und dann hatte Kippling gesagt, dass er jemanden suche, der sein leer stehendes Anwesen in Havgart hüten solle. So lange, bis er sich entschieden habe, ob er verkaufen wolle. Adri hatte nicht lange gezögert, und jetzt war er tatsächlich wieder hier. Hier bei seinen alten Freunden, seiner Vergangenheit. Sein Blick fiel auf das Gutshaus der von Thomsens. Der Teil des Hauses, den Adri von seinem Fenster aus sehen konnte, war fast bis zum Dach mit Efeu bewachsen. Die Fensterrahmen waren schon länger nicht behandelt worden. Adri sah, dass sich Felix zumindest in den letzten Jahren nicht um sein Haus gekümmert hatte.

Felix. Adri hatte keine Vorstellung davon, wie das Wiedersehen mit ihm aussehen würde. In der oberen Etage brannte Licht, es sah warm und behaglich aus. Die hell erleuchteten Fenster täuschten aber nicht darüber hinweg, dass das Haus abweisend wirkte. Genauso wie nach dem Tod von Felix' Eltern, dachte er und erinnerte sich, wie trübe das herrschaftliche Haus damals ausgesehen hatte. Als wäre es ebenso wie seine Bewohner in Trauer verfallen.

Felix hatte sich nach dem Unfalltod der Eltern vollkommen zurückgezogen. Hatte jeden Besuch oder Mitleidsbekundungen abgewiesen. Konstantin war in einen Dauerrausch mit Alkohol und Drogen geflohen. Die Kipplings hatten sich zusammen mit einigen Angestellten der Gutsverwaltung darum gekümmert, dass der Betrieb weiterlief. Auch Ida, die Haushälterin und gute Seele der von Thomsens, war geblieben. Hatte den Haushalt geführt und dafür gesorgt, dass die Jungen außer Bier, Chips und Schokoriegeln von der Tankstelle sowie Pizza noch etwas Ordentliches zu essen bekamen.

Erst nach Monaten hatte die Normalität wieder Einzug auf Gut Havgart gehalten. Und als der Winter sich dem Ende geneigt hatte und die Tage heller geworden waren, hatten sich Türen und Fenster geöffnet, und der warme Wind hatte die bösen Gespenster hinaus aufs Meer gescheucht und den Weg frei gemacht für die guten Geister. Und für Adri.

Es war Ende April gewesen, als er eines Morgens nach einer langen Nacht mit viel Wein und Musik in einem der großen und hellen Zimmer des Gutshauses aufgewacht war und sich die Frage gestellt hatte, warum er bisher nach solchen Gelagen immer nach Hause gekrochen war. Eigentlich konnte er doch gleich hier bleiben, wenn er sowieso jeden Tag bei Felix und Konstantin war. Abends war er wiedergekommen, mitsamt Staffelei, Malerutensilien, dem Futon, den Schallplatten und CDs. Felix hatte ihm das ehemalige Musikzimmer gegeben und gesagt, er solle sich hier so richtig austoben. Das war sein erstes Atelier gewesen. Sein erstes eigenes Reich.

All das fiel Adri nun wieder ein. Auch, dass sich Niels zu dieser Zeit in Linda Johannsen verliebt hatte, die fünf Jahre ältere Dänin aus Nykøbing. Linda hatte damals schon die Pferde des Gutes versorgt. Niels war der schönen, unnahbaren Frau mit dem weißblonden Haar auf der Stelle ausgeliefert gewesen. Und doch hatte er ihre Zuneigung gewonnen. Niels, der hoch aufgeschossene, rothaarige, etwas verklemmte, etwas schüchterne Naturbursche mit den Sommersprossen.

Das waren die Bilder, die Adri in seinem Kopf bewahrt hatte. Die des Hauses aus rotem Backstein mit den vielen Räumen voller Durcheinander, Pizzakartons und Flaschen. Das erfüllt war von Leben und Lachen. Adri schloss die Augen und sah sie wieder vor sich, wie in einem Film:

»Kacke, verdammt ist das kaaaalt!« Mit der Bourbonflasche in der Hand flitzte Felix die Wiese entlang. Nackt, die Haut so weiß wie das Gefieder eines Schwans. Die dunklen Locken und der bernsteinfarbene Inhalt der Flasche bildeten einen Kontrast zu dem milchigen Himmel und dem Schnee. Adri folgte ihm. Erst als sie einmal den Teich umrundet hatten, trauten sich auch Niels und Konstantin aus der Sauna in die Kälte des nordischen Wintertages. Der Whisky machte schnell die Runde, und Konstantin versuchte, die Eisschicht mit dem nackten Fuß zu durchbrechen, aber das dauerte ihm zu lange. Also lief er ein Stück zurück, nahm Anlauf, warf sich mit einem grässlichen Schrei in den Tümpel und verschwand im modrigbraunen Wasser. Die anderen drei waren in Konstantins Sog geraten und sprangen ihm nach.

Adri hörte wieder diese Schreie. Und das Lachen. Sie hatten so viel gelacht damals.

Das Telefon klingelte, und Adri zuckte zusammen. Es war Niels, der ihm mitteilte, er dürfe sich ruhig Holz von ihm holen, denn er müsse gut durchheizen, um die Feuchtigkeit rauszukriegen. Dann räusperte er sich, und Adri wurde plötzlich klar, dass Niels nicht deshalb angerufen hatte. Das Holz war nur ein Vorwand gewesen.

»Also, das Porträt von Lou – willst du das wirklich machen?«

Aha, da haben wir's, dachte Adri. »Ja, das habe ich vor.«

»Ich weiß nicht, wie ich das finden soll. Linda und ich –«

»Wie du schon sagtest, Niels, ein Porträt, eine Seitenansicht vielleicht, darüber muss ich noch nachdenken.«

»Trotzdem, wir halten es für nicht ganz richtig, wenn sie –«

»Wenn sie was?«, fiel Adri ihm ins Wort und ärgerte sich über seine Ungeduld, weil er Niels damit noch mehr zum Nein drängte. »Niels, deine Tochter hat sich so gefreut. Und für euch wäre das doch auch eine schöne Sache, meinst du nicht?«

»Lou ist erst sechzehn, und wir finden, sie ist zu jung für so was.«

»Was meinst du mit ›so was‹?« Adri spürte eine langsam aufsteigende Wut. »Ich will sie nur malen, weiter nichts. Nur ihr Gesicht, nichts Anstößiges, was denkst du eigentlich von mir? Außerdem bezahle ich sie dafür. Sie will sich ohnehin was dazuverdienen.«

»Wie kommst du überhaupt auf sie? Ich glaube nicht, dass sie sich dafür eignet.«

»Die Entscheidung, wer geeignet ist und wer nicht, darfst du gerne mir überlassen.«

»Ich rede noch einmal mit ihr«, erwiderte Niels nüchtern.

»Am Geld soll es nicht liegen.«

»Du machst dich lächerlich.«

»Wenn du sie noch einmal darauf ansprichst, breche ich dir das Genick«, sagte Niels plötzlich und legte auf.

Adri glotzte den Hörer an, dann warf er ihn wütend auf den

Tisch. Für Väter war das Porträtieren ihrer Töchter offenbar gleichbedeutend mit Prostitution. Na prima, das ging ja richtig gut los hier.

***

Blass und hager wie damals schon. Hatte sich kein bisschen verändert. Niels hatte ihm gesagt, dass er zurück sei. Und dass er Kipplings Haus hüten wolle. Von seinem Arbeitszimmer aus konnte Felix von Thomsen in die vorderen Fenster des kleinen Hauses der Kipplings sehen. Staffeleien lehnten an der Wand, Kartons standen herum, in weiße Laken eingeschlagene flache Gegenstände, Bilder vermutlich. Er malte also tatsächlich noch.

Felix hatte noch gut vor Augen, wie Adri damals gegangen war. In welcher Stimmung er gewesen war. Er hatte sich innerhalb kürzester Zeit total verändert, war abweisend, ja fast aggressiv gewesen. Plötzlich war Havgart nichts weiter als ein Drecksnest, in dem man es nur aushalten konnte, wenn man sich anpasste, auf die Jagd ging und sich in der Gilde engagierte. Da die Familie Holland nichts dergleichen getan hatte, waren sie natürlich Außenseiter gewesen. Aber das war eigentlich nur für Adris Eltern problematisch gewesen, vor allem für Gesa Holland, die nie richtig Anschluss im Dorf gefunden hatte. Natürlich waren die Leute hier draußen kurz angebunden und kümmerten sich um ihre eigenen Angelegenheiten. Aber Felix konnte sich nicht erinnern, dass Adri je darunter gelitten hatte. Es musste irgendetwas anderes passiert sein, das Felix nicht mitbekommen hatte. Und plötzlich, nach all den Jahren, war er wieder da, schlich da draußen rum, als wäre nichts gewesen.

Hope, Felix' English Cocker Spaniel, setzte sich neben ihn und schlug mit dem Schwanz an sein Bein. Sie wollte raus. Er wandte sich vom Fenster ab, sprang die breite und knarrende Treppe hinunter und öffnete die Terrassentür. Dann warf er einen Blick auf seine Armbanduhr. Ida wollte noch einige Besorgungen für das Jagddinner am Samstag machen und würde erst später kommen. Er war also allein im Haus. Nur Hope und er.

Die Jagd am Wochenende war Lindas Idee gewesen. Die Schonzeit hatte zwar gerade begonnen, aber Frischlinge waren davon ausgenommen. Die Nachfrage nach frischem Wild aus der Region war in letzter Zeit stark gestiegen. Es gab immer mehr Leute, die die Nase voll hatten von den Produkten der Massentierhaltung, und so musste also wieder für Nachschub gesorgt werden. Das Haus lag im Halbdunkel in vollkommener Stille. Er mochte die Stille, aus diesem Grund hatte er auch die antike englische Standuhr mit den exotischen Vogelmotiven stillgelegt, die im Flur stand. Er hasste die Atmosphäre, wenn in einem Haus nur das Ticken einer Uhr zu hören war. Er dachte dann immer an die düsteren Wohnstuben im Dorf. Vergilbte Gardinen, Couchtisch mit Zeitung und Fernbedienung darauf. Säuerlicher Geruch nach Alter und Einsamkeit. Das Ticken einer Uhr, das einen nie zur Ruhe kommen ließ, eine fortwährende Mahnung, dass alles irgendwann ein Ende haben würde. Aber da war niemand mehr in Felix' engerem Umfeld, der aufgrund des hohen Alters am Rande der ausgehobenen Grube herumkroch. Felix war sechsunddreißig, Ida mit ihren achtundsechzig noch gut in Schuss, die anderen in der Familie waren bis auf Konstantin längst tot.

Seinen Bruder Konstantin hatte er seit über fünfzehn Jahren nicht mehr gesehen. Nur ein einziges Mal hatten sie Kontakt gehabt, da hatte Konstantin ihn angerufen, aus Finnland. Es war ein anstrengendes Telefonat gewesen. Er hatte von einem Stipendium geredet, wirr und aufgeregt, mit den typischen Gedankensprüngen, denen früher schon kaum jemand hatte folgen können. Von einem Forschungsauftrag war die Rede gewesen, am Lehrstuhl für Philosophie, Physik? Felix wusste es nicht mehr.

Ihre Eltern waren unweit von Kapstadt mit einem Privatflugzeug abgestürzt. Zusammen mit den Großeltern, einem Onkel und zwei Cousins. Vier Tage vor Felix' neunzehntem

Geburtstag, Konstantin war siebzehn gewesen. Von diesem kühlen Herbsttag an war Felix Johann Kaspar Freiherr von Thomsen Herr des Gutes Havgart gewesen, mit dessen landwirtschaftlichem Betrieb, den Ländereien inklusive der Jagd und einem Heer von Angestellten. Da war niemand gewesen, der ihn väterlich beiseitegenommen hätte mit Worten wie: »Mein Junge, du bist jetzt erwachsen und musst dir deiner Verantwortung bewusst werden.« Vollkommen unvorbereitet war er in diese ihm fremde Welt der Erwachsenen katapultiert worden.

Das Läuten der Türglocke an jenem Tag hatte anders geklungen als sonst. Dunkler, bedrohlicher. So hatte er später gedacht. Es war Markus Kippling gewesen, der an der Tür gestanden hatte, beide Hände fest an Felix' Oberarme gelegt. »Sie sind tot. Alle.« Felix hatte sich schon kurz darauf nicht mehr an den Wortlaut erinnern können, auch nicht an das, was ihm durch den Kopf gejagt war. Er hatte nur gewusst, dass jetzt alles vorbei war.

An all das hatte Felix lange nicht mehr gedacht. Aber das Auftauchen seines alten Freundes Adri, der eigentlich nicht mehr sein Freund war, hatte alles wieder an die Oberfläche gezerrt. Auch das Unglück seiner Familie.

Das Telefon ging und riss Felix aus seinen Gedanken. Es war Niels, der für Felix als Jagdaufseher arbeitete. »Ich habe etwas gefunden, das dich interessieren könnte. Ich glaube, es geht wieder los.«

Felix kam der Anruf gelegen, hielt er ihn doch von den Grübeleien ab. »Wo bist du?«

»Am Sechser, da sind ein paar Stufen morsch.«

»Ich gehe zu Fuß, dauert dir das zu lange?«

»Nein, ich bin noch eine Weile hier.«

Als Felix die verschneite Steintreppe hinunterging, deren Stufen an einigen Stellen bedenklich wackelten, hatte der Wind die Wolken auseinandergetrieben und ein wenig Himmelsblau freigelegt. Doch als er am Feld ankam, waren die Flecken blauen Himmels wieder verschwunden. Krähen kreischten in die tief hängenden Wolken. Als er den Waldrand erreicht hatte, wurde Hope unruhig. Sie schnupperte nervös, winselte und verschwand schließlich im Gebüsch. Auch Felix wurde aufmerksamer, und plötzlich war es wieder da, dieses seltsame Gefühl der Unruhe.

Getrieben von der Vorahnung, die er immer hatte, wenn etwas in seinem Wald nicht in Ordnung war, beschleunigte er seinen Gang. Er sah sie schon von Weitem, die Reifenspuren, die sein ungutes Gefühl bestätigten. Vermutlich hatte Niels sie auch gesehen und deshalb angerufen. Der Schnee hatte die Spuren nicht verdeckt, weil der Wind aus Richtung des Waldes geweht hatte und der Schnee erst ein Stück weiter entfernt vom Waldrand liegen geblieben war. Ein idealer Ort, um direkt aus dem Fenster zu schießen. Keine Sackgasse, beste Sicht auf Beute. Hier an dieser Stelle kamen abends oft die kapitalen Hirsche zum Äsen aus dem Wald. Achter oder Zehner, und genau auf die hatten es die Wilderer abgesehen.

Die Hündin strich in der Gegend herum, benahm sich aber nicht, als wäre ein verendetes Tier in der Nähe. Felix marschierte weiter und sah nach einer Weile den Pick-up des Jagdaufsehers am Wegesrand stehen. Die Tür war geöffnet, der Schlüssel steckte im Zündschloss. Ein Stück weiter, am Rand des Waldes, war Niels Raven gerade dabei, den Zustand des Hochsitzes zu überprüfen.

»Ist alles zu schaffen bis Sonntag, oder brauchst du Hilfe?«

»Kein Problem. So viele sind wir ja dieses Mal nicht«, sagte Niels.

»Und? Was gibt es so Spannendes?«

»Hast du die Reifenspuren gesehen?«

»Sehen frisch aus.«

»Deshalb habe ich aber nicht angerufen.« Niels deutete neben sich. »Ich habe sie für dich hängen lassen.«

Felix sah sie gleich. Sie war an einem Baum befestigt, in Haupthöhe eines Bockes. »Ich hab's doch gewusst«, sagte er und begann, die Schlinge vom Baum abzulösen. Wut stieg in ihm auf. Diese Drahtschlingen waren eine besonders grausame Art der Wilderei, weil sie den Tieren einen qualvollen, langsamen Tod bereiteten.

»Hast du noch mehr gefunden?«

»In der näheren Umgebung nicht, wir sollten uns aber noch mal genauer umgucken.«

Felix setzte sich auf einen umgestürzten Baumstamm und zog eine Zigarette aus seiner Jackentasche. »Hast du ihn schon gesehen?«

Niels inspizierte die Stufen des Hochsitzes, Felix' Frage ignorierte er.

»Kommt so mir nichts, dir nichts hereinspaziert, besucht deine Frau. Hat er schon deine Tochter begrüßt?« Felix grinste. »Traut sich was, wieder herzukommen, das muss ich ihm lassen. Die Leute hier haben nicht vergessen.«

»Gerede, das alles ist so lange her.«

Felix betrachtete Niels eine Weile. »Zum Glück ist Lou bald erwachsen, sie wird sich schon zu helfen wissen.«

»Red keinen Unsinn. Er wird bis zum Sommer bleiben und dann wieder auf seine blöde Insel zurückgehen.«

Felix drehte die Schlinge in der Hand, betrachtete sie genauer. »Petersens, oder?«

»Würde ich sagen, ja. Einer seiner Jungen treibt sich wieder hier herum, ich habe ihn gestern gesehen. Noch dazu mit Lou, ausgerechnet.«

»Ja, das freut einen Papa. Jetzt hat deine Tochter die Wahl zwischen Adri Holland und den beiden süßen Petersens.« Felix warf ihm die Schlinge zu.

Niels gab Felix einen genervten Blick zurück und stopfte die Schlinge in seine Jackentasche. »Ich kriege diese Bürschchen noch dran, verlass dich drauf. Die letzte Lektion hat offenbar noch nicht richtig gesessen.«

Felix drückte die Zigarette an dem Baum aus. »Meinen Segen hast du.«

***

Heute ist Luckys Geburtstag. Ein Jahr ist er geworden. Genauer gesagt, ein Jahr und sechs Stunden. Ich habe mir die Uhrzeit aufgeschrieben, als er geboren wurde. Heute Morgen habe ich ihm eine Kerze auf den roten Geburtstagskranz gesteckt. Zehn Kerzen passen da rein, Lucky hat nur eine geschafft. Auf dem Hof hat er gelegen, und er hat so komisch ausgesehen, da wusste ich gleich, dass etwas nicht stimmt. Ich habe meine Hände unter den kleinen Körper geschoben und ihn vorsichtig aufgehoben, er war noch warm. Dann habe ich ihn in mein Zimmer getragen, aufs Bett gelegt und lange auf seinen kleinen Bauch geguckt, ob er sich nicht doch noch bewegt. Aber da war nichts mehr.

Ich habe die Tür abgeschlossen. Niemand ist gekommen. Auch nicht, als es Zeit fürs Abendbrot war, so, als wäre ich auch tot. Die ganze Zeit habe ich mir vorgestellt, wie es wäre, wenn ich jetzt sterben würde. Dann könnte ich einfach in meinem Bett liegen bleiben, neben Lucky. Den Schlüssel müsste ich dann nie mehr rumdrehen, um diese schreckliche Tür zu öffnen. Das wäre so toll. Ich wäre dann in Sicherheit. Ich wäre frei. Tote kann man nicht mehr totschlagen. Das würde keinen Sinn ergeben. Wie sie wohl reagieren würden, wenn sie mich fänden? Ich stelle mir vor, wie sie an meinem Sarg knien. Heulen tun sie nicht, aber vielleicht würden sie ja bereuen. Aber dann wäre es zu spät. Viel zu spät.

Andersherum ginge natürlich auch. Was wäre, wenn ich ›ihn‹ umbrächte? Bisher habe ich mich nicht getraut, darüber nachzudenken, aber heute werde ich damit anfangen. An Luckys Geburtstag, an Luckys Todestag. Ein Leben hat begonnen, ein Leben wird wieder ausgelöscht. Zeit, etwas Neues zu beginnen. Ich glaube nicht, dass ich ihn wirklich selbst töten könnte, aber ab heute werde ich darüber nachdenken, wie sich das anfühlen würde. Ob sie wohl Lucky mit in meinen Sarg legen? Der Pfarrer ist zwar manchmal echt komisch, er kann aber auch ganz nett sein. Der würde bestimmt irgendetwas ›drehen‹. Das sagt mein Vater immer, und ich glaube, da hat er ausnahmsweise mal recht. Jeder ›dreht‹ hier immer irgendwas.

✳✳✳

Lou überwand den Steilsprung fehlerfrei und ritt zum nächsten Hindernis. Linda und Niels schauten ihr vom Zaun aus zu. Im Frühling sollte die deutsche Meisterschaft stattfinden, und Lou war gut wie nie zuvor. Linda schloss für einen Moment die Augen. Hoffentlich kommt nichts mehr dazwischen, dachte sie. Niels war gerade aus dem Wald zurückgekehrt. Gemeinsam mit Felix hatte er den Beamten die Stelle gezeigt, wo der Wildschweinkadaver gelegen hatte.

Er stellte den Fuß auf einen Balken des Gatters. »Sie ist gut, unser Mädchen.«

Linda nickte. »Ja, das ist sie. Was sagt die Polizei?«

»Emma Flint war dort. Unsere ehemalige Babysitterin ist jetzt bei der Kriminalpolizei.«

Linda sah wieder zu Lou hinüber, die gerade über einen Oxer sprang. »Ich weiß, aber dass sie ausgerechnet diesen Fall übernimmt …« Linda wirkte geistesabwesend.

»Ist alles in Ordnung mit dir?« Niels betrachtete sie.

»Es hat doch mit ihm zu tun, oder?« Linda wandte ihren Blick nicht von Lou ab. »Dass er wieder da ist, meine ich.«

Niels zuckte mit den Schultern. »Zufall.«

»Hast du gesehen, wie er sie angestarrt hat, gestern bei sich im Haus? Ich muss ständig daran denken.«

»Ja, ich hab's gesehen. Aber wir können im Moment nichts tun.«

»Was will er hier, Niels?«

»Wie war die Zeit?« Lou kam ihnen entgegengeritten.

»Noch besser als gestern. Ihr beide seid richtig gut.«

Lou stieg ab und klopfte Kubas Hals. »Gibt es schon etwas Neues, Papa? Du kommst doch gerade aus dem Wald, oder?«

»Nichts Neues, nein.«

»Könnt ihr euch vorstellen, wer unseren Edgar umgebracht haben soll? Also ich nicht. Das war bestimmt keiner von hier.«

Unseren Edgar, dachte Linda. Wie kommt sie dazu, so über ihn zu reden? »Hattest du denn irgendetwas mit Edgar zu tun, Lou?«

»Ich nicht, aber Jussi, na ja, eher indirekt. Sein Vater und Edgar haben doch zusammen bei Felix gearbeitet.«

»Und sind auch zusammen geflogen«, sagte Niels. »Einen prima Umgang hat dein Jussi.«

Lou verdrehte die Augen. »Ja klar. Wusste ich doch, dass du wieder damit anfängst. Es ist ja wohl nicht Jussis Schuld, dass sein Vater gerade echte Probleme hat.«

Niels lachte verächtlich. »Freddy Petersen hat nicht *gerade* Probleme, sondern *immer*!«

»Niels, bitte, jetzt ist nicht der Moment zu streiten«, sagte Linda. Im nächsten Moment sahen sie, dass zwei Polizeibeamte um die Ecke gebogen waren.

»Die befragen alle Leute hier«, sagte Niels und wandte sich ab, um ihnen entgegenzugehen.

Lou sah ihm eine Weile nach, dann griff sie nach den Zügeln. »Ich muss Kuba fertig machen. Und gleich kommt die Urlauberin, die eines der Pferde ausleihen will.«

Linda nickte abwesend und schaute Niels ebenfalls nach. »Weiß sie schon, welches?«

»Ich glaube, sie will Caro nehmen.«

»Caro?« Linda wandte sich jetzt doch Lou zu. »Das ist aber sehr mutig. Weiß sie denn, wie schwierig Caro sein kann?«

»Ich glaube schon. Aber es macht ihr nichts aus. Sie scheint eine gute Reiterin zu sein.« Lou deutete auf die Beamten, die sich jetzt mit Niels unterhielten. »Was die wohl von uns wissen wollen?«

»Ob uns etwas aufgefallen ist«, sagte Linda, »wo wir waren, wann wir Edgar zum letzten Mal gesehen haben. So wie wir das aus dem Fernsehen kennen. Nur hat es uns jetzt eingeholt, fürchte ich.«

Lou sah plötzlich traurig aus. »Das tut mir alles so leid, das mit Edgar. Ich meine … wie ihn alle immer behandelt haben.«
Linda betrachtete ihre Tochter nachdenklich, griff nach einer Haarsträhne, die über Lous Schulter lag, und strich darüber. »Mir geht es doch genauso. Nur ist es jetzt zu spät für Edgar. Und auch für uns.«
»Um alles wiedergutzumachen, meinst du? Ich glaube, ich werde für ihn beten.«
Linda lächelte. So etwas hatte sie Lou noch nie sagen hören.
»Vielleicht tue ich das auch.«
»Papa wird uns einen Vogel zeigen. Er hatte nichts als Ärger mit dem. Was wollte Edgar eigentlich die letzten Male, als er bei Papa war? Der war doch sonst nie hier.«
»Ich glaube, er wollte wieder hier arbeiten.«
»Echt? Warum ausgerechnet bei uns? Er hat sich doch gar nicht mit Papa verstanden. Ob es ihm auch leidtut, dass Edgar ermordet wurde?«
»Natürlich. Aber *so* schlecht war Edgar nun auch wieder nicht. Er war einfach, wie er nun mal war. Ich glaube nicht, dass er ein unglückliches Leben geführt hat. Er war ein wenig verschroben, ein Einzelgänger.«
»Aber so kommt man doch nicht auf die Welt? So wird man durch das Leben, durch sein Umfeld, durch uns alle.«
»Ich denke, es ist beides. Aber es gibt tatsächlich Menschen, die sind schon als Kinder unerträglich.« Linda musste lachen.
Lou sah ihre Mutter mit gespielter Empörung an. »Ich hoffe, du meinst niemand Bestimmten.« Jetzt musste auch Lou lachen.
Sie standen noch einen Moment beieinander und schauten zu Niels hinüber, der sich gerade mit den beiden Beamten, eine junge Frau und ein Mann, auf den Weg zu ihnen machte.
»Weißt du, wann ich das letzte Mal gebetet habe, Mama?«
Linda schüttelte den Kopf.
»Vor zwei Jahren, bei meiner Konfirmation. Damals habe ich gemerkt, wie gut mir das tat. Aber ich habe es vergessen. Unser Dorf ist ziemlich gottlos.«
Linda dachte über die Worte ihrer Tochter nach. Der Tod

dieses seltsamen Mannes schien sie sehr zu berühren. »Ich fürchte, du hast recht, in Havgart hat sich Gott jedenfalls keine Ferienwohnung genommen.«

✳✳✳

Der Hirschfänger schien einer jener Orte zu sein, die der Zeit den Zutritt verwehren konnten. Paul hatte alte Aufnahmen in einem Buch über Wagrien gesehen, das Johann sich gekauft hatte. Das Foto aus den frühen siebziger Jahren hätte auch von heute sein können: Das pittoreske Backsteinhaus war damals schon vom Efeu erobert worden, und bunte Stockrosen wuchsen auch heute vor den Fenstern. Die Bank stand seit jeher neben der Tür, die Paul nun aufzog. Es war sein erster Besuch in diesem Landgasthof, der weit über die Grenzen Havgarts bekannt war.

Der Hirschfänger hatte keinen schlechten Ruf, zumindest hatte Paul bisher nichts Vernichtendes über die Küche vernommen. Es war der Besitzer, über den geredet wurde. Diesen eigenbrötlerischen Alten, der seine Gaststätte seit siebenundfünfzig Jahren führte. Erst allein, später mit seiner Frau Henny. Der sich rühmte, das beste Wildfleisch Ostholsteins zu verarbeiten. Der seine einzige Tochter Maria an die See verloren hatte. Die Leute sagten, dass er seitdem die Gaststätte kaum noch betreten habe. Dass er nur noch in seinem Keller sitze und Tiere präpariere. Als wolle er etwas festhalten, die Vergänglichkeit besiegen. Den Toten ein zweites Leben verschaffen.

Ein schwerer brauner Vorhang trennte den Eingang mit dem Zigarettenautomaten von der Gaststube ab. Über dem Automaten stand in großen Lettern:

Hirsche und Hasen muss man schießen,
eh' sie laufen aus dem Wald.
Hübsche Mädchen muss man küssen,
eh' sie werden alt.

Als er den Vorhang beiseitegeschoben hatte, stellte Paul fest, dass sich auch in der Gaststube seit der Zeit, in der das Foto in Johanns Buch gemacht worden war, vermutlich nichts verändert hatte. Über der Eingangstür tummelte sich eine Dachsfamilie. Singvögel zwitscherten tonlos von den Wänden. Marder, Fasan und Fuchs standen auf den Wandregalen und schielten mit matten Augen auf die Wildgerichte, die ein magerer Kellner auf Tellern mit rustikalem Jagddekor zu einem Tisch trug, an dem sich vier männliche Gäste lautstark über eine Elchjagd in Schweden unterhielten. Auch an zwei anderen Tischen saßen Leute und aßen.

Paul ging weiter zum Tresen, an dem zwei Männer standen. Der eine begrüßte ihn mit einem lang gezogenen nasalen »Mooin«, als hätten sie sich gestern Abend erst hier an diesem Ort verabschiedet. Paul glaubte, in ihm den Mann wiederzuerkennen, den er heute Morgen auf dem Acker neben dem Bagger hatte stehen sehen und den er minutenlang angeglotzt hatte. Er hatte feuerrote Wangen und Ohren, was Paul irgendwie schlüssig vorkam, wenn er den ganzen Tag bei diesem Wetter draußen war.

Ganz am Ende des Tresens saß ein Mann mit einem grauen Bürstenschnitt und schmaler Stirn, der auf eine Zeitung neben seinem Bierglas starrte. Paul hatte ihn schon einige Male gesehen und glaubte, dass es Freddy Petersen war. Der wohnte etwas abseits, kam aber regelmäßig an ihrem Haus vorbei, vermutlich immer auf dem Weg zum Hirschfänger und wieder nach Hause.

Paul fiel auf, dass Petersen gar nicht zu lesen schien, sein glasiger Blick hing irgendwo im Raum dazwischen fest. Er saß ganz für sich, schien nicht zu den anderen beiden zu gehören, die mit ihrer Unterhaltung aufgehört hatten, als Paul zum Tresen gekommen war.

»Ist es wirklich unser Eddi?«, wandte sich der Mann vom Acker an Paul.

»Tag, die Herren«, sagte Paul und nickte freundlich.

»Ein Bier?«, quakte der Kellner, der auffällig glatte blonde

Haare hatte, wie ein kleines Mädchen. »Sie sind doch nicht im Dienst mit den Krücken?«

»Nein, nicht im Dienst. Und ja, ich nehme ein Bier.« Paul blieb am Tresen stehen, obwohl freie Barhocker dort standen. Er wollte den Eindruck vermeiden, er wolle seinen Abend hier verbringen. Ein Bier auf die Schnelle, ein paar Fragen, das musste für heute genügen. Emma und die anderen würden ohnehin noch hier aufkreuzen.

»Nu sach schon«, sagte der andere der beiden am Tresen. Er hatte einen dünnen Pferdeschwanz und trug ein grün-kariertes Flanellhemd. Paul wusste, dass er auf Hinrichs Hof arbeitete, er sah ihn dort regelmäßig auf einem dieser Monstertrecker herumfahren. »Edgar, oder?«

Es macht ohnehin gleich die Runde, dachte Paul. »Ja, es ist Edgar Allweis. Hatten Sie … Hattet ihr mit ihm zu tun?« Er erinnerte sich an Emmas Worte, dass es durchaus möglich war, mit anderen Bewohnern von Havgart keinen Kontakt zu haben.

»Klar, er war halt unser Dorfdussel. Er war schon ein ganz Besonderer.«

Paul sah die beiden Männer an. »Beschreibt ihn doch mal, ich würd mir gern ein Bild von ihm machen.«

»Eddi …«, sinnierte der mit den roten Wangen. »Er war halt ganz schön zurückgeblieben.«

Der andere nickte zur Bestätigung. »Wie ein Kind war der, ein pubertierendes.«

Paul dachte, wie es wohl wäre, wenn Lilli ihr Leben lang so bleiben würde wie jetzt mit vierzehn. Eine Verlängerung des Ausnahmezustands auf ewig, nicht auszudenken. »Seit diesem Unfall am Strand, mit dem Fahrrad?«

»Genau. Aber der konnte gut damit leben, kannte es ja nicht anders. Also unglücklich war der nicht.«

»Im Gegenteil«, rief der Rotwangige. »In letzter Zeit war Eddi richtig gut drauf. Hat gesungen, wenn er mit seinem Moped durchs Dorf fuhr. So habe ich den noch nie erlebt.«

Paul horchte auf. »Könnt ihr euch vorstellen, warum er so guter Laune war?«

»So viel hatten wir nun auch wieder nicht mit dem zu tun.«

»Ist mir auch aufgefallen«, sagte der Kellner, der mit einem Tablett leerer Gläser zurückkam. »Irgendwas war mit dem. Als hätte er im Lotto gewonnen.«

Paul dachte darüber nach. »Lotto, soso.«

Der mit den roten Wangen wandte sich jetzt Paul zu. »Du bist doch heute Morgen zu Fuß an den Strand gegangen«, sagte er und deutete auf die Krücken, »ganz schön harter Angang mit den Dingern, was?«

Paul nickte. »Allerdings, aber ich habe es trotzdem geschafft. Was macht ihr da eigentlich auf dem Feld?«

Der Mann machte ein wichtiges Gesicht und hob den Zeigefinger. »Ausgrabungen, archäologische. Du glaubst gar nicht, was wir schon alles gefunden haben.«

Paul machte große Augen. »Wirklich?«

»Noch vorhin, kurz vor Feierabend, haben wir eine Fibel, du weißt schon«, er raffte sein Hemd vor der Brust zusammen, »so 'n Ding, womit die Wikinger ihre Umhänge –«

»Lassen Sie sich nicht anschieten«, rief der Kellner dazwischen und schüttelte den Kopf. »Ausgrabungen – das erzählen die jedem, der aus der Stadt kommt.«

»Aber er hätte es geglaubt«, sagte der Mann.

Paul lächelte. »Und was treibt ihr da nun wirklich?«

»Drainagen«, erwiderte der Rotwangige gelangweilt. »Wir haben hier schwere Böden. Das Wasser läuft nicht ab, wenn es viel regnet. Also legen wir Rohre, damit es in die Ostsee abfließen kann.«

Paul wurde durch eine Bewegung schräg neben ihm abgelenkt. Er schaute sich um und sah einen jungen Mann, der gerade durch den Vorhang geschlüpft sein musste. Er war sehr schlank, Paul fiel sein athletischer Körperbau auf. Er hatte kurzes helles Haar, das nur vorn länger war und bis an die Nasenspitze reichte. Grußlos, ohne die anderen zu beachten, ging er ans Ende des Tresens und blieb vor Petersen stehen. Der Kellner griff nach einem Bierdeckel und legte ihn wortlos neben das Glas.

»Ich habe dir schon tausendmal gesagt, du sollst ihm nichts mehr geben, wenn er genug hat!« Der junge Mann fischte einen Geldschein aus der Hosentasche und knallte ihn auf den Tresen. Dann wandte er sich Petersen zu. »Komm, wir müssen gehen. Es ist was passiert.«

»Lass mich in Ruhe«, erwiderte Petersen barsch, »ich geh nachher zu Fuß.«

»Nein, tust du nicht. Draußen ist es eiskalt. Komm jetzt. Bitte! Ich muss mit dir reden.«

»Na los, Freddy, geh mit deinem Jungen mit. Vielleicht hat er gerad 'nen schönen Wildschweinbraten in der Röhre«, sagte der mit dem Pferdeschwanz und grinste zufrieden über seine Bemerkung. »Lecker, mit Preiselbeeren, mhm.«

Er wollte gerade das Portemonnaie aus seiner Jacke holen, die hinter ihm an der Garderobe hing, aber dafür musste er sich kurz abwenden und sah deshalb nicht, dass sich Freddys Gesicht rot verfärbte. Schon im nächsten Moment war Petersen von seinem Hocker gesprungen und packte ihn am Kragen seines Flanellhemdes.

»Halt ja dein Maul! Meinst du, mein Junge hat nichts Besseres zu tun, als in eurem beschissenen Revier zu jagen?« Er schüttelte den Mann mit dem Pferdeschwanz und hätte ihn mit Leichtigkeit an die Wand geworfen, denn Freddy war kräftig gebaut, auch wenn das Nichtstun und der Alkohol Spuren an seinem Körper hinterlassen hatten.

Doch Jussi und der Rotgesichtige packten ihn von beiden Seiten an den Armen und hielten ihn fest. »Mensch, Papa! Hör auf!« Mit der einen Hand seinen Vater vom Tresen wegdrängend und mit der anderen nach dessen Jacke greifend, schaffte es Jussi schließlich, ihn nach draußen zu befördern.

»Jagen‹ sagt der dazu«, hörte Paul einen der beiden Männer raunen. »Schreib's auf den Deckel, Olaf«, rief der andere, bevor auch sie den Hirschfänger verließen.

Paul suchte ebenfalls nach Geld und trank sein Bier aus, als sich eine Tür öffnete und Henny Liebe eintrat. Sie nickte ihm freundlich zu, stellte ein Tablett auf dem Tresen ab und wollte sich gerade wieder abwenden, als sie voller Erstaunen auf den braunen Vorhang schaute.

Paul folgte ihrem Blick und sah Adri Holland dort stehen. Der blickte sich um, und Paul hatte den Eindruck, als traue er sich nicht, den Gastraum zu betreten. Doch Henny ging auf ihn zu, nahm seine beiden Hände in die ihren, und die beiden redeten leise. Sie schien sich über das Erscheinen des Malers zu freuen.

Paul wandte sich wieder dem Kellner zu. »Ist Ihnen sonst noch irgendetwas aufgefallen, Olaf? Außer, dass Edgar Allweis so guter Laune war?«

Der Kellner dachte einen Moment nach. »Er hätte Pläne, hat er gesagt, als er sein letztes Bier hier getrunken hat. Große Pläne. Und dass sich dann niemand mehr über ihn lustig machen würde.«

»Tut mir leid«, sagte Freddy, als sie vor dem Hirschfänger standen. Er schwankte ein wenig. »Es kommt immer wieder hoch, und dann springt es in mir wie ein wütender Teufel.« Er schaute seinen Sohn hilflos an. »Ich weiß dann nicht, wohin mit der Wut.«

»Du musst mit der Trinkerei aufhören. Wenn du mir das versprichst, helfe ich dir. Uns fällt schon was ein.« Jussi packte ihn am Ärmel und zog ihn mit sich. »Wir müssen eine Arbeit für dich finden, so geht das nicht weiter. Du machst dich kaputt. Und mich auch.« Er blieb stehen und schaute seinen Vater prüfend an. »Du hast mitgekriegt, was mit Edgar passiert ist? Auf den brauchst du nicht zu warten, der kommt nicht mehr.« Jussi öffnete die Tür seines Busses. »Und ich sage dir noch was: Wenn du dich weiter so gehen lässt, dann komme ich auch nicht mehr.«

Freddy blinzelte seinen Sohn an und stieg, ohne etwas zu sagen, ein.

❖❖❖

Es war schon spät, als Lou das Feldbett in der Sattelkammer aufgestellt und den Schlafsack darauf ausgebreitet hatte. Die Sattelkammer war der einzige beheizte Raum im Stall, und Carlottas Box lag unmittelbar daneben, sodass Lou gleich mitbekommen würde, wenn die Stute unruhig wurde oder die Geburtswehen einsetzten.

Der Stall war sowieso Lous Zuhause. Das Scharren und Schnauben der Tiere, der Geruch nach Heu und Pferd, die Wärme der Tiere, all dies gab ihr Geborgenheit. Schon als kleines Mädchen hatte sie in der Sattelkammer geschlafen, wenn eine ihrer Stuten trächtig gewesen war. Als Niels sie einmal gefragt hatte, ob sie denn gar keine Angst habe, hatte Lou geantwortet, dass die Pferde sie beschützen würden. Dass Lou ausgerechnet heute Nacht hier schlafen wollte, nachdem ein Mord an ihrem Strand geschehen war, gefiel ihren Eltern gar nicht.

»Der Mörder läuft noch frei herum, Lou«, hatte Linda gesagt.

»Warum sollte er ausgerechnet mich umbringen wollen, Mama? Das ist doch unlogisch. Außerdem ist der Stall nachts zehnmal besser gesichert als unser Haus. Was wollt ihr mehr?«

Heute hatte die Stallhilfe frei, und so hatte Lou die Boxen gereinigt und frisches Heu verteilt. In der Sattelkammer war es stickig, deshalb öffnete sie das kleine Metallfenster. Während sie den Gang ausfegte, dachte sie an das Gespräch mit Emma Flint. Lou wusste, dass sie bei der Polizei arbeitete. Dass sie ihr jetzt als ermittelnder Kriminalbeamtin Rede und Antwort stehen musste, verwirrte sie. Emma war Lous Babysitterin gewesen, und obwohl Emma deutlich älter war als sie selbst, hatte Lou sie geliebt. Später war sie weggezogen, was Lou ganz schrecklich gefunden hatte. In Havgart waren nicht so viele Kinder gewesen, außer in den Sommermonaten, wenn die Urlaubskinder gekommen waren. Die entstandenen Freundschaften lösten sich dann meist unter Tränen am Ferienende wieder auf. Viele der Kinder waren zum Reiten gekommen, und Lou hatte ihrer Mutter geholfen. Hatte Zaumzeug angelegt, die Ponys geführt. Den Kindern gezeigt, wie man Hufe auskratzte.

Dann fiel ihr plötzlich Edgar wieder ein. Linda hatte nicht viel dazu gesagt. Was sollte man auch sagen, wenn plötzlich jemand tot war, den man nicht ausstehen konnte? Edgar war in jeder Hinsicht ein unangenehmer Mensch gewesen. Dazu noch ein geiler Bock, ein Spanner. Wie er sie und Linda immer angestiert hatte. Sie wusste, dass ihre Eltern nicht um Edgar trauerten. Das hatte ihre Mutter vorhin nur so gesagt, von wegen, sie würde auch beten. So ein Unsinn! Lou glaubte, dass Linda nur über den Mord als solchen entsetzt war, darüber, dass hier überhaupt so etwas geschah, aber nicht über Edgars Tod.

Konnte das sein? War ein Menschenleben wirklich so wenig wert? Wo setzte man seinen persönlichen Maßstab an? An dem Grad der Sympathie, den man für einen Menschen aufbrachte, vermutlich, wo sonst? An der Menge positiven Adrenalins, das man ausschüttete, wenn man sich gegenüberstand. So wie heute Morgen, als sie Jussi getroffen hatte. Lou war sich sicher, dass es Jussi ebenso gegangen war. Er war ganz schön verlegen gewesen, sogar ein bisschen rot geworden. In ihrem Bauch regte sich etwas, wenn sie an ihn dachte, seine Stimme, die scheuen Blicke aus seinen schmalen grauen Augen. Er hatte einen so schönen Mund. Die Oberlippe hatte die Form eines Bogens, genau wie der Jagdbogen, der bei Felix an der Wand hing. »Amorbogen« hieß so eine sinnlich geformte Lippe. Das hatte sie irgendwo gelesen.

Was sie aber auch klasse fand, war, dass Adri Holland sie malen wollte. Überhaupt, dass er hier war. Von ihm wusste sie nicht viel mehr, als dass er der beste Freund ihres Vaters und Felix' gewesen war. Und dass er das Bild gemalt hatte, das bei Felix hing. Es zeigte Felix und Niels in Jagdkleidung. Sie standen an einer Lichtung. Niels an einen Baum gelehnt, auf ein Handy schauend. Felix daneben, die Hand als Sonnenschutz vor den Augen, den Blick in den Himmel gerichtet. Es war ein ziemlich abgefahrenes Bild. Adri hatte es in Pastellfarben gemalt: Rosa, Hellblau, Hellgrün. Seltsam anders, weit weg von der Natur und doch mittendrin. Felix hatte einmal gesagt, dieses Bild sei ein falsches Versprechen. Es erwecke deine Neugier, locke dich herbei, und dann würdest du feststellen, dass da gar nichts sei, alles gelogen. Lou hatte nicht richtig begriffen, was er damit gemeint hatte, aber das Bild und sein Erschaffer hatten sie seitdem noch neugieriger gemacht.

Lou stellte den Besen ab, ging in die Sattelkammer zurück, und gerade als sie das Fenster schließen wollte, nahm sie eine Bewegung draußen wahr. Die Scheinwerfer an der Rückseite des Stalls beleuchteten den Hof, den Paddock sowie die Koppel und den Saum des angrenzenden Waldes. Trotz des Nebels, der aufgezogen war, sah sie ihn. Er war ganz nah, kam gerade zwischen den Bäumen hervor. Es war der große Hirsch, der Zwölfender, der unter Felix' und Niels' persönlichem Schutz stand. Lou erkannte ihn immer sofort, auch deshalb, weil er heller war als die anderen. Niels hatte einmal gesagt, dass er schon da gewesen sei, als sie noch gar nicht auf der Welt war. Als Kind hatte sie Geschichten über diesen Hirsch gehört, dass er aus einer anderen Welt käme, dass er magische Kräfte besäße.

Regungslos stand er da, stieß weiße Atemwolken aus, und es schien, als äuge er genau in Richtung des kleinen Fensters, hinter dem Lou stand. Wie auf dem kitschigen Gemälde, das im Hirschfänger hing. Das Fenster umrahmte die Aussicht auf die Landschaft genauso, wie der Bilderrahmen das Gemälde einfasste.

Sie hatte den weißen Hirsch längst zu ihrem Schutzengel erklärt, weil sie das Gefühl hatte, dass er immer in ihrer Nähe war und sich nur zeigte, wenn sie an ihm zweifelte. Wenn sie überhaupt zweifelte. Dann kam er, stand an der Lichtung und war einfach da. Und immer war Lou anschließend beruhigt. Alles, was sie bedrückt hatte, löste sich allmählich auf und verschwand.

Als sei er jetzt sicher, dass sie ihn bemerkt hatte, begann

er, das feuchte Gras abzuäsen. Das Bild war so friedlich, so unschuldig, doch Lou sah plötzlich wieder Edgars Gesicht. Seit er tot war, lag dieses dicke Gesicht wie eine Folie vor ihren Augen und überdeckte alles andere. Der Hirsch hielt inne, etwas hatte seine Aufmerksamkeit erregt. Früher, als die Menschen mit Pfeil und Bogen auf die Jagd gegangen waren, hatte es noch ein Gleichgewicht zwischen Jäger und Hirsch gegeben. Früher lebtest du auf freiem Feld, dachte Lou. Das war dein Zuhause, da gehörtest du hin, mit deinem riesigen Geweih. Wir waren es, wir Menschen, die dich in den Wald getrieben haben. Und von dort wirst du nun auch wieder verjagt, nur der Trophäe wegen. Hoffentlich erwischen sie dich nicht auch noch.

»Hey!«

Lou fuhr herum, sie hatte niemanden den Stall betreten hören. Es war Jussi, der an der Tür zur Sattelkammer stand. Eine Flasche Sekt in der Hand.

»Mensch, hast du mich erschreckt!«, rief Lou mit klopfendem Herzen. »Du hast Glück, dass ich noch nicht abgeschlossen habe.«

»Sorry, ich hätte vielleicht mehr Krach machen sollen.« Er hob den Sekt hoch. »Ich wollte dir Gesellschaft leisten, bei deiner Stallwache.«

Lou hatte Jussi den Stall gezeigt. Dreizehn Holsteiner hatten sie momentan, fünf davon waren Zuchtstuten. »Wir bilden sie für den Turniersport aus, dann werden sie verkauft. Einige unserer Stammkunden sitzen in Minnesota und Oregon«, erklärte Lou und öffnete eine Box, an der auf einer kleinen Tafel »CANDINO« stand.

»Das ist verdammt weit weg«, sagte Jussi.

»Ich heule mir jedes Mal die Augen aus. Sie sind doch meine Kinder. Candino wird der Nächste sein. Ich habe ihn großgezogen, ihm alles beigebracht. Und bald wird er in den Anhänger geführt, und er wird mich mit diesem Blick anschauen.« Lou streichelte den Hals des großen dunklen Wallachs. »Das ist das Allerschlimmste, dieser Blick. Jedes Mal habe ich größere Angst davor.«

Kurz darauf saßen die beiden auf dem Feldbett und tranken den Sekt aus der Flasche. Lou war aufgefallen, wie dünn Jussi war. Richtig abgemagert, aber sie sprach ihn nicht darauf an. In seiner Gegenwart fühlte sie sich noch dicker und hatte das Gefühl, dass ihre Reithose noch mehr am Bund spannte als gestern.

»Du bist zu beneiden«, sagte Jussi, nachdem sie eine Weile schweigend dagesessen hatten.

»Wieso das denn?«

»Du weißt, wo du hingehörst. Du hast deine Pferde ... deine *Kinder*. Du weißt, was du später tun wirst. Du musst dir überhaupt keine Sorgen machen.«

»Ist das bei dir nicht auch so? Du hast deinen Bruder, David. Du wolltest immer Meeresbiologe werden. Das studierst du doch, oder nicht?«

»Ja ... schon.«

»Also, wo ist das Problem? Du hast auch schon immer genau gewusst, was du wolltest.« Sie betrachtete ihn eine Weile. »Woher weiß ich eigentlich, dass du wirklich Jussi bist?«

»Gar nicht, vielleicht bin ich ja David.«

»Nein, bist du nicht. Ich weiß es.«

»Na, dann ist ja gut.« Er knibbelte am Etikett der Sektflasche. »Ist das nicht scheißegal?«

»Ja, scheißegal. Vielleicht bin ich ja auch gar nicht Lou. Louise. Wer weiß schon, wer er ist?«

Jetzt war er es, der sie ansah. »Weshalb sagst du das?«

Sie zuckte mit den Schultern. »Ich habe manchmal so Anwandlungen, dann bin ich mir plötzlich fremd. Als sähe ich mich selbst von oben, so wie es Scheintote tun. Hast du so was schon mal gehabt?«

»Ständig.«

»Und dann weiß ich gar nicht mehr, wo ich wirklich hingehöre. Geschweige denn, was ich später machen soll.«

»Aber du fühlst dich doch wohl in Havgart, oder nicht?«

»Eigentlich nur, wenn ich hier bin, im Stall. Vielleicht ist ja irgendwas schiefgelaufen, weil ich eigentlich als Pferd geboren werden sollte. Oder ich wurde bei der Geburt vertauscht.«

»Luxusprobleme. Dir geht's zu gut.« Jussi schaute ihr mit einer Mischung aus Belustigung und Spott in die Augen. »Louise, einziges Kind aus behütetem Zuhause. Trotzdem, deinen Vater möchte ich nicht geschenkt haben.«

Lou seufzte. »Jetzt fang bloß nicht damit an. Das ist euer Problem, nicht meins.«

»Stimmt.«

Wieder schwiegen sie eine Weile.

»Was ist das eigentlich für ein Typ, der in Kipplings Haus eingezogen ist?«

»Adri? Das ist ein früherer Freund von Felix und Niels.«

»Also auch einer von der falschen Fraktion.«

Lou verdrehte die Augen. »Du kennst ihn doch gar nicht, oder?«

»Nur das, was man so über ihn redet, in der Kneipe zum Beispiel.«

»Aha, und was sagt *man* so?«

»Dass er auf kleine Mädchen steht.«

»Woher hast du das denn, von Freddy? Hat er zu tief ins Schnapsglas geguckt, oder was?«

»Nein, nicht von Freddy«, erwiderte Jussi, der versuchte, nicht zu zeigen, dass er sich über die Bemerkung mit dem Schnaps ärgerte.

»Adri ist ein richtig netter Kerl. Ich glaube langsam, dass er der einzige nette Mensch hier ist.«

»Sorry, ist ja gut. Ich sage ja nur, was geredet wird.«

Lou griff nach der Sektflasche und trank etwas. »Und wenn schon, was ist daran so schlimm?«

»Er ist ein alter Mann, bestimmt schon vierzig.«

»Er ist sechsunddreißig, wenn du es genau wissen willst.«

»Ah, so genau bist du auch schon informiert.«

»Weiß ich von Linda. Und du? Was ist mit dir?«

»Ich darf auf kleine Mädchen stehen.« Er grinste. »Ich bin

neunzehn.« Sein Blick fiel auf eine Kladde, die auf dem Bett neben ihm lag. Er griff danach und drehte sie in der Hand.»Ist das ein Tagebuch? Du bist ja richtig romantisch.« Als Jussi das kleine Buch aufschlagen wollte, griff Lou danach.»Her damit, das sind Interna, die dich nichts angehen.«

»Interna, soso.«

Von nebenan kam ein lautes Wiehern.»Das war Carlotta.« Lou stand auf und steckte die Kladde in ihren Hosenbund. Die hochtragende Stute stand in ihrer Box und begrüßte Lou, indem sie sie mit dem Kopf anstupste. Lou tastete ihren Bauch ab, der bereits spitz zulief und an dem ein Geburtsmelder in Form eines Gurtes angebracht war.»Ja, alles gut«, flüsterte sie und überprüfte den Sitz des Gurtes.

Jussi bemerkte eine kleine runde Überwachungskamera, die in einer Ecke ganz oben in der Box angebracht war.»Ist die aktiv?«

»Ja, die läuft immer mit. Sobald es dunkel wird, schaltet sie auf Infrarot-Nachtsicht um.«

»Zeichnet die auch auf?«

»Nein«, Lou deutete mit dem Kopf in die andere Ecke der Box.»Das macht diese da oben. Damit haben wir den Gang im Blick.«

»Und? Was meinst du, wann kommt das Fohlen?«

Lou wiegte den Kopf hin und her.»In drei, vier Tagen vielleicht.«

»Und trotz der ganzen Überwachungstechnik willst du hier übernachten?«

»Ja klar, das mache ich immer, das beruhigt die Tiere.« Sie lächelte.»Und mich.«

Jussi schaute auf seine Uhr.»Es ist spät, ich muss dann mal los.«

»Okay. Schön, dass du da warst.«

Jussi nickte und hatte sich schon halb abgewendet, drehte sich aber noch einmal um. Er sah sie mit einem seltsamen Ausdruck in den Augen an, beugte sich dann ein wenig hinunter und küsste sie kurz, aber ganz sanft und weich auf den Mund. Dann trat er einen Schritt zurück und stopfte seine Fäuste in die tief hängende Jeans. »Schließ die Stalltür ab, solange der Mörder nicht gefasst ist.« Er lächelte sie an, dieses schnelle, immer ein bisschen verlegene Lächeln. Dann machte er kehrt und ging, ohne sich noch einmal umzudrehen.

Lou sah ihm nach, bis sein heller Haarschopf in der Dunkelheit verschwunden war. Das Gefühl, nirgendwo hinzugehören, war in diesem Moment verschwunden. Und sie hoffte, es würde so bleiben. Ewig so bleiben.

Als Jussi seinen Bulli erreicht hatte und die Jeanstaschen nach dem Schlüssel abklopfte, dachte er, dass er eigentlich gern noch geblieben wäre. Im Stall, bei den Pferden, bei Lou. Im Vergleich zu den letzten Wochen fühlte er sich beinahe fröhlich, wenn nicht der ganze andere Scheiß da gewesen wäre, der ihm und seinem Vater zu schaffen machte. Aber er brachte es nicht übers Herz. Und der Kuss gerade, der war definitiv zu viel gewesen. Er durfte das nicht tun, das war gemein. Ja, er war zu weit gegangen. Und doch fühlte er sich so gut wie schon lange nicht mehr.

Endlich hatte er den Schlüssel gefunden und wollte gerade in den Bus steigen, als plötzlich etwas um seinen Hals flog und so fest zugezogen wurde, dass er nicht mehr atmen konnte. Panisch versuchte er, es abzureißen, aber es saß so fest, dass er seine Finger nicht dazwischenbekam. Zwei starke Arme zogen ihn nach hinten, jemand presste sich mit aller Gewalt gegen seinen Rücken. Jussi riss die Augen auf und zappelte. Schreien konnte er nicht.

»Na, wie fühlt sich das an?« Die Stimme keuchte vor Anstrengung, aber Jussi erkannte sie sofort. Der Zug ließ ein wenig nach. Immerhin bekam er wieder Luft, aber der kräftige Mann drückte ihn jetzt gegen den Bus. »Ist das ein schöner Tod? Wie viele Tiere hast du damit gequält?«

Niels Raven trat einen Schritt zur Seite, sodass Jussi zu Boden fiel, die Schlinge noch um den Hals.

»Sollte ich dich noch einmal hier sehen, wird das anders ausgehen als jetzt. Ich hoffe, wir verstehen uns.« Stoßweise atmend lag Jussi neben dem Vorderreifen und wartete, bis die Schritte verklungen waren. Dann setzte er sich auf und lehnte sich an den Bus. Er war wie betäubt, vollkommen kraftlos. Irgendwann zog er sich die Schlinge vom Kopf, stand auf und stieg ein. Lange saß er einfach hinter dem Steuer. Sah auf den Stall, auf ein kleines beleuchtetes Fenster. Der Gedanke an Lou tat plötzlich weh, schnürte ihm wieder die Kehle zu.

»Du verdammte Sau, ich bringe dich um«, sagte er leise und wusste, dass es richtig war, zu tun, was er tun musste.

Freitag

»*Ich hab geschlagen meinen Geier tot, Mutter, Mutter … Ich hab geschlagen meinen Geier tot, und das, das geht mir nah … ooh, so nah.*« Wenn Johann Lupin sang, ging es ihm erstens gut. Und zweitens war er mit irgendetwas beschäftigt. Und Paul hatte inzwischen gelernt, an der Art des Gesanges einzuschätzen, was Johann gerade tat. Summte er, so handelte es sich um Feinarbeiten wie das Überprüfen seines alten Transistorradios zum Beispiel. War die Arbeit von gröberer Natur, schmetterte er regelrechte Arien.

»Drei Dinge braucht der alte Monsieur Lupin«, hatte sein Vater erst gestern bemerkt, als er wieder an seiner Orgel saß. »Eine kleine Melodei, eine feine Petit Havana, eine prächtige Verdauung.«

Singen, Zigarillo, Stuhlgang also. Letzterer war aber nur gut, wenn das Essen gut war. Und das konnte in diesen Breitengraden schwierig werden. »Die hiesige Gastronomie ist eine Heimsuchung«, beschwerte sich Johann regelmäßig. »Noch nicht mal eine Currywurst zerschnippeln können sie. Und billig muss es sein. Und freundlich sind sie auch nicht. Und dann muss man Schlange stehen, sich das Futter selbst holen. Geben einem ein Ufo mit, weil sie selbst zum Rufen zu faul sind. Das springt dann über den Tisch, dass man vor Schreck einen Herzinfarkt kriegt. Und einen Fischladen gibt's auch nicht.« Ein spöttisches Lachen. »Leben am Meer und essen keine Fische! Aber …«, Johann hob den Finger wie ein Schulmeister, »Kuchen essen, ja-ha, da sind sie Tabellenerste. Rennen den ganzen Tag mit Kuchentabletts durchs Dorf.«

»Kannst ja ein Restaurant aufmachen, wolltest du doch immer schon. Geht bestimmt auch noch mit vierundachtzig. Erfahrung hast du genug. Such dir einen Kompagnon, der was vom Kochen versteht, falls du wieder das Rezept für Pellkartoffeln vergisst.« Pauls Bemerkung war als Scherz gemeint gewesen, doch Johanns Augen hatten aufgeblitzt.

»Ach Gottchen, ja.« Johann hatte begonnen, seinen Kinnbart zu zwirbeln, seinen Pfefferminztee geschlürft und war zu einem anderen Thema gewechselt.

Paul war hellhörig geworden. Wenn sein Vater einfach das Thema wechselte, ohne abschließende Worte zum vorherigen gefunden zu haben, so hieß es nicht, dass es abgeschlossen war. Im Gegenteil. Gearbeitet hatte Johann von Kindesbeinen an, und er würde auch mit vierundachtzig nicht damit aufhören. Er war Holzfäller gewesen, Viehschmuggler, Taxifahrer, Koch, Automechaniker, Kaufhausdetektiv. Zeitungsreporter fürs lokale Blättchen. Das eigene Restaurant war ein Traum geblieben. Fakt war, dass Johann irgendetwas ausbrütete. Und Paul war gespannt, was das wohl war.

Der Nebel, der gestern in den Abendstunden über Havgart aufgezogen war, hing in den kahlen Bäumen und drückte auf Pauls Gemüt. Das gestrige Herumgelaufe am Strand hatte seinem Fuß so zugesetzt, dass er in der Nacht vor Schmerzen kaum hatte schlafen können. Sein Vater war die meiste Zeit unterwegs gewesen, wo, das hatte er nicht gesagt. Aber er wollte ihn auch nicht ständig aushorchen. Er war nämlich inzwischen zu der Einsicht gelangt, dass er Johann zu oft fragte, wo er gewesen sei, was er gemacht habe. Er wollte nicht, dass sich sein Vater kontrolliert fühlte. Aber seit einer Viertelstunde hörte Paul ihn draußen wieder singen. »*Deines Geiers Blut ist nicht so rot, Edward, Edward… Deines Geiers Blut ist nicht so rot, mein Sohn, bekenn mir frei… oooh…*«

Der Gesang brach ab, kurz darauf hörte Paul Stimmen. Er schaute hinaus und erblickte seinen Vater in Begleitung von Emma auf das Haus zukommen. »Damenbesuch, Junge!«, rief Johann schon von draußen. »Zieh dir was Ordentliches an.«

Paul erhob sich schwerfällig und rückte den Bund seiner verrutschten Trainingshose zurecht. »Sorry, Emma, aber ich kann dir diesen Anblick nicht ersparen«, sagte er, als die beiden eintraten.

Emma lachte. »Alles gut. Wenn du mit Anzug und Schlips auf dem Sofa gelegen hättest, wärst du mir ab jetzt unsympathisch. Wir sind heute noch einmal in Havgart unterwegs, da dachte ich, ich schaue mal kurz rein.«

»Hast du Neuigkeiten?«

»Es sieht so aus, als ob Edgar mit seiner eigenen Büchse erschossen wurde.«

Paul machte ein erstauntes Gesicht. »Er hatte sein Gewehr dabei?«

»Wir haben keins gefunden, aber die Kugel zeigt dieselben Merkmale wie diejenigen, die wir in seinem Garten gefunden haben.«

Paul und Johann zogen je eine Augenbraue hoch.

Emma musste lächeln. »Er hat auf Konservendosen geschossen, auf Blumentöpfe und einen Baumstumpf. Sehr zum Ärgernis seiner Nachbarn.«

»Also war er zum Wildern im Wald unterwegs?«, schloss Paul. »Und ist am Strand gelandet. Was sagt Caren?«

»Sie wird sich heute im Laufe des Tages melden, denke ich.«

»Was ist mit seinem Haus?«

»Tja, auch so eine seltsame Sache«, sagte Emma.

»Wieso?«

»Es ist total anders, als ich dachte.«

»Was hast du denn gedacht?«

»Dass es ganz einfach ist, billig, nichts Besonderes halt. So wie es von außen aussieht. Aber genau das Gegenteil ist der Fall. Viel zu gut eingerichtet.«

»Du meinst, zu teuer für seine Verhältnisse?«

»Allerdings. Er hat einen riesigen Flachbildschirm an der Wand hängen, brandneu, OLED-Ambilight-Dolby-Vision-Dings. Dieses Modell kostet viertausend Euro.«

»Er muss ihn ja nicht gekauft haben.«

»Doch, hat er. Ich habe die Quittung und die Garantieunterlagen gefunden. Bar bezahlt, am 31. Januar, also genau vor einer Woche.«

»Verstehe.« Paul fuhr sich nachdenklich über das behaarte

Kinn. Warum rasiere ich mich eigentlich nicht?, dachte er. »Wie also kommt ein so einfaches Gemüt wie Edgar an derart viel Geld?«

»Das haben wir uns auch gefragt. Und das ist ja noch nicht alles. Ich habe einen Prospekt der Firma Blaser gefunden. Du weißt schon, dieser Jagdwaffenhersteller aus dem Allgäu. Edgar hatte ein Gewehr gekennzeichnet, das fünftausendeinhundert Euro kostet. Hier stimmt doch etwas nicht. Das hätte er sich niemals leisten können, ebenso wenig wie den Fernseher.«

»Der hatte doch bestimmt keinen Jagdschein, oder?«

»Nein, und auch keinen Führerschein. Ach so, da war noch was: Wir haben eine Tüte gefunden, in der eine Flasche mit Benzin war und mehrere Lappen.«

»Ich würde gern mal einen Spaziergang in seine Wohnung machen, Emma.«

Sie fischte einige Schlüssel aus ihrer Tasche und legte einen davon auf den Tisch. »Nimm diesen, am Schlüsselbrett hingen mehrere.«

»Übrigens«, Johann hatte der Unterhaltung mit großem Interesse gelauscht, »ich habe auch ein wenig über Herrn Allweis in Erfahrung bringen können.«

Paul sah seinen Vater mit einer hochgezogenen Braue an. »Ach was.«

»Zum Beispiel, dass er mehrmals wegen Wilderei auffällig geworden war«, sagte Johann.

»Das ist allgemein bekannt«, warf Emma ein.

»Er war recht gut im Geschäft, sagt man.«

Emma machte eine abwägende Geste. »Ich dachte, er hat eher zum Eigengebrauch geschossen. So sieht zumindest seine Gefriertruhe im Keller aus.«

»Das bedeutet jetzt aber nicht, dass du hier herumläufst und die Leute ausfragst?«, sagte Paul.

»Was heißt hier ausfragen? Ich unterhalte mich mit denen.«

»Auf einmal?« Paul betrachtete ihn skeptisch. »Ich dachte, die können dich alle am Nacken däuen?«

»Was sollen die am Nacken machen?«, fragte Emma erstaunt.

»Den Buckel runterrutschen. Sagt man so im Bergischen, also da, wo wir herkommen.«

»Nun ja, man muss sie nur richtig zu nehmen wissen. Ihre harte Schale knacken.« Johann wandte sich wieder an Emma. »Haben Sie noch weitere Jagdwaffen bei Herrn Allweis gefunden?«

Emma dachte nach. »Soweit ich weiß, besaß Edgar nur diese alte Büchse, und die war schrottreif.«

»Jemand wollte dem illegalen Treiben im Wald ein Ende bereiten«, sagte Johann.

»Dann kämen ja nur Felix von Thomsen und Niels Raven in Frage.« Emma schüttelte den Kopf. »Natürlich müssen wir das prüfen, aber … das können wir ausschließen, denke ich. Wenn es wirklich um illegale Jagd ging, dann muss es eher eine Abrechnung unter Wilderern gewesen sein.«

»Überhaupt – jemanden auf so brutale Weise zu ermorden, nur wegen ein bisschen Wilderei?«, warf Paul ein.

»Nie wurde so viel geschossen wie im letzten Jahr, als wären wir hier im Wilden Westen. Die schießen alles ab, was sich bewegt. Und zur Anzeige kommen nur sehr wenige, die meisten werden nicht erwischt. Vor allem die Autowilderer nicht. Aber das ist nur eine Seite. Zurzeit etabliert sich ein ganz neuer Trend«, fuhr Emma fort. »Die langhaarigen und bärtigen Hipster sind nicht mehr nur in Hamburgs Klubszene zu finden, sondern auch hier draußen im Wald. Bewaffnet mit Armbrust oder Pfeil und Bogen. Oder auch gern mit alten Jagdflinten. Vintage, sozusagen. Es ist wie eine … hm, wie soll ich sagen, eine neue Lust am Archaischen.«

Johann hatte aufmerksam zugehört und dabei an seinem Kinnbärtchen gezupft, gleichzeitig fuhr sich Paul durch seinen Fünftagebart. Emma bemerkte das und schmunzelte. »Ich bin hier in einem Trendy-Haushalt, muss ich schon sagen.«

»Von wegen trendy«, brummte Paul. »Verwahrlosung, nichts weiter.« Er dachte eine Weile nach. »Felix von Thomsen zum Beispiel, das ist doch auch so einer, oder? Ich meine, wenn ich ihn mir so anschaue, sein Äußeres. Wenn ich den im

Wald treffen würde und nicht wüsste, wer er ist, ich würde den glatt für den Jennerwein halten.«

»Ja, du hast recht«, stimmte Emma zu. »Ich kenne ihn schon so lange, und er sah eigentlich immer so aus. Und diese Locken – ein verwegener Wilderer. Irgendwie sexy.«

Paul und Johann tauschten Blicke mit gerunzelter Stirn.

»Wie dem auch sei«, seufzte Paul. »Ich hoffe, die Befragung der Leute hier wird euch ein Stück weiterbringen.«

Wieder schaltete sich Johann ein, indem er seinen Zeigefinger hob. »Jagdfrevel galt zu allen Zeiten als schweres Vergehen. Die Jagd war dem Adel vorbehalten, und Verletzungen des Jagdrechtes wurden mit drakonischen Strafen belegt. Abhacken der Hände, Ausstechen der Augen oder das Durchtrennen der Beinsehnen, um zu verhindern, dass der Wilddieb erneut auf die Pirsch geht.«

»Edgar hat doch diese Schnitte an den Knien.« Emma sah Paul besorgt an, dann hob sie die Schultern. »Wir müssen Carens Bericht abwarten. Ich bin gespannt, wie sie diese Wunden einordnet.« Sie stand auf. »Vielen Dank für Ihre hilfreichen Ausführungen, Herr Lupin. Ich sehe schon, ich habe hier einen Mann vom Fach. Bestimmt brauche ich Ihre Hilfe noch einmal.«

Johann hatte sich ebenfalls erhoben und verneigte sich. »Stets zu Ihren Diensten, Mademoiselle.«

Emma hingegen wandte sich Paul zu, doch der wusste, was sie sagen wollte, und kam ihr zuvor. »Wir hören uns hier um, keine Sorge, Emma.«

Sie nickte zufrieden. »Ich danke dir, bis bald.«

Vater und Sohn standen noch eine Weile auf der Veranda und schauten der jungen Frau nach.

»Ein tolles Mädchen«, sagte Johann.

»Ja, sie macht sich gut.«

»Hoffentlich wird sie nicht verheizt in eurem unterbesetzten Betrieb.«

Paul dachte darüber nach. Dann schüttelte er den Kopf. »So eine wie Emma Flint lässt sich nicht verheizen, keine Sorge.«

Dann wandte er sich zu seinem Vater um. »Wie kommt es eigentlich, dass du so viel über die Wilderei weißt?«

Johann hob nur die Schultern.

»Ich habe als Kind schon mitbekommen, dass der eine oder andere Hasenbraten verdächtig frisch war.« Paul warf ihm einen belustigten Blick zu. »Hast du uns da was verheimlicht?«

Johann schaute immer noch in den Garten, dann kratzte er sich den Hinterkopf. »Na ja, jetzt kann ich es ja sagen. Einmal ist es nicht so glatt gelaufen.«

»Sie haben dich erwischt?«

»Da hat deine Mutter noch gelebt. Sie hat euch erzählt, ich wäre auf einer Fortbildung und müsste eine Weile wegbleiben.«

Pauls Augen wurden groß. »Knast? Echt? Du?«

»Mehr musst du gar nicht wissen.« Johann wandte sich ab, griff durch die Tür nach seiner Jacke und zog sie über.

Paul blickte ihm nach, wie er durch den Garten stapfte. Er fragte sich, warum Lotte ihm nie etwas davon erzählt hatte. Aber Johann hatte es jetzt getan, und das gefiel Paul. Hieß es doch, dass Johann sich ihm langsam näherte. Auf seine ganz eigene Art. Allerdings mit Sachen, die Paul dann doch nicht so gern hören wollte. Nie lief es so, dass man rundum zufrieden war, verdammter Mist.

※※※

Edgar Allweis hatte die hintere Hälfte eines Doppelhauses bewohnt, das ein wenig abseits des Weges am Rande des Dorfes lag, umgeben von hohen dürren Tannen. Das Haus war früher mal eins gewesen, so hatte Emma erklärt, doch nach dem Tod der Eltern hatte Edgars Bruder es aufgeteilt und eine Hälfte verkauft. Vorn, so Emma, wohnte seitdem ein ehemaliger Seemann.

Edgars Hälfte machte einen verwahrlosten Eindruck. Karierte Decken hingen vor den beiden vorderen Fenstern, die roten Backsteine waren verwittert.

Paul schloss auf und ging langsam durch den engen Flur. An der Wand hingen Holztäfelchen mit Sprüchen:»Lieber im Wald bei einer wilden Sau als im Haus bei einer bösen Frau!« Und gleich daneben:»Das Reh springt hoch, das Reh springt weit, warum auch nicht, es hat ja Zeit!« In der Tür zum Wohnzimmer blieb Paul stehen. Der Raum war nicht groß, kein Teppich auf den abgenutzten Holzdielen, ein runder niedriger Tisch mit einer Rauchglasplatte aus den Achtzigern, ein schwarzer Ledersessel, viel zu wuchtig für den Raum. Eine Wand war von einem Schrank vollständig ausgefüllt. Nach einem kurzen Blick in das winzige Schlafzimmer und die Kochnische ging er ins Wohnzimmer zurück und blieb vor der Schrankwand stehen.

In zwei der offenen Fächer stapelten sich alte Wochenzeitungen, die kostenlos verteilt wurden, Jagdmagazine und einige Pornohefte. Darunter war ein Fach, in dem Dinge lagen, die Edgar am Strand gefunden hatte: schöne Muscheln, Steine, vom Wasser rund geschliffene Holzstückchen, ein Blatt von einem Baum. Paul nahm es in die Hand und wunderte sich darüber, denn das Blatt war ganz frisch, als wäre es gerade erst vom Baum gefallen. Aber es war Februar, es gab keine frischen Laubblätter. Er konnte auch nicht sagen, was es für ein Blatt war, es hatte die Form eines Herzens. Vielleicht hatte Edgar Blumen gekauft, und das Blatt war abgefallen? Paul legte es wieder zurück und sah sich weiter um.

In den anderen Regalen standen Bücher, und Paul war erstaunt. Nein, damit hatte er eigentlich nicht gerechnet. Er neigte den Kopf und besah sich die Buchrücken.»Die Jagd im Wandel der Zeit«,»Anleitung zur Tierpräparation«,»Jagdwaffenkunde«,»Jagdwaffenpraxis«. Die Bücher waren recht neu, als hätte Edgar sie gerade erst gekauft. Paul zog einige der Schubfächer auf, sie waren voll mit Kleinkram, Schraubenziehern, Rollen mit verrostetem Draht, Medikamenten, verklebten Bonbons, Schachteln mit Patronenhülsen, Angelhaken.

Paul hatte jetzt einen groben Überblick und ließ sich langsam in dem Ledersessel nieder. Das tat er manchmal. Irgendwo in der Wohnung eines Opfers Platz nehmen und eine Weile einfach nur dasitzen. Für einen kurzen Moment durch dessen Augen schauen, bevor sein Leben gewaltsam beendet worden war. Es gab Plätze, wo selten jemand saß, allenfalls mal ein Gast. Und Plätze, die bevorzugt wurden. Diese machte Paul schnell ausfindig. So wie Monsieur Baptiste hatte er ein Gespür für gute Plätze. In dieser Wohnung war es ohne Zweifel der Sessel, der sich bei näherem Hinsehen als Massagesessel entpuppte.

Paul lehnte sich zurück und nahm das Faltblatt zur Hand, das auf dem Tisch lag. Der Sessel schien noch nicht lange in Betrieb zu sein. Er roch neu, nach frischem Leder. Paul überflog die Daten und stellte fest, dass eine der Fernbedienungen auf dem Tisch der Steuerung des Sessels diente und dass er die Wahl zwischen Streck- und Knetmassagen, Tipp- und Klopfmassagen sowie einer Kombination dieser, diversen Lockerungsmassagen und Shiatsu hatte. Er wählte schließlich ein automatisches Programm für den ganzen Oberkörper und eine Luftdruckmassage für den Unterkörper durch zwanzig Luftkissen, außerdem schaltete er die Heizung ein. Mit leisem Brummen begann der Wundersessel seine Arbeit. Paul schloss die Augen und ließ ihn gewähren.

Edgar Allweis. Wie sollte er sich so einen wie ihn vorstellen? Den Mann ohne Familie, ohne Freunde, aber mit einer Wellnessmaschine, die ihm einige angenehme Stunden bereitete. Das Ding war bestimmt nicht billig, sechs-, siebentausend Euro vielleicht? Was mochte er verdient haben? Hatte manchmal im Hirschfänger gejobbt, in der Küche, nie in der Gaststube. Früher als Waldarbeiter. Oder im Stall, den Hof gefegt. So was halt. Hin und wieder ein Rebhuhn aus Thomsens Wald. Kein Auto, nur das alte Moped. Keine Frau oder Freundin mit Ansprüchen. Nichts, wofür er sich finanziell hätte verausgaben müssen.

Paul wurde schläfrig. Allweis … Allweis … Es gab schon seltsame Namen. Hauke Liebe zum Beispiel. War der wirklich ein liebevoller Mensch? Bestatter hießen Matar oder Elend, ein Zahnarzt Dr. Qual. Und Edgar hieß Allweis. *Was genau wusstest du, Herr Allweis? Trotz deiner angeblichen Einfältigkeit hattest du jemandem etwas voraus, warst vielleicht wirklich allwissend ... Ich spüre das genau, du weißt was, und du willst es loswerden. Edgar Allweissss ... bist ein Einzelgänger, keine großen Ansprüche an dich und dein Leben. Du bist gehandicapt, aber dann hast du irgendeinen Coup gelandet. Etwas, das dir geholfen hat, aus deinem armseligen Leben auszubrechen und es gegen ein neues, zwar ebenso armseliges, aber hochpreisiges Leben auszutauschen. Woher also das Geld für den Sessel hier? Wenn es kein Lottogewinn oder eine Erbschaft war, kommt nur noch Erpressung in Frage.*

Das laute Brummen des Sessels erfüllte den Raum, und plötzlich wurde Paul klar, wie sehr ihm körperliche Berührungen fehlten. Es rumpelte und drückte und strich, pulsierte und bebte, und warm wurde es auch noch – ah, tat das gut.

Annas Gesicht tauchte vor seinen geschlossenen Augen auf. Das dunkle, glatte und kinnlange Haar seiner Frau mit dem feinen Bogen hin zum Kinn, wenn es nach vorn fiel. Purpurne Lippen, die sich öffneten. *»Du bist ein Zeitdieb. Du bestiehlst die Leute aus Havgart, und deshalb ist ihre Zeit abgelaufen. Alle werden sie sterben.«*

Doch es war gar nicht mehr Anna, die das sagte, sondern die Frau mit dem Fahrrad und den kurzen Haaren, die er am Strand gesehen hatte. Er musste sich eingestehen, dass er sie sehr anziehend fand, besonders ihre Augen.

Er bekam ein schlechtes Gewissen. *»Ich gebe euch die Zeit zurück. Ich will sie doch gar nicht!«*

Die Frau fuhr weiter, ohne sich noch einmal umzudrehen.

»Ihr zwingt sie mir doch auf!«, rief er ihr nach.

Dann war es wieder Anna, mit ihrer warmen Stimme, ein weiches Alt. *»Die lügt. Alle hier lügen. Du bist am Meer der Lügen.«* Anna begann zu lachen, erst leise, in sich hinein, dann immer lauter. *»Paulchen, der mit der Zeit der anderen herumwirft, obwohl sie ihm gar nicht gehört. Ich verrate dir jetzt* *etwas…*« Er hörte die Stimme plötzlich so deutlich, als würde Anna auf der Lehne seines Sessels sitzen und sich langsam zu ihm herunterbeugen. Er verspürte einen unwiderstehlichen Drang, ihr einen Kuss zu geben, obwohl sie eigentlich gar nicht mehr zusammen waren.

»Der Sessel ist klasse, was?«

Die Stimme, kein Alt, nein, ein Bassbariton. Auf jeden Fall ließ sie Paul in die Höhe fahren. »Verdammt, ich bin eingenickt.«

Martin Heimdahl stand lachend im Türrahmen und stellte seine Notebook-Tasche ab. »Falls niemand Ansprüche auf Allweis' Nachlass stellt, dann sollten wir uns anmelden und dieses Ding auf meine Terrasse schaffen. Du kannst dann deine Reha in ihm verbringen.«

Paul schaltete den Sessel ab und fuhr sich mit beiden Händen durch die Haare. »Ich werde dich daran erinnern. Was treibst du hier? Ich dachte, ihr wärt fertig.«

»Sind wir auch«, sagte Heimdahl. »Ich war gerade bei euch, um zu schauen, wie es dir geht. Dein Vater meinte, du hättest einen Spaziergang zu Allweis machen wollen.« Heimdahl sah auf seine Uhr. »Hast du noch was vor?«

»Was sollte das schon sein?« Paul gähnte herzhaft. »Was sagt eigentlich die Andersen?«

»Deshalb bin ich doch zu euch gekommen. Allweis liegt auf dem Tisch, und ich muss sowieso nach Lübeck. Ich dachte, ich setze dich dort ab und sammle dich später wieder auf. Dann kommst du mal hier raus.«

»Schaffen wir es, kurz bei uns zu Hause vorbeizufahren? Mal eben gucken, was mein Vater macht?«

»Der ist unterwegs.«

»Wieso? Wohin denn?«

»Er war auf dem Weg ins Rathaus.«

»Rathaus?«

»Ja, er hatte irgendwelche Unterlagen dabei und wirkte sehr geschäftsmäßig.«

»Geschäftsmäßig? Wie soll ich das verstehen?«

»Er hatte einen Anzug an und redete etwas von einem erstaunlich unbürokratischen Akt.«

»Unbürokratischer Akt?«

Heimdahl hob die Schultern. »Ein Angelschein vielleicht? Ein Gewerbe anmelden? Ein Reisepass?«

»Reisepass?«

Heimdahl sah ihn schmunzelnd an. »Du vertraust ihm nicht besonders, oder?«

Paul seufzte. »Sonst hat er nichts gesagt?«

»Nein, sonst nichts.«

***

So ein Mist, ich habe schon wieder zugenommen. Im Moment ist es echt schlimm, ich kann einfach nicht die Finger von den Süßigkeiten lassen. Gott sei Dank ist es jetzt kalt und hat geschneit. Da kann ich weite Pullis tragen. Danke, lieber Schnee!
Ich glaube, Mama hat neuerdings ein Auge darauf geworfen, was ich esse. Sie guckt mich immer so komisch an, als würde ich schon eine Tonne wiegen. Papa hat neulich beim Essen gesagt, dass eigentlich niemand in seiner Familie dick ist. Dick! Eigentlich! Es war ein Vorwurf, und überflüssig noch dazu. Ich habe mir geschworen, das wieder wegzukriegen. Viel Salat, Knäckebrot, ich habe von dieser Magic Soup gelesen, die soll man essen. Und reiten werde ich, viel mehr reiten als sonst, dann sind die Kilos bald wieder weg.
Vorhin habe ich Adri getroffen, er hat mich gefragt, ob er mich porträtieren darf. Was für eine Frage! Klar darf er. Aber nur, weil es Adri ist. Allerdings glaube ich, dass Papa was dagegen haben könnte. Ach was, glauben, ich weiß genau, dass er nicht damit einverstanden sein wird. Ist er ja nie, egal was ich mache. Aber das mit Adri muss er ja nicht mitkriegen.
Noch nie hat mich jemand gemalt, ich bin total gespannt,

wie es sein wird, das Malen an sich. Und natürlich, wie das fertige Bild dann aussehen wird. Oder besser, wie Adri mich sieht. Ich sehe mich jeden Tag im Spiegel und bin nicht gerade begeistert von dem, was ich da sehe. Als ich zu Adri gesagt habe, dass ich ein bisschen zugenommen hätte, hat er gelächelt und gemeint, es sieht trotzdem gut aus, es steht mir. Das ›trotzdem‹, das hätte er allerdings weglassen können. Das heißt, er sieht auch, dass ich dicker geworden bin, er hätte doch einfach sagen können: »Du siehst gut aus.« *Ich hätte ihm geglaubt. Ich glaube ihm alles.*

✳✳✳

Paul hatte sich an den kleinen Tisch gesetzt, und Caren Andersen hatte ihm einen weiteren Stuhl gebracht, damit er seinen Fuß hochlegen konnte.

»So, du willst dir also selbst ein Bild machen?« Caren Andersen sah ihn mit schmalen Augen an. »Ein krankgeschriebener Kriminalhauptkommissar aus Hamburg, der eigentlich zu Hause auf seinem Sofa liegen sollte?«

»Ich liege ja auch auf einem Sofa, nur nicht zu Hause. Und in Wirklichkeit sitzt ja Emma hier. Oder Heimdahl. Mich hast du gleich wieder vergessen.«

»Wie könnte ich das?« Caren schenkte ihm einen ihrer Blicke, von denen Paul nie wusste, ob sie ihn auf den Arm nehmen oder ihm gleich einen Heiratsantrag machen wollte.

Paul mochte Caren Andersen, die er noch aus ihrer gemeinsamen Zeit in Hamburg kannte, und freute sich immer, wenn sie es mal wieder miteinander zu tun bekamen. Sie hatte eine direkte, manchmal etwas derbe Art, weil sie immer aussprach, was sie dachte. Ohne Rücksicht auf Verluste. Paul gefiel diese Art vor allem deshalb so gut, weil Caren Andersen alles andere als derb aussah, mit ihrem fein geschnittenen Gesicht, den Sommersprossen und den halblangen braunen Haaren.

»Du willst also wissen, was diese beiden Verletzungen an

den Beinen zu bedeuten haben?« Caren hatte sich auf die andere Seite des Tisches begeben, auf dem Edgar Allweis lag, und sah Paul erwartungsvoll an. »Wir haben da eine Vermutung. Und sollte die sich bewahrheiten, dann könnten wir die Ermittlungen in eine bestimmte Richtung lenken.«

»Ihm wurden die Patellasehnen durchtrennt.« Sie deutete auf eines der Knie des Toten. »Hier, exakt unterhalb der Kniescheibe. Und zwar unmittelbar nach seinem Tod. Er hätte keinen Schritt mehr laufen können, wenn er nicht sowieso tot gewesen wäre.«

Paul zog eine Braue hoch und nickte. »Jemand wollte ganz sicher sein, dass er nicht mehr aufstehen würde. Auch als Toter nicht.« Er blickte auf. »Weißt du, was komisch ist? So etwas hätte eher zu Allweis gepasst. Ich meine, dass *er* einem Toten die Sehnen durchtrennt, damit der nicht mehr aufsteht.«

Andersen hob die Schultern. »Tja, merkwürdige Sache, das gebe ich zu. Und zur Todesursache kann ich nur sagen, es war eine Gewehrkugel. Wie sich herausgestellt hat, aus seiner eigenen Büchse. Mitten ins Herz, am einsamen Strand, in dunkler Nacht.«

»Er ist also am Strand erlegt ... Entschuldigung, getötet worden?«

»Ja, definitiv. Vermutlich wurden ihm anschließend Augen und Hände verbunden. Zum Schluss hat jemand das Boot über ihn gezogen. Ganz einfach das alles.«

»Okay«, murmelte Paul, »das war's erst mal von meiner Seite.« Er hob seinen Fuß an, der schon die ganze Zeit über klopfte. »Du hast nicht zufällig ein Ersatzteil hier irgendwo herumliegen? Du kannst dir gar nicht vorstellen, wie mir der hier auf die Nerven geht.«

Caren Andersen lachte. »Du machst das schon ganz richtig, du bewegst dich und machst ansonsten einfach weiter.« Dann sah sie ihn wieder mit diesem vieldeutigen Blick an. »Aber ich habe noch eine kleine Überraschung für dich.«

»Und das wäre?«

»Ich habe etwas Interessantes an seinem Hinterkopf gefunden.«

»Ein Haar.«

Caren Andersen sah ihn enttäuscht an. »Du weißt es schon?«

»Das sollte ein Scherz sein. Was ist sonst am Hinterkopf?«

»Aber es war tatsächlich ein Haar.«

Er hob den Blick zur Decke und dachte laut nach. »Wenn es eine Überraschung sein soll, stammt es demzufolge nicht von Edgar Allweis.«

»Es stammt von einem Tier.«

»Von einem Hund?« Paul erinnerte sich an das Gespräch mit dem Jagdaufseher vor dem Haus seines Vaters.

»Canis lupus familiaris. Wenn du das ›familiaris‹ weglässt, dann liegst du richtig.«

»Canis lupus.« Paul holte tief Luft. »Ein Wolf. Bist du sicher?«

Caren Andersen verdrehte die Augen. »Ich hasse diese Frage. Das wisst ihr doch.«

»Noch vor Kurzem ist hier ganz in der Nähe ein junger Wolfsrüde überfahren worden«, bemerkte Martin Heimdahl, als sie wieder auf dem Weg nach Havgart waren.

»Wölfe. Fühlen die sich denn hier wohl? Ich dachte immer, die brauchen ein großes Revier, ohne Menschen.«

»In der Nähe von Menschen lebt es sich doch ganz bequem. Selbst vor Hamburg ist schon einer gesehen worden. Am liebsten treiben sie sich auf ehemaligen Truppenübungsplätzen herum. Es wird der Tag kommen, an dem in unseren Städten mehr Wildschweine, Füchse und Waschbären als Menschen leben werden. Warum dann nicht auch Wölfe?«

»Oder Werwölfe.«

Heimdahl sah Paul belustigt an. »Also bei euch da draußen möchte ich im Moment nicht sein, wenn es dunkel wird. Wirklich nicht. Ich werde mir auf jeden Fall gleich Andersens Bericht vornehmen. Und noch was, Paul. Wenn es wirklich Wölfe waren, die den Keiler gerissen haben, dann hätten Niels Raven oder Felix von Thomsen das doch mitkriegen müssen. Aber sie haben nichts gesagt, kein Wort.« Paul erinnerte sich an Niels Ravens Behauptung, den Keiler hätten Hunde gerissen. Er hatte gelogen, so viel stand jetzt fest. »Die werden sich hüten«, sagte er. »Was meinst du, was in ihrem Wald los ist, wenn rauskommt, dass sich dort ein Rudel Wölfe niedergelassen hat? Das ruft doch sofort sämtliche Naturschützer, Nabu-Aktivisten, Wolfsbeauftragte und so weiter auf den Plan. Ebenso sämtliche Bauern und Schafzüchter der Gegend, einschließlich aller Medien. Die beiden machen nicht den Eindruck, als würden sie sich um den Austausch mit diesen Leuten reißen.«

Kurz nach der Abfahrt Weißenhäuser Strand bog Heimdahl in den Kreisverkehr ein und ging offensichtlich davon aus, dass der Capri, der von rechts aus der Hoheluftstraße kam, warten würde. Doch der Wagen schoss unmittelbar vor ihm in den Kreisel. Heimdahl musste scharf bremsen und das Lenkrad nach links reißen. »Verdammter Idiot!«, rief er und schlug auf die Hupe.

Der Fahrer des metallic-blauen Ford mit dem Kennzeichen OH–JL 90 hatte von ihrem Dienstwagen keinerlei Notiz genommen. Aufrecht, erhobenen Hauptes, thronte er nah am Lenkrad seines Wagens, als säße er auf einem Küchenhocker. Johann Lupin hatte sich das Kennzeichen mit den Worten anfertigen lassen: »An meinem neunzigsten Geburtstag gebe ich den Führerschein ab. Keinen Tag früher.«

In diesem Moment bezweifelte Paul, dass sein Vater die Einkäufe für das besagte Fest mit seinem eigenen Wagen erledigen würde. Ihn allein ans Steuer zu lassen, war ja schon jetzt verantwortungslos. Martin Heimdahl hatte den Fahrer Gott sei Dank nicht erkannt, da Johann Lupin in der Regel mit seinem alten Mini herumfuhr, weil das Oldtimer-Sportcoupé bisher nicht fahrtauglich gewesen war. Ganz offensichtlich hatte Johann diesen Zustand geändert.

Paul schaute auf die Uhr, als der Capri endlich vor dem Haus auftauchte. Er ging hinaus auf die Veranda und sah, wie sein Vater mit den Wagen herumrangierte, erst den Capri, dann den Mini rückwärts in den Schuppen fuhr.

»So komme ich schneller raus, wenn's mal eilig ist«, sagte Johann mit freudiger Miene, als er die Stufen zur Holzveranda hinaufstieg.

»Warum solltest du es denn auf einmal eilig haben?«

»Das weiß man schließlich nie.« Johann trug seinen guten dunklen Anzug mit den feinen Nadelstreifen, den er seit den Siebzigern hatte und der immer noch erstklassig saß. In der rechten Hand hielt er einen schmalen Karton mit Tragegriff, auf dem ein angebissener Apfel abgebildet war. In der anderen eine Tüte, unter dem Arm klemmte eine blaue Aktenmappe.

Wieder stellte Paul fest, dass sein Vater wie ausgewechselt war. Er war – so wenig diese Zustandsbeschreibung auf Johann Lupin passte – extrem guter Laune. Seit Edgar Allweis' Ermordung.

»Wo warst du denn? Es ist bald Abend.«

»Hier und da. Ich habe ein wenig Geld ausgegeben, mein Sohn.«

Mein Sohn. Paul horchte auf. »Du hast dir doch nicht etwa diesen teuren Computer gekauft?«

»Ach was. Nur den leeren Karton. Ich fand den Apfel so schön.« Johann legte den Karton feierlich auf dem Esstisch ab. Die blaue Mappe behielt er unter dem Arm. »Ich war in einer Buchhandlung in Oldenburg, und die haben da einen öffentlichen Computer, und da habe ich mich aus lauter Langeweile drangesetzt. Was soll man hier sonst machen, außer kaltes Sauerfleisch essen? Und da habe ich einfach mal meine alte Heimat eingetippt, weil mir nichts Besseres einfiel. Und stell dir vor, da gibt es eine Kamera. Man kann sogar unser Haus sehen. Und das will ich mir jetzt immer angucken. So kann ich überprüfen, ob der neue Besitzer keine Dummheiten macht, es orange anstreicht oder einen Schottergarten anlegt.«

»Und dafür kaufst du dir diesen teuren Laptop? In deinem guten Anzug?«

»Das war ein Angebot und zusammen mit diesem ... Dings ... Telefon geradezu ein Schnäppchen. Außerdem ist dies ein Kauf fürs Leben und kommt somit einem Staatsakt gleich. Allemal ein Grund für entsprechende Garderobe.« Paul zuckte mit den Schultern. Dann seufzte er. »Wenn du meinst. Soll ich dir helfen, ihn in Betrieb zu nehmen?«

Johann reichte ihm die Tüte. »Das Handy darfst du mir gerne ... äh, wie heißt das in eurer Sprache?«

»Einrichten.«

»Danke. Es gibt nämlich Spiele fürs Gehirn, mit denen kann ich meine grauen Zellen wieder tipptopp und up to date bringen. Dann wird Lilli Hören und Sehen vergehen.« Johann verschwand aus der Küche und schloss die Tür hinter sich.

Paul wusste, dass sein Vater schon lange ein Handy und einen Computer besaß. Total veraltet zwar, aber immerhin ging er ab und zu ins Internet, und er war in der Lage, E-Mails oder eine SMS zu versenden. Er zog den Karton mit dem Smartphone aus der Tüte, als die Tür noch einmal aufging.

»Hast du dir schon Gedanken übers Essen gemacht?«

»Äh ... nein.«

»Überleg dir mal ein paar schöne Gerichte. Vielleicht könnte man was Regionales von hier mit Regionalem aus dem Bergischen Land vermischen. Rübenmus mit Pillekuchen vielleicht? Ach so, dein Rübenmus ...«, er machte mit der Hand eine abwägende Geste, »hier und da noch verbesserungswürdig, aber durchaus schon ausgereift.«

Paul runzelte die Stirn. »Und was genau meinst du mit ›verbesserungswürdig‹?«

Seine Frage verhallte ungehört an der wieder geschlossenen Tür.

Samstag

Als Paul die Augen aufschlug, schien die Sonne in sein Zimmer. Er freute sich über das Licht und sah, wie Abertausende von Staubteilchen in dem Strahl umherschwebten wie Sternennebel. Er folgte ihnen mit seinem Blick und schaute zu, wie sie sich zu den unzähligen anderen gesellten, die bereits als dicke Schicht auf dem Nachttisch, dem Fußboden und überall sonst herumlagen.

Ich muss putzen, dachte er und stand vorsichtig auf. Putzen, Wäsche waschen, Haare schneiden, rasieren, mal wieder baden, anstatt immer nur zu duschen.

Paul hatte lange geschlafen, es war elf Uhr durch. Seine Schlaf- und Wachzeiten hatten sich verschoben. Vor zwei oder drei Uhr konnte er mittlerweile nicht mehr einschlafen. Sein Vater war nicht da. Er fragte sich, was Johann vorhatte. *Dass* er etwas in Planung hatte, war offensichtlich. Vielleicht war er auch einfach nur zu seinem Spaziergang aufgebrochen. Johann ging diesen wunderbaren Weg jeden Tag, bei Sonne, Regen, Sturm, Hagel oder, wie jetzt, bei Schnee. Immer begleitet von Baptiste, der, so dachte Paul jedes Mal, wenn er die beiden zusammen sah, eigentlich ein Hund und nur aus Versehen in Gestalt eines Katers auf die Welt gekommen war.

Der Weg führte die beiden an der Steilküste entlang in Richtung Westen. Noch vor Sehlendorf verlor er an Höhe und verlief nah an einem einsamen Strandstück vorbei. Das war *sein* Strand. Dort saß Johann dann auf einem der Findlinge und schaute aufs Meer hinaus. Stundenlang konnte er dort hocken, immer mal wieder auf einem anderen Stein.

»Es gibt einen, der ist so geformt, als hätte ich höchstpersönlich vor Jahrmillionen den Abdruck meines Arsches darin hinterlassen. Und bei einem anderen ist es so, als würde sich eine weiche, mollige Frau mit großen Brüsten von hinten an mich schmiegen«, hatte er neulich mit verklärtem Gesichtsausdruck bemerkt. »Einen davon hätte ich gerne hier im Garten.«

Auf jeden Fall hatte sein Vater eine Wandlung durchgemacht; er war nicht mehr der wortkarge Grantler. Dass er dies so hautnah miterlebte und vielleicht sogar daran beteiligt war, hatte Paul im Grunde Lotte zu verdanken. Darum war es gegangen, nicht um Vergesslichkeit. Sie wollte, dass er und Johann sich wiederfanden, weil sie sich verloren hatten, als Paul noch klein gewesen war. Was allerdings zutraf, war, dass Johann seinen Haushalt nur mäßig bis gar nicht im Griff hatte.

Bevor er umgezogen war, hatte er eine »Hausdame« gehabt, wie er sie immer nannte, die Leni, die nur einige Häuser weiter gewohnt und für ihn gekocht, gewaschen und geputzt hatte. Sie war ebenfalls Witwe und hatte so manche Stunde in Johanns Haus verbracht, die bestimmt nicht nur der Haushaltsführung gewidmet war. Das Grinsen seiner Schwester hatte Paul darauf gebracht, als sie einmal über Leni redeten. Sofort hatte er an deren opulente, beim Gehen sanft wogende Oberweite denken müssen.

Hier war es überall schmutzig, auch im Wohnzimmer und in der Küche. Das Sonnenlicht brachte den hereingetragenen Matsch gnadenlos zutage. Vielleicht wäre eine Putzfrau gar nicht so schlecht. Hier im Ort gab es doch bestimmt jemanden, der bei ihnen sauber machen würde. Schon allein aus Neugierde heraus.

Paul beschloss, doch erst einen Spaziergang zu machen, solange die Sonne so schön schien. Auch wenn der Fuß später umso mehr schmerzen würde. Er musste raus und laufen, die Selbstheilungskräfte seines Körpers wieder in Gang bringen. Während er die Jacke anzog, fiel sein Blick auf Edgar Allweis' Schlüssel auf dem Fensterbrett. Immer das Praktische mit dem Nützlichen verbinden, dachte er und machte sich auf den Weg.

Als Paul wieder vor dem Doppelhaus stand, schloss er aber nicht Edgars Tür auf, sondern klingelte bei dem Nachbarn.

Emma und die Kollegen hatten natürlich mit ihm gesprochen, aber vielleicht hatte er ein gespaltenes Verhältnis zur Polizei und würde Paul mehr erzählen. Er musste sich ja nicht als Bulle in Zivil zu erkennen geben.

Ein zerzauster Mann nicht schätzbaren Alters öffnete augenblicklich und glotzte ihn aus verquollenen Augen an. Er sagte nicht »Guten Tag«, trug ein Feinrippunterhemd mit mehrfarbigen Tropfspuren auf dem runden Bauch und hatte eine Alkoholfahne von beachtlicher Reichweite.

»Guten Tag, mein Name ist Paul Lupin, ich hätte mal einige Fragen zu Ihrem Nachbarn Ed–«

»Schon wieder? Gerade war doch schon einer da.«

Na gut, vielleicht hatte es sich doch schon überall herumgesprochen, dass er Polizist war. »Ach so, ein Kollege bestimmt.«

»Kollege? Wann geht man denn bei euch in Pension, mit hundert?« Der Mann griff nach einer Karte, die auf einer vollgepackten Kommode neben ihm lag, und reichte sie Paul. »Die hat dieser Methusalix hiergelassen.«

Paul schaute auf die ihm gereichte Karte. In diesem Moment dachte er, er habe einen Sehfehler oder ihm sei der Verstand abhandengekommen aufgrund zu vieler Tramadol-Tropfen oder zu viel Doppelkorns.

Johann Lupin – Private Investigationen
Der Helfer in allen Lebenslagen
Diskret und kompetent!

Doch sooft er auch blinzelte und dabei seinen Kopf schüttelte – genau dies stand in fein geschwungenen braungoldenen Lettern auf der hellbeigen Visitenkarte mit goldener Umrandung geschrieben, nebst Anschrift und Telefonnummer.

Als Paul sich wieder gefasst hatte und aufsah, um den Mann zu fragen, was dieser diskrete und kompetente Herr denn gewollt habe, stand er vor der geschlossenen Tür.

Dieser Halunke, dachte Paul. Was denkt der sich dabei? Hier herumzufahren und die Leute auszufragen, zwielichtige Glitzer-Kärtchen mit dem Namen Lupin überall zu verteilen. Von wegen Restaurant! Obwohl – dass sein Vater die heimische Gastronomie ein wenig aufmischen könnte, war ja seine eigene Idee gewesen. Johann hatte nichts dazu gesagt. Aber trotzdem, das ging zu weit! Er atmete einmal tief durch, dann ein zweites Mal. Nicht aufregen, dachte er, ganz ruhig. Er machte kehrt und wollte wieder nach Hause gehen, um seinen Vater zur Rede zu stellen, doch er blieb stehen. *Ach was, hat auch noch Zeit bis nachher, Johann ist ohnehin nicht zu Hause. Weswegen bin ich noch mal gekommen?* Er machte erneut kehrt, schloss die Haustür auf und trat ein.

Paul wollte sich noch einmal umschauen, denn irgendetwas zog ihn hierher, rief, er solle kommen und suchen. Und finden. Vielleicht gab es hier irgendwo einen Gegenstand, der ihn auf etwas bringen würde. Ein Zettel mit einer Notiz, eine Tasse, ein Zigarettenstummel, irgendetwas halt. Oder ein Buch. Immerhin hatte Edgar Allweis ja auch gelesen. Obwohl Paul und bestimmt auch alle anderen gedacht hatten, dieser einfältige Heini könnte gerade mal seinen Namen krakeln.

Er stellte sich vor den Wandschrank und ging die Bücher eines nach dem anderen durch. Bei einem war der Buchrücken abgefallen, ein abgegriffenes kleines Bändchen, ganz offensichtlich gehörte es zu Edgars Schätzen, tausendmal gelesen. So etwas hatte Paul gesucht. Er zog es heraus, ein Buch, das sich mit Mythen und Legenden des Wolfes beschäftigte. Paul klemmte es unter den Arm und hatte sich schon abgewandt, als ihm ein seltsames Wort durch den Kopf ging: »Umbambaba« …

Er hielt inne und wusste genau, dass er dieses Wort gerade gelesen hatte. Er suchte, und ja, da stand es, ein schmales Buch, »Umbambaba sang der Kleine Bär«. Paul zog es heraus und blätterte darin. Es war ein Bilderbuch von 1980, da war Edgar noch ein Kleinkind gewesen. Das Buch war zerlesen. Einige Seiten hatten sich aus der Bindung gelöst. Ein Schatz, eine Erinnerung aus Kindertagen, die Edgar mit ins Erwachsensein genommen hatte.

Paul besah noch die restlichen Bücher, aber über diese Wila, von der Edgar so verängstigt gesprochen hatte, fand er nichts. Vermutlich gehörte sie zu jenen Mythen, die nur mündlich überliefert wurden. Paul ließ sich in dem Wundersessel nieder und startete dasselbe Programm wie beim letzten Mal. Edgar war dreiundvierzig gewesen, dachte Paul, genauso alt wie er selbst. Aber er hatte dieses alterslose Aussehen gehabt, das tumben Menschen oft eigen ist. Paul war als Junge auch wie eine gesengte Sau Fahrrad gefahren, ohne dass etwas passiert wäre, während Edgar das Pech gehabt hatte, die Strandpappel zu übersehen. Paul kannte den Baum, jemand hatte ein reflektierendes Schild am Stamm angebracht. Eine Warnung und eine Erinnerung. Paul versuchte, sich den kleinen Edgar vorzustellen. Fotos hatte er keine gefunden. Ob er da schon so dick gewesen war? Paul begann zu blättern und las die Geschichte von einem kleinen Teddy, der seine Mama im finsteren Wald verloren hatte und außer »Umbambaba« noch nichts sprechen konnte. Alle Tiere des Waldes halfen der Bärin bei der Suche und erlebten allerhand Abenteuer. Auch in dem anderen Buch gab es eine Menge farbiger Abbildungen, allerdings ging es nicht um Teddys, sondern um Wölfe. Paul blätterte weiter, während die Massageköpfe in wellenförmigen Bewegungen über seinen Rücken rollten.

»Lykanthropie … Die Verwandlung des Menschen in einen Werwolf … Sex und Gewalt, Blutrausch, Unglaube, Mord und Verzweiflung …«

Paul schaltete die Massagefunktion ab, weil ihn das Brummen zu nerven begann, die Heizung in Lehne und Sitz ließ er jedoch eingeschaltet.

»Lykaon, König der Arkadier. Seine Söhne waren niederträchtig … mischten das Fleisch eines kleinen Jungen unter die Opfergabe, um Zeus zu prüfen … alle vom Blitz erschlagen.«

Er wird von den Wölfen gewusst haben, ebenso wie Thomsen und Raven, dachte Paul. War trotz seiner Ängstlichkeit von so starker Neugier getrieben, dass er all seinen Mut zusammengenommen hatte und nachts in den Wald gegangen war. Aber er hatte sich verplappert, er war gar nicht allein gewesen. Emma hatte doch von der Benzinflasche gesprochen, wollte er damit das Ungeheuer verbrennen? Konnte man die überhaupt verbrennen? Sie zu erschießen galt ja auch als schwierig.

Paul hatte eine Seite mit einem abstoßend aussehenden Werwolf aufgeschlagen. »Der Mensch im Wolfspelz ...« Das Ungeheuer, das gerade einer Frau den Kopf abgebissen hatte, blickte wie ertappt den Betrachter an. Aber in seinen Augen stand keine Blutgier, kein bestialischer Trieb, sondern ein verzweifelter, hilfloser Ausdruck, ganz und gar menschlich.

Er blätterte weiter und sah nun, wie dieselbe Bestie, die eben noch der Frau den Kopf abgebissen hatte, versuchte, einer Schwangeren das Baby aus dem Bauch zu reißen. Paul seufzte und schlug das Buch mit einem Knall zu. Trotz der Wärme des Sessels fror er. Gerade als er aufstehen wollte, bemerkte er, dass etwas aus dem Buch gefallen war. Es war eine Zeichnung, die ein bärtiges Ungeheuer zeigte. Paul betrachtete sie genauer, es war eine Bleistiftzeichnung. Eine gute Arbeit, dachte er. Er wendete das Blatt, dort stand etwas geschrieben: »Werwolf? Ist saugefährlich!«

Paul schaute sich die Zeichnung lange an, dann zückte er sein Smartphone, fotografierte sie und schickte sie an Emma.

»Was ist, wenn dem hilfsbereiten Herrn von nebenan doch noch was einfällt? Schließlich stufe ich ihn als Zeugen ein. Jetzt muss ich ihm eine neue Karte vorbeibringen.« Johann war empört.

Das Corpus Delicti lag vor ihm auf dem Küchentisch, an dessen anderem Ende Paul stand.

»Hilfsbereiter Herr? Außer dem Füllstand seiner Schnapsflasche fällt diesem Smutje gar nichts weiter ein. Und jetzt möchte ich mal wissen, was dich geritten hat, so einen Unfug zu machen. Findest du, dass dies der richtige Beruf ist für einen Vierundachtzigjährigen? Mal ganz abgesehen davon, wie ich dastehe, wenn du überall diese Karten verteilst. Immerhin haben wir denselben Nachnamen.«

Johann saß seitlich am Tisch, einen Zigarillo zwischen den Zähnen, die langen Beine übereinandergeschlagen, und zwirbelte sein Kinnbärtchen. »Vierundachtzig ist deiner Meinung nach also alt?« Johann war ganz ruhig.

»Ja, natürlich. Mach dir doch nichts vor. Du kannst dich gerne auch als Silver Ager oder Master Consumer bezeichnen. Aber für einen Berufsdetektiv finde ich vierundachtzig zu alt, ja. Gibt's denn da keine Altersbegrenzung?«

»Wär man mir beim Gewerbeamt damit gekommen, ich hätte sie wegen Altersdiskriminierung drangekriegt. Darauf kannst du einen lassen.«

»Manchmal habe ich wirklich den Eindruck, du fängst an, senil zu werden«, sagte Paul und stützte beide Hände auf dem Tisch ab. »Also bitte, hör auf mit dem Quatsch und überlass uns die Arbeit!«

Johann stieß seelenruhig feine, perfekt runde Rauchkringel in die Luft.

Paul sah ihnen irritiert nach. »Seit wann kannst du das denn?« Dann richtete er sich wieder auf, wusste aber gleichzeitig, dass das Gespräch sinnlos war. Es würde ohne Aussicht auf Erfolg verpuffen wie diese wirklich beeindruckenden Kringel. Er seufzte laut und dachte, dass er sich erst einmal beruhigen müsse. Er sollte an die frische Luft gehen. Paul zog die Jacke an, nahm die Krücken und stakste zur Tür.

»Wenn dich also nicht interessiert, dass Herr Allweis mitnichten allein im Wald war …«, hörte er seinen Vater beiläufig sagen.

Paul blieb im Türrahmen stehen. »Ist die Quelle seriös?«

»Was die Herkunft meiner Information betrifft, so denke ich, dass sie dem diskreten Bereich meiner Ermittlungsarbeit zuzuordnen ist.«

Paul seufzte. »Johann. Bitte!«

»Das klingt schon besser. Der früh verrentete Seemann, dem

du meine Karte weggenommen hast, hat mir dies berichtet. Er hält nicht viel von der Polizei, zu Recht, wie ich finde, deshalb hat er sich *mir* anvertraut. Nach einigen Schnäpsen, versteht sich.«

Paul wusste, dass dieser Redeschwall einer von Johanns Racheakten war, weil der genau wusste, dass es seinen Sohn wahnsinnig machte, wenn jemand nicht auf den Punkt kam. Er hängte seine Jacke mit der Kapuze zurück an den Wandhaken.

»Und *was* hat er dir anvertraut?«

»Er ist ein aufmerksamer Nachbar und hat einen jungen Mann gesehen, der mehrere Male bei dem Ermordeten an die Tür klopfte. Da dieser nicht öffnete, vernahm er die Worte: ›Wir müssen noch mal drüber reden, was da im Wald war.‹ Dies allerdings sinngemäß.«

»Hatte der Schlaumeier auch einen Namen parat?«

»Er würde ihn ohne zu zögern als einen der beiden Petersen-Jungen identifizieren. Welcher, kann er nicht sagen, da es sich um optisch identische Exemplare handelt.«

»Petersen … Da ist er sich sicher?«

»Selbstverständlich.«

»Okay, ich werde Emma verständigen. Und die Quelle dieser Information, damit meine ich nicht den trocken gelaufenen Seemann, sondern den, der sich unnötigerweise dazwischengeschaltet hat, die können wir ruhig im Verborgenen lassen.«

»Pfff«, machte Johann und blies wieder abgezirkelte Kringel.

∗∗∗

Der Schwefelgeruch abgebrannter Streichhölzer, mit denen Ida die Tisch- und Wandleuchter angezündet hatte, war hinaus in den Garten gezogen, als Felix von Thomsen zur Begrüßungsrede anhob. Die Gäste saßen an der langen Tafel, die ganz schlicht in Weiß eingedeckt war. Felix stand hinter seinem Stuhl, mit beiden Händen die Lehne umfassend. Alle Blicke waren auf ihn gerichtet, einige der Anwesenden neigten den Kopf zur Seite, manche lächelten entspannt.

Adri konnte Ida sehen, die mit dem für diesen Abend angeheuerten Dienstmädchen im Hintergrund stand, die Hände auf dem Rücken liegend. Die gute alte Ida, dachte er. Sah genauso aus wie früher. Klein, rund, kräftige Arme und rote Wangen. Hatte sie damals schon wie sechzig ausgesehen? Auch sie ein Phänomen der versetzten Zeit in diesem Dorf. Linda trug ein leuchtend rotes, schulterfreies Kleid. Die offenen hellen Haare lagen auf ihren Schultern wie zwei Gletscher, und Adri dachte, wie unheimlich schön sie war. Niels saß an der anderen Seite der Tafel, neben Lou. Er sah ausgezehrt und müde aus.

Natürlich hatte Felix ihn nicht eingeladen, aber Adri hatte trotzdem den hellen Anzug angezogen. Als er sich damit im Spiegel erblickt hatte, war ihm gewesen, als hätte ihn der Adri von damals angeschaut. *Du schöner Teufel.* Das hatte Felix zu ihm gesagt, bei ihrem letzten gemeinsamen Jagddinner.

Adris Einladung war das offen stehende Tor gewesen, an dem er vorbeigekommen war. Wie ein Dieb war er seitlich an der Mauer entlanggeschlichen und hatte sich an den Rand der Terrasse gesetzt, von wo aus er die Leute ungestört beobachten konnte. Gott sei Dank war es nicht mehr so kalt wie an den Tagen zuvor; er hatte eine Flasche Rotwein mitgenommen.

Der Smoking verschärfte die Konturen von Felix' Gesicht. Ließ das kräftige Grün der Augen leuchten. Die dunklen Locken wirkten durch die geraden Linien der Kleidung noch ungestümer. Er sprach von der außerordentlich guten Jagdsaison im letzten Herbst und von seiner Freude darüber, dass sie alle Zeit gefunden hätten, an der spontan angesetzten Jagd teilzunehmen. Er wusste von manchem Freund eine kleine Anekdote aus früheren Jagden zu berichten und ließ auch die erschütternden Geschehnisse der vergangenen Tage nicht unerwähnt. Er bat um eine Gedenkminute für Edgar Allweis, während derer er seinen Blick im Raum umherwandern ließ. Auch Niels' Gedanken waren offensichtlich nicht bei dem Ermordeten, denn er schaute ebenfalls verstohlen in die Runde. Ihre Blicke trafen sich, und erst am Ende der Schweigeminute lösten sie sich voneinander.

Gegessen wurde an der Festtafel, an der schon seit Generationen ebendiese Gesellschaften stattfanden. Mit ebendiesen Tischreden, Berichten von Jagdabenteuern und im Hintergrund wirkendem Personal. Ida hatte die Ehre, die Menüfolge vorzustellen: Süßkartoffelsuppe mit Salbeibacon, Wildschweinbraten mit Maronirisotto, Crêpes an karamellisierter Soße. Währenddessen drehte Felix eine seiner Locken mit dem Finger und hatte seine Gedanken Gott weiß wo. Von den Gästen kannte Adri außer den Ravens niemand mehr. An die Stelle der alten Freunde waren neue gerückt. Eigentlich hatte Adri malen wollen, abends war die beste Zeit dazu. Und doch hatte er sich in Felix' Garten wiedergefunden, in seinem Anzug. Ich tue ständig Dinge, über die ich mich später wundere, dachte er. Aber es war tatsächlich das erste Mal, seit er wieder in Havgart war, dass er Felix' Grundstück betreten hatte.

Die Gesellschaft war zum Essen übergegangen, und Adri wandte sich ab, strich durch den dunklen Garten, der nur durch die Lichter aus den Fenstern des Hauses beschienen wurde. Er kam an seinem ehemaligen Zimmer vorbei, schaute durch die verglaste Tür und fand, dass das Zimmer unbewohnt aussah. Als hätte Felix auf ihn gewartet. Schräg darüber lag der Balkon zu Konstantins Zimmer. Adri hatte die Brüder wieder vor Augen. Felix und Konstantin, diese beiden entzückenden Jungen. Der eine dunkel, der andere blond gelockt. Beide sich ihrer Schönheit und Herkunft bewusst, ausschweifend und exzessiv, verletzlich und lebensuntauglich.

Er hätte Felix nie zugetraut, so lange durchzuhalten. Doch in diesem Moment begriff er, dass dieser ganze Zirkus hier im Grunde zu Felix' Rettung beigetragen hatte. Die Distinktion, die Rituale, die alten Regeln, denen er folgte, ohne darüber nachzudenken, verliehen ihm Halt. Schufen ihm einen Rahmen, in dem er sich schlafwandlerisch zurechtfand.

Als Adri wieder auf Felix' Terrasse angelangt war, ließ er sich auf der verwitterten steinernen Bank nieder, die etwas abseits hinter der Eibe an der Hauswand stand, um eine Zigarette zu rauchen. Er trank einen Schluck, lehnte den Kopf an die Wand, schloss die Augen und lauschte den Stimmen und der Musik. Als Adri die Augen öffnete, bemerkte er, dass jemand auf die Terrasse getreten war. Er stand mit dem Rücken zu ihm, schaute in den dunklen Park hinaus und zündete sich eine Zigarette an.

Er dreht sie sich immer noch selbst, dachte Adri und musste lächeln, als ihm eine verräterische Duftwolke in die Nase wehte.

»Hast du mal 'ne Adresse für gutes Gras? Ich habe hier oben keine Kontakte mehr«, sagte Adri nicht laut, aber Felix hatte ihn gehört.

Adri sah, dass Felix seinen Rücken aufrichtete, einen Augenblick verharrte und dann den Kopf zurücklegte, um eine riesige Rauchwolke in die Dunkelheit zu blasen. Er drehte sich nicht um. »Warum ziehst du es nicht selbst? In Kipplings Orangerie.«

»Richtig, super Idee. Danke«, erwiderte Adri.

Felix rauchte in Ruhe weiter, und auch durch die Eibe schimmerte die rote Glut von Adris Zigarette.

»Alles so wie früher, was? Ist der Smoking wenigstens neu?«

»Er ist neu, nur sechzehn Jahre alt«, erwiderte Felix.

Er hat mitgezählt, dachte Adri.

»Was willst du hier?«

»Sehen, wie du dich hältst. Und ich staune. Bravo! Du hast die Hampelmänner da drin gut unter Kontrolle.« Er klatschte ein paarmal in die Hände. »Sie liegen dir zu Füßen, Hoheit.«

»Ganz der Alte, wie mir scheint.« Felix drückte seine Zigarette an der Mauer aus und warf sie in den Garten. »Und wie immer der Einzige ohne Eintrittskarte.«

»Wo ist der Krieger von früher geblieben? Der Rebell, der die Spießer und Idioten davonjagen wollte? ›Das Gut nur für

die Guten … ein offenes Haus … Holt euch, was ihr braucht!‹«
Adri lachte leise.

»Die Tür ist immer noch offen.« Felix wandte sich Adri
zu und streckte ihm die Hand entgegen. »Du bist eingeladen,
komm!« Adri löste sich aus dem Schatten der Eibe und trat einen
Schritt vor, ins Licht.

Felix stand vor ihm und schaute ihn unverwandt an. Er
erwiderte den Blick. Sah ihm ins Gesicht, als betrachte er sein
eigenes Gemälde, ein Porträt, das er damals gemalt hatte. Felix'
Züge waren schärfer geworden, härter und kälter. Mein Gott,
dachte Adri, mein Gott!

Einige der Gäste schauten neugierig zu ihnen herüber, als
sie hereinkamen, andere ignorierten sie. Sie standen herum,
rauchten, tranken und redeten. Niels, der mit einer Gruppe
von Männern zusammenstand, die alle halblange Haare und
Vollbärte trugen und wie Drillinge aussahen, blickte auf. Kaum
hatte er Adri erblickt, verhärtete sich sein Gesicht.

Lou stand mit einem jungen Pärchen am Kamin und kam
freudig auf Adri zu. »Hey, super, du bist doch noch gekommen.« Offensichtlich hatte sie gedacht, er hätte auch eine Einladung erhalten.

Ida stand plötzlich neben ihm und reichte ihm ein Glas
Champagner. »Das ist aber eine Freude«, sagte sie mit ihrer
warmen Stimme, die mit den Jahren noch dunkler geworden
war. »Dich wieder hier bei uns zu haben, Adri.« Sie hatte noch
rötere Wangen als sonst, vor lauter Arbeit und Hitze.

Adri nahm das andere Glas, das noch auf dem Tablett stand,
und reichte es ihr. »Lass uns darauf trinken. Prost, Ida!« Er
beugte sich zu ihr hinunter und verpasste ihr einen Kuss auf
die heiße Wange.

Sie stießen an, und Ida leerte das Glas in einem Zug. »Das
habe ich jetzt gebraucht, ich bin überhaupt noch nicht dazu
gekommen. Die halten einen ganz schön auf Trab hier.« Sie
knallte ihr Glas aufs Tablett, nahm Adris leeres Glas entgegen
und marschierte davon.

Adri sah ihr nach und lachte. »Immer noch der gute alte Drachen.«

Lou nickte. »Ja. Sie ist wie eine Glucke. Ohne sie würde Felix kein bisschen klarkommen, ganz sicher.«

Adri sah kurz zu Felix hinüber, der mit einer Schulter an den Kamin gelehnt dastand und seinen Blick ohne Ausdruck erwiderte.

»Wann fangen wir mit dem Porträt an?«, fragte Lou.

Adri sah kurz zu Niels hinüber, der sich immer noch mit denselben Männern unterhielt, ihn und seine Tochter aber im Blick hatte. »Später vielleicht.«

Lou hatte Adris Blick bemerkt. »Ah, verstehe. Mein Vater hat mit dir geredet, stimmt's?«

»Wir werden es nachholen, versprochen.«

Lou nickte, doch Adri sah, dass sie enttäuscht war.

»Ich habe einfach zu viel um die Ohren im Moment«, fügte er hinzu. »Ich fürchte, ich habe das ganze Projekt hier in Havgart unterschätzt. Ich muss mich erst mal einrichten, alles sortieren. *Mich* sortieren, ankommen. Wenn das erledigt ist und der Frühling endlich da, dann gehen wir ins Freie, und ich male dich. Versprochen!« Bei dem letzten Wort strich er mit der Rückseite seines Zeigefingers über ihre Wange. »Und es wird ein sehr schönes Bild werden, genauso schön wie das Modell.« Dann deutete er mit dem Kopf in Niels' Richtung. »Und Niels wird sich bis dahin mit dem Gedanken angefreundet haben, wirst schon sehen.«

»Ich werde dich dran erinnern«, sagte Lou. »Bleibst du noch ein bisschen hier?«

»Nein, ich muss gehen. Ich glaube, das hier ist nichts für mich.«

»Kommst du morgen zur Jagd?«

Adri schüttelte den Kopf. »Ich bin Vegetarier, und ich kann nicht schießen. Ein Toter in Havgart reicht, finde ich.«

Lou ging wieder zu dem Pärchen zurück, und Adri sah Linda, die mit zwei Champagnergläsern auf ihn zukam.

»Du sitzt auf dem Trockenen.« Sie reichte ihm ein Glas.

Sie stießen an, schauten sich in die Augen und tranken einen kleinen Schluck.

»Hast du es endlich warm in deinem neuen Zuhause? Du kannst dir gerne Holz von uns holen. Du weißt doch noch, wo es ist?«

Adri mochte ihre Aussprache, das leicht zischende S und die Melodie des Dänischen, die immer noch mitschwang. »Klar weiß ich das noch. Aber danke, Linda. Ich habe mir bereits eine Fuhre besorgt. Und? Hat Niels sich wieder beruhigt?«

»Frag ihn selbst.« Linda sah zu ihrem Mann hinüber. »Er macht sich nun einmal Sorgen.«

»Um Lou?«

»Sie ist in einem schwierigen Alter, sie ist dabei, sich abzunabeln.«

Adri schaute zu Lou hinüber, die mit einigen jüngeren Leuten auf die Terrasse hinausgegangen war. »Tun das nicht alle in diesem Alter?«

»Ich glaube, dass sie Havgart verlassen wird, wenn sie volljährig ist.«

Von draußen hörten sie Lous Lachen, einer der Jungen hatte sie an die Hand genommen und führte sie im Walzerschritt über die Terrasse.

»Lou ohne ihre Pferde?« Adri sah Linda fragend an. »Das glaubst du doch selbst nicht.«

»Sie ist … eigen.«

»Aber kein Grund, sich Sorgen zu machen, sie ist sehr vernünftig. Ich glaube, die Sache mit Edgar sollte uns mehr Sorgen bereiten, meinst du nicht?« Ihm war aufgefallen, dass er »uns« gesagt hatte, so als würde er sich zugehörig fühlen. Zugehörig zur Familie, zur Dorfgemeinschaft, zu diesem illustren Kreis hier. Doch nichts dergleichen traf zu. In Wahrheit war er ganz allein.

»Das wird sich schon aufklären. Die Leute hier glauben, dass es mit diesen Wilderern zu tun hat.« Linda ließ ihren Blick auf Adri ruhen. »Du bist auch eigen. Warum bist du gegangen?

So plötzlich. Vor was oder wem bist du weggelaufen?« Sie stieß mit ihrem Glas an Adris und trank noch einen Schluck.

Adri lächelte sie an. »Ich bin vor euch geflohen. Gut, nicht gerade vor dir, aber vor Felix, vor Konstantin. Sie wären mein Untergang gewesen. Wenn man selbst nicht genügend Halt hat, kann man so haltlose Gesellen nicht gebrauchen.«

»Niels hat niemals geschwankt, Adri.«

»*Du* hast nicht geschwankt, Linda. Bei Niels bin ich mir da nicht so sicher, er hat nicht dein Stehvermögen.« Adri warf einen Blick hinüber zu Niels. *Im Wald, da spielst du den Großen, das ist dein Revier. Die Wildschweine merken nicht, dass deine Muskeln auf weichen Knochen sitzen, dass du kein Rückgrat hast.*

Linda trank ihr Glas aus, ohne Adris Äußerung zu erwidern.

»Verzeih, Linda.« Adri legte seine Hand auf ihren Arm. »Ich sollte das alles ihm selbst sagen, nicht dir. Aber sein Verhalten war nicht gerade das eines Freundes.« Er lachte ein bisschen zu höhnisch auf, dann deutete er mit der Hand auf die herumstehenden Leute. »Du und deine Tochter, ihr seid die einzigen Lichtblicke hier in dieser Runde aus Wildhütern und Grünröcken.« Er warf einen Blick auf die bärtigen Drillinge. »Wie hältst du das nur aus?«

»Alles eine Frage des Stehvermögens, hast du gerade selbst gesagt. Außerdem füllen sie die Kühltruhen im Laden auf, ich bin Pragmatikerin.« Linda zwinkerte ihm zu und ging.

Adri schaute sich um. Die Gäste standen in Gruppen herum, Smooth Jazz plätscherte im Hintergrund, von überall her flogen Gesprächsfetzen auf ihn zu.

»Viel mehr Sorgen macht mir der starke Wildwechsel hier draußen«, hörte Adri einen der beiden Männer sagen, die nahe bei ihm standen. »Mein Nachbar ist im letzten Herbst mit einem Zwölfender zusammengestoßen, gleich hier, auf der Zweihundertzwei, Höhe Döhnsdorf, und die Spitze des Geweihs ist durch die Windschutzscheibe genau in sein rechtes Au–«

»Ist ja gut«, unterbrach ihn der andere, der schon ziemlich angetrunken war, »erspar mir deine Räubergeschichten. Pass lieber auf, dass du nicht einen Wolf vor die Haube kriegst. Das bringt so richtig Ärger, vor allem wenn du noch deine Doppelflinte auf dem Rücksitz liegen hast.«

»Apropos Doppelflinte. Hast du das mit dem tödlichen Unfall von dem Jäger aus Lensahn gehört? Er wollte die geladene und ungesicherte Doppelflinte vom Rücksitz seines Wagens nehmen und bekam beide Schrotgarben ab, direkt in die Visage. War auf der Stelle tot.«

Adri schüttete den restlichen Champagner in sich hinein und schlenderte weiter. Was für eine Welt, dachte er. Nicht meine, war sie auch damals nicht. Diese kleinen Jagdabenteuer, als sie noch jung gewesen waren, die waren was anderes, die waren ... Adri versuchte, das Gefühl heraufzubeschwören, um das es ihnen gegangen war, als sie mit ihren Bogen durch den Wald, über die Felder gestreift waren. Durch tanzende Elfen aus Nebelschleiern, durchdrungen von dieser ungeheuren Kraft, die eigentlich nichts anderes gewesen war als ... ein Fieber ... Wollust, Freiheit. Getragen von Alkohol natürlich. Oder diesen Pilzen, die wie LSD wirkten, aber nichts kosteten, weil Konstantin sie auf der eigenen Wiese gesammelt hatte. Sein Blick fiel wieder auf Felix, von dem dies alles ausgegangen war und der es sich vermutlich als Einziger bewahrt hatte.

Adri fand sich bei der bärtigen Truppe um Niels Raven wieder, neben dem er nun stehen blieb. Er tat unbeteiligt, schaute im Raum umher. »Wildwechsel, ungesicherte Flinten ... Ein Grünrock ist so vielen Gefahren ausgesetzt.« Er schenkte Niels ein warmes und herzliches Lächeln. »*Ich schell mein Horn ins Jammertal, mein Freund ist mir verschwunden ...*«, sang er leise. »Gib acht auf dich, du schöner Jäger.« Er hob die rechte Hand und tätschelte Niels' Wange.

Blitzschnell packte Niels Adris Handgelenk und fixierte dessen Augen. Seine Wangenknochen traten hervor, die Lippen zitterten. Er drückte Adris Handgelenk so fest, dass es schmerzte, dann ließ er mit einem Ruck los, als hätte er einen Stromschlag bekommen, und ging weg.

Ida kam in diesem Moment vorbei, und Adri reichte ihr sein Glas, dann rieb er sein Handgelenk. »Ich danke dir, Ida, bestell dem Hausherrn einen lieben Gruß. ›Viel Glück‹ darf ich ihm für die morgige Jagd ja nicht wünschen. Bringt Unglück, habe ich mal gehört.« Er schaute die Umstehenden an. »Ich werde den Heiligen Hubertus für euch anrufen. Vielleicht hilft's ja.«

Sonntag

Den krankgeschossenen Frischling hatten sie auch am frühen Abend noch nicht gefunden. Felix hatte mehrere Gespanne mit Schweißhunden losgeschickt, aber sie hatten die Fährte verloren. Mittlerweile hatten sich die meisten am vereinbarten Sammelpunkt in der Nähe der Steilküste eingefunden. »Wo steckt eigentlich Niels?«, fragte einer der Jäger, der sich gerade mit einer Schale Erbsensuppe und einem Stück Bauernbrot auf einem liegenden Baumstamm niederließ.

Felix, der erst vor wenigen Minuten ohne Erfolg von der Nachsuche zurückgekehrt war, holte sich ebenfalls eine Schale Suppe. »Keine Ahnung, ich dachte, er wäre längst hier.« In diesem Moment sah er Linda, die gerade eintraf. »Linda!«, rief er ihr zu. »Hast du Niels gesehen?«

Linda warf ihm einen fragenden Blick zu. »Nein, war er nicht bei dir?«

»Ich habe ihn seit Mittag nicht mehr gesehen«, entgegnete Felix.

Die Stimmung war ausgelassen, das Klingen von zusammenstoßenden Bierflaschen vermischte sich mit Geplauder und Lachen. Andere hatten sich erneut zur Nachsuche aufgemacht. Sie hatten vereinbart, dass sie sich abwechseln würden, so lange, bis das krankgeschossene oder bereits verendete Tier gefunden war. Dies war eines der obersten Gesetze und wurde auch streng eingehalten. Aber der Frischling blieb unauffindbar.

»Hat Flügel gekriegt, das Schweinchen, und ist davongeflattert«, hörte Felix jemanden sagen.

»Weggeflogen mitsamt dem Jagdaufseher«, sagte ein anderer, denn Niels Raven war immer noch nicht da. Gemeinsam mit den Hunden hatten sie die Gegend weiträumig durchkämmt, doch Niels' Spuren verloren sich ebenso im Nichts wie die des Frischlings.

Mittlerweile war es dunkel geworden, die Runde löste sich langsam auf, und die Helfer begannen, das Lager zu räumen. Linda saß noch am Feuer und sah Felix mit besorgter Miene an. »Er könnte sich doch wenigstens melden, wenn er schon so viele Stunden auf der Suche ist. Ich verstehe das einfach nicht, ich habe ständig versucht, ihn anzurufen, aber es springt immer nur die Mailbox an.«

»Niels kann zum Eiferer werden, wenn es um die Jagd geht, das weißt du doch«, sagte Felix. »Dann vergisst er alles um sich herum. Er wird schon wieder auftauchen.«

»Was ist, wenn er sich verletzt hat?«

»Dann hätten wir ihn doch gefunden. Weit wäre er mit einer Verletzung gar nicht gekommen.«

Linda stand auf. »Ich werde jetzt Kuba satteln, ich kann einfach nicht hier herumsitzen und warten.«

»Keine gute Idee, Linda, es ist zu dunkel.«

»Es ist fast noch Vollmond, und ich muss irgendwas tun. Schlafen könnte ich sowieso nicht. Kannst du mich mit nach Hause nehmen?«

»Wie du willst«, seufzte Felix. »Ich fahre dann auch noch mal das Revier ab.«

Zwanzig Minuten später verließ Felix den Hof des Gutes. Ein leichter Nieselregen hatte eingesetzt. Hope saß auf dem Beifahrersitz, und ihre Augen verfolgten die Scheibenwischer, die quietschend über die Windschutzscheibe des Jeeps zuckten. Der Abend des Dinners gestern, die Jagd, alles war gut gelaufen. Bis zu diesem verdammten Fehlschuss. Der Schütze war ein Jagdgast aus Lüneburg gewesen, Roger, der seit vielen Jahren regelmäßig kam. Laut Niels ein ausgezeichneter Schütze, der auch von nicht so günstig positionierten Ständen immer eine gute Trefferquote erreichte. Er war darüber sehr zerknirscht gewesen und hatte sich bis zum Schluss mit seinem Hannoveraner Schweißhund an der Nachsuche beteiligt.

Im Licht der Scheinwerfer sah Felix Linda auf Caro den Weg überqueren und dann im Wald verschwinden. Er hielt seinen Wagen an und stieg aus, Hope folgte ihm, den Boden beschnuppernd. Felix wusste nicht, wo er noch suchen sollte; eigentlich war er nur hier, um Linda irgendwie zu unterstützen. Aber er musste sich seine Hilflosigkeit eingestehen und dachte, dass er auch wieder nach Hause fahren konnte. Und er fragte sich, wo Nelli abgeblieben war, Niels' Hündin.

Als er gegen zehn das Gutshaus erreichte, war Ida schon gegangen, hatte aber vorher den Kamin angeheizt. Eine wohlige Wärme und der Geruch nach Buchenholz empfingen ihn. Auf dem Tisch standen mehrere Weinflaschen und Gläser. Felix warf sich auf das Sofa, Hope legte sich auf ihr Kissen und seufzte einmal schwer, bevor sie wegdöste.

Eigentlich hatten sie ein bisschen zusammensitzen wollen nach der Jagd. Felix, Niels, Linda. Doch es war anders gekommen, überhaupt, es war ein seltsamer Abend, alles war so unwirklich. Irreal wie Adris Jagdbilder. Ja, das war es. Dieses Gefühl hatte mit Adris Erscheinen gestern Abend begonnen und sich den ganzen Tag über gehalten. Adri hatte ihn tatsächlich durcheinandergebracht, das hätte er nie für möglich gehalten. Er hatte ihn überrascht, keine Frage, obwohl er damit gerechnet hatte, ihm früher oder später zu begegnen, hier in diesem kleinen Ort auf dem Mond. Adri war ihm so vertraut gewesen. Seine Stimme, jungenhaft, ein bisschen heiser, seine Augen, die immer hin und her sprangen, aufblitzten, bevor er seine Wortpfeile abschoss, grinsend. Seine Überheblichkeit.

Felix hatte kurz in Erwägung gezogen, Emma anzurufen, hatte es aber gelassen. Niels war ein erwachsener Mann und konnte tun und lassen, was er wollte. Felix würde sich blöd vorkommen, sofort die Polizei einzuschalten, wenn sein Jagdaufseher nicht gleich Gewehr bei Fuß stand. Er würde später noch einmal nachschauen, ob er wieder da war.

Die Hündin hob plötzlich den Kopf und begann zu knurren, den Blick auf die Terrassentür gerichtet. »Ist ja gut, altes Mädchen«, sagte Felix und gähnte, doch Hope knurrte wieder, stand jetzt an der Tür und schaute hinaus, die Ohren angelegt.

Felix stand ebenfalls auf und versuchte, etwas in der Dunkelheit zu erkennen, aber vergeblich. Er öffnete die Tür, und sofort verschwand Hope im Garten.

Für einen Moment war es ruhig, dann hörte er sie bellen. Felix horchte, schaltete die Außenlampen an, als es plötzlich laut knallte und ihn etwas Hartes an der Schläfe traf. Er fiel zu Boden, blieb einen Moment mit am Kopf angewinkelten Armen liegen und kroch dann ins Wohnzimmer zurück, Glasscherben schnitten in die linke Hand. Langsam setzte er sich auf, zog die Beine an und verharrte eine Weile so, dann beugte er sich vorsichtig nach vorn und schaute hinaus. Der Knall lag ihm immer noch in den Ohren. Er versuchte, irgendetwas zu erkennen, doch draußen regte sich nichts.

Der Stein hatte die Scheibe des alten Bücherschranks zertrümmert, in der Mitte der Terrassentür klaffte ein großes Loch. Felix fühlte etwas Warmes unter seinen Haaren hinablaufen. Vorsichtig kroch er nun auf allen vieren in den Flur, eine blutige Spur hinterlassend, nahm eines der Jagdgewehre aus dem Schrank, löschte alle Lichter und schlich wieder zurück. Dann richtete er sich vorsichtig auf und ging ein Stück in den baumbestandenen Garten hinein. An den alten Eiben blieb er stehen, horchte und wischte nebenbei mit dem Ärmel das Blut von der Wange.

Irgendetwas lag in der Luft. Da war dieses Surren in seinem Kopf, sein Magen zog sich zusammen, die Nackenhaare richteten sich auf. Wie bei einem Tier, das Gefahr witterte. Dasselbe Gefühl, das ihn vor einigen Tagen überkommen hatte, als er die Reifenspuren im Wald fand. Wo war Hope? Sein altes Mädchen wäre doch sofort zu ihm gelaufen.

»Hope!«

Als der Stein geflogen gekommen war, hatte er für einen Augenblick an einen Scherz gedacht. Das tat man doch immer, wenn einem etwas widerfuhr, mit dem man überfordert war. Ein Scherz, ein übler.

»Hooope!«

Aber man wusste gleichzeitig, dass man sich etwas vormachte. Das war dann der zweite Gedanke: Reiß dich zusammen, Mann! Das alles hier ist viel schlimmer, als du glauben willst. Kein Scherz. Also unternimm was, irgendwas! Langsam ging er weiter, immer entlang der dichten Hecke aus Eiben, bis er das Ende erreicht hatte, wo eine der Laternen stand. Und da sah er sie. Sie lag auf dem gepflasterten Weg. Genau so, wie sie das oft machte, um sich die Sonnenstrahlen auf den Pelz brennen zu lassen. Felix von Thomsen fiel auf die Knie, legte das Gewehr ab und hob behutsam Hopes Kopf an, doch er sah sofort, dass kein Leben mehr in ihr war. Er legte den Kopf der guten alten Hündin in seinen Schoß und begann zu weinen. Erst nach einer ganzen Weile hängte er sich das Gewehr über die Schulter, nahm Hope vorsichtig auf und wankte zum Haus zurück. Er legte sie auf den Tisch auf der Terrasse. Hopes Nasenwurzel war zertrümmert, jemand hatte sie erschlagen.

Felix ging hinein, ging weiter in die Küche und nahm ein sauberes Geschirrtuch aus dem Regal, das er fest an die Kopfwunde presste. Als er wieder an dem zerschmetterten Glasschrank vorbeikam, griff er durch das Loch nach dem Whisky. Er öffnete die Flasche, setzte an und trank den Whisky wie Wasser. Da sah er den Stein in dem Schrank liegen. Erneut griff er hinein, es war einer dieser Feuersteinknollen vom Strand, faustgroß, ein schönes Exemplar, ebenmäßig, anschmiegsam, als müsste er eigentlich weich sein.

Es war kalt, der Wind pfiff durch die zerbrochene Fensterscheibe. Mit der Flasche in der Hand ging Felix in Richtung des Flurs, den Stein legte er auf den kleinen Tisch. Man sprach diesem Stein Fähigkeiten zu, es hieß, er könne böse Blicke abwenden. Wieder trank er, dann hielt er die Flasche hoch ins Licht der Deckenlampe. Der Inhalt funkelte golden. Noch einen. Dann nahm er das Telefon aus der Halterung und tastete die Taschen seiner Jeans ab, bis er die mittlerweile zerknitterte Visitenkarte in der Hand hielt. Er schaffte es gerade noch, die Nummer einzugeben, dann spürte er, dass sich vom Magen her eine schnelle Hitze in seinem Innersten ausbreitete und blitzartig in die Beine sackte. Den Aufschlag des Kopfes auf den Rand des Tisches bekam er nicht mehr mit.

※※※

Paul sah zu seinem Vater hinüber, der mit seinem neuen Laptop auf den Knien am Kamin saß, einen Zigarillo paffend. Bis auf einen kleinen Abstecher in den Hirschfänger waren sie beide zu Hause geblieben. Es war ungemütlich draußen, trist und grau, und den ganzen Tag über hatte der Wind den Nachhall der Schüsse der Jäger ins Dorf geweht.

»Ich will keine Schrotladung im Hintern haben«, hatte sein Vater gesagt und sich mit einer Tafel Schokolade wieder seinem Computer zugewandt.

Baptiste lag auf dem Sofa und streckte sich, sodass seine Länge sich fast verdoppelte, dann rollte er sich zusammen und schlief weiter. Jetzt war es längst dunkel, und Johann saß immer noch in derselben Haltung vor seinem Laptop. Paul musste lächeln. Das Leben des Johann Lupin würde sich von nun an mit seinem Einzug in die digitale Welt ändern. Er dachte wieder an Charlottes Worte: *All das bereinigen, was schiefgelaufen ist.* In der Tat, mit seinem Vater und ihm selbst war einiges schiefgelaufen. Als Spätgeborener zur Welt gekommen, zu einer Zeit, als seine Eltern die Familienplanung längst abgeschlossen hatten, war Paulchen in die Obhut seiner neun Jahre älteren Schwester gefallen, weil die Mutter starb, kurz nachdem Paul zehn Jahre alt geworden war.

Der Nachkömmling Paul war dem Vater ein Mysterium geblieben. Ein fremdes Wesen, das er zwar in die Welt gesetzt, zu dem er aber nie einen Zugang gefunden hatte. Und so hatte Paul seinen Vater eigentlich nur im Vorbeiflitzen wahrgenommen. Was Johann genau tat, womit er das Geld für die kleine Familie herbeischaffte, hatte Paul nie genau gewusst, da sein Vater immer von irgendwelchen »Operationen« gesprochen hatte. Deshalb hatte Paul eine Zeit lang gedacht, sein Vater sei unter anderem Arzt, der die Nachbarn oder Freunde operierte, wenn sie krank waren, wenn er nicht gerade Bäume fällte oder Autos heil machte.

»Papa operiert halt die Autos der Leute hier«, hatte Lotte gesagt, wenn sie in dem von ihrem Vater gezimmerten Baumhaus saßen, in dem sie im Sommer auch schlafen durften. Charlotte hatte die Mutterrolle übernommen, ohne sich auch nur einmal darüber zu beschweren. Sie konnte manchmal ziemlich streng sein, und doch hatte er sie vergöttert. Bei welcher Mutter hätte man schon gelernt, Straßenlaternen mit nur einem Fußtritt auszukicken? Oder Bachläufe so umzuleiten, dass der Garten des bescheuerten Nachbarn, den alle »das A-Loch« genannt hatten, unter Wasser gesetzt wurde?

Johann war für Paul nur eine Randerscheinung gewesen. Jemand, der die lebensnotwendigen Grundlagen im Hintergrund regelte, ansonsten aber die Dinge gedeihen ließ. Ob aus Zeitmangel, Desinteresse oder Urvertrauen, vermochte Paul nicht zu sagen. Dazu wusste er zu wenig von ihm. Pauls Kindheit war nicht die schlechteste gewesen, aus der Sicht eines Kindes zumindest. Im Nachhinein wunderte er sich darüber, dass sich das Jugendamt nie eingeschaltet hatte. Aber Johann schien es geschafft zu haben, den Schein zu wahren, als habe er alles unter Kontrolle. Heute glaubte Paul, dass es vor allem Johanns Charme zu verdanken war, den er damals besessen hatte, als seine Haare noch pechschwarz gewesen waren, und der noch heute zu erkennen war, wenn man etwas genauer hinsah. Im Laufe seines Witwerlebens hatte Johann schon diverse Heiratsanträge erhalten und allesamt abgelehnt.

Im Großen und Ganzen war alles einigermaßen gut gegangen. Der Aufbau einer stabilen und fruchtbaren Vater-Sohn-Beziehung hingegen war nie gelungen. Und nun war Paul hier gestrandet, mit frisch verschraubter Ferse. In den vergangenen Tagen hatte sich in ihm eine Gewissheit festgesetzt, nämlich dass all dies nicht einfach so passiert war, aus Zufall. Im Gegenteil. Im Krankenhaus hatte er begriffen, dass alles zu einem Plan gehören musste. Einem großen, weit in die Zukunft hineinreichenden und bereits vor langer Zeit entworfenen Plan, dem keiner der Beteiligten entrinnen konnte. Er fragte sich, welche Rolle ihm wohl zugedacht worden war in diesem Plan. Offensichtlich eine auf Havgart eingegrenzte, denn weit würde er mit nur einem gesunden Fuß gar nicht kommen.

Und dazu seit einer Weile diese seltsamen Träume. Und nur in Havgart, in Hamburg schlief und träumte er ganz normal. Außerdem war er hier abgelenkt, irgendetwas surrte, verwirrte ihn wie ein Störsender. Er hatte Johann gefragt, ob hier in der Nähe ein Mobilfunk-Sendemast sei, dessen Funkwellen ihn vielleicht durcheinanderbrachten, aber sein Vater hatte verneint.

Jetzt sah Johann unvermittelt auf und runzelte die Stirn. »Schon süchtig?«, fragte Paul. »Selbst deine Wurstbrote hast du nicht gegessen.« Er deutete auf den Teller, der neben zusammengeknülltem Schokoladenpapier auf dem Tisch stand.

»Die werden schon nicht kalt«, sagte Johann und legte den Zigarillo ab.

Paul gähnte. Er hatte vor einer halben Stunde seine Tramadol-Tropfen genommen und die Dosierung recht großzügig ausgelegt, damit er endlich einmal durchschlafen konnte. Er merkte, dass er mit diesen Tropfen vorsichtig sein musste. Aber dafür war es heute zu spät, die Droge kreiste bereits in seinem Blut, und er fühlte sich leicht wie ein Flaschenkorken auf der Ostsee.

»Und, was machen deine Recherchen?«, fragte er seinen Vater.

»War dir bekannt, dass Felix Johann Kaspar Freiherr von Thomsen einmal mit einer Frau zusammengelebt hat?«

»Nein, das war mir nicht bekannt.«

»Eine ... Filmproduzentin aus Hamburg.« Johann sah ihn an. »Da stellt sich mir die Frage, warum diese Dame ...«, er schaute noch einmal auf den Laptop, »Sonia, Sonia Kluge mit Namen, nicht mehr auf Gut Havgart lebt.«

»Gute Frage, der wir aber auch morgen nachgehen können.« Er wurde immer schläfriger und war schon tief in seinen Sessel gerutscht, als es »Kuckuck« in seiner Jogginghose machte. Jemand hatte ihm eine Nachricht geschickt. Emma.

»Noch wach? Ich glaube, bei Felix stimmt was nicht.«

Paul wählte ihre Nummer, und sie meldete sich sofort.

»Emma, was ist passiert?«

»Felix von Thomsen hat meine Nummer gewählt und dann nichts gesagt. Und wenn ich zurückrufe, geht er nicht dran. Ich finde das sehr eigenartig.«

»Hm, allerdings, wo bist du?«

Emma seufzte. »Auf dem Geburtstag einer Freundin in Hohwacht. War ja klar, wenn ich mal Feierabend machen will.«

»Soll ich mal kurz dort vorbeischauen?«

»Ja bitte, Paul, das wäre super.«

Er stand auf, streckte seinen Rücken und fragte sich, ob es wirklich gut war, jetzt noch draußen herumzulaufen. Das Gefühl der Leichtigkeit war verflogen, nun fühlte er sich, als hätte ihn jemand bis über den Kopf in einen dicken wattierten Schlafsack eingerollt.

»Ist was passiert?«, wollte Johann wissen.

»Das werden wir gleich sehen, aber ich glaube, es kommt Bewegung in die Sache.«

»Warum?«

Paul wiegte den Kopf und atmete tief durch. »Bauchgefühl.«

Paul hatte schon auf dem Weg hinüber zum Gutshaus gewusst, dass Felix von Thomsen ihm nicht öffnen würde. Da die Tür keinen Türknauf, sondern nur eine einfache Klinke hatte und nicht abgeschlossen war wie beinahe alle Türen in Havgart, hatte er ungehindert eintreten können. Von Thomsen hatte auf dem Steinboden im Flur gelegen, neben ihm das Telefon, der Boden war mit roten Tropfen besprenkelt. Der Krankenwagen war erstaunlich schnell da gewesen. Emma kam kurz darauf, sie trug ein enges schwarzes Kleid mit hochhackigen Stiefeln, ihre rote Mähne war locker hochgesteckt, und als Paul sie so sah, ging ihm durch den Kopf, dass dies eine der vielen

Schattenseiten ihres Jobs war: Nie hatte man die Gewissheit, wirklich freizuhaben.

»Emma.« Felix hing in einem der beiden Sofas vor dem Kamin und richtete sich auf. Der Notarzt hatte ihm einen Kopfverband verpasst, die Hand verbunden und ihn mitnehmen wollen, aber Felix hatte sich geweigert.

»Kannst du uns erzählen, was passiert ist?« Emma hatte auf dem gegenüberliegenden Sofa Platz genommen.

Zuerst reagierte Felix nicht, und Emma befürchtete schon, dass er einen Gedächtnisverlust erlitten habe. Nach einer Weile zeigte er auf die Terrassentür. »Mein Hund. Hope ist …« Er brachte den Satz nicht zu Ende.

»Wir haben sie gesehen, schrecklich, es tut mir so leid.« Emma war ehrlich betroffen. Sie schwieg einen Moment, dann fragte sie: »Was ist mit der Scheibe passiert?«

»Der Stein … Jemand hat einen Stein geworfen. Ich verstehe das überhaupt nicht.« Felix beugte sich nach vorn, stützte die Arme auf den Oberschenkeln ab und legte das Gesicht in die Hände.

Emma wartete in Ruhe ab, sie wollte ihm Zeit geben, alles, was passiert war, zu sortieren. Paul hatte sich auf einem Lehnstuhl an der Wand neben der Tür niedergelassen und ließ seinen Blick durch den Raum schweifen, der ihn eher an einen Rittersaal als an ein Wohnzimmer erinnerte. Ein Teil des Raumes wurde von einer langen Tafel eingenommen, deren robuste Tischplatte so abgenutzt und verschrammt war, als wären auf ihr regelmäßig Fechtduelle zweier tapferer Musketiere ausgetragen worden. Eine Wand war mit Trophäen geschmückt, Paul sah in ein Wirrwarr von Geweihen. An der Wand gegenüber hingen mehrere Jagdbögen. Den antiken Möbeln hatte Felix von Thomsen mit gutem Geschmack einige moderne hinzugefügt, und zusammen mit dem dunklen Eichenparkett und dem zwei Meter hohen offenen Kamin lud der Raum zum Wohnen ein. Zum *richtigen* Wohnen, bei dem es egal war, ob der Tisch noch eine Schramme mehr bekam oder eine brennende Zigarette auf dem Boden landete.

Paul kämpfte mit mäßigem Erfolg gegen seine Müdigkeit an. Aber Emma führte ja die Ermittlungen, er saß nur auf dem Reservestuhl in der zweiten Reihe. Außerdem war Thomsen angeschlagen, sei es vom Schlag vor den Kopf oder vom Alkohol, er redete mit schwerer Zunge. Jedenfalls schien er nicht zu merken, dass Paul nicht auf der Höhe war.

»Was ist passiert?«, hörte er Emma noch einmal fragen. Felix dachte angestrengt nach, als hätte er noch nicht alle Geschehnisse in die richtige Reihenfolge gebracht. »Die Jagd, heute war doch die Jagd.«

»Ja, ich weiß.«

Felix griff nach dem Smartphone, das vor ihm auf dem Tisch lag. »Es gab einen Vorfall, der sich hoffentlich inzwischen geklärt hat.«

»Was für einen Vorfall?«, wollte Emma wissen und sah kurz zu Paul hinüber, der für einen Moment die Augen geschlossen hatte und ebenfalls nachzudenken schien.

Felix wartete einen Moment, bis sich jemand meldete. »Ja, Linda, ist Niels jetzt da?« Er schaute Emma an und hörte, was Linda zu sagen hatte. »Ja … verstehe. Geh schlafen, es war ein langer Tag … Okay, wie du meinst.« Er warf das Smartphone aufs Sofa. »Sie ist noch einmal los, um Niels zu suchen. Er ist nämlich«, ratlos hob er die Schultern, »verschwunden. Ist auf Nachsuche gegangen und nicht mehr zurückgekommen.« Ein helles Auflachen. »Wir haben Stunden gesucht, immer abwechselnd, mit allen verfügbaren Gespannen. Ganz ehrlich, so etwas ist noch nie vorgekommen.«

Paul öffnete die Augen. Von Thomsen sollte ja nicht glauben, er mache hier ein Nickerchen. Nachsuche … Raven weg … Gespanne, alles gehört. Er schaffte es, zu ihm hinüberzublinzeln, und bemerkte, dass Felix ihn beobachtete. Seine Augen brannten wie verrückt, und er wünschte sich nichts sehnlicher, als jetzt in diesem Moment auf Johanns Ofenbank neben Monsieur Baptiste zu liegen und einen herrlichen Punsch zu trinken.

Emma stand auf. »Okay, das lässt das Ganze hier in einem

anderen Licht erscheinen.« Sie ging hinaus und sah sich auf der Terrasse um.

Felix kam ebenfalls nach draußen und schaute auf seine tote Hündin. Er schloss die Augen.

Emma legte ihre Hand auf seinen Arm. »Wer hat das getan?« »Ich weiß es doch nicht«, entgegnete Felix mit brüchiger Stimme.

»Ihr hättet mich anrufen müssen, Felix, wegen Niels.« »Mehr suchen, als wir es getan haben, könnt ihr doch auch nicht.«

»Du hast keine Idee? Denk noch mal genau nach. Kann das alles hier mit Niels zusammenhängen? Oder mit dem Mord an Edgar? Das muss ich doch jetzt annehmen. Ist irgendetwas vorgefallen? Während der Jagd vielleicht, oder vorher schon?«

Felix wischte sich wütend eine Träne aus dem Gesicht. Er ging umher und blieb vor der Bank stehen, auf der Adri gestern noch gesessen hatte. Seine ausgetretene Zigarette und die Weinflasche auf dem Boden. Er dachte an Adris Auftreten während der Party, an Niels' fast aggressives Verhalten Adri gegenüber. »Adri Holland ist ja wieder da.«

»Ja, ich weiß.« Emma sah ihn fragend an. Sie wartete auf mehr.

»Es gab … Spannungen zwischen Niels und Adri.«

»Welcher Art?«

Felix schüttelte den Kopf und hielt dann stöhnend die Hand an den Verband.

»Komm«, Emma nahm seinen Arm und führte ihn zu der Steinbank, »nicht dass du mir wieder umfällst.«

Felix gehorchte. »Ich weiß nicht, worum es ging, aber Adri ist ziemlich provozierend aufgetreten gestern Abend. Wir hatten hier eine kleine Party, wie immer vor der Jagd, und da tauchte er plötzlich auf.«

»Adri war also nicht eingeladen?«

»Nein, wir haben uns eigentlich noch gar nicht richtig gesehen«, erwiderte Felix.

»Eigentlich?«

»Nur von Weitem, aber wir hatten uns noch nicht ... begrüßt.«

»Hm«, Emma dachte einen Moment nach, »also war Adri bei der Jagd nicht dabei?«

»Nein.«

Emma warf wieder einen Blick auf das Tier, als aus dem Wohnzimmer ein lautes Grunzen kam. Sie schaute durch die Tür und sah Paul, der mit dem Kopf an die Wand gelehnt und mit offenem Mund auf seinem Stuhl saß und schlief.

»Paul?«

Augenblicklich richtete er sich auf und sah sie mit aufgerissenen Augen an. »Emma, alles klar?«

Von Felix kam ein helles kurzes Lachen, während sie ins Wohnzimmer zurückgingen. »Ich kann Ihnen gern das Sofa anbieten.«

»'tschuldigung, aber diese verdammten Schmerztropfen.« Paul fuhr sich durch die Haare und stand auf. Er würde wieder einschlafen, wenn er sitzen bliebe. »Und? Wer hat den Stein geworfen? Haben Sie eine Vermutung?«

»Nein.«

»Gibt es Leute hier im Dorf, die nicht gut auf Sie zu sprechen sind?«

Felix räusperte sich. »Einige sind da bestimmt, klar.«

»Wer zum Beispiel?«

Von Thomsen lächelte. »In so einem kleinen Dorf voller ... Bauern hat man nicht so viele Freunde. Die Liebes zum Beispiel, die können mich nicht ausstehen. Dann noch ein paar Nachbarn, die prinzipiell was gegen Jäger haben. Ich hatte schon ›Mörder‹ an der Haustür stehen.«

Paul fiel plötzlich etwas ein. »Herr von Thomsen, war Ihnen eigentlich bekannt, dass sich Wölfe in Ihrem Revier aufhalten?«

Felix stieß ein verächtliches Zischen aus. »Sicher.«

»Aber Sie haben es nicht gemeldet.«

»Natürlich nicht. Warum sollen wir das an die große Glocke hängen? Gibt nur Ärger, sonst nichts.«

Paul musste an das Gespräch mit Heimdahl denken, der fast dasselbe gesagt hatte. Dann holte er tief Luft. »Nun gut, Sie können sich ja denken, dass wir einen Zusammenhang zwischen dem Mord an Edgar Allweis und dem Vorfall hier annehmen müssen. Innerhalb kurzer Zeit wird jemand in Ihrem Wald getötet, der einmal für Sie gearbeitet hat, dann verschwindet Ihr Jagdaufseher, der auch Ihr bester Freund ist. Ihr Hund wird getötet und ein Anschlag auf Sie verübt, der auch anders hätte ausgehen können.«

Felix richtete seinen grünen Blick, der durch den weißen Kopfverband noch durchdringender schien, auf Paul, und der fragte sich, was hinter diesen Augen wohl vorgehen mochte. Paul hatte im Laufe seines Polizistenlebens vielen Kriminellen gegenübergesessen, deren kalte Augen keinen Zweifel daran ließen, dass ein Arrest bei denen so viel bringen würde wie die Behandlung eines Krebsgeschwüres mit Kamillentee. Hier saß ein leidenschaftlicher Mensch vor ihm. Er hat's in seinen Augen, dachte er. Da steht alles drin, genauso wie bei Adri Holland übrigens.

»Meinen Sie, das weiß ich nicht?« Felix klang erschöpft. »Was ist jetzt mit Hope? Ich will natürlich Anzeige erstatten.«

»Wir gehen dem ohnehin nach.« Emma zog das Handy aus ihrer Tasche. »Hältst du solange noch durch?«

»Nein«, kam es gleichzeitig aus Felix' und Pauls Mund.

***

Jussi ging am Wohnzimmer vorbei und hörte Freddys leises Schnarchen. Draußen schaute er in den Himmel, der war sternenklar, wie immer hier draußen. Kurz darauf saß er in seinem Bulli und fuhr an den Strand, zu seinem Lieblingsplatz am Eitz unterhalb der Klippen. Dorthin, wo Edgar sein Boot liegen hatte. Dorthin, wo sie Edgar gefunden hatten. Als er unterhalb des Weges, der in den Wald führte, auf der roten Leitplanke saß und auf das silbrige Meer schaute, zog er sein Handy aus der Tasche. Es blinkte, er hatte mehrere Nachrichten erhalten, sie waren alle von Lou:

»Sie suchen meinen Vater. Bist du wenigstens noch hier?« Jussi spürte plötzlich, wie sich seine Kehle zuzog, es fühlte sich so an, als läge die Schlinge wieder um seinen Hals. Die letzte Nachricht war vor zehn Minuten gekommen: »Meine Mutter flippt total aus. Gehe jetzt an den Strand.« Jussi antwortete: »Bin am Strand, Parkplatz Eitz.« Es dauerte nur Sekunden, bis die Antwort kam: »☺ ☺«.

Als er endlich eine Gestalt aus der Dunkelheit auftauchen sah, machte sein Herz einen Sprung, und er wusste plötzlich nicht, ob er das alles gut finden sollte oder nicht.

»Hey!«, rief er ihr zu.

Lou blieb vor ihm stehen. »Auch hey. Was machst du hier?«

»Nix. Ein Bier trinken, Musik hören, aufs Meer gucken. Was soll man hier sonst machen?« Jussi war wieder einen Schritt zurückgetreten. »Und – was ist jetzt mit deinem Vater?«

Lou wirkte erstaunlich ruhig. Jussi hatte damit gerechnet, dass sie sich aufregen, weinen würde, aber sie tat nichts dergleichen. Und sie sah wieder so süß aus. Ihre Haare, die die Farbe von Honig hatten, lagen locker zusammengeschlagen an ihrem Kopf.

»Es ist alles so komisch«, sagte sie. »So was hat Niels noch nie gemacht. Wir wussten immer, wo er war. Immer hat er Bescheid gesagt. Und jetzt ist er weg, seit zehn Stunden.«

»Er ist durchgebrannt.«

»Haha, Niels und durchgebrannt. Das ist genauso wahrscheinlich, als würde er im Januar in der Ostsee schwimmen gehen.« Sie sah Jussi traurig und hilflos an. »Meine Mutter nervt nur noch, sie reitet die ganze Zeit durch die Gegend und sucht ihn. Und das, obwohl sie sich eigentlich nur noch gestritten haben.«

»Weswegen?«

»Keine Ahnung, sie haben aufgehört, wenn ich gekommen

bin.« Sie lachte höhnisch auf. »Als würde ich das nicht mitkriegen. Auf jeden Fall war die Stimmung total mies, richtig
aggressiv.«

»Ja, das ist scheiße.«

»Ich halte das einfach nicht mehr aus, ich bleibe heute Nacht
im Stall und verrammle die Tür.«

Jussi trat wieder einen Schritt auf sie zu. Er wusste, dass er
das nicht tun sollte, aber er konnte einfach nicht anders. »Oder
du bleibst ein bisschen hier.«

»Okay«, sagte sie und lächelte ihn an.

»Wann ging das bei deinem Vater eigentlich los? Mit der Trinkerei, meine ich.«

Sie saßen im Bus und hatten sich ein Bier geöffnet.

Jussi spielte mit seinem Autoschlüssel, eine Windböe rüt-
telte am Wagen. »Keine Ahnung. Seit Thomsen ihn rausgeschmissen hat, glaube ich. Ich habe ihm heute einen Job besorgt. Ein bisschen renovieren helfen, bei einem Bekannten
in Dannau. Bin mal gespannt, ob er das durchhält.«

»Das ist doch schon mal gut. Aber … hast du mal mit Felix
geredet? Über den Rausschmiss, meine ich. Vielleicht kann
man da noch was –«

»Dein Ernst?« Er lachte höhnisch, und Lou spürte die Kälte,
die plötzlich von ihm ausging.

Sie musste schlucken und schaute aus dem Fenster. Vielleicht sollte ich doch einfach gehen, dachte sie, doch da spürte
sie Jussis Hand auf ihrer Schulter.

»Sorry, ich bin nicht besonders nett zu dir«, sagte er und
biss sich auf die Unterlippe. »Ja, scheiße, ich bin ein Idiot.«
Seine Augen wanderten über ihr Gesicht, dann strich er mit
der Rückseite seines Zeigefingers darüber. »Warum bist du
hier? Ausgerechnet jetzt?«, fragte er sie.

»Wie meinst du das?«

»Jemand wird umgebracht, dein Vater verschwindet, und
wir, wir sitzen hier am Strand, im Bus, warum? Ich glaube
nicht an Zufälle.«

»Ich auch nicht. Es wird noch etwas passieren. Morgen, in drei Tagen, in zwei Stunden.«

»Was wird passieren?«

»Ich weiß, dass er wiederkommt. Er ist nicht weggelaufen, wie manche sagen, das würde er niemals tun. Der nicht.«

»Was hast du für ein Verhältnis zu deinen Eltern?«

Lou sah an Jussi vorbei und dachte lange nach. »Verhältnis – das ist doch auch so etwas wie ›Ähnlichkeit‹ oder ›Übereinstimmung‹. Und ehrlich gesagt spüre ich davon nichts, im Moment jedenfalls. Außerdem herrscht bei meinen Eltern schon länger Eiszeit. Nach außen machen sie einen auf glückliche Familie und so, alles Fassade. Außerdem bin ich nicht so, wie sie es gerne hätten.«

»Gott sei Dank. Wenn du so wärst wie dein Vater, würden wir beide hier nicht sitzen.«

Lange saßen sie auf der Rückbank und schauten aufs Meer. Jussi hatte sich ans Fenster gelehnt, die Beine angezogen, Lou vor sich mit ihrem Rücken an ihn geschmiegt, ihre Arme auf seinen Knien.

»Lou?«

Jussis Stimme klang auf einmal ganz anders, seltsam zaghaft, als hätte er die ganze Zeit mit sich gerungen.

»Ja?«

»Lou, ich ... Ich halte es nicht mehr aus, ich ...«

Obwohl Jussi noch gar nicht zu Ende gesprochen hatte, begann ihr Herz zu klopfen, dass sie glaubte zu ersticken.

»Kommst du mit nach Kiel?« Er sprach ganz leise. »Wenn du sowieso nicht weißt, wo du hinsollst? Nur die eine Nacht. In meiner Wohnung gibt es keine frei laufenden Mörder.«

In Lous Kopf flog alles durcheinander. Niels' Gesicht tauchte auf, die Stimme ihrer Mutter, Adris höhnisches Lachen während Felix' Party, die Schüsse der Jäger, die den ganzen Tag in Havgart zu hören gewesen waren, Carlottas Wiehern. *Carlottas Fohlen! Was, wenn das Fohlen kommt?* Einen Moment lang wusste sie gar nicht mehr, was sie tun wollte. Aber Linda war ja da, fiel ihr dann ein, ihre Mutter würde sich darum kümmern. Dafür hatten sie ja schließlich den Geburtsmelder. Und die Schule? Die Wärme und Geborgenheit von Jussi hinter ihr machten ihr die Entscheidung leichter. Ihr war jetzt alles egal. »Okay, ich komme mit.«

✳✳✳

Wenn er plötzlich die Stimmlage ändert, ganz leise spricht, wenn seine Stimme einen sanften Ton annimmt, dann weiß ich, dass es passieren wird. Er redet dann wie ein gütiger Pfarrer, der doch nichts anderes will als seine Schäfchen beschützen. Mama wird dann immer ganz ruhig, wendet alles Äußere nach innen, kapselt sich ein. Manchmal denke ich, sie hat vor langer Zeit in Drachenblut gebadet, deshalb ist sie unverwundbar. Dabei will sie nichts als lebend aus der Küche kommen. Aus dem Schlafzimmer, Wohnzimmer, wo auch immer der Sturm toben wird.

Ich muss wieder an Lucky denken. Als er ihn totschlug, hat er gar nicht gesprochen. Mama lag in der Küche inmitten von zerschlagenem Geschirr und rührte sich nicht. Aber ich wusste, dass sie nicht tot war, sie war nur glücklich, dass sie sich endlich ausruhen konnte.

Montag

Als Lou aufwachte, war es bereits hell. Jussi lag hinter ihr und schlief fest. Er hatte beide Arme um sie gelegt, ein Bein über ihrer Hüfte, ganz so, als hätte er Angst, sie im Schlaf zu verlieren. Sie drehte sich vorsichtig um und betrachtete ihn. Seinen weichen vollen Mund mit den leicht nach oben gezogenen Mundwinkeln, neben denen sich mehrere hintereinanderliegende Kerben bildeten, wenn er lachte. Oh, wie sie es liebte, wenn er lachte. Aber er war immer so ernst und traurig. Sie strich über seine Wange, was ihn sofort weckte.
»Hallo«, flüsterte Lou.
»Hallo.« Jussis Stirn legte sich in Falten. »Hallo, meine große Liebe.«
Er küsste sie auf den Mund, und Lou bemerkte, dass eine Träne über sein Gesicht lief. Vorsichtig löste sie sich von ihm und sah ihn irritiert an. Er lag auf der Seite und begann so sehr zu weinen, dass Lou Angst bekam. Sie richtete sich auf.
»Hey – was ist denn?« Sie strich über seine Wange, kniete sich neben ihn, legte seinen Kopf in ihren Schoß und streichelte ihn, so wie eine Mutter ihr weinendes Kind beruhigen würde.
»Ich habe einen Fehler gemacht«, sagte er, als er wieder reden konnte.
»Was denn für einen Fehler? Meinst du ... uns?«
In diesem Moment schrillte lautes Klingeln durch die Wohnung, und jemand pochte an die Tür. Kurz zuvor hatte Lou Autotüren gehört, die zugeschlagen worden waren, aber sie hatte sich natürlich nichts dabei gedacht.
»Herr Petersen, öffnen Sie die Tür! Hier ist die Polizei!«
Jussi ließ sich auf den Rücken fallen und wischte die Tränen aus seinem verheulten Gesicht. Einen Moment blieb er so liegen, dann setzte er sich auf.
Lou stand ebenfalls auf. »Was ist denn los?« Vollkommen irritiert griff sie nach ihrem Shirt. »Was wollen die von dir?«

Es hämmerte erneut an die Tür. »Machen Sie sofort auf! Wir wissen, dass Sie da sind!«

Jussi hatte bereits seine Jeans übergestreift und ging noch einmal zu Lou. Dann machte er das, was sie so sehr an ihm liebte. Er nahm ihren Kopf vorsichtig in seine Hände und küsste sie auf den Mund. »Die Nacht mit dir – das habe ich ernst gemeint, Lou, wirklich! Egal was jetzt passieren wird und was die sagen werden, das *musst* du mir glauben! Versprichst du mir das?«

Sie hörten, dass sie sich an dem Türschloss zu schaffen machten.

»Versprich es!«, wiederholte Jussi. »Bitte!«

Lou nickte zögerlich, und Jussi richtete sich auf. Kurz darauf kamen mehrere Leute durch den Flur gelaufen. Als Lou aufschaute, sah sie Emma in Begleitung anderer Leute im Zimmer stehen.

»Emma …«, flüsterte sie verwirrt, der Panik nahe.

Emma Flint schaute die beiden ohne jede Gefühlsregung an, während Jussi den Knopf seiner Jeans schloss. »Jan Justus Petersen, ich nehme dich vorläufig fest. Du stehst unter dem dringenden Tatverdacht, für die Entführung von Niels Raven verantwortlich zu sein, sowie einen Anschlag auf Felix von Thomsen verübt zu haben.«

Lou schlug sich die Hand vor den Mund und starrte auf Jussi, der ihren Blick jetzt nicht mehr erwiderte. Er zog sein T-Shirt über und wandte sich Emma zu, die ihn kühl anschaute. »Pack dir ein paar Sachen ein. Wir warten solange. Und beeil dich.«

Lou hatte sich aufs Bett gesetzt, und alles erschien ihr wie ein Alptraum. Sie sah, wie Jussi, wieder ganz gefasst, einige Sachen aus seinem Schrank zog und in eine Sporttasche stopfte. Es war ihm nicht mehr anzumerken, dass er eben noch so geweint hatte. Er wirkte jetzt vollkommen anders, hatte einen gleichgültigen und kühlen Gesichtsausdruck. Als hätte er gewusst, dass das hier passieren würde. Hatte er mit ihr nur die Zeit des Wartens auf diesen Moment überbrücken wollen? Konnte das sein?

Emma hatte sich neben sie gesetzt, ihren Arm über ihre Schulter gelegt. »Es tut mir so leid.«

Lou wandte den Kopf und sah ihr in die Augen. »Das ist doch alles nicht wahr. Was soll er denn getan haben?«

Emma schaute kurz auf und sah, dass Jussi seine Tasche übergeworfen hatte und wartend mit der Schulter an der Tür lehnte. Sie nickte den Beamten zu, und Lou kniff die Augen zusammen, als sie sah, wie Jussi abgeführt wurde. Emma wandte sich wieder an Lou. »Hast du Jussi mal nach David gefragt?«

Lou sah sie distanziert und fragend an. Dann nickte sie kaum merklich.

»Ist dir nicht aufgefallen, wie er reagiert hat?«

Lou starrte ins Leere, dann sah sie auf. »Irgendwie … komisch … aber was hat das hiermit zu tun?«

»David hat sich das Leben genommen. Kurz zuvor hatten dein Vater und Felix ihn beim Wildern erwischt, und sie haben ihn –«

»Was!« Lou sah Emma an, in ihrem Blick eine Mischung aus Wut und Angst. »Was redest du denn da für einen Mist?«

»Kein Mist, Lou. Sie haben ihn durch den Wald gehetzt, wie Wild. Stundenlang.«

»Wann soll das denn gewesen sein?«

»Im Dezember, zwei Tage vor Heiligabend.«

Lou schlug die Hände vor ihr Gesicht. »So was würde Niels niemals tun, hör auf damit!« Sie sprang auf und wollte aus dem Zimmer laufen, doch Emma war schneller und erwischte ihren Arm.

»Guck mich an, das ist kein Scheiß, wirklich. Ich habe die ganze Nacht gearbeitet, und dann habe ich Freddy Petersen aus dem Bett geholt, nachdem ich das mit David herausgefunden hatte. Er hat mir das alles erzählt.«

»Ach, Freddy!«, rief Lou. »Der ist doch nur sauer, dass Felix ihn rausgeschmissen hat, und zwar auf Anraten meines Vaters.« Voller Wut starrte sie Emma an. »Und du – du brauchst doch nur einen Sündenbock, weil du nicht weiterkommst. Hat Jussi dann auch noch Edgar umgebracht?«

»Das habe ich nicht gesagt.«

Zornig wischte sich Lou mit dem Ärmel die Tränen aus dem Gesicht.

Emma packte sie erneut am Arm und zog sie zu sich heran. »David litt unter schweren Depressionen. Am darauffolgenden Tag hat er sich auf dem Dachboden seines Vaters erhängt, und es war Jussi, der ihn gefunden hat.« Emma musste schlucken. »David hat noch gelebt, aber dann ist er in Jussis Armen gestorben.«

Lou hatte mit rot unterlaufenen Augen zugehört und unentwegt den Kopf geschüttelt. »Sei still!« Sie sprang auf und verließ das Zimmer. Im Flur blieb sie stehen und presste beide Unterarme auf ihre Ohren wie ein kleines Kind, das nicht auf seine Eltern hören will. In ihrem Kopf rauschte es wie die See bei einem Sturm.

»Komm, beruhige dich.« Emma schloss die Wohnungstür und legte den Arm auf Lous Schulter. »Lass uns fahren.«

»Er hat mich benutzt.«

Emma warf einen schnellen Blick auf Lou, entgegnete aber nichts. Sie waren jetzt am Selenter See, dessen graue Scheibe durch die Bäume schimmerte. Emma fuhr wie immer viel zu schnell.

Lou schaute nach links auf das Wasser und dachte daran, wie gut sie sich gefühlt hatte, als sie gestern Abend hier in entgegengesetzter Richtung entlanggefahren waren. An das Kribbeln in ihrem Bauch. Sie spürte Jussis Nähe in den Tiefen jeder einzelnen Körperzelle, dass es schmerzte. Sie hatte seinen Geruch überall, seinen Schweiß, seine Tränen, seine Stimme klang in ihrem Kopf. Sie wusste, dass sie nie wieder so nah bei einem Menschen sein würde. Es war das vollkommene Glück gewesen.

Als sie in seiner Wohnung angekommen waren, hatte er gesagt, dass er nur mit ihr einschlafen wolle, sie die ganze Nacht über nicht loslassen, mehr nicht. Und dass sie keine Angst haben müsse. Sie dachte an seine letzten Worte, bevor er abgeführt worden war. *Versprich es!* Seine Stimme war ganz deutlich in ihrem Kopf. *Versprich es! Bitte!* Und sie hatte es versprochen.

Sie fühlte wieder Tränen aufsteigen, dann fielen ihr plötzlich wieder Emmas Worte ein, während sie diese schreckliche Anschuldigung heruntergeleiert hatte. »Was hast du da von einem Anschlag geredet?«

Emma holte tief Luft. »Jussi hat vermutlich Hope getötet.«

»Was?« Lou konnte nur noch flüstern, dann wurde ihr schlecht. Sie lehnte den Kopf an die Kopfstütze und schaute in den farblosen Himmel. »Was passiert jetzt mit ihm?«

»Er kommt in Gewahrsam und wird heute noch einem Haftrichter vorgeführt. Und wenn der einen Haftbefehl erlässt, kommt er in Untersuchungshaft.«

»Hat er irgendwas mit dem Mord an Edgar zu tun?« Lou sah zu Emma hinüber, weil die mit der Antwort zögerte.

»Ich weiß es nicht.«

Lou schloss für einen Moment die Augen, als bete sie. »Emma – was hat er mit meinem Vater gemacht? Warum findet ihr ihn nicht?«

»Wir werden herauskriegen, was passiert ist, das verspreche ich dir.«

Als sie auf den Hof fuhren, sahen sie Linda, die aus dem Stall gelaufen kam. »Lou, ich habe mir solche Sorgen gemacht, warum hast du denn nicht Bescheid gesagt?«

Sie wollte ihre Tochter umarmen, doch Lou wich zurück. Sie konnte die Nähe eines anderen Menschen nicht ertragen, nicht nach dieser Nacht mit Jussi. Erst recht nicht die ihrer Mutter.

»Und was hätte ich sagen sollen? ›Mach dir einen schönen Abend, ich schwänze die Schule und übernachte bei Jussi in Kiel‹? Hättest du richtig klasse gefunden, oder?« Lou wandte sich ab, lief in den Stall und knallte die Tür hinter sich zu.

Emma stand am Wagen und versuchte ein Lächeln. »Sie wird sich schon wieder fangen. Sie ist verliebt.«

»Ja, ich muss es wohl akzeptieren.« Linda seufzte. »Warst du auch so, mit sechzehn?«

»Schlimmer. Ich war ein Monster, glaube ich heute, rück-
wirkend betrachtet.«

Beide Frauen lächelten sich an, dann wurde Linda wieder
ernst. »Was ist dran an diesen Anschuldigungen?«

Emma fiel auf, wie übernächtigt Linda aussah. Ihre Augen
waren vor Müdigkeit gerötet, und Emma dachte, dass man
ihr die dreiundvierzig Jahre jetzt mehr ansah als vorher. »Das
werden wir sehen, hoffentlich macht Jussi den Mund auf und
redet.« Dass er erst mal total dichtgemacht hatte und sich so
benahm, als hätte er nichts mehr zu verlieren, sagte Emma
nicht.

»Mir tut das so leid für Lou. Wenn er wirklich Niels etwas
angetan hat, ist Lou gleich zweimal betroffen.« Linda schaute
Emma sorgenvoll an und strich eine Haarsträhne, die sich aus
dem Zopf gelöst hatte, hinter das Ohr.

Emma nickte. »Vielleicht hat Jussi Petersen aber auch gar
nichts mit Niels' Verschwinden zu tun, Linda. Warten wir's
ab.«

»Wer dann?«

»Das weiß ich nicht.« Emma ging auf ihren Wagen zu.
»*Noch* nicht, ich habe eine Suche veranlasst. Kümmere du
dich um deine Tochter.«

Linda nickte und verabschiedete sich. Dann schaute sie auf
die Tür zum Pferdestall und entschied, dass es besser war, Lou
vorerst in Ruhe zu lassen. Bessere Seelentröster als Pferde gab
es nicht.

※※※

»Wenn ihr nicht brav seid …« Paul warf das Geschirrhandtuch
über die Schulter und drehte den Wasserhahn ab.

»… kommt der Walder!«, ergänzte Johann mit erhobenem
Zeigefinger.

Emma warf beiden einen fragenden Blick zu.

»Ein Fall von Wilderei in Innervillgraten«, erklärte Paul.
»Hat '82 für Schlagzeilen gesorgt, weil der ganze Prozess

eine Farce war. Wir waren zu dieser Zeit gerade dort auf Verwandtenbesuch und haben die ganze Geschichte hautnah mitbekommen.«Paul stellte drei Kaffeetassen auf ein Tablett und reichte es Emma.»Lass die Staffel schon mal nach Raven suchen, du trinkst erst mal einen starken Kaffee.«

»Den kann ich jetzt gut gebrauchen.« Emma ging mit dem Tablett zum Tisch.»Mich interessiert dieser Fall aus – wie hieß der Ort noch mal?«

»Innervillgraten«, sagte Johann und nahm seine Tasse mit einem Kopfnicken entgegen.»Osttirol. Die Familie meiner Frau lebt dort.« Er schaufelte sich drei Löffel Zucker hinein und rührte langsam um.»Mit dieser Drohung, dass der Walder kommt, haben Eltern ihren Kindern gedroht, wenn sie ungezogen waren. Die Walders waren ein ziemlich heißblütiger Haufen, der das Wildern nicht lassen konnte.« Er zeigte auf seine mageren Oberarme.»Muskelbepackte brave Holzfällerbrüder, die einen Gendarmen am Garderobenhaken aufhängten oder ihr Auto einfach in eine enge Parklücke hoben. Einer von ihnen, der Pius, wurde schließlich erwischt und hinterrücks erschossen.«

Johann schlürfte lautstark an seinem Kaffee.»Es war Mord, daran bestand kein Zweifel. Der Schütze, der Jäger Johann Schett, bekam drei Jahre wegen Körperverletzung mit tödlichem Ausgang. Und die Walder-Brüder kämpfen bis heute um Gerechtigkeit, allerdings ohne Erfolg.«

»Dann sind die Petersens also die Walders des Nordens«, sagte Emma.»Die werden diesen Ruf einfach nicht los. Ich habe mit Niels über das illegale Abschießen von Wild in seinem Revier gesprochen, und das geistert mir die ganze Zeit im Kopf herum. Er meinte, dass die Petersens Wilderer vom alten Schlag wären, mit einem guten Jagdinstinkt. Es hörte sich beinahe so an, als hätte er einen gewissen Respekt vor ihnen, weil sie nicht diesen ganzen technischen Schnickschnack zum Jagen benutzen.« Sie winkte ab.»Wie dem auch sei, Freddy Petersen hat einen seiner Söhne verloren und ganz offensichtlich jeglichen Halt im Leben.«

»Soweit ich weiß, hatte er vorher auf dem Gut gearbeitet«, sagte Paul. »Mich wundert, dass von Thomsen ihn überhaupt angestellt hat, bei dem Ruf, den die Petersens haben.«

»Er wollte Freddy eine Chance geben, was ich echt anständig fand.«

»Aber Freddy hat's versaut, und Thomsen hat ihn entlassen.«

»Ja, und von da an ging's bergab«, fuhr Emma fort. »Freddy fängt zu trinken an, Davids Depressionen verschlimmern sich, es kommt kein Geld mehr rein, also geht man in den Wald und schießt den Bock.«

»Warum eigentlich hat Jussi von Thomsens Hund getötet?«, wollte Paul wissen.

»Felix und Niels hatten einen von Freddys Hunden abgeschossen, weil der immer wieder gewildert hatte. Jussi hat Lou erzählt, dass sie einen Hund einschläfern lassen mussten, aber das stimmt nicht.«

»Und niemand wusste von David Petersens Selbstmord? Wieso hat er den Vorfall nicht angezeigt?«

»Freddys Haus steht abseits, und er hat zu niemandem mehr Kontakt. Wenn er im Hirschfänger sitzt, redet er nicht. Und David hat sich selbst umgebracht, wen hätte er anzeigen sollen? Du glaubst doch nicht im Ernst, Felix oder Niels würden zugeben, sie hätten David in den Tod getrieben.«

»Wo liegt David begraben?«

»In Kiel, da lebt Freddys Schwester. Dort liegen alle Verwandten auf dem Friedhof. Wenn Freddy oder Jussi nichts gesagt haben, kann es durchaus sein, dass niemand etwas mitbekommen hat.« Emma machte eine lange Pause. »Jussi hat mit David einen Teil von sich verloren. Die beiden waren eigentlich einer. Sie waren Spiegelzwillinge. Jussi war Rechtshänder, David Linkshänder, sein Herz saß in der rechten Körperhälfte. Alles spiegelverkehrt. Trotzdem waren sie anfangs nicht zu unterscheiden. Unsere Mütter waren befreundet, und einmal, die Zwillinge waren wenige Tage alt, da rief ihre Mutter bei uns an. Sie war total aufgelöst, weinte und ließ sich nicht beruhigen, weil sie nicht mehr wusste, wer Jussi und wer David war.

Sie konnte sie einfach nicht unterscheiden. Erst später zeigten sich die Unterschiede. Wenn sie sich gegenüberstanden, war es so, als sähen sie sich im Spiegel.«

»Was ist mit der Mutter?«, wollte Paul wissen.

»Sie ist bei einem Autounfall ums Leben gekommen, an dem unbeschrankten Bahnübergang zwischen Oldenburg und Göhl.«

»Leidet Jussi auch an Depressionen?«

»Im Moment macht er sehr den Eindruck, finde ich, aber Freddy hat mir was Interessantes erzählt. Als sich Davids Depressionen verschlimmerten, hat sich bei Jussi eine Essstörung ausgebildet, so etwas kann bei stark symbiotischen Zwillingen vorkommen.«

»Und bei Extremsportlern«, warf Johann ein.

»Das würde auf Jussi zutreffen. Sie waren beide in Behandlung. Jussi war stark abgemagert und schwach, aber es ging wieder aufwärts mit ihm. Und David hätte es auch geschafft, wenn nicht die Geschichte im Wald passiert wäre.«

»Aber wir haben immer noch keine Verbindung zu dem Fall Edgar Allweis«, sagte Paul.

»Edgar passt da nicht rein«, erwiderte Emma. »Ich finde keine Verbindung zu den Petersens. Bis auf Niels und Felix, die von Edgar total genervt waren, hat niemand hier ein brauchbares Motiv.«

»Was ist mit den Alibis von Raven und Thomsen?«, wollte Paul wissen. »Wenn sie schon Jagd auf einen jungen Mann machen, warum dann nicht auch auf Edgar Allweis?«

»Sie haben David nicht getötet, sie wollten ihm eine Lektion verpassen.« Emma seufzte. »Was natürlich schlimm genug ist. Felix war von Mittwoch bis Donnerstag früh auf einer Messe in Kopenhagen, was wir noch überprüfen müssen. Und Niels war zu Hause, sagt seine Frau.«

Emma sackte plötzlich in sich zusammen und bekam einen traurigen Gesichtsausdruck. »Wisst ihr, was ich am allerschlimmsten finde?«

Die beiden schüttelten die Köpfe.

»Als Jussi seinen Bruder auf dem Dachboden fand, war er zu schwach gewesen, um ihn zu halten und nach seinem Vater zu rufen. Wäre er gesund und kräftiger gewesen, hätte er ihn vielleicht retten können.«

»Himmel, ist das eine gottverfluchte Scheiße!«, rief Paul und stand auf, sodass sein Stuhl geräuschvoll nach hinten rutschte. Er stützte sich auf dem Tisch ab und sah Emma scharf in die Augen. »Unserem Baron da drüben, auch wenn er selbst was abgekriegt hat, dem wirst du doch sicher noch mal einheizen, hm? Ohne deinen schnarchenden Kollegen im Hintergrund wirst du eine unbedingte Respektsperson abgeben, was, Emma?«

Johann lächelte zufrieden, so gefiel ihm sein Sohn.

»Tu ich, keine Sorge.« Emma stand ebenfalls auf. »Danke für den Kaffee. Ihr solltet eine Polizeikantine aufmachen.«

Paul lächelte gequält. Das wäre mir auch lieber gewesen, dachte er. Wenn du wüsstest, dass du stattdessen in einem Detektivbüro stehst.

Als Emma das Haus verlassen hatte, stand Johann Lupin an der offenen Terrassentür und schaute ihr nach. »Sie wird zu emotional. Das ist nicht gut.« Er warf einen Blick auf die Uhr, dann wieder auf seinen Sohn. »Und, Junge, auf zum Frühschoppen? Es gibt keine besseren Informationsquellen als Landgasthäuser.«

»Am Montag? Hat dieser verfluchte Laden eigentlich nie zu?« Paul zog die Stirn in Falten. Aber Johann hat recht, dachte er. Der Hirschfänger mochte wirklich der einzige Ort sein, an dem sich etwas Brauchbares erfahren ließ. Und viel tiefer sinken konnte er ohnehin nicht mehr. Das erleichterte ihm die Entscheidung.

»Geh schon vor, ich komme gleich nach.«

***

An einem Montagmittag war der Hirschfänger erwartungsgemäß leer. Vielleicht aber waren auch einige der Leute, die sonst schon früh hier herumhockten, an der Suche nach Niels Raven beteiligt. Johann saß am Tresen, hinter dem der Kellner stand. Paul hob den Kopf an, stelzte an den Tischen vorbei und schickte ein freundliches Kopfnicken voraus. Als er angekommen war, stand bereits sein Bier da.

»Danke«, sagte er und zog sich einen Hocker heran.

»Is 'n Ding, was?«, eröffnete Olaf sogleich das Gespräch, und seine Augen leuchteten vor freudiger Erwartung, hatte er doch jetzt die Gelegenheit, Informationen aus erster Hand zu bekommen. Dabei wollte Paul doch genau das von ihm.

»Ja, so kann man das auch sagen.« Paul sah sich um. »Wo sind denn die anderen, helfen sie bei der Suche?« Er hatte festgestellt, dass immer eine Stammbesetzung von Gästen anwesend war. Sie bestand aus einem Trupp Rentner und mehreren Langzeitarbeitslosen, die oft einfach nur schweigend beisammensaßen. Alles Männer.

Olaf sah ihn voller Erstaunen an. »Suche? Die doch nicht.«

»Nein?«

»Nein. Sind alle bei Hinrich, den neuen Trecker angucken.«

»Trecker«, wiederholte Paul tonlos.

»Ein Hanomag, R 324 S.« Olafs begeisterte Miene ging in eine verständnislose über. »Baujahr '59. Sollten Sie sich mal ansehen, ein Liebhaberstück.« Er polierte an seinem Glas weiter.

Die Leute interessieren sich für Trecker, nicht für den Jagdaufseher, so sieht's aus, dachte Paul. »Ja – gut, kümmert wohl niemanden so recht, das Verschwinden ihres unbescholtenen Nachbarn, was?«

»Unbescholten!« Olaf lachte auf. »Der steckt doch immer mit dem Thomsen zusammen, diesem Spinner da oben.«

Da oben, dachte Paul. Das Gut liegt auf gleicher Höhe wie der Hirschfänger. Er redet natürlich von »denen da oben« im Gegensatz zu »uns einfachen Leuten«. »Baron Felix von Thomsen meinen Sie.«

»Baron! Wenn Sie wüssten, was die früher alles getrieben haben. Sind halb nackt und bis oben voll mit Drogen im Gestrüpp rumgesprungen, mit Pfeil und Bogen. Am schlimmsten muss der jüngere Thomsen gewesen sein.« Olaf beugte sich nach vorn und stützte sich mit beiden Händen auf dem Tresen ab. »Und jetzt kommt raus, was die mit Freddys Jungen gemacht haben. Also unbescholten würde ich den nicht nennen. Würde mich nicht wundern, wenn die sich den Aufseher geschnappt haben, und, ehrlich – ich kann's denen nicht verdenken.«

»Wem zum Beispiel?«

»Na, allen.«

»Wer sind denn ›alle‹?«

»Alle hier, die Freddy kennen. Da können sie jeden nehmen.«

»Edgar Allweis auch?«

Der Kellner lachte spitz. »Den hatte Raven so auf dem Kieker, ich glaube, der hat zum Schluss jeden einzelnen Schritt von Eddi überwacht.«

»Wegen der Wilderei?«

»Weswegen sonst? Obwohl Eddi nur Kleinkram aus dem Wald geholt hat. Außerdem hätte der sich mit seiner Schrottbüchse mehr gefährdet als das Wild.«

»Und deswegen hat Raven ihn beobachtet?«

»Nehm ich an. Hat ihn jedenfalls nicht aus den Augen gelassen. Und Eddi hat gesagt, letzte Woche noch, dass er große Pläne mit Raven hätte.«

»Wissen Sie, was für welche?«

»Nee.«

»Was hat Edgar mit den Tieren gemacht?«

»Verkauft. Oder zu Hauke gebracht, zum Ausstopfen.« Er deutete mit dem Kopf auf die Wand gegenüber. »Ist doch alles voll mit dem Zeugs hier. Staubfänger. Aber trotzdem, auch wenn ich persönlich nicht auf ausgestopfte Viecher stehe, er ist ein Meister seines Fachs. Hat früher Messen besucht, weltweit, seine Tiere sind richtig berühmt.«

»Waren Sie eigentlich mal in seinem Keller?«

Olaf riss die Augen auf. »Sind Sie verrückt? Da darf niemand von uns rein. Nur die Treppe runter bis zur Stahltür, dann muss man klopfen, und Hauke kommt raus. Selbst Henny geht nie da runter.«

»Warum?«, fragten Paul und Johann gleichzeitig.

»Weiß der Geier, was Hauke da unten alles so ausstopft. Aber was soll's«, er zuckte gleichgültig mit den Schultern, »ist nicht mein Bier.«

»Olaf hat mir aber noch etwas anderes, auch nicht Uninteressantes erzählt«, berichtete Johann seinem Sohn und warf dem Kellner einen bedeutungsvollen Blick zu. Paul dankte seinem Vater innerlich, dass er es verstand, den Redefluss des Kellners in Gang zu halten, und ihm obendrein das Gefühl gab, wichtig zu sein.

Olaf sah Johann fragend an. »Du meinst das mit Hannes?«

Johann nickte.

»Also, vor Jahren hat es hier in diesen edlen Räumen einen Zwischenfall gegeben«, erzählte der Kellner. »Da hat der Jagdaufseher die Gäste als Mörder bezeichnet.«

Paul hob die Augenbrauen.

»Es ging um Hannes Petersen, den Vater von Freddy. Ein schlimmer Zeitgenosse, oh, oh.«

»Wie meinen Sie das?«

»Hat seine Frau verdroschen, einmal hat er ihr zwei Zähne rausgehauen, schlimm, schlimm. Aber die ist ja dann irgendwann gestorben, und der Alte lebte allein in seinem Haus. Auf jeden Fall hat er sich eines Tages den Arm gebrochen und war doch tatsächlich zwei Wochen später tot.«

»Wieso das denn?«

»Na, verdurstet. Lag in seinem Bett wie ein vertrockneter Regenwurm. Hat sich auch keiner um ihn gekümmert. Außer der guten Henny, die hat ab und zu nach ihm geguckt. Heimlich, damit Hauke nichts mitkriegt.«

»Und Freddy Petersen? Hat der nicht nach seinem Vater geschaut?«, fragte Johann.

»Doch, klar. Aber hat 'ne Grippe gekriegt und ist ausgefallen. Und wie gesagt, dann ist Henny eingesprungen.«

»Und trotzdem ist er verdurstet?«, hakte Johann nach.

»Henny konnte auch nicht jeden Tag gehen. Hauke hat aufgepasst wie 'n Luchs, damit hier keine Lebensmittel wegkommen. Alle wissen doch, wie kniepig der ist. Aber eins können Sie mir glauben, traurig war hier niemand.«

Olaf riss die Augen auf. »Aber Raven, der ist ausgerastet. Hat sie verantwortlich gemacht, im Kollektiv sozusagen. ›Ihr habt ihn verdursten lassen‹, hat er gebrüllt und ist rausgerannt. Kam aber noch mal zurück, hat den halben Vorhang abgerissen. ›Euch sollte man allesamt verrecken lassen, wenn ihr mal auf Hilfe angewiesen seid! Ihr asoziales Gesocks!‹« Er lächelte. »Am nächsten Morgen waren alle vier Reifen zerstochen. Boah, war der sauer. Und rausgefunden, wer das war, hat er auch nie. Aber alle haben gegrinst, wenn sie ihn trafen. Am breitesten Freddy.«

»Ich hab gedacht, Niels Raven wär nicht gut auf die Petersens zu sprechen«, sagte Paul.

»Ist er auch nicht. Bis auf den alten Hannes, die verstanden sich ganz gut. Hannes hat sich nie was aus dem Wald geholt.«

»Wann ist das alles passiert?«

»Ist ewig her, zwanzig Jahre bestimmt. Raven hat seitdem keinen Fuß mehr hier reingesetzt.«

»Und Felix von Thomsen?«

»Darf schon lange nicht mehr hier rein, ist sich heute aber sowieso zu fein.« Olaf seufzte. »Von Thomsen. Mann, hatte der Feuer im Hintern. Hat was mit der kleinen Liebe gehabt, Eddi erzählte das mal. Und als Hauke das spitzgekriegt hat, hat er ihn eigenhändig rausgeprügelt, hier aus dem Hirschfänger. Durfte ihn nie wieder betreten. Hat er aber doch gemacht. Kam eines Tages und hatte einen Rehbock über den Schultern hängen. Den hat er auf den Stammtisch geknallt, in hohem Bogen, von da hinten. Mann, war das ein Durcheinander.«

»Der Bock war gewildert?«

»Und ob. Hatte keinen Kopf mehr.«

»Verstehe«, sagte Paul nachdenklich. »Wissen Sie, was ich mich schon die ganze Zeit frage?«

»Nee, was denn?«

»Warum lebt so ein interessanter Mann wie Felix von Thomsen eigentlich allein?«

»Weiß ich doch nicht.« Paul war schon vorher aufgefallen, dass Kellner Olaf etwas Zickiges hatte. Er erinnerte ihn an seine Nachbarin unter ihm. Dieselbe quakende Stimme, derselbe schnippische Tonfall, blond und dürr wie Olaf war sie auch. »Interessant finden Sie den?« Olaf lachte etwas zu laut. »Hatte aber tatsächlich mal 'ne Frau, 'n mageres Gestell, trotzdem hübsch. War aber die meiste Zeit nicht da. Hatte bestimmt keinen Bock mehr auf einen, der nachts halb nackt im Wald rumhüpft und das Mittagessen mit Pfeil und Bogen nach Hause bringt.«

Paul holte tief Luft und streckte seinen Rücken. Dank Olafs Ausführungen hatte er jetzt einen guten Überblick über die Gemengelage hier im Dorf, und die schien alles andere als harmonisch zu sein.

»Kennst du eigentlich Adri Holland?«, hörte Paul seinen Vater den Kellner fragen.

Hinter ihnen ging die Tür auf, die in die Wohnung der Liebes führte, und Hennys zierliche Gestalt erschien. Sie nickte den Männern freundlich zu, stellte ein Tablett auf den Tresen und verschwand wieder. Sie hatte nicht das leiseste Geräusch gemacht.

»Hab ihn vielleicht ein paarmal gesehen, ist wohl zu der Zeit gegangen, als ich hier angefangen hab.« Olaf deutete mit dem Kopf in Richtung der Tür zur Wohnung. »Hatte wohl einen guten Draht zur Tochter des Hauses.« Er grinste.

Paul horchte auf. »Was meinen Sie damit?«

»Na, was wohl?« Olaf beugte sich nach vorn, und die Lupins wussten, dass die nächste Auskunft wieder brisanter sein würde. »Hat sie malen wollen. Nackig, sagt man, da drüben in der Kommune, wo bestimmt jeder mit jedem ...« Er drehte die Finger seiner Hand wie einen Fächer in der Luft. »Sie wissen schon.«

Hinter ihnen wurden Stimmen laut, mehrere Männer kamen

durch den Vorhang und setzten sich an einen der Tische am Fenster. »Der ist abgehauen, ich sag's euch doch«, sagte einer.

»Ah!« Der Kellner griff nach seinem Block, steckte sich den Stift hinters Ohr. »Woll'n doch gleich mal hören.«

Paul hielt ihn noch einmal zurück. »Eine letzte Frage noch. Wo hat Hannes Petersen gewohnt?«

»Ein Stück weiter rauf, Nummer siebzehn.« Mit erwartungsfrohem Gesicht ging Olaf auf die eben eingetroffenen Gäste zu.

»Großer Gott«, seufzte Paul und strich sich mit beiden Händen die Haare zurück. »*Wo bestimmt jeder mit jedem*«, äffte er den Kellner nach.

»Immerhin hat er sich als informative Quelle erwiesen«, entgegnete Johann.

Paul stand auf, dann fiel ihm noch was ein. »Du solltest dich mit der Dame des Hauses gut stellen. Vielleicht erlaubt sie dir mal einen Blick in den Keller ihres Mannes. Wer weiß, was Edgar alles so angeschleppt hat.«

Johanns Augen blitzten auf. »Ist das jetzt ein Auftrag? Dann sollten wir erst eine Art Vorvertrag aufsetzen, ich habe da schon etwas vorbereitet, das ich dir –«

»Es ist lediglich ein Vorschlag, ein Tipp. Du kannst ja schauen, was du damit machst. Alles andere besprechen wir dann.«

»Versprochen?«

»Jaja.«

Draußen atmete Paul einmal tief durch und schaute sich um. Es war kein Mensch zu sehen. Dann ging er langsam die Dorfstraße hinauf Richtung nach Hause. Klack, klick, klack, die rechte Krücke machte ein hohleres Geräusch als die andere. Die niedrigen Backsteinhäuser schienen noch enger zusammengerückt zu sein, um so dieses Nichts an einem bedeutungslosen Montagmittag, in dem sie ausharren mussten, besser zu ertragen. Paul fühlte sich einsam, doch er tröstete sich mit dem Gedanken, dass er eigentlich gar nicht allein war. Dass hinter den Mauern Menschen an einem Tisch saßen, auf dem Sofa,

in der Badewanne lagen, in einem Bett – *wie ein vertrockneter Regenwurm.*
Vor der Nummer siebzehn blieb er kurz stehen. Die ebenerdigen Fenster waren mit Gardinen verhängt, hinter jeder der spiegelnden Scheiben lungerten speckige Topfpflanzen herum, Igel, Zwerge und Kätzchen aus bemaltem Steinzeug. An der braunen Haustür mit dunkel getöntem Butzenglas hing ein geflochtener Strohkranz. Daneben ein Namensschild aus Salzteig. »Prühm«, las er. Er konnte jetzt auch nicht sehen, ob einer der Prühms gerade gestolpert war, sich den Kopf an der Herdkante angeschlagen hatte und langsam verblutete. Deswegen bauten die Menschen ja ihre Häuser, um für sich zu sein. Für sich zu leben und für sich zu sterben.

Hannes Petersen aber war nicht überraschend gestorben, wenn er dem Bericht des Kellners Glauben schenken konnte. Demnach schienen alle gewusst zu haben, dass es ihm nicht gut ging. Trotzdem war er verdurstet. Wie war das möglich?

***

»Ich weiß, ich habe dich das alles schon mal gefragt. Trotzdem, Jussi, versuche noch einmal, dir die Nacht in Erinnerung zu rufen. Es ist wirklich wichtig.«

Jussi Petersen saß mit verschränkten Armen auf dem Stuhl und schaute Emma Flint in die Augen.

»Ist alles in Ordnung mit dir?«, wollte Emma wissen.

»Blöde Frage, oder?«

Emma ging nicht weiter darauf ein. »Also, ich kenne dich ja schon ein bisschen länger, und ich unterstelle jetzt einfach mal, dass du Edgar nicht umgebracht hast, okay? Allerdings – bei Niels Raven sieht die Sache schon anders aus. Hast du irgendetwas mit seinem Verschwinden zu tun?«

»Nein.«

»Du weißt schon, dass wir genau nachprüfen, wo du gewesen bist?«

»Klar.«

»Gut. Im Fall Felix von Thomsen bleibt immer noch gefährliche Körperverletzung übrig, das gibt in der Regel weniger als ein Jahr. Der Hund und die Scheibe sind lediglich Sachbeschädigung. Du würdest relativ glimpflich aus der Sache rauskommen.« Emma beugte sich vor und sah ihm noch fester in die Augen. »Wenn du mir hilfst und endlich erzählst, was hier abgeht. Tu's für Freddy. Noch weiß er gar nicht, dass du hier bist. Das hier ist nicht offiziell. Aber wir können gern mit den Lübecker Kollegen weitermachen, wenn dir das lieber ist.«

Jussi verzog keine Miene, kippelte nur mit dem Stuhl nach hinten.

»Also, erzähl mir jetzt noch einmal ganz genau, was ihr beide, du und Edgar, nachts im Wald gesehen habt. Und was Edgar da am Laufen hatte, woher das ganze Geld für seine Einrichtung kam. Jede Kleinigkeit ist wichtig, Jussi. Und sag nicht dauernd: ›Das hast du schon tausendmal gefragt‹, okay?«

Jussi kippte wieder nach vorn, richtete sich auf, strich sich die Haare zur Seite. Emma hatte den Eindruck, als versuchte er tatsächlich, sich zusammenzunehmen. Die Bemerkung über Freddy hatte anscheinend gewirkt. Jussi seufzte und erzählte dann noch einmal den Hergang dieser seltsamen Nacht, als er auf Edgar gestoßen war. Mitten in der Erzählung brach er plötzlich ab.

Emma sah auf. »Was ist?«

»Da war ein Geräusch. Eddi hat es zuerst gehört. Gleich nachdem ich den Fasan gefunden hatte.«

»Was für ein Geräusch?«

»Als ob jemand Äste streift, an einem Gebüsch vorbeigeht.«

»Könnte es Edgars Werwolf gewesen sein«?

Jussi überlegte angestrengt. Dieses Detail schien ihm wirklich gerade erst wieder eingefallen zu sein. »Ich dachte immer, Werwölfe hätten ein Fell«, er warf Emma einen belustigten Blick zu, »das macht doch kein Geräusch, wenn man damit Äste streift. Aber im Ernst, es war so ein Schleifen, wie von einer Synthetikjacke.«

»Ein Werwolf in einer Wolfskin-Jacke.« Emma seufzte. »Und dann?«

»Ja nix, war verschwunden.«

»Wusste Edgar von den Wölfen und ist deshalb mit dir in den Wald gegangen?«

»Keine Ahnung, vielleicht.«

»Kann er damit so viel Geld gemacht haben, dass es in die Tausende geht? Was meinst du? Was kriegt man für einen erlegten Wolf?«

»Bin ich Wildtierhändler?«

»Jetzt tu nicht so, als hättest du von nichts eine Ahnung. Du kennst dich doch aus in der Szene.«

Jussi zuckte mit den Schultern. »Kann ich mir nicht vorstellen. Edgar hatte weder eine ordentliche Flinte noch Kontakte. Und Wölfe zu schießen traue ich ihm nicht zu.«

»Woher hatte er dann das Geld?«

»Bin ich seine Bank?«

»Kannst du einmal auf eine Frage antworten, ohne mir mit einer dämlichen Gegenfrage zu kommen?« Emma schloss kurz die Augen, um den Faden wiederzufinden. »Bist du eigentlich abergläubisch?«

Jussi stieß Luft durch die Nase aus. »Wohl kaum. Wäre ich sonst bei Vollmond in den Wald gegangen?«

»Vielleicht gerade deshalb? Der besondere Kick?«

»Was für ein Kick?«

»Ach, was weiß ich.« Emma stützte den Kopf in den Händen auf und sah Jussi an. »Du hast dich in sie verliebt, stimmt's?«

Jussi erwiderte den Blick ohne Regung.

»Sie ist ja auch wirklich süß, fand ich damals schon, als ich –«

»Halt einfach die Klappe.«

»Oh, dieses Mal keine Gegenfrage, du machst Fortschritte.« Emma lächelte kurz, wurde aber gleich wieder ernst. »Du weißt schon, dass es für Lou eine Riesenkatastrophe ist? Erst Niels, dann du.«

»Lass Lou aus dem Spiel, ja? Sie hat nichts damit zu tun.«

»Womit?« Emma sah, dass Jussi regelrecht zusammensackte, als hätte er keine Kraft mehr für diese Abwehrhaltung. Dann holte er tief Luft. »Wir dachten, es geht irgendwann vorbei. Der Schmerz und die Wut. Aber es hört nicht auf. Nicht bei meinem Vater, nicht bei mir. Und dann habe ich Raven gesehen, zusammen mit Thomsen. Sie kamen von der Jagd, sie haben gelacht, Witze gerissen. Raven hat mir zugerufen, welche von beiden Kanaillen ich denn wär, und ich sollte mich ja hüten, in den Wald zu gehen.« Jussi richtete sich auf. »Die wussten noch nicht mal, was mit David passiert war.« Er stierte auf die Tischplatte. »Hast du schon mal Rachegefühle verspürt?«, sagte er irgendwann. »So richtig, meine ich?«

Emma beantwortete die Frage nicht.

»Es ist ein körperliches Bedürfnis, so wie Durst oder Hunger. Von allein geht es nicht weg. Und man kann an nichts anderes mehr denken. Nicht arbeiten, nicht trainieren, kein Essen, kein Schlaf. Uni geht schon gar nicht. Freddy wollte zu den beiden gehen, sie anzeigen, sie verprügeln, sie abschießen. Aber ich habe ihn zurückgehalten. Niemand hier sollte wissen, was passiert ist. Ich wollte das selbst in die Hand nehmen.« Jussi sah Emma mit einem Blick an, in dem ein fester Wille lag, Stolz und ein bisschen Überheblichkeit.

»Also hast du dich doch an Niels gerächt?«

»Mann, scheiße, nein!«, rief Jussi. »Ich wollte ihm irgendwie Schaden zufügen, das stimmt schon, aber ich wusste verdammt noch mal nicht, wie ich das anstellen soll.« Er schluckte schwer. »Ich wünschte, ich hätte die Sau umgebracht. Ach was, beide. Ich hätte beide umbringen sollen. Ich habe nicht das getan, was ich hätte tun müssen. Einfach nur, um irgendwie weiterzuleben.«

»Du wirst leben! Und zwar hinter Gefängnismauern, wenn du nicht aufhörst, so einen Unsinn zu reden. Noch einmal zu Edgar: Weißt du, ob er Streit mit jemandem hatte, ganz aktuell, meine ich?«

»Kennst du nicht den Spruch: ›Der Wilderer hat nur einen Feind, den Jäger‹?«

»Was so viel heißt wie, dass du Niels Raven für Edgars Mörder hältst?«

»Da würde ich mal schwer von ausgehen. Er hat meinen Bruder auf dem Gewissen, warum dann nicht auch Edgar?«

»Kannst du mir noch sagen, wo du gestern warst, ab vierzehn Uhr?«

»Bei meinem Vater.«

»Kann Freddy das bezeugen?«

»Weiß ich doch nicht.«

Emma atmete hörbar aus und erhob sich. »Ich werde jetzt zu deinem Vater fahren, er muss ja wissen, was los ist. Soll ich ihm irgendetwas ausrichten?«

Jussi rührte sich nicht, und ihr fiel auf, wie blass er war. Sie nickte dem Beamten zu, der hinter ihnen saß, und verließ den Raum.

Emma hoffte so sehr, dass Jussi wirklich an besagtem Abend zu Hause gewesen war. Sie fand den Gedanken unerträglich, dass der Junge Niels Raven umgebracht haben könnte.

***

Paul war in der Badewanne eingeschlafen. Den Fuß hatte er auf dem Rand der Wanne abgelegt. Vorher hatte er über Niels Raven nachgedacht. Hatte sich vorgestellt, dass er noch immer hinter dem verwundeten Wildschwein herlief wie in einem Märchen. Sie liefen durch Wald, über Felder, den Strand hinunter, über die Seebrücke, bis sie am Horizont in den Wolken verschwanden.

Paul wurde geweckt, weil sein Vater in der Küche hantierte. Fröstelnd, weil das Wasser fast kalt war, kletterte er aus der Wanne und trocknete sich ab. Gleichzeitig mit dem Einlaufen des Badewassers hatte es zu regnen begonnen. Hier geschieht nichts einfach nur so, dachte er, und der Plan fiel ihm wieder ein, dem er zu folgen schien wie ein Schlafwandler. Es waren immer nur Nebensächlichkeiten, die ihn darauf brachten, wie gerade die Sache mit dem Badewasser und dem Regen.

Während er den Fußverband erneuerte, dachte er an die Bilder aus Edgars Büchern. Oder war Niels Raven von dieser Wila gefunden worden, die sich in einen Wolf verwandelt und ihn womöglich gebissen hatte? Später würde er wieder auftauchen, nicht wissend, wie er die letzten Stunden verbracht hatte, ein Wolfshaar am Pullover. Würde sich fragen, woher die abgerissene Hand in seiner Jackentasche wohl kam.

Vorsichtig befestigte Paul den Verband an seinem Fuß. Vermutlich hatte Raven die Nase voll gehabt und war einfach weggegangen. Ganz schnöde und langweilig. Hatte sich während der Jagd gefragt, was ihn erwarten würde, wenn der ganze Rummel vorbei war, wenn er abends allein in seinem Wohnzimmer saß, während Frau und Tochter die Zeit lieber mit ihren Pferden verbrachten. Aber dass er Edgar getötet haben könnte, mussten sie dennoch annehmen. Immerhin war er so einen penetranten Wilderer losgeworden.

Paul hörte wieder ein Geräusch, während er durch den Flur in die Küche ging. Er steckte den Kopf durch die Tür, doch es war niemand da. »Johann?« Er schaute sich um, horchte, doch bis auf das leise Plätschern aus dem Regenrohr war es still im Haus.

Ist wohl wieder unterwegs zu der nächsten verdeckten Mission, dachte er und wollte gerade wieder gehen, als sein Blick auf den Küchenboden fiel. »Himmel Herrgott!« Bevor er in die Wanne geklettert war, hatte er geputzt. Die Krücke links, den Wischmopp als Krückenersatz rechts. Es war recht gut von der Hand gegangen. *Und dann latscht Johann einfach hier durch, ohne sich die Schuhe auszuziehen, verdammter Mist!*

Außerdem roch es seltsam, nach Hund, oder – Fuchs. Er öffnete die Tür und spähte hinaus. Der Schuppen war zu, keine Spur von seinem Vater. Monsieur Baptiste war auch nicht anwesend. Durch den Garten konnte er Adri sehen, der vor der Staffelei stand, ein Glas Rotwein in der Hand. Paul seufzte, griff nach dem Wischmopp, der noch in der Küche stand, und machte sich erneut an die Arbeit. Als er fertig war, stelzte er mit einem schlappenden Stiefel den Weg hinunter zum Haus des Malers.

Adri freute sich über den Besucher und füllte die Weingläser, die auf der Küchenanrichte standen, inmitten von sauberem und schmutzigem Geschirr, Obst, Brot, aufgerissenen Tüten mit Weingummi und Lakritz, angebrochenen Wasser- und Weinflaschen und Stapeln von Büchern und Heften. Dann fischte er eine Zigarette aus der Packung und suchte nach Feuer. Da er weder in der Küchenecke noch auf dem ebenfalls vollgepackten Arbeitstisch welches fand, steckte er die Zigarette hinters Ohr.

»›Die Sehnsucht nach mir‹«, las Paul und nahm das oberste Buch vom Stapel.»›Der Mythos des Narziss‹ – Narziss, sagt man nicht, er gilt als Ursprung des Porträts?«

»Des Selbstporträts.« Adri wies auf die Bilder auf den Staffeleien.»Aber wie du siehst, porträtiere ich Modelle, nicht mich. Ich interessiere mich nicht für mich.« Er warf Paul einen interessierten Blick zu.»Du kennst dich aus?«

»Ach, ein bisschen. Meine Frau malt.«

»Ich dachte immer, dein Vater malt. Es würde zu ihm passen.«

»Hat er früher auch und gar nicht mal so schlecht.« Paul warf einen Blick auf die Bilder.»Sind das die Unfertigen, von denen du geredet hast?«

»Sì.« Adri stand vor dem Gemälde eines rothaarigen Mannes in grüner Hose, der auf einem Hochsitz saß und eine Flasche Bier in der Hand hielt.»Und jetzt hänge ich schon wieder fest. Sie laufen vor mir weg.«

Paul kam hinzu.»Niels Raven, gut getroffen. Und der ist ja nun wirklich weggelaufen.«

Adri grinste.»Ist ja doch für Überraschungen gut, unser Niels.«

Paul betrachtete das Bild nun genauer. Niels Raven saß nach vorn gebeugt, die Ellenbogen auf die männlich gespreizten

Knie gestützt, die Flasche mit beiden Händen haltend, sein Blick war nach unten gerichtet. Er war nur mit der Hose bekleidet und barfuß. Ein Gewehr stand hinter ihm an einen Baum gelehnt. »Er sieht nicht so aus, als wollte er etwas schießen«, sagte Paul.

»Nein, das ist bereits passiert.« Adri wies auf das Bild daneben. Auf ihm war wieder Raven in der grünen Hose zu sehen. Er saß auf dem Waldboden. Daneben waren unverkennbar der junge Felix von Thomsen und ein blond gelocktes Wesen abgebildet. Vor ihnen lag ein Reh, das bereits aufgebrochen war. Die Unterarme von Felix und dem Blonden, von dem Paul nicht sagen konnte, ob es sich wirklich um einen Jungen handelte, waren blutig.

Paul zeigte auf ihn. »Wer ist das hier?«

»Konstantin, Felix' Bruder.«

»Lebt er auch hier?«

»Er ist schon lange fort.« Adri deutete auf einen der Stühle. »Aber setz dich doch und leg den Fuß hoch. Die Stühle hat dein Vater repariert. Und was der einmal in Händen hatte, hält für die nächsten zehn Generationen.«

Paul nahm Platz, und Adri reichte ihm das Weinglas, dann begann er wieder, nach Feuer zu suchen.

»Weißt du eigentlich, was für ein Glückspilz du bist, so einen Vater zu haben, Paul?«, lispelte er, die Zigarette zwischen den Lippen.

Paul dachte an Johann, wie er in seinem guten Anzug und den guten Schuhen losgezogen war, um sich einen Laptop und ein Smartphone zu kaufen. An seine selbst entworfenen Visitenkarten. Wie er eine Geschäftigkeit an den Tag legte, die Paul einem Vierundachtzigjährigen nie zugetraut hätte. Und dass er, Paul, immer mehr Seiten von diesem Johann Lupin kennenlernte, der sein Vater war. »Kann schon sein«, murmelte er. Irgendwie wurde er das Gefühl nicht los, dass Adri Johann besser kannte und einzuschätzen wusste als er selbst.

Paul wandte sich wieder dem Bild zu, das die drei jungen Männer zeigte. Es war wie alle von Adris Bildern mit groben

Pinselstrichen rasch hingeworfen, wie in großer Eile. Paul war fasziniert. Es schien, als hätte der Künstler nicht malen, sondern mitschreiben wollen. Das Bild wirkte auf Paul, als hätte Adri nicht nur eine starre Szene eingefangen, sondern den ganzen Abend. Das Bild lebte, die pastos aufgetragene Farbe wirkte noch feucht, und an manchen Stellen schien Adri die Finger benutzt zu haben, aus Ungeduld, weil es ihm sonst zu lange dauerte.

Adri beobachtete Paul aufmerksam, in seinem Blick lag die Frage: »Gefällt es dir?« Eine Frage, die Adri nie jemandem stellen würde. Paul antwortete trotzdem. »Es ist großartig. Es lebt.« Gerade erst haben sie die Beute ausgeweidet, schoss es ihm durch den Kopf. Die Gedärme sind noch warm, das Blut an den Armen noch feucht, schon ein bisschen geronnen, klebrig. »Eine Jagd in Rosa und Hellblau«, bemerkte er schließlich mit einem Lächeln.

»Vielleicht ist es ja gar kein Rosa und auch kein Hellblau. Du könntest dich ja täuschen. Die Farben verändern sich mit dem Sonnenstand. Du darfst nicht alles glauben, was ich auf die Leinwand bringe.«

»Oder du willst von etwas ablenken.«

»Ich male nur nicht, was ich sehe.«

Paul begann, sich für das Bild zu interessieren. »Wer hat das Reh erlegt?«

»Konstantin. Es war sein achtzehnter Geburtstag.«

»Und den habt ihr zu viert gefeiert?«

»Nein, Maria war auch dabei.«

Paul dachte einen Moment nach und sah auf. »War das die Nacht, in der sie ertrank?«

Adri schien ganz in das Bild versunken zu sein und antwortete erst nach einer Weile. »Marias letzte Nacht.«

Paul deutete auf das Bild. »Aber während dieser Szene hier war sie noch dabei?«

»Felix hatte sie mitgebracht.«

»Waren die beiden damals ein Paar?« Paul erinnerte sich an die Worte des Kellners.

»Maria war sehr in Felix verliebt gewesen.«

»Und er?«

»Felix liebt nur einen.«

»Ah, verstehe, Narziss. Aber Linda und Niels Raven, die waren schon zusammen gewesen? War sie auch dabei?«, fuhr Paul fort.

»Nein, da war die Jagd noch nicht ihr Ding. Das kam erst später, wenn überhaupt.«

»Wie soll ich das verstehen?« Paul war erstaunt. »Sie ist immerhin mit einem Jäger zusammen.«

»Ja, schon. Aber ich glaube, sie ist keine von diesen Vollblutjägern wie die anderen. Ehrlich gesagt wundere ich mich, dass sie diesen Quatsch überhaupt mitmacht.« Adri wandte sich wieder dem Bild zu. »Die beiden sind danach für ein Jahr nach Dänemark gegangen«, sagte er.

»Nach Dänemark?«

»Soweit ich weiß, ja. Lindas Mutter lebt da, in Nykøbing, glaube ich, und ein Haus am Øresund hat sie auch.«

»Dann wart ihr also die Letzten, die das Mädchen lebend gesehen haben, das kann man doch so sagen, oder?«

»Sieht ganz so aus. Edgar vielleicht noch.«

»Edgar?«

»Der war nie weit weg, wenn wir jagen gingen. Er hat uns ständig beobachtet.«

»Warum das?«

»Edgar war ein Spanner, ein Voyeur, ein Stalker, nenn es, wie du willst.«

»Was gab es zu spannen während einer Jagd?«

Adri seufzte. »Wir haben ziemlich viel gekifft zu dieser Zeit. Meistens an unserem Stammplatz, oben an der Steilküste. Auf der Wiese nebenan wuchsen Pilze, die haben wir probiert und – na ja, dann macht man schon mal komische Dinge. Weißt du, dass einige von denen wie LSD wirken?« Er lachte leise. »Und Eddi hatte alles im Visier, von irgendeinem seiner Verstecke aus. Hat geglaubt, wir sehen ihn nicht. Armer Dussel.«

»Jetzt noch mal«, hakte Paul nach. »Und in der Nacht, als Maria ertrank, da war Edgar auch in der Nähe?«

»Mit Sicherheit. In der Nacht haben wir es richtig krachen lassen, es war halt Konstantins Geburtstag. Wir haben getrunken, geraucht, alles rein, was ging.«

»Aber gesehen habt ihr ihn nicht?«

Adri dachte angestrengt nach. »Ich weiß es nicht mehr, wirklich. Es ist fast alles weg, was in dieser Nacht passiert ist. Ich weiß nur noch, dass Maria irgendwann nach Hause wollte, weil ihr so schlecht war.« Er grinste. »So wie Niels, der hat auch nur gekotzt, hat die Pilze nicht vertragen oder Konstantins Zaubertrank.«

»Zaubertrank?«

Adri winkte ab. »Das willst du gar nicht wissen, was wir alles angestellt haben, um die Götter zu rufen. Auf jeden Fall hat das Zeug wie eine Reset-Taste gewirkt, hat alles gelöscht.«

Paul trank einen Schluck Wein und dachte über das Gesagte nach. »Wann hast du Havgart eigentlich verlassen?«

»Noch im selben Jahr. Warum interessierst du dich eigentlich so für diese Nacht?«

»Ich versuche einfach, alles in eine zeitliche Reihenfolge zu bringen, damit ich verstehe. Hatte dein Fortgang etwas mit Maria zu tun?«

»Ich wollte ohnehin weg. Und nach diesem Unglück und dem ganzen Durcheinander hier im Dorf hat mich nichts mehr gehalten.« Er betrachtete Paul aufmerksam. »Du suchst natürlich nach einer Erklärung, warum Edgar ermordet wurde, kurz nachdem ich hier aufgetaucht bin.«

»Ich suche etwas, woran ich mich mit einer Hand festhalten kann, während ich mit der anderen Hand im Trüben fische.«

Adri stand auf und nahm einen Apfel und das Küchenmesser, das auf der Anrichte lag. Paul sortierte derweil in seinem Kopf die Namen derer, denen in Havgart etwas zugestoßen war. In chronologischer Abfolge, rückwärts. Niels Raven musste er vorläufig in Klammern setzen, solange er nicht wusste, was mit ihm war. Edgar Allweis, David Petersen,

Maria Liebe, Hannes Petersen. Und dann noch Hauke Liebe. Über den war auch etwas hereingebrochen. Aber es war von selbst passiert, ohne Fremdeinwirkung.

Sein Blick fiel noch einmal auf das Bild von Niels Raven. »Er war alles andere als begeistert, dass du seine Tochter porträtieren wolltest, stimmt's?«

Adri hatte den Apfel mit dem Messer in Stücke geschnitten und ging vor den Bildern hin und her. »Nein, er hat mir *nicht* sein Einverständnis gegeben, seine Tochter zu vergewaltigen.« Er lachte spöttisch. »Er hat Lou enttäuscht. Sie hatte sich sehr auf das Porträt gefreut.«

»Er ist eifersüchtig, er will – wie jeder andere Vater auch – seine Tochter beschützen.«

»Vor mir? Ich interessiere mich nicht für Teenies, das sollte er eigentlich wissen.«

»Was hat euch so entzweit?«

»Das ist eine lange Geschichte. Es hat schon damals begonnen, und es hat nicht aufgehört zu beginnen.« Er lächelte, als er in Pauls fragendes Gesicht blickte. »Es ist kompliziert. Wie soll ich etwas erklären, das ich selbst nicht verstehe?« Adri war vor dem Bild stehen geblieben, das die beiden Brüder zeigte. Mit dem Messer in der Hand begann er nun, die Farbe von Felix' Gesicht zu kratzen, als wollte er nachsehen, was sich dahinter verbarg, als hätte Felix von Thomsen eine Maske auf, die er ihm abnehmen wollte.

»Hat dieses komplizierte … Beginnen dazu geführt, dass Edgar Allweis jetzt tot ist?«

Adri ließ von dem Bild ab. »Jeder Beginn erzeugt etwas Neues.«

»Hast du vor irgendetwas Angst, Adri? Mit mir kannst du reden, vor dir steht ein Freund, kein Polizist.«

Eine Weile tauschten sie schweigend Blicke. Dann nickte Adri und drehte sich zur Seite. »Hab ich, ja. Aber ich weiß nicht, wovor.«

Dienstag

Am Morgen rief jemand vom Krankenhaus in Oldenburg an und teilte Henny mit, dass sie Hauke nach Hause bringen würden. Er habe sich trotz eindringlicher Mahnung der Ärzte nicht davon abhalten lassen. Habe Formulare unterschrieben, dass er das Krankenhaus auf eigene Verantwortung verlasse, und einen Krankentransport verlangt. Gegen Mittag solle er dann in Havgart eintreffen.

Für Henny kam diese Nachricht völlig überraschend. Auch Olaf war nicht gerade begeistert, was sich daran zeigte, dass sich rote Flecken auf seinem Hals ausbreiteten.

»Wir müssen das Schlafzimmer umräumen«, sagte sie zu Olaf, die Hände vor dem Bauch ringend.

Der lachte schrill auf und zeigte in den Schankraum. »Und wer macht bitteschön die Arbeit? Die Geburtstagsgesellschaft heute Abend, haben Sie die vergessen?«

Johann, der es sich zur Angewohnheit gemacht hatte, seine Zeitung im Hirschfänger zu lesen, um den neuesten Dorfklatsch mitzubekommen, hatte alles von seinem Platz am Tresen aus verfolgt. Kurz entschlossen erhob er sich von seinem Hocker und ging auf Henny zu. »Olaf hat recht, er wird hier gebraucht. Ich werde Ihnen behilflich sein, Ihr Mann wird bestimmt nichts dagegen haben.« Er verneigte sich leicht. »Es wäre mir eine große Ehre.«

Henny rang sich ein Lächeln ab. »Ach, Herr Lupin, das ist wirklich sehr lieb von Ihnen. Aber noch ist er nicht zurück, und ...«, wieder das Händeringen, »er merkt ja nicht, dass jemand Fremdes bei uns ist.«

»Eben«, keifte Olaf. »Sagen Sie einfach, *ich* hätte geholfen. Eine kleine Schwindelei wird doch wohl mal möglich sein in den heiligen Hallen hier.«

Henny wandte sich der Tür zu, Johann folgte ihr, und Olaf hielt ihm verschwörerisch den Daumen entgegen.

Henny bat Johann, im Wohnzimmer zu warten. »Ich muss doch das Bett frisch beziehen.« Sie war ganz außer Atem vor Aufregung.

»Lassen Sie sich ruhig Zeit.«

Der Raum war angenehm temperiert, doch Henny drehte die Heizung ab und öffnete die Fensterflügel. Dann hastete sie hinaus. Johann schaute sich um und bemerkte die Stickarbeiten, die überall herumlagen. Er nahm eines der Deckchen auf, drehte es in der Hand, besah sich die Rückseite und befühlte mit Daumen und Zeigefinger das in filigranen Mustern eingestickte glänzende Garn.

»Sie frönen der Handarbeit?« Obwohl er mit dem Rücken zur Tür stand, hatte er Henny Liebe kommen hören. Sie bewegte sich beinahe lautlos auf dem dicken Teppich, aber seine Ohren vernahmen das Reiben ihrer Nylonstrümpfe an der Rockinnenseite. Eine Schleicherin, dachte er. Eine, deren Leben im Hintergrund stattfindet.

Er bemerkte ihren Blick und kam sich plötzlich vor wie ein Voyeur. Er fühlte sich genötigt, etwas Unverfängliches zu sagen. »Eine sehr schöne Arbeit. Sie sind eine Meisterin, meinen Respekt.«

Henny schenkte ihm ein Lächeln. »Ich wäre dann so weit.«

Auch im Schlafzimmer war es angenehm warm, doch Henny hatte auch hier die Fensterflügel weit geöffnet. Sie begannen, einige der kleineren Möbelstücke und die Kommode versuchsweise hin und her zu rücken, und schon bald stand alles so, dass Hauke dort mit dem Rollstuhl bewegt werden konnte.

»Ich denke, so wird es gehen«, sagte Henny, als sie fertig waren.

»Haben Sie jemanden, der Ihren Mann fürs Erste versorgen wird? Eine Krankenschwester?«

»Ich werde unseren Hausarzt benachrichtigen, Dr. Stoevesand. Er wird uns bestimmt helfen.«

»Darf ich Ihnen noch anderweitig meine Hilfe anbieten?«

Sie schüttelte den Kopf.

Johann beugte sich zu der kleinen Frau hinunter.»Ich darf doch Henny sagen?«

»Gern.«

»Also, Henny, zögern Sie nicht, sich an mich zu wenden. Auf meine Unterstützung können Sie jederzeit zählen.« Sie legte ihre Hand auf Johanns Arm und lächelte kurz, dann wandte sie sich ab.

Stunden später saß Henny am Fenster und bestickte den Rand eines hellblauen Kopfkissenbezuges. Die Uhr tickte.

»Berichte mir von den Vorfällen dieser Tage.« Hauke lag in seinem Bett und sprach langsam, mit schwerer Zunge, als wäre er volltrunken.

Henny erzählte von dem Mord an Edgar Allweis. Davon, dass er unter seinem Boot gelegen hatte und dass die Polizei mehrere Male im Hirschfänger gewesen war. Ihre Stimme klang monoton und gedämpft, als leiere sie eine Liturgie herunter. Hauke betrachtete die Fingernägel der Hand, die er noch bewegen konnte, sie waren schmutzig.

»War der Junge noch einmal hier?«

»Nein.«

»Geh in den Schankraum zurück, die Arbeit wartet nicht.«

Sie stand auf und legte das Stickzeug beiseite.

Hauke schaute an die Zimmerdecke.»Bring mir das Essen, aber achte darauf, dass es nicht lauwarm ist. Den Fraß im Krankenhaus würde ich nicht mal an Schweine verfüttern. Dann schneidest du mir Finger- und Fußnägel. Und bring Olaf die Liste mit den Sachen, die ich dir diktiert habe. Er soll sie später besorgen. Du bleibst im Schankraum und bewirtest die Gäste!«

Um sieben hatte sich die Geburtstagsgesellschaft vollständig eingefunden, und Johann saß auf seinem Stammplatz in der Ecke am Tresen. Olaf hatte ihm ein Bier gebracht und dabei mit den Augen gerollt. Sie würden die nächsten Stunden im Akkord arbeiten, um die Gäste, dreiundzwanzig an der Zahl, mit

Essen und Getränken zu versorgen. Vorhin hatte Olaf erzählt, dass er einen Aushilfskoch und eine Küchenhilfe engagiert habe und dass Hauke das auf keinen Fall spitzkriegen dürfe, weil der zusätzliche Kosten strikt ablehne. Dann müssten eben alle noch mehr und noch schneller arbeiten, sei seine Devise. Johann hatte gesehen, wie sie Hauke Liebe über den Hof geschoben hatten. Der Mann, der sieben Jahre jünger als er selbst war, hatte in seinem Rollstuhl gehangen wie ein übervoller Wäschesack und nicht so ausgesehen, als würde er allein essen oder sich anziehen können. Geschweige denn ohne Hilfe aufs Klo gehen. Johann verzog das Gesicht, so etwas durfte ihm auf keinen Fall passieren. Aber wie schützte man sich vor einem Schlaganfall? Das würde er heute Abend mal in seinem Gesundheitslexikon nachschlagen. Paul würde er lieber nicht fragen, der würde nämlich gleich wieder anfangen, ihn zu einem Arztbesuch zu überreden. »Routinekontrolle, Johann«, waren seine Standardausführungen, »damit du hundert wirst.« Erst neulich hatten sie dieses Thema wieder debattiert.

»Ich will aber keine hundert werden, neunzig reicht«, hatte Johann erwidert.

»Gut, dann nutze deine letzten sechs Jahre sinnvoll.«

»Dann eben fünfundneunzig. Aber dann bräuchte ich ein neues Nummernschild, und wenn die Fünfundneunzig dann nicht mehr frei ist?«

Hauke Liebe hatte starken Bluthochdruck, das wusste er von Olaf. Deshalb sei er auch so reizbar und jähzornig. Johann hatte Tabletten auf dem Nachttisch liegen sehen.

Johann saß über seiner Zeitung und warf ab und zu einen Blick auf die Leute, die überall herumliefen, einander begrüßten und dem Geburtstagskind, einer erstaunlich dicken und großen Frau mit blondierten Haaren, Geschenke überreichten. Die Frau hatte rot glühende Bäckchen und lag altersmäßig irgendwo zwischen dreißig und fünfundsechzig.

Johann hob sein Glas an und trank einen Schluck. »Gratulation, du liebreizendes Geschöpf«, murmelte er und wollte eben noch einen Schluck nehmen, als ihn ein lautes Krachen aufschreckte. Er sah auf und entdeckte Henny Liebe, die neben dem Tresen inmitten von Scherben und einem See aus Bier stand. Das Tablett hing noch in ihren Händen, so wie es nach vorn weggekippt war. Die Leute hatten mit dem Schwatzen aufgehört und schauten Henny an, die wie festgewachsen dastand und ins Leere starrte. Olaf kam mit Kehrblech und Handfeger angelaufen und begann, die Scherben aufzukehren. Da es ganz still im Raum war, konnte Johann deutlich das leise Fluchen des Kellners hören.

Als hätte jemand einen Schalter umgelegt, setzten die Gäste ihre lautstarken Unterhaltungen fort. Das Geschehnis war schon wieder Vergangenheit. Johann aber sah, dass sich Henny immer noch nicht rührte. Schnell erhob er sich, ging zu ihr und nahm ihren Arm.

»Kommen Sie, setzen Sie sich.« Er rückte ihr einen Stuhl in der Ecke zurecht. Johann nahm neben ihr Platz und beobachtete sie. Ihre Lippen waren blass, Schweißperlen standen auf der Stirn.

»Sie sollten sich einen Moment ausruhen«, schlug Johann vor. »Das war ein bisschen zu viel heute, fürchte ich.«

Henny zog ein Taschentuch aus ihrer Schürze und tupfte sich die Stirn ab. »Es geht schon wieder.« Sie legte ihre Hand auf Johanns. »Ich danke Ihnen, Sie sind ein … ein so guter Mann.« Sie erhob sich wieder. »Ich muss weitermachen.«

Johann begab sich wieder in seine Ecke.

Olaf ließ die Scherben mit lautem Geschepper in den Mülleimer fallen und begann sofort mit dem Zapfen neuer Biere. »Was war das denn jetzt?«, rief er Johann zu. »Als hätte sie ein Gespenst gesehen.«

»Passiert so etwas öfter?«

»Nie!«, rief Olaf. »Sie ist total durch den Wind, seit der Alte zurück ist. Hoffentlich kommt eine Krankenschwester. Ich weiß gar nicht, wie Henny das sonst schaffen soll.«

Johann beobachtete die zierliche Frau, die inmitten der meist übergewichtigen Leute noch zerbrechlicher wirkte. Henny hatte ein geschäftsmäßiges Lächeln auf den immer noch farblosen Lippen, während sie die Getränkebestellungen der Gäste entgegennahm. Johann konnte ihr nicht mehr ansehen, dass sie noch vor fünf Minuten einem Nervenzusammenbruch nahe gewesen war.

»Bestellen die Gäste aus der Karte, oder gibt es ein einheitliches Gericht?«, erkundigte sich Johann.

»Á la carte natürlich, war ja klar. Hauptsache, wir können uns die Hacken abrennen.«

Johann hingegen lehnte sich zufrieden zurück. Á la carte war ganz in seinem Sinne, das würde alle hier schön auf Trab halten. Er zog sein Smartphone aus der Jackentasche. Mit der Kamera hatte er sich mittlerweile vertraut gemacht, jetzt ging er die anderen Funktionen durch, während er gleichzeitig die immer lauter und munterer werdende Truppe im Auge behielt. Im Laden hatten sie ihm ein Handy mit großen Tasten für Rentner, Kleinkinder und Idioten andrehen wollen, doch ein finsterer Blick seinerseits hatte den Verkäufer veranlasst, das Ding wortlos wieder wegzupacken.

Jetzt sah er, dass eine Nachricht von Paul eingegangen war: »Kann meine Tropfen nicht finden. Hast du die versteckt? Aus Angst, ich werde süchtig? Dann lasse ich mir NEUE verschreiben ☺.«

Johann antwortete, dass er keine Ahnung habe, wo die Tropfen seien, dann richtete er seine Aufmerksamkeit wieder auf die Gäste.

Olaf hatte bereits damit begonnen, die Essensbestellungen aufzunehmen, als er Henny aus der Tür kommen sah, die zu ihrer Wohnung führte. Ah, sie hat bestimmt nach ihrem Mann geschaut, dachte Johann. Er erhob sich und rieb sich die Hände. *Auf, mein Herz, jetzt oder nie!* Er steuerte die Toiletten an, da seine Blase schon seit einiger Zeit drückte, was sie immer recht schnell tat, wenn er Bier trank. Leider kamen ihm zwei der männlichen Gäste zuvor. Er warf einen schnellen Blick umher und nutzte die Geschäftigkeit, um in den Privatgemächern der Liebes zu verschwinden. Keiner gesehen!, feixte er innerlich und schloss leise die Tür.

Schlagartig befand er sich in einer anderen Welt. Die Stimmen drangen nur noch gedämpft zu ihm herüber. Durch die braune Strukturglasscheibe der Tür sah er die Schatten der Leute im Schankraum, wie ein Fisch die Menschen sehen musste, die am Rande seines Teiches herumliefen. Auf Zehenspitzen schlich Johann den Gang hinunter und ärgerte sich darüber, dass der linke Schuh quietschte. So etwas darf einem Profi nicht passieren, dachte er. Ich muss mir andere Schuhe für solche Unternehmungen zulegen, mit extraweicher Sohle.

Er war jetzt am Wohnzimmer angelangt, dahinter lag das Schlafzimmer. Die Tür war nur angelehnt, und Johann hoffte, dass der Alte schlief und, wenn nicht, dass er schwerhörig war, wie sich das für einen alten Opa gehörte. Vorsichtig drückte er die Klinke hinunter, schlüpfte ins Wohnzimmer und schloss die Tür ebenso leise. Johann hatte sofort den Sekretär ins Visier genommen und schlich darauf zu. Ein gerahmtes Bild stand darauf, das ein junges Mädchen mit einer dicken Brille zeigte, wie sie stark Kurzsichtige trugen. Daneben lag eines der vielen bestickten Deckchen. Er nahm es in die Hand und betrachtete es genau. In diesem Augenblick schwoll das Geräusch der Stimmen aus dem Schankraum an. Jemand hatte die Tür geöffnet. Er schaffte es gerade noch, zum Sofa zu hasten und dahinter niederzusinken, als auch schon jemand eintrat. Johann dankte Gott dafür, dass der ihn bis zum heutigen Tag mit einem guten Gehör bedacht hatte. Er vernahm wieder dieses Knistern von Hennys Strümpfen.

»Der Herr ist barmherzig und gnädig, langmütig und reich an Güte ...«

Johann hockte wie ein Käfer hinter dem Sofa, und seine Knie schmerzten teuflisch, während er versuchte, dem Gemurmel Hennys zu lauschen. Er durfte sich auf keinen Fall bewegen, mit Sicherheit würden seine Kniegelenke knacken.

Henny sprach sehr schnell, eine routinierte Beterin. »Barmherziger gütiger Gott, tilge die Sünden derer, die Buße tun, und lösche ihre Schuld in Gnaden aus.«

Johann bemerkte ein Zittern in ihrer Stimme, als würde sie nur mit großer Anstrengung ein Weinen unterdrücken.

»Schaue herab auf die Seele deiner Dienerin …«

Henny betete und betete, und Johann betete, dass sie doch endlich wieder an ihre Kundschaft denken möge. Schließlich wartete die auf ihr Essen. Außerdem konnte er nicht ewig hier hocken, gleich würde er vor Schmerzen zu jaulen beginnen. Aber die Knie waren das geringere Problem. Die Blase pochte auf ihr Recht, entleert zu werden.

Henny hatte zu schluchzen begonnen, aber sie betete weiter.

»Wir Menschen kommen zu dir unter der Last unserer Sünden, die Schuld ist zu groß für uns, doch du wirst sie vergeben.«

Großer Gott, was hast du nur angestellt?, dachte Johann. Tränen stiegen auch ihm in die Augen, und der Ausdruck, den manche Leute benutzten und den er nicht ausstehen konnte, sie hätten »Pipi in den Augen«, bekam ganz neue Bedeutung. Johann knetete das Deckchen, befühlte die Stickerei. Tag des Zornes, Tag der Tränen, dachte er plötzlich, als er das Klappen der Tür vernahm. Henny war gegangen. Da er mittlerweile steif wie ein Bügelbrett war, musste er sich an der Sofalehne hochziehen. Ein schneller Blick nach unten, ob er nicht doch eine Pfütze hinterlassen hatte, dann trippelte er los.

Aus dem Gastraum erklang munteres Treiben, es roch nach scharf Angebratenem und Alkohol. Johann steuerte doch lieber den Hinterausgang an. Er konnte nicht ausschließen, gesehen zu werden, wenn er denselben Weg zurück nehmen würde. Also schlich er den Gang hinunter und blieb am Schlafzimmer stehen, die Tür war immer noch angelehnt. Langsam, wie in Zeitlupe, schob er seinen Kopf an den Spalt und konnte Haukes Bett sehen. Seine Beine unter der weißen Decke, sein Kopf auf dem Kissen. Aber da war noch jemand anderes im Raum. Johann hörte ein Murmeln. *Henny?* Oder war doch eine Krankenschwester gekommen? Die Blase rauschte mittlerweile in seinen Ohren, er hätte ohnehin nichts verstanden. Er schloss für einen Moment die Augen und schwor sich, ab jetzt *immer* vor einer Ermittlung aufs Klo zu gehen und weniger Bier zu trinken. Als er die Augen wieder öffnete, sah er, dass zwei Hände ein Kissen neben Haukes Kopf ablegten.

✻✻✻

Als Jussi die Wohnung in Kiel betrat, war es eisig kalt, deshalb drehte er zuerst das Thermostat des Heizkörpers hoch. Bevor er nach Kiel gefahren war, hatte er kurz bei seinem Vater vorbeigeschaut. Freddy hatte ihn, was er vorher noch nie getan hatte, selbst nach Davids Tod nicht, so fest umarmt und gedrückt, dass es Jussi schon peinlich gewesen war. Dann hatte sich Freddy die Tränen mit dem Ärmel seines Holzfällerhemdes aus dem Gesicht gewischt. Jussi hatte bemerkt, dass Freddy nüchtern gewesen war.

Jussi war nur unter bestimmten Bedingungen entlassen worden. »Ich kann nicht hierbleiben«, hatte er seinem Vater erklärt, »kommst du eine Weile klar?«

Freddy hatte genickt.

»Warst du heute bei Ole arbeiten?«

Wieder Nicken.

»Wirklich?«

»Ja doch. Ich bin morgen wieder da.« Dann hatte Freddy ihn sorgenvoll angeschaut. »Hast du wirklich nichts mit der Raven-Sache zu tun?«

»Hätten die mich sonst rausgelassen?«

»Die haben dich bestimmt nur rausgelassen, weil ich denen gesagt habe, dass du hier gewesen bist.«

»Danke, Papa, das war klasse von dir.«

Freddy hatte nichts darauf erwidert. Stattdessen hatte er gesagt: »Mit Hauke wird's wohl nichts mehr.«

»Ich weiß.«

»Jetzt haben wir keinen mehr, der uns die Vögel abnimmt.«

»Schluss mit den Vögeln. Nie wieder werden wir irgendwas aus dem Wald holen, hast du verstanden, Papa?«

Im Licht der Straßenlaterne sah Jussi jetzt das ungemachte Bett, der Anblick schmerzte in seinem Magen. Da saß sie wieder, die weinende Lou. Die Einzige, die wirklich nichts mit dem ganzen Scheiß zu tun hatte. Sie hatte ihn mit diesem Blick angeschaut, der Jussi seitdem nicht mehr losließ. Vermutlich war es derselbe Blick, den Lous Pferde ihr zuwarfen, wenn sie in den Anhänger geführt und nach Oregon oder sonst wohin verschifft wurden. Verrat und Enttäuschung. Und Hass, bestimmt auch das.

Jussi liefen Tränen übers Gesicht, genauso wie Freddy vorhin. Hörte das nie auf? Er ließ sich auf das Bett fallen und vergrub das Gesicht in den kalten Laken. Er konnte sie wieder riechen, alles roch nach ihr. Er wühlte darin und fühlte sich so elend, so schuldig. Wieder atmete er ihren Duft ein. Dann spürte er, dass sich in seinem Unterkörper etwas regte, und er warf sich auf den Rücken.

Nein! Er wollte das nicht, nicht so, nicht mit ihrem weinenden Gesicht vor seinen Augen. Er sprang auf und lief im Zimmer umher. Es war ja gar nicht Lou allein, die ihn so aufwühlte, es war … alles. Thomsen, Raven, es war weiß glühende Wut, Freddy, die zappelnden Tiere in seinen Fallen, das Blut des aufgebrochenen Rehbocks. Er lief ins Bad, riss sich die Klamotten vom Leib, stellte sich unter die Dusche und drehte den kalten Wasserhahn auf. Er schrie, als das eisige Wasser auf seinen Kopf schlug, hart wie ein Stein. Er schrie, während es beständig seinen Bauch hinunterlief. Er schrie wieder, als er an das Klirren der Fensterscheibe dachte, als der Stein geflogen war.

Ohne sich abzutrocknen, ging er in sein Zimmer zurück, ihm war jetzt heiß, der ganze Körper glühte. Er zog sich ein frisches T-Shirt und Shorts an und dachte, dass er endlich mal richtig ausschlafen müsste. Aber eines ließ ihm keine Ruhe. Er öffnete die Sporttasche, die neben dem Bett lag, holte die Kamera heraus, nahm das Tablet vom Schreibtisch, kramte ein passendes Kabel aus dem Metallschrank unter dem Tisch und setzte sich aufs Bett. Als er die SD-Card der Kamera ausgelesen hatte und die ersten Bilder auftauchten, meldete sich sein Handy. Eine Nachricht von Emma. Sie hatte ihm ein Foto geschickt, die Zeichnung eines zugewachsenen Mannes mit wild durcheinandergekrakelten Haaren. Darunter stand: »Edgars Werwolf.«

Jussi vergrößerte das Bild, sah es sich an und wollte gerade eine Antwort eintippen, als Emma ihn anrief. »Jussi?«

»Machst du eigentlich nie Feierabend?«, fragte er.

»Erst, wenn ich den Mörder von Edgar gefunden habe«, erwiderte Emma. »Bist du bei Freddy?«

Jussi überlegte einen Moment, ob er einfach ›Ja‹ sagen sollte, ließ es aber bleiben. »Ich bin in Kiel.«

»Mann, spinnst du? Du hast mir versprochen, in Havgart zu bleiben. Ich habe dir vertraut.«

»Keine Sorge, ich hau schon nicht ab. Ich hab's bei Freddy einfach nicht ausgehalten.«

Jussi hörte, wie Emma tief ein- und wieder ausatmete. »Wie geht's dir?«

»Danke, beschissen, und selbst?«

»Frag besser nicht.«

»Niels Raven hat Edgar umgebracht, oder?«, sagte Jussi. »Warum ist er sonst verschwunden?«

»Wir ermitteln in alle Richtungen.«

»Verstehe. Ihr stochert also immer noch im Dunkeln.«

»Hast du dir das Bild angeguckt?«

»Woher hast du das?«

»Wie war das noch mit Frage ohne Gegenfrage?« Emma klang genervt. »Hat ein Kollege bei Edgar gefunden. Also, kennst du den?«

»Dem habe ich mal einen Euro gegeben, vor dem Hirschfänger.«

»Was?« Emma klang, als hätte sie mit allem gerechnet, nur nicht mit dieser Antwort. »Wann?«

»Keine Ahnung. Ein paar Tage bevor Hauke ins Krankenhaus kam.«

»War er allein? Hat er irgendwas gesagt? Hatte er irgendwas bei sich?«

»Er hat nicht gesprochen, nur die Hand aufgehalten. Hatte

ein Fahrrad bei sich, total vollgepackt mit Plastiktüten. Wieso, was ist mit dem?«

»Weiß ich noch nicht.« Emma seufzte. »War das alles?«

Jussi dachte einen Moment nach. »Irgendwas stimmte nicht mit dem.«

»Was meinst du?«

»Seine Haare. Im Gesicht sah er irgendwie alt aus, aber die Haare waren es nicht.«

»Geht's auch genauer?«

»Sie waren nicht grau, sondern blond.«

»Blond?«

»Ja, Dreadlocks. Also wenn das Eddis Zeichnung ist, dann war das vielleicht der Penner, von dem er immer geredet hat.«

Emma schwieg.

»Hallo? Jemand da?«

»Ja, noch da. Also, schau zu, dass du spätestens morgen früh wieder bei Freddy bist. Ich kriege sonst Ärger, wenn das rauskommt, richtig Ärger, verstehst du?«

Jussi warf das Telefon aufs Bett und schob sich ein Kissen hinter den Kopf. Er war so müde, dass er Mühe hatte, die Augen offen zu halten. Trotzdem starrte er auf den Bildschirm, auf dem sich jetzt ein graues Bild zeigte. »Sorry, Lou, aber ich bringe dir die Kamera wieder zurück, versprochen.«

Am Samstagabend hatte Jussi die Kamera aus dem Stall der Ravens geholt, während sich die ganze Mischpoke bei diesem Jagddinner vergnügt hatte. War total einfach gewesen. Von wegen, der Stall sei gesichert – alles war offen. Er hatte nur darauf achten müssen, dem Stallhelfer nicht über den Weg zu laufen. Dann war er seelenruhig rausspaziert und direkt in den Wald gegangen, an die Lichtung, wo er mit Edgar gewesen war. Hatte die Kamera an einem Baum befestigt und vorhin erst wieder abgeholt. Er hatte einfach wissen wollen, ob es wirklich Wölfe gewesen waren. Wenn er es schaffen würde, ein paar von denen zu fotografieren und an die Zeitungen zu verkaufen, das wäre echt klasse. Außerdem wollte er wissen, was Edgar so eine Angst gemacht hatte.

Bestimmt eine Viertelstunde schaute er zu, wie per Bewegungsmelder ausgelöste Aufzeichnungen begannen und kurz darauf wieder endeten. Von Wölfen weit und breit keine Spur. Irgendwann döste er ein. Jussi hörte Edgars schwere Schritte und roch die Benzinfahne, die er hinter sich herzog. »Werden schon seh'n, wie der brennt«, rief er vergnügt, »wird ein lustiges Feuerchen!« Dann blieb er stehen, ließ sich erstaunlich behände auf die Knie fallen und begann zu heulen wie ein Wolf.

Jussi rief, er solle das Maul halten, doch Edgar heulte lauter und immer lauter, und plötzlich gab es ein Echo, und das Heulen kam zurück, kam von allen Seiten, und überall standen die Wölfe da, kamen näher, und Edgar fiel um, weil er tot war, und Jussi war plötzlich ganz allein mit all den Tieren, die die Zähne fletschten und auf ihn zukamen.

Er rannte los, doch dann schlug er mit dem Kopf an etwas Hartes und blickte nach oben. Da waren Stiefel, die hingen herab, hellbraune Dockers mit dunkler Ledereinfassung am Schaft, es waren seine Stiefel, aber sie hingen im Baum, weil David dieselben Schuhe anhatte, und nun hing David da oben, und Jussi versuchte, ihn zu packen. Oder versuchte David, Jussi zu packen? Er hatte vergessen, wer wer war, und er schrie um Hilfe, doch David hielt nicht still, schaukelte hin und her, und Jussi versuchte, sich unter ihn zu stellen, Davids Füße auf seiner Schulter, so hatte er gedacht, doch die Füße verfehlten seine Schulter, bis sie sich nicht mehr bewegten. Und die Stiefel, die Jussi trug und David auch, hingen reglos im Baum.

Jussi schreckte so heftig hoch, dass ihm das Tablet von den Beinen rutschte. Er setzte sich wieder auf, fuhr sich durch die Haare und schaute auf die Uhr. Er hatte nur wenige Minuten geschlafen. Also hob er das Tablet auf, stoppte die Wiedergabe und ließ sie bei der letzten Aufzeichnung, an die er sich erinnerte, erneut ablaufen. Wieder sah er verschiedene Tiere durchs Bild huschen: Waschbären, Wildschweine, eine Eule flog vorbei. Wie viele es doch waren, dachte Jussi, und er rechnete sich im Kopf aus, was das Fleisch oder die Trophäen dieser Tiere einbringen würden.

Er beschleunigte die Aufzeichnungen mit dem Mauszeiger. Als die Bilder beim späten Sonntagnachmittag angekommen waren, stob eine Rotte Wildschweine durchs Bild. Ob Edgar sich hier doch mehr bedient hatte, als er zugeben wollte? Oder Freddy?

Zwei leuchtende Punkte tauchten auf. Kleine Lämpchen, die in den Büschen irrlichterten. Aus diesen Leuchtpunkten wurden vier, dann sechs. Jussi stieß einen Freudenschrei aus, sein Puls beschleunigte sich. Auch die nächsten Sequenzen wurden von den Wölfen ausgelöst. Jetzt beherrschten sie die Szenerie, alle anderen Tiere hatten das Weite gesucht. Es ging entspannt zu, das Rudel war unter sich. Plötzlich veränderte sich die Stimmung unter den Tieren, sie wurden nervös, dann rannten sie davon. Ende, neue Bildsequenz. Dieses Mal war es nur einer. Gerade als dieser das Blickfeld der Kamera verlassen hatte, erschienen zwei weitere leuchtende Punkte. Auch diese schweiften umher, nur lagen sie deutlich höher als die der Tiere.

»Das ist jetzt aber kein Wolf«, murmelte Jussi.

Diese Augen gehörten zu einer nach vorn gebeugten Gestalt, die etwas zu suchen schien und wieder verschwand. Kurz darauf bewegte sie sich mit seltsam ruckartigen Bewegungen rückwärts aus dem Busch. Gleichzeitig lief in einigen Metern Abstand ein Wolf durch den vorderen Bildrand.

»Das glaub ich jetzt nicht«, flüsterte Jussi. Der Typ war stehen geblieben und schaute sich um, horchte, und es schien, als schnüffelte er unentwegt. Als versuchte er zu wittern, ob irgendwo Gefahr lauerte. Am rechten Bildrand lag das, was er aus dem Gebüsch gezogen hatte und vor dem er jetzt nervös hin und her lief. Endlich bückte er sich, packte das Bündel und zog es nach rechts aus dem Bild. Jussi glaubte, einen Frischling zu erkennen, dann wurde es dunkel.

Er schnappte nach Luft. War das vielleicht *der* Frischling? Der, den diese Idioten krankgeschossen hatten? »Das ist ja abgefahren«, sagte Jussi laut. *Vielleicht haben die das Tier deshalb nicht gefunden.* Konnte doch sein? Er schaute auf Datum und Uhrzeit der Aufzeichnung. Sonntag – fünfzehn Uhr siebenundzwanzig. Ja, das könnte hinhauen. Jussi dachte eine ganze Weile nach. *Da sitzt einer im Wald und geht zusammen mit den Wölfen auf die Jagd. So muss ich das doch jetzt verstehen, oder? Wahnsinn.* Jussi lachte einmal auf. *Das ist vollkommener Blödsinn. Aber doch ist es so. Das war es, was Eddi gesehen hat.* Dieser Typ hatte sich an dem Kadaver bedient, der eigentlich dem Rudel zustand. Er schien irgendwie dazuzugehören.

Jussi trank einen Schluck von dem abgestandenen Bier, das neben dem Bett stand, dann noch einen und noch einen. Rieb sich die Stirn. Sein Blick fiel auf die Kamera im Regal, dann auf die Uhr. Die Kamera war neu, er hatte lange dafür gespart, in den Ferien bei Scandlines auf den Fähren gejobbt. Mit dem Ding konnte man super Nachtaufnahmen machen. Wenn er ein paar von den Wölfen vor die Linse bekäme und die Aufnahmen an die Zeitung oder an Magazine verkaufen könnte, hätte er die Kosten bald wieder reingeholt. Was ihm Sorgen machte, war dieser Waldmensch. Aber das Risiko musste er halt eingehen, er würde Freddys Gewehr mitnehmen. *Sicher ist sicher.*

✳✳✳

Felix von Thomsen hatte alle Möglichkeiten ausgeschöpft, die er zur Verfügung hatte, nun fiel ihm nichts mehr ein. Heute Vormittag war er noch einmal in die umliegenden Dörfer gefahren, um mit den Leuten zu reden. Natürlich hatten alle mitbekommen, dass der Jagdaufseher vermisst wurde, aber niemand hatte Felix weiterhelfen können. Mittags hatte er noch einmal die Treiber angerufen, aber auch sie hatten keine Neuigkeiten für ihn. Vorhin war Emma Flint bei ihm gewesen. Sie hatte einen anderen Kollegen dabeigehabt. Nicht den Sohn des alten Lupin, der ihm eigentlich ganz sympathisch war. Dieser Paul war anders, der machte sich garantiert seinen eigenen Kopf. Und er war angeschlagen, wie er selbst auch. Seit dem Steinwurf hatte Felix Kopfschmerzen und immer wieder auftretende Sehstörungen.

Emma hatte ihm von David Petersens Selbstmord erzählt, und er musste an Freddys Blick denken, als er ihn vor Kurzem getroffen hatte. Felix hatte nichts von Davids Tod gewusst, Niels bestimmt auch nicht, aber sicher war er mittlerweile nicht mehr. Natürlich hatte Emma eins und eins zusammengezählt. Felix hatte keinen Grund gesehen, ihr zu verschweigen, dass sie einen der Zwillinge erwischt und verfolgt hatten. Dass sie dazu befugt waren und ihn auch hätten festsetzen können, hatte er Emma nicht groß erklären müssen. Immerhin hatte sich dieser Bengel aus dem Staub machen wollen. In seinen Fallen hatten sich ein Bock und eine trächtige Ricke verfangen und waren kläglich verendet. Niels war ausgerastet.

Felix und Niels hatten sich aufgeteilt, als sie David auf den Fersen gewesen waren. David. Bis vorhin hatte er noch nicht einmal seinen Namen gewusst. Der Kerl war flink wie ein Wiesel gewesen und hatte sich lautlos bewegt, mit geschwärztem Gesicht. Felix hatte an Konstantin denken müssen. Nach so vielen Jahren waren wieder Erinnerungen an seinen Bruder aufgetaucht. Dieser Junge war wie Konstantin gewesen, ein lautloser Jäger. Er hatte denselben geschmeidigen, schlanken Körper gehabt, und Felix hatte für einen Moment die Zeit verloren, war abgetaucht in die warmen Nächte von damals mit den anderen. In die Nächte, in denen sie oben an der Steilküste gesessen hatten, den Sternen so nahe. Weder er selbst noch Niels hatten gewusst, dass Freddys Junge krank gewesen war.

Felix stand an der Tür zum Garten. Das Loch war immer noch in der Scheibe. Er hatte das Fenster nur provisorisch abgedichtet, weil er keine Handwerker im Haus haben wollte. Er hatte schon mit dem Gedanken gespielt, einen Freund in Farve anzurufen, der Jagdhunde züchtete. Vielleicht sollte er sich einen neuen English Cocker zulegen, irgendwann. Im Moment jedenfalls konnte er sich für Hope gar keinen Ersatz vorstellen.

Niels – wo steckte der nur? Immer und immer wieder fragte sich Felix, was passiert sein mochte. Dass der Jagdaufseher Edgar umgebracht haben sollte, konnte er sich beim besten Willen nicht vorstellen. Er begriff einfach nicht, warum sie bei den Petersens nicht noch einmal auf den Busch klopften. Emma hatte ihm erzählt, dass sie den Bruder, diesen Jussi, nicht länger in Haft lassen könne, da er ein Alibi für die Zeit der Jagd habe. Das war doch lächerlich!

Draußen im Garten bewegte sich etwas, blitzschnell griff Felix nach dem Gewehr. Seit er wusste, dass sie Petersen freigelassen hatten, lag es geladen und entsichert neben dem Fenster. Leise öffnete Felix die Tür und spähte hinaus, dann sah er, dass es nur ein Fuchs war, der durch den Garten trottete.

»Dein Glück, dass Hope nicht mehr da ist«, sagte Felix laut. »Die hätte dir Beine gemacht.«

»Bitte?« Ida, deren feste Schritte Felix immer schon von Weitem hörte, kam herein, eine große Tasse Tee in der Hand.

»Ach, nichts«, sagte Felix, »ich rede nur wieder mit mir selbst.«

»Jaja, und das nur, weil du immer allein bist. So ein junger Mann und sitzt ganz allein hier in dem großen Haus.« Sie reichte ihm die Tasse. »Ein Trauerspiel ist das, aber ich habe ja nichts zu melden. Hier, ich habe dir einen schönen Kräutertee aufgesetzt. Brauchst du sonst noch irgendwas?«

»Nein, alles gut.« Er schaute auf die Uhr, es ging auf zehn zu. »Wieso bist du überhaupt noch hier?«

»Weil ich mir Sorgen mache, deshalb.«

»Brauchst du nicht, geh nur.« Felix nahm die Tasse in beide Hände und wandte sich wieder dem Fenster zu.

Ida aber blieb stehen und schaute ihn an. »Hope fehlt mir doch auch. Willst du dir denn keinen neuen Hund anschaffen? Ich könnte doch mal mit dem Hinrich sprechen, der ist doch in diesem Züchterverein.«

»Ja – später vielleicht.« Er warf einen Blick auf das Hundekissen, das immer noch neben dem Sofa lag. »Es riecht noch so nach Hope und ... Ach, ich weiß auch nicht.«

»Dann eben nicht.« Ida war schon fast an der Tür, als sie noch einmal stehen blieb. »Übrigens, bevor ich es vergesse, aus dem Keller kommt wieder dieser komische Geruch, vielleicht ist ja doch ein Rohr geplatzt. Es riecht wie Hinrichs Gülletank.«

»Hast du mal nachgeschaut?«

Sie verneinte energisch, indem sie mit erhobenem Zeigefinger hin- und herfuhr. »Oh nein! Du weißt genau, dass mein Zuständigkeitsbereich hinter der Speisekammer aufhört.«

»Ich schau mir das mal an.«

»Gut, dann bleibe ich noch und passe auf«, schlug Ida vor. »In diesem großen Haus mit den vielen unheimlichen Räumen da unten, man weiß ja nie.«

»Brauchst du nicht, ich gehe später.«

»Und wenn da wirklich jemand ist? Stell dir nur vor, dass dieser Petersen vielleicht da unten herumschleicht. Der ist gefährlich.« Sie tippte sich an die Schläfe. »Und ganz richtig hier oben ist der auch nicht. Seit das mit Hope passiert ist, kann ich kaum noch schlafen vor lauter Angst, der kommt noch mal wieder. Und ich glaube auch, dass ich ein Geräusch aus dem Keller gehört habe, gestern erst.«

Felix stieß einen Seufzer aus. »Ich gebe mich geschlagen, dann lass uns nachschauen. Ich wollte sowieso Wein holen.«

Ida atmete erleichtert aus. »Ich hole mir was aus der Küche, zur Verteidigung.«

»Wenn's dich beruhigt.«

Als Ida mit dem Fleischermesser in der Hand wiederkam, schüttelte Felix den Kopf und fragte sie, ob sie allen Ernstes auf einen Einbrecher einstechen wolle. Ida umschloss das Messer nur noch fester und folgte ihm schweigend.

Felix' Holzschuhe klapperten auf der steinernen Treppe, während sie hinunterstiegen. Ida hatte recht, dachte er, als sie die Speisekammer betraten. Es roch nicht gut. Nicht so, wie es in einer Speisekammer riechen sollte. Er machte Licht.

»Hier verdirbt irgendwas.« Er begann, die Regale, in denen sich Lebensmittelvorräte stapelten, zu inspizieren. Aber es waren nur Konserven, Flaschen, Kaffeebohnen, Klopapier, Hundefutter in Dosen, nichts, was diesen penetranten Geruch hätte verursachen können. Links lag die Tür zum Weinkeller, und Felix warf einen Blick hinein, konnte aber nichts Außergewöhnliches sehen oder riechen.

Ida war zu einer glänzend schwarz lackierten Holztür gegangen, deren schwere Beschläge über die ganze Breite der Tür gingen. »Hier«, flüsterte sie, »es kommt von hier. Riechst du das auch?«

»Riecht irgendwie ... hm, nach Hund. Nach nassem Hund, der sich in Scheiße gewälzt hat. Vielleicht haben dort irgendwelche Tiere überwintert. Kein Grund zur Sorge.«

»Ich weiß genau, dass du mich nur beruhigen willst, blöd bin ich nicht.« Ida bemühte sich, eine feste Stimme zu behalten. »Ich denke, die andere Tür nach draußen ist fest versperrt.«

»Ich war seit Jahren nicht mehr im alten Kühlkeller, das weißt du doch.« Felix drehte den Schlüssel, und mit einem lauten Knirschen öffnete sich das Schloss. Für die Riegel musste er allerdings seine ganze Kraft aufwenden, bis sie sich endlich wegschieben ließen.

Derselbe Geruch wie in der Speisekammer, nur beißender, schlug ihnen entgegen. Felix musste ein Würgen unterdrücken. Er zog den Reißverschluss seines Pullovers hoch und schob den Kragen vor die Nase, während er die Tür ganz aufstieß.

Das Nächste, was er vernahm, war Idas Ausruf. »Allmächtiger im Himmel!«

Der ganze Raum war wie ein Teppich mit Zeitungen ausgelegt. Felix schob sie mit dem Fuß auseinander, es waren viele Schichten, darunter war fester Lehmboden. An einer Wand lagen Decken und Tierfelle, von denen, so vermutete Felix, der bestialische Gestank ausging. An der anderen Wand standen eine prall gefüllte Plastiktüte sowie eine ganze Batterie von leeren und vollen Wein- und Schnapsflaschen.

Felix ging langsam umher und sah sich die Sachen an. »Offenbar ist er nicht erst seit gestern hier.« Mit dem Holzschuh stieß er die Tüte um. Kleidungsstücke waren darin, schmutzig und übel riechend.

»Ob das dieser komische Mann ist, der manchmal mit dem Fahrrad hier rumfährt?«, fragte Ida.

»Schon möglich. Kann sein, dass er hier überwintern will.« Felix ging in die Knie und sah sich den Inhalt der Tüte näher an.

»Pack bloß nichts an, du holst dir noch die Krätze. Oder Läuse, Tuberkulose, die Franzosenkrankheit …«

Doch Felix hörte Ida gar nicht mehr. Er zog einen grauen Schal aus der Tüte, an dessen Enden jeweils ein rotes Hirschgeweih eingewebt war. Er schaute zu Ida hinauf, die sich die Hand vor den Mund schlug.

»Allmächtiger! Der gehört Niels.«

Felix nickte und wühlte weiter in den Sachen.

Ida schaute über Felix' Schulter. Sie passte auf wie ein Luchs.

»Halt«, rief sie plötzlich, »da!«

Es war ein schwarzes Etui, das zwischen den Anziehsachen gelegen hatte und herausgefallen war. Felix nahm es auf und öffnete es. Es war prall gefüllt mit Euroscheinen, Ein- und Zweihunderter, einige Fünfhunderter waren auch dabei.

»Großer Gott«, flüsterte Ida. »Das ist unheimlich.«

Felix überschlug die Summe, es mussten an die achttausend Euro sein. Dabei fiel etwas aus dem Etui heraus, eine Plastikkarte im üblichen Format. An den Rändern pellte sich die dünne Folienschicht ab, die Schrift war abgewetzt. »Universität Turku« stand darauf. Felix blickte auf und starrte eine Weile ins Leere. Turku war es, dachte er und rutschte an der Wand hinunter auf den Boden, nicht Helsinki. Konstantin war doch nach Turku gegangen.

Felix saß am Küchentisch und trank das Glas leer, das Ida ihm mit Whisky gefüllt hatte.

Sie selbst saß ihm gegenüber und tupfte sich die Augen ab, dann schnäuzte sie laut in ihr Taschentuch. »Ich muss immer daran denken, was eure Eltern gesagt hätten, wenn sie seine

Sachen da unten gefunden hätten.« Sie begann wieder zu weinen. »In diesem kalten Kellerloch, mein lieber Junge, mein blonder Engel ... Ach Gott! ... Er war doch immer so sensibel, so zart ... Wie lange wird er da schon gehaust haben?« Felix schob den Stuhl zurück und stand auf. »Musst dir nur die Zeitungen angucken, dann weißt du, wie lange.« Er fuhr sich mit beiden Händen durch die Locken und sah zu Ida hinüber. »Jetzt beruhige dich erst einmal. Und dann überlegen wir, was zu tun ist.«

»Auf keinen Fall die Polizei, Felix, das können wir ihm nicht auch noch antun.«

»Ich glaube, Emma weiß es längst.«

»Was? Wieso die und wir nicht?«

»Keine Ahnung. Aber sie hat mich vorhin nach Konstantin gefragt. Wir werden mit ihr reden müssen.«

Felix ging auf und ab und rieb sich das Kinn. Er musste nachdenken. Ja, er hatte ihn auch gesehen, diesen Typen in dem verdreckten Parka. Das zugewachsene braune Gesicht unter der bunten Mütze, das Fahrrad die Dorfstraße entlangschiebend. Er hatte ihn angegrinst, und Felix hatte ihm zugenickt. Konstantin hatte gewusst, wer er war, und Felix hatte es nicht gewusst. Er hatte ihn nicht erkannt. *Nicht erkannt ... nicht gewusst.* Das war für ihn das Allerschlimmste. Am Fenster blieb er stehen und betrachtete sein Gesicht in der dunklen Scheibe. Sollte Konstantin jetzt da draußen stehen, würde er in dasselbe Gesicht schauen. Das Gesicht seines Bruders. Ida schluchzte immer noch.

Felix bekam schon wieder Kopfschmerzen, seine Gedanken flogen wie wild durcheinander, als schlügen sie von innen an die Schädeldecke. Zweifelsohne hatte Edgar Konstantin gesehen in jener Nacht. Er hatte Konstantin für einen Werwolf gehalten. Felix stützte sich mit den Armen auf der Küchenplatte ab und ließ den Kopf auf die Brust fallen. *Warum hat er Niels' Schal in seinen Sachen, verdammt? Vielleicht hat er ihn einfach nur gefunden, im Wald, am Strand, irgendwo da draußen.*

Felix versuchte, sich an die Jagd zu erinnern. Er schloss die Augen und durchforstete sein Gedächtnis nach Bildern: die anderen Jäger, die durcheinanderredeten, das Klacken der Gewehre, Schüsse, Hundegejohle, freudige Ausrufe, Lachen. Wann hatte er Niels zum letzten Mal gesehen? Hatte er da den grauen Schal umgehabt? Niels hatte doch *immer* seinen Schal um.

»Ich muss ihn suchen gehen.« Felix drehte sich herum und sah zu Ida hinüber.

Die schaute ihn aus rot verquollenen Augen an. »Es ist doch dunkel … Aber du hast ja recht. Wir müssen ihn suchen gehen.«

»*Ich* werde ihn suchen. Du gehst nach Hause.«

»Kommt gar nicht in Frage! Ich kann doch jetzt nicht schlafen gehen.« Ida putzte sich noch einmal die Nase.

Felix atmete tief ein und wieder aus. »Ist doch sowieso alles Blödsinn! Es macht keinen Sinn, draußen im Dunkeln herumzulaufen. Es ist spät, Ida, komm … Geh ruhig nach Hause, mir fällt schon was ein.«

»Nix zu machen.« Ida stand auf. »Ich halte die Stellung. Dafür werde ich schließlich bezahlt.«

Felix sah sie eine Weile an, dann ging er zu ihr und nahm die kleine runde Frau in seine Arme. Fest umschlungen standen die beiden da, Felix' Kinn lag auf Idas Kopf, die wieder zu weinen angefangen hatte.

»Du bist unbezahlbar, Ida«, sagte Felix leise. »Ohne dich wäre ich längst nicht mehr am Leben. Ohne dich wäre ich auch so eine verlorene Seele. So eine wie mein Bruder.«

✻✻✻

Wenn ich nicht über mich sprechen kann, das ist eigentlich immer so, dann soll ich meine Träume erzählen, sagt mein Arzt immer. Und ich erzähle ihm einen Traum, immer denselben:
Ich krieche über den Strand und wundere mich darüber,

dass ich keinerlei Geräusche mache, denn der Seetang ist doch trocken. Irgendwann habe ich keine Kraft mehr und bleibe an der Wasserkante liegen. Neben mir hockt ein Marder, nein, nicht einer, viele sind es, zwanzig, hundert. Als der erste ins Wasser springt, tun es die anderen ihm nach. Aber sie schwimmen nicht, sondern ertrinken und schreien und weinen ganz jämmerlich, so wie Babys schreien. Ein langer, wilder Todeskampf, dann verschwinden sie im dunklen Wasser. Ich versuche, eines der verzweifelten Tiere zu greifen, krieche ins Wasser, immer weiter hinein, bis ich selbst langsam untergehe.

Das Meer ist tief, aber ich wundere mich nicht, dass ich weiterhin atme. Irgendwann erreiche ich den Grund, er ist weich und bequem, und als ich mich umblicke, bemerke ich, dass ich auf Hunderten von toten Mardern liege. Ich öffne den Mund, aber der Schrei ist stumm. Dann legt sich plötzlich eine Hand auf meine Wange. Es ist die Hand eines kleinen Mädchens, das mich trösten will. Das Mädchen hat ihren Puppenwagen dabei, und darin liegt ein totes Eichhörnchen. Es liegt unter einer Decke und hat ein Babymützchen auf dem Kopf. Es ist ganz still. Und dann muss ich immer weinen, weil es mich so traurig macht, dass das kleine Mädchen niemanden zum Spielen hat und deshalb immer auf den Grund des Meeres kommen muss.

✳✳✳

Einen Augenblick lang war Lou versucht gewesen, ihre Mutter zu rufen, aber da es schon so spät war, hatte sie es bleiben lassen. Und in der ganzen Aufregung danach hatte sie für eine Weile alles drum herum vergessen. Dass ihr Vater nicht mehr bei ihnen und Linda deshalb nicht ansprechbar war. Dass sie überhaupt nicht verstand, was hier vor sich ging. Dass Jussi sie … Lou kam sich schäbig vor, dass sie so dachte. Niels' Verschwinden war auch schlimm, aber sie musste immer nur an Jussi denken, selbst jetzt, wo das kleine Wunder vor ihr im Stroh lag. Selbst jetzt saß Jussi in ihren Gedanken neben ihr und lächelte sie an. Scheu, ja so richtig süß schüchtern. Lou hatte das Fohlen mit Stroh abgerieben, Carlotta lag daneben und leckte ihr Fohlen ab. Auch Lou würde ab jetzt die Mutter dieses kleinen Wesens sein. Sie und Carlotta. Einen Vater gab es nicht, den brauchten sie auch nicht. Wozu sollten Väter gut sein? Sie zeugten ihre Kinder und gingen dann arbeiten. Oder ganz weg. In der Tierwelt war es doch genauso. Gut, es gab Ausnahmen, Raben zum Beispiel, die waren ihr ganzes Leben mit demselben Partner zusammen. Oder gab es unter Rabenpärchen auch Streit, Trennungen, Leben in getrennten Nestern? Wer konnte das schon wissen?

Sie stand auf, um die Flasche Apfelsaft aus der Sattelkammer zu holen. Als sie den Gang zwischen den Boxen entlangging, fiel ihr Blick auf die Packung Zigaretten, die auf dem Fenstersims lag und die Ben gehörte, dem Stallhelfer. Jussi hatte nach Zigaretten gerochen, er hatte nach Zigaretten geschmeckt, und ihr ganzer Körper begann zu schwirren, als sie an seine Küsse dachte, an seine Zärtlichkeit.

Sie nahm die Zigaretten, schloss die Stalltür auf und setzte sich draußen auf die Bank. Sie sah Licht in der Küche ihres Hauses, sah den Kopf ihrer Mutter, die am Tisch saß, und fühlte die Leere und die Hoffnungslosigkeit, die von diesem Bild ausging. Sie schaute weg, sie konnte diesen Anblick nicht ertragen und war froh darüber, dass sie alle nötigen Sachen in der Sattelkammer hatte und heute nicht mehr ins Haus musste. Es war tiefe Nacht, aber sie war gar nicht müde. Morgen würde sie nicht in die Schule gehen, sie wollte im Stall bleiben. Der Tierarzt würde kommen, die erste Impfung war fällig. Außerdem wollte sie bei ihrem Fohlen sein. Eine Mutter ließ ihr Baby nicht allein. Nie im Leben.

Sie hatte eine Zigarette herausgezogen und zündete sie mit dem Feuerzeug an, das in der Packung gesteckt hatte. Sie inhalierte den Qualm nicht, überhaupt hatte sie noch nie geraucht. Sie wollte nur die Nacht mit Jussi wieder zurückhaben. Sie stieß den weißen Qualm in die dunkle Nacht und fragte sich, ob Jussi in seiner Zelle gerade auf der Pritsche lag und vielleicht auch an sie dachte.

»Jetzt fang bloß nicht an zu rauchen!«

Lou sprang auf und starrte auf Jussi, sie hatte ihn überhaupt nicht kommen hören. Sie wich zurück, als wäre er ein wildes Tier. Ihre Kehle war verschnürt, keinen Ton brachte sie heraus, dann musste sie auch noch husten.

»Hey, beruhige dich.« Jussi machte einen Schritt auf sie zu. Lou ging einen Schritt zurück. »Was machst du hier?«

»Ich bin zufällig vorbeigekommen und habe das Licht im Stall gesehen.«

»Hier ist eine Sackgasse, hier kommt man nicht einfach so vorbei.«

»Ja, gut, ich wollte einfach gucken, ob du auch nicht schlafen kannst.«

»Wieso bist du nicht im ... Bist du abgehauen?«

»Sie haben mich wieder laufen lassen.« Er lächelte. »Ich bin unschuldig.«

»Aber – Hope, du hast Hope umgebracht.«

Jussi sah Lou an, schweigend, dann nickte er. »Hope war alt und krank, mehr kann ich zu meiner Entschuldigung nicht sagen.«

»Du nimmst dir also das Recht heraus, über Leben und Tod zu entscheiden, ja?« Lou holte tief Luft und lehnte sich an die Stallwand. Obwohl sie den Qualm nur gepafft hatte, war ihr schwindelig. Vielleicht kam das aber auch von der Aufregung und davon, dass Jussi gerade tatsächlich vor ihr stand. Sie spürte seine Hand, warm und weich und eine Spur zu lange an ihrer, als er nach der Zigarette griff und sich auf die Bank setzte. Lou blieb stehen.

Jussi seufzte laut. »Nein, dieses Recht habe ich nicht. Das hat niemand hier. Auch wenn manch einer es sich herausnimmt.«

Lou erwiderte nichts darauf.

»Dein Vater ist nicht zufällig wieder aufgetaucht?«

Sie warf ihm einen skeptischen Blick zu. »Weißt du doch irgendwas?«

»Nein, war nur 'ne Frage. Was ist mit dem Fohlen, ist das wenigstens endlich da?«

»Ja, ist da.«

»Echt?« Jussi warf die Zigarette auf den Boden und trat sie aus. »Kann ich es mal sehen? Es ist sowieso scheißekalt hier draußen.«

Lou zögerte einen Moment, dann schaute sie zum Haus hinüber, in dem immer noch Licht brannte. »Okay, dann komm.«

Sie beobachtete ihn, wie er das Fohlen anschaute, zärtlich, aber auch abwesend, mit den Gedanken irgendwo anders. Er hat etwas Unberechenbares, dachte sie. Etwas, das ich nicht zu packen kriege. Er hat immerhin Hope erschlagen. Er hat Felix mit einem Stein verletzt. Er hat etwas Gewalttätiges, vor dem ich Angst habe. Ich weiß immer noch nicht, was er wirklich von mir will.

»Hat es schon einen Namen?«, fragte er.

»Ich bin mir noch nicht ganz schlüssig. In diesem Jahr sind bei den Holsteinern die Namen mit M dran.«

»Es ist ein Stutfohlen, oder?«

Lou nickte.

»›Miss Perfect‹«, sagte Jussi und grinste, »passt zur Halterin.«

»Haha. Ich hatte an Maika gedacht«, entgegnete Lou, »die Starke.«

»Malou. Heißt ›mit Friede‹. Und ›Lou‹ haste gleich mit drin.«

Jussi saß immer noch ganz in den Anblick des zarten und jungen Tieres versunken auf dem Boden, als Lous Blick in die obere Ecke der Box fiel, in der die Halterung der Kamera für den Gang hing, nur ohne Kamera. Ihre Blicke streiften sich kurz.

Lou überlegte einen Augenblick. »*Du* hast die Kamera mitgenommen«, sagte sie und stand auf. »Das war gar nicht Niels, wie wir gedacht haben.«

Jussi erhob sich ebenfalls. »Hat es Probleme gegeben?«
»Das ist doch jetzt egal!«, rief Lou aufgebracht. »Es geht
darum, dass du ständig irgendetwas tust, das nicht in Ordnung
ist.« Sie drängte ihn aus der Box und verschloss sie von außen.
»Was kommt als Nächstes? Heute Nacht spazierst du hier rein,
nimmst uns das Fohlen weg, um dich an meinem Vater zu rächen oder um es gleich zu verkaufen, weil dein armer Vater ja
so viele Probleme hat?« Lou spürte wieder die Enttäuschung
und die Wut aufsteigen, die sie während der Rückfahrt von
Kiel in Emmas Auto gespürt hatte. Dieses beschissene Gefühl
der Hilflosigkeit.
»Nein, so was würde ich nie machen, ich –«
»Ach nein? Was soll ich denn noch glauben? Egal was du
sagst, immer kommt dann was, das irgendwie falsch ist. Hinterlistig und gemein.« Sie ging zur Stalltür und öffnete sie.
»Verschwinde jetzt und lass mich einfach in Ruhe, okay?«
Jussi ging hinaus, und Lou schlug die Tür zu.
Lou stand im Gang des Pferdestalls, trat gegen die Tür und
begann zu weinen. Aus Wut über sich selbst, dass sie Jussi so
angeschrien hatte, wo sie doch nichts sehnlicher wollte, als
dass er hier bei ihr blieb. Bei ihr und ihrem Baby. Bei Malou.

***

Freddy war wie immer vor dem Fernseher eingeschlafen,
und Jussi wollte ihn nicht wecken. Er schlich in sein Zimmer,
schloss die Tür und setzte sich aufs Bett.

Was hatte er sich schon wieder gedacht? Dass sie sich freuen
würde, weil er mir nichts, dir nichts wieder aufgetaucht war?
Ach, du lieber Jussi, ist ja nichts passiert. Nur dass mein Vater
verschwunden und vielleicht tot ist. Dass er uns vielleicht auch
nur verlassen hat, weil er uns nicht mehr mag, wäre ja noch
viel schlimmer, aber egal, du bist jetzt da, und das ist ganz toll.
Die Kamera, ach was, kein Problem, haben wir uns doch gern
klauen lassen. Und der Hund war ja wirklich schon alt, hast
ihm wahrscheinlich einen Gefallen getan.

Was, verdammt, war nur los mit ihm? Wenn er mit nichts mehr klarkam, warum zog er dann sie mit hinein? Ausgerechnet sie? Und da fiel ihm ein, dass er inmitten dieser Träume von David, die ihn jede Nacht heimsuchten, auch von Lou geträumt hatte. Dass sie gemeinsam auf einen Baum kletterten, mit einem Strick um den Hals, und hinabsprangen, sich an den Händen haltend. Aber sie fielen nicht ins Leere, brachen sich nicht das Genick, sondern sie versanken in schwarzem, öligem Wasser. Es war so wunderschön gewesen. Lou hatte ihn angelächelt, ihr Haar umschwebte ihren Kopf wie ein Seidentuch, die Brüste standen fest und spitz vor ihm, das Schamhaar so unschuldig. Als er aufgewacht war, hatte er sich nichts sehnlicher gewünscht, als mit ihr zu schlafen, und sich anschließend so beschissen gefühlt, dass er kurz daran gedacht hatte, sich wirklich zu erhängen. In Thomsens Wald, genau da, wo diese Sau immer spazieren ging. Doch dann war ihm Freddy eingefallen, und er hatte versucht, an etwas anderes zu denken.

Er löschte das Licht und verließ das Zimmer. Langsam und nur mit größter Überwindung stieg er die knarrende Holztreppe zum Dachboden hinauf. Freddys alte Büchse lag unter einer losen Holzdiele, genau an der Stelle, an der David gehangen hatte. Jussi nahm sie heraus, ohne nach oben zu schauen, und saß wenige Minuten später in seinem Bulli. Aber bevor er in den Wald fuhr, wollte er doch noch etwas klären. Kurz darauf stand er wieder vor Lous Stall. Er klopfte, und Lou öffnete sofort.

»Noch sauer?«

Lou sagte zuerst gar nichts, und Jussi wusste, wie schwer es war, über seinen eigenen Schatten zu springen.

»Nein«, sagte sie leise.

»Das ist gut. Ich bin der größte Idiot unter der Sonne, dem Mond und den Sternen.«

»Ja, das bist du.« Sie öffnete die Tür und trat beiseite, um ihn hereinzulassen.

Doch Jussi schüttelte den Kopf. »Ich kann nicht bleiben, muss noch was erledigen.«

»Jetzt? Was denn?«
»Ich habe eine interessante Entdeckung gemacht. Außerdem will ich versuchen, einen Wolf vor die Linse zu kriegen.«
»Sei vorsichtig.«
»Bin ich.«
»Jussi?«
»Ja?«
»Kommst du bitte anschließend her?«
»Hätte ich sowieso gemacht.«

Als er am Waldrand angekommen war, hatte es aufgeklart, die bleiche Sichel des abnehmenden Mondes stand deutlich sichtbar am Himmel. Leise schloss er die Tür, atmete einmal tief durch, hängte sich Büchse und Kameratasche um, nahm die Taschenlampe und ging los.

Er spürte, dass er nervös wurde. Endlich war er an der Lichtung angekommen und suchte die Stelle, wo der Typ den Frischling versteckt hatte. Er sah sich um, dann ging er den Weg weiter, bis der Wald sich lichtete und freies Feld vor ihm lag. Plötzlich setzte es wieder ein, dieses surrende Gefühl heraufziehender Angst. Wie vor einigen Tagen, als er mit Edgar hier gewesen war.

Die Taschenlampe nach unten gerichtet, ging er ein Stück am Rand des Waldes entlang, als er ihn sah. Er lief über das Feld. Es musste einer der ausgewachsenen Wölfe sein. Ein freudiger Schauer lief über seinen Rücken, er hatte richtig getippt. Sie waren wirklich hier. Langsam ging er weiter, doch plötzlich hörte er etwas. Es schien, als wäre eines der Tiere direkt vor ihm. Jussis Herz blieb beinahe stehen. Noch konnte er den Wolf nicht sehen, sondern nur hören. Leise Pfoten auf Waldboden, es musste der sein, den er gerade über das Feld hatte laufen sehen. Er nahm das Gewehr von der Schulter, hielt die Luft an. Scheiße, dachte Jussi. War vielleicht doch keine so gute Idee gewesen, allein hier rauszufahren.

Endlich konnte er Umrisse erkennen, der Wolf schien nicht besonders groß zu sein. Jussi war fassungslos, hatte er doch immer gehört, dass Wölfe niemals in die Nähe von Menschen kommen würden. Er legte an, merkte, wie sehr er zitterte und dass sein Herz bis in den Hals hinein hämmerte. Plötzlich hörte er etwas anderes, ganz leise, schwach – ein Stöhnen. Jussi wusste nicht, was hier los war, er behielt die sich nähernden Umrisse des Tieres genau im Blick. Dann ließ er das Gewehr sinken.

Vor ihm stand ein Hund, der Münsterländer, der den Ravens gehörte. Er wirkte verstört, näherte sich nur ganz vorsichtig. Dann hörte Jussi wieder das leise Stöhnen, es war ganz nah. Jussi folgte dem Geräusch, bis er jemanden auf dem Boden liegen sah. Es war Niels Raven.

Jussi bekam weiche Knie. Hektisch sah er sich um, dann kniete er sich hin, leuchtete neben Raven, um ihn nicht zu blenden. Der Mann sah nicht gut aus. Davon abgesehen, dass er verdreckt war – was Jussi als besondere Ironie empfand, da er sonst immer total geschniegelt herumlief –, hatte er eine böse Schramme an der Stirn. Das rechte Hosenbein war dunkel von Blut. Jussi beleuchtete es und sah ein Loch in der Hose, das vermutlich von einer Schussverletzung herrührte.

»He!« Jussi legte eine Hand auf die Schulter des Verletzten, gleichzeitig verspürte er große Lust, ihm eine reinzuhauen. Der Hund knurrte. »Hören Sie mich?« Schnell schaute er sich um, aus Angst, der Typ, der den Frischling aus dem Gebüsch gezogen hatte, könnte auftauchen.

Raven öffnete die Augen, zittrig, nur einen Spalt, seine Lippen waren aufgesprungen. Er versuchte, etwas zu sagen, es gelang ihm nicht. Jussi verfluchte den Umstand, dass dieser Kerl der Vater von Lou war. Er war hin- und hergerissen. Etwas in ihm wollte diesen Scheißkerl einfach hier liegen lassen und am besten noch mal nachtreten, bevor er ging. Doch sein Drang zu helfen war stärker, und dafür hasste er sich in diesem Moment mehr als für die bösen Gedanken. Erneut beugte er sich zu dem Verletzten hinunter. »Was ist passiert? Wer war das?« Wieder ein Blick über die Schulter, der Hund saß neben seinem Herrchen und beschnupperte es.

Niels Raven öffnete die Augen, ein bisschen mehr jetzt,

und es schien, als erkannte er den, der da vor ihm hockte. Er bewegte den Kopf, ein wenig nach links, dann nach rechts. »Wissen Sie es nicht?«

Raven bewegte die Lippen, dann formte er sie zu einem O. »Ich verstehe nicht«, sagte Jussi und sah sich wieder um. Raven sah ihn an. »Lou«, brachte er flüsternd und mit viel Mühe heraus, und Jussi dachte, er hätte sich verhört. Doch Raven wiederholte noch einmal: »Lou.«

»Lou?«, fragte Jussi, während er sein Handy aus der Tasche zog. »Was ist mit ihr?«

Niels Raven schloss die Augen, und Jussi sah, dass es ihn größte Anstrengung kostete, zu sprechen. Auch wenn er für das Wort »Lou« noch nicht einmal die Lippen bewegen musste. »Du ... musst sie ...«

Etwas hinter Jussi knackte, und plötzlich spürte er einen Druck an seinem Hinterkopf, so stark, dass sein Kopf nach vorn gedrückt wurde.

»Weg damit«, flüsterte jemand, und Jussi ließ das Handy fallen.

»Gewehr auch.«

Er folgte dem Befehl und versuchte krampfhaft, dieses Flüstern einer Stimme zuzuordnen, was ihm nicht gelang. Es war auch kein Flüstern, eher ein gepresstes Zischen, sodass er noch nicht einmal erkennen konnte, ob es von einem Mann oder einer Frau kam.

»Runter, auf den Bauch. Wenn du dich rumdrehst, bist du auch tot.«

Jussi gehorchte und legte sich auf den Boden. Und dachte: Wieso »auch«?

In diesem Moment krachte ein Schuss durch die Nacht, und Jussi erschrak dermaßen, dass er reflexartig beide Arme über seinen Kopf warf und einfach liegen blieb. Das Letzte, was er dachte, war: Hey, das war doch Freddys Gewehr. Dann traf ihn etwas Hartes am Hinterkopf, und es wurde schwarz um ihn, ohne dass er einen Schmerz empfand.

Mittwoch

Mitten in der Nacht stand Emma am Rand eines dunklen Feldes und war todmüde. Da die Scheinwerfer nur einen kleinen Abschnitt des Waldes erhellten, schien es, als befänden sie sich auf einer Theaterbühne. Als der Anruf sie erreicht hatte, hatte sie kurz überlegt, sich einen Kaffee zu kochen, aber allein bei dem Gedanken war ihr übel geworden. Sie schaute zu Jussi hinüber, der an einem Baum hockte, in eine Decke eingewickelt, und mit toten Augen ins Leere starrte. Armer Kerl, dachte sie. Es war die ganze Körperhaltung und dieser Gesichtsausdruck, der ihr zeigte, dass er nicht mehr aufnahmefähig war. Als sie ihn gefunden hatten, war er gerade wieder zu Bewusstsein gekommen.

»Ich frage mich, ob wir jemanden besorgen sollten, der sich um ihn kümmert«, sagte sie zu Martin Heimdahl, der gerade zu ihr kam. »Ich weiß nicht, wie stabil er ist.«

»Wir sind hier gleich fertig, dann kannst du ihn mitnehmen«, erwiderte Heimdahl und sah ebenfalls zu Jussi hinüber. »Aber es stimmt, er kann einem wirklich leidtun.«

»Könnt ihr mal kommen?«, rief Caren Andersen. Sie stand neben Niels Raven und zeigte auf das verletzte Bein. »Das sieht nach einem glatten Durchschuss aus.«

»Also haben wir keine Kugel«, sagte Emma.

»Nein, nur die, mit der er getötet wurde. Und die Waffe kennen wir ja.«

Emma schaute den Toten an. Ihr ganzes Leben lang hatte sie Niels gekannt. Den Vater von Lou, auf die sie aufgepasst hatte, um sich etwas dazuzuverdienen. Der sie zum Spielplatz oder an den Strand gefahren hatte. Zum Kasperletheater nach Lütjenburg, nach Lübeck zum Weihnachtsmarkt, ins Meereszentrum nach Fehmarn, zum Kinder-Vogelschießen nach Oldenburg. Für sie war Niels Raven der Supervater gewesen. So einer, für den man sich nie zu schämen brauchte. Sie hatte

Lou um diesen Vater beneidet. Und plötzlich geschahen hier Dinge, zack, zack, zack, so schnell hintereinander, und Niels wurde in so kurzer Zeit derart demontiert, dass sie glaubte, es wäre gar nicht Lous Vater, der da lag. Verdreckt, mit zerschossenem Nacken.

Emma hörte sich selbst laut aufschluchzen und wandte sich ab. »Ich kann das alles im Moment nicht sehen.«

Heimdahl griff ihr unter den Arm und brachte sie zu Jussi. »Setz dich hierher, so haben wir euch beide im Auge und können in Ruhe unsere Arbeit machen. Und nimm bitte den Hund mit.«

Emma packte Nelli, die sich nicht von ihrem Herrchen trennen wollte, am Halsband und zog sie mit sich. Dann hockte sie sich neben Jussi und beobachtete Caren Andersen und Martin Heimdahl, die beide vor dem Leichnam knieten und sich leise unterhielten. Andersen stand wieder auf und hockte sich auf die andere Seite des Toten. Deutete mit dem Arm nach hinten, zur Seite, in die andere Richtung. Vermutlich erzählte sie Heimdahl gerade, dass Jussi nicht der Schütze gewesen sein könne, da er auf der linken Seite mit Blut bespritzt war und folglich rechts von Niels Raven gewesen sein musste. So wie er es auch erzählt hatte.

»Wieso habt ihr mich überhaupt gefunden?«, fragte Jussi.

»Das hast du Lou zu verdanken. Du bist nicht wie verabredet zu ihr gekommen, deshalb hat sie mich angerufen. Ganz einfach. Was hast du hier draußen gemacht?«

»Das, was ihr eigentlich hättet machen sollen.«

»Gib mir nicht immer so blöde Antworten. Also, wieso bist du hier rausgefahren?«

»Ich wollte Fotos machen, von den Wölfen.«

»Im Dunkeln.«

»Ich habe eine gute Kamera.«

»Und wo ist die?«

Jussi erinnerte sich, dass er die Tasche abgestellt hatte, als er Niels Raven gefunden hatte. »Verdammt, die muss noch an der Lichtung sein. Ich muss sie suchen.« Er wollte aufstehen.

Emma hielt ihn zurück. »Nichts wirst du tun. Woher wusstest du, dass Niels Raven hier ist?«

»Ich wusste es nicht. Purer Zufall.«

»Das glaube ich dir nicht.«

»Ich wollte wirklich Fotos machen, weil … Na ja, ich habe eine Kamera im Wald aufgehängt, so eine, die sich bei Bewegung einschaltet. Und vorhin habe ich sie wieder geholt und mir die Bilder angeschaut, und da habe ich die Wölfe gesehen.«

»Und du hast es nicht für nötig gehalten, mir das zu sagen?«

Jussi zuckte nur mit den Schultern.

»Wo sind die Aufnahmen jetzt?«

»In meinem Bulli, kannst du gerne haben.«

»Die hätte ich mir sowieso geholt.« Emma kniff die Augen zusammen und rieb sich die Stirn. Vom Boden her kroch eine feuchte Kälte in sie hinein. Sie zog Nelli näher an sich heran. »Noch einmal zu dem Bild, das ich dir geschickt habe. Das war also der Mann, den du schon einmal am Hirschfänger gesehen hattest?«

»Eddis Werwolf.« Jussi lachte verächtlich auf. »Er hat mir von einem Typen erzählt, der sich angeblich schon eine ganze Weile hier rumgetrieben hat. Der wär ein Krimineller und würde nur Krankheiten und Läuse verbreiten und klauen. So einer hätte in seinem Havgart nichts verloren.« Er schüttelte den Kopf. »Und macht sich in die Hose, als er ihn dann im Wald trifft, faselt von verwandelten Wilas und Werwölfen.« Dabei hatte Edgar mit allem anderen recht gehabt, dachte Jussi. Und in die Hose hatte er sich beinahe auch gemacht.

»Also, ich glaube zu wissen, wer er wirklich ist. Sein Name ist Konstantin, wenn ich nicht ganz falschliege.«

»Schön, da habt ihr wenigstens einen, den ihr einbuchten könnt«, erwiderte Jussi.

»Wenn wir ihn erst haben, gerne.« Emma hörte selbst die Müdigkeit und Mutlosigkeit in ihrer Stimme. »Du kennst ihn nicht, oder?«

»Muss ich?«

»Er heißt von Thomsen mit Nachnamen. Er ist Felix' jüngerer Bruder.«

Jussi fuhr herum und starrte Emma an. Dann begann er zu lachen. Er lachte so laut, dass Andersen und Heimdahl zu ihnen herübersahen. »Was ist das denn für ein krankes Zeug?« Wieder lachte er, aber das Lachen glich mehr einem Heulen. »Und ich dachte immer, *wir* wären die asozialen Außenseiter von Havgart. Dabei sind die alle noch viel schlimmer. Wollt ihr das mal meinem Vater erklären, he? Diese ... degenerierte geisteskranke Inzucht behandelt Freddy wie den letzten Dreck. Hochnäsig bis zum Himmel und ... Ach, Scheiße.« Er stützte die Ellenbogen auf die Knie und legte die Arme über den Kopf. Nach einer Weile war ein dumpfes Stöhnen zu hören, als käme es tief aus einer Höhle. »Und dann liegt der Scheißkerl da auf dem Weg, und ich bin voll von seinem Blut, und Lou hat keinen Vater mehr.« Er hob den Kopf an, und Emma sah in sein müdes Gesicht, in dessen Augen sich Tränen gesammelt hatten.

Sie rückte an ihn heran und legte ihren Arm um seine Schulter. Dann saßen sie einfach nur da, Emma, Jussi und Nelli, und lauschten den Geräuschen im Wald und den Stimmen der anderen.

»Weißt du, was er gesagt hat?« Jussi zog die Decke enger um sich.

»Wen meinst du?«

»Raven. Als ich ihn gefragt habe, wer das gewesen wär.«

»Er hat noch was gesagt?«

Jussi nickte und schaute zu einem der Beamten hinüber, der im Licht der aufgestellten Scheinwerfer herumging wie ein Storch. »Er hat ›Lou‹ gesagt.« Jussi wandte sich wieder Emma zu. »Zwei Mal. Und dann noch, dass ich irgendwas mit ihr machen soll ... Nee, warte mal, er sagte: ›Du musst sie ...‹ Dann kam nichts mehr.«

»Was könnte er damit gemeint haben? Doch wohl nicht, dass Lou ihm das angetan hat?«, fragte Emma.

»Wohl kaum. Aber vielleicht, dass es irgendwie um Lou

geht. ›*Du musst sie* …‹«, er dehnte die Worte, »*warnen* … *be-schützen* vielleicht?« Er lachte kurz auf. »Ausgerechnet ich.«

»*Du musst sie* …«, Emma dachte nach, »*fragen, möglicher-weise? Oder suchen?*«

Wieder schwiegen sie.

»Was ist das für einer, dieser Konstantin?« Jussi zog die Nase hoch. »War er es? Hat er Niels erschossen und mir eine übergezogen?«

»Das können wir nicht ausschließen, Jussi.«

»Ich meine, jetzt mal im Ernst, er ist mit den Wölfen gekommen, er bewegt sich unter ihnen, als gehöre er zum Rudel.«

»Woher weißt du das?«

»Der Film, ich habe ihn auf dem Film gesehen. Echt, das glaubst du nicht. Aber trotzdem ist das vollkommen unmöglich. Wölfe tun so was nicht. Und als wir im Wald unterwegs waren, also Edgar und ich, da müssen die Wölfe in der Nähe gewesen sein. Immerhin hat der Typ sich was von ihrer Beute geholt. Ich sag doch, das glaubst du nicht.«

»Ich glaube es, Jussi. Ich glaube langsam alles. Komm«, Emma stand langsam auf, »wir holen uns hier auch noch den Tod. Ich habe sowieso den Eindruck, dass der sich hier in der Gegend gerade besonders wohlfühlt.«

Sie hielt ihm die Hand hin, und Jussi zog sich daran hoch. Dann brachte sie ihn zum Wagen. Nelli kam bereitwillig mit. Emma hatte den Eindruck, als sei die Hündin froh, endlich aus dem feuchten Wald herauszukommen. Vielleicht auch dank-bar, endlich der Fürsorge um ihr totes Herrchen entbunden zu sein.

»Bin gleich wieder da«, rief sie Jussi zu und ging noch ein-mal zu Martin Heimdahl. »Ich bringe ihn jetzt erst einmal nach Hause. Vielleicht kriege ich später noch etwas mehr aus ihm raus. Braucht ihr mich noch?«

»Nein, hier kannst du nichts mehr tun.«

Emma verabschiedete sich und sah noch einmal zu dem Feld hinüber. Sie erinnerte sich daran, dass sie manchmal mit Niels und Lou hier draußen gewesen war, ein Stück weiter, an dem Hochsitz. Niels hatte ihnen hinaufgeholfen und aufgepasst, dass sie nicht auf den glatten Sprossen ausrutschten. Aber heute Nacht hatte ihm niemand geholfen. Doch, jemand hatte es versucht. Und das war ausgerechnet derjenige gewesen, der ihn am meisten hasste.

✳✳✳

»*Welch ein Graus wird sein und Zagen, wenn der Richter kommt, mit Fragen* ...« Johann schritt singend durch den Flur, an seinem Sohn vorbei, der gerade aus dem Bad kam, und entschwand Richtung Küche.

Paul kannte diesen Gesang vom Jüngsten Gericht. *Schaudernd sehen Tod und Leben sich der Kreatur erheben* ... *Tag des Zornes, Tag der Tränen, wirst die Welt in Asche kehren* ... Wo hatte Johann das schon wieder her? Den ganzen Morgen schon hatte sein Vater an seiner »Weltraumorgel«, wie er seine alte Yamaha nannte, gesessen, jetzt hörte Paul durch die angelehnte Tür, dass Johann Holzscheite neben dem Kamin aufstapelte. »Ich drehe mal eine Runde«, rief Johann ihm noch zu, und weg war er.

Schaudernd sehen Tod und Leben sich der Kreatur erheben – vorsichtig zog Paul das zusammengerollte Hosenbein über den verbundenen Fuß. Tod und Leben, dachte er. Der Tod kommt, sagte man doch immer, während das Leben geht. Es war also ein Kommen und Gehen. Begegnen sich die beiden, also das Leben und der Tod? Und wenn ja, wo? Und wann? Geht das Leben zuerst, bevor der Tod kommt? Oder klopft der Tod höflich an und sagt: »Okay, kannst gehen, ich übernehme jetzt!« Und das Leben vielleicht: »Wart noch einen Moment, ich muss noch ein paar Sachen zusammenpacken, kann ein bisschen dauern.« Dann liegt man im Koma. Oder wacht in seinem Sarg auf, zwei Meter unter der Erde.

Seit er aufgestanden war, hatte er solche Gedanken im Kopf. Schon bevor Johann begonnen hatte, diesen Choral zu singen. Paul nahm sich vor, an etwas anderes zu denken, weg von Alter, Sterben und Tod. Oder seinem eigenen Zustand. Morgen hatte er einen Termin in Oldenburg im Krankenhaus, zur Nachuntersuchung, bis dahin sollte er sich dem Leben zuwenden.

»Da steht ein Leichenwagen«, hörte er Johann rufen. Paul rubbelte sich gerade die Haare trocken. Hatte er »Leichenwagen« verstanden? Er hielt inne, horchte und pustete sich eine Strähne aus dem Gesicht. »Johann?«

Als er sein Zimmer verließ, sah er seinen Vater erneut durch den Garten verschwinden. Paul warf sich die Daunenjacke über und folgte ihm auf die Dorfstraße. Und tatsächlich, vor dem Hirschfänger stand ein grauer Leichenwagen, die Heckklappe war geöffnet.

»Hauke Liebe ist abgetreten«, sagte Johann mechanisch.

Paul musterte seinen Vater, der gedankenversunken dastand. »Sag mal, kann es sein, dass du irgendwas weißt?«

»Ich?« Johann drehte seinen Kinnbart mit dem Zeigefinger. »Nix weiß ich, gar nix. Aber wer sollte es sonst sein, wenn nicht Hauke Liebe? Der war ja krank.«

»Ging es ihm denn so schlecht?«

»Gut auf jeden Fall nicht«, murmelte Johann abwesend. »Deshalb war wohl auch die Krankenschwester da.«

Beide sahen nun, wie ein Sarg hinausgetragen wurde.

Paul seufzte. »Ich geh mal rüber, bestimmt ist der Arzt da. Mit dem wollte ich sowieso reden.«

»Ich komm mit.«

Wenn einer im Leichenwagen liegt, dachte Paul und zog die Kapuze über die feuchten Haare, dann haben sich Leben und Tod bereits voneinander verabschiedet. Dann ist alles erledigt. Das Leben hat sich zurückgezogen. Aber wohin? Ins Schlafzimmer von frisch verliebten jungen Leuten vielleicht? Oder ins Behandlungszimmer eines Kinderwunschzentrums? Mit Sicherheit nicht nach Havgart.

Der Leichenwagen setzte sich gerade in Bewegung, als sie am Hirschfänger ankamen. An der Tür hing eine Klarsichthülle mit einem Zettel: »Wegen Trauerfall geschlossen«, aber die Tür war trotzdem offen. Im Gang zur Wohnung kam ihnen Olaf entgegen, der ein Tablett mit mehreren leeren Gläsern in der Hand hielt.

»Guten Morgen«, sagte Paul, »obwohl geschlossen ist, sind Sie hier?«

»Klar. Wenn der Chef stirbt, muss man doch kommen.«

»Wann ist er gestorben?«, wollte Johann wissen.

»Weiß ich doch nicht. Lag auf jeden Fall heute Morgen tot im Bett.« Olaf hob die Schultern. »Also gestern war er zwar ein bisschen angeschlagen, aber nicht so hinfällig, dass wir fürchten mussten, er klopft bei Petrus an.« Olaf sah auf und hob beschwichtigend eine Hand. »Ja, sorry, aber ist doch wahr. Was soll denn jetzt werden?«

»Kann man zu ihr?«, fragte Paul.

»Selbstverständlich.« Olaf ging weiter. »So zerbrechlich sie auch erscheinen mag, die haut so schnell nichts um«, rief er ihnen zu, ohne sich umzudrehen.

Johann und Paul tauschten einen kurzen Blick, dann klopften sie an die Tür des Wohnzimmers. Henny Liebe öffnete ihnen, sie sah übernächtigt aus.

Johann nahm ihre Hände in die seinen und hielt sie fest.

»Mein aufrichtiges Mitgefühl, Henny. Es tut mir sehr leid.«

»Auch von mir, Frau Liebe, mein Beileid«, sagte Paul und warf einen Blick ins Wohnzimmer. »Darf ich kurz?«

Henny trat beiseite. Dr. Stoevesand saß am Tisch, offenbar war er gerade dabei, den Totenschein auszustellen. »Könnte ich Sie gleich einen Moment sprechen?« Paul sprach etwas leiser, draußen im Gang hörte er, dass Johann sich mit Henny unterhielt.

»Zwei Minuten.«

»Danke. Ich warte draußen.«

Dr. Stoevesand war ein Hüne, der den Kopf einziehen musste, als er die Gaststube betrat. Ein Allround-Landarzt, dachte Paul und stellte sich vor, wie seine riesigen Schaufelhände Knochen einrenkten, Spritzen in Gesäßmuskeln rammten und vielleicht auch das eine oder andere Baby oder Kalb auf die Welt brachten.

»Woran ist Herr Liebe gestorben?«, fragte Paul, als der Arzt mit einer Tasse Kaffee, die er sich vorher bei Olaf geholt hatte, Platz nahm.

»Er hatte einen erneuten Schlaganfall.«

»Er starb also eines natürlichen Todes?«

»Haben Sie Grund zu der Annahme, dass dem nicht so sein könnte?«

»Sie haben sicherlich mitbekommen, dass es zurzeit in Havgart leichter ist, an einem nicht natürlichen Tod zu sterben.«

»Dennoch kann ich Ihnen versichern, dass Hauke ganz natürlich entschlafen ist.«

»Mich interessiert aber noch etwas anderes, das schon länger zurückliegt. Es geht um Hannes Petersen.«

»Hannes Petersen?«, wiederholte der Arzt erstaunt. »Und was genau wollen Sie wissen?«

»Mich interessieren die Umstände seines Todes.«

»Umstände ... traurige Umstände, würde ich sagen. Ich weiß noch genau, was ich damals gedacht habe, als ich ihn da liegen sah.« Er trank einen großen Schluck Kaffee, den er geräuschvoll hinunterbeförderte. »Vernachlässigung.«

»Also hatte Niels Raven recht mit seiner Anschuldigung, dass sich niemand um ihn gekümmert habe.«

»Fraglos.«

Paul nickte. »Aber hatte Henny Liebe nicht nach ihm geschaut? Sie war doch Krankenschwester und hat über viele Jahre für Sie gearbeitet.«

»Vierzehn Jahre war sie bei mir. Von '73 bis zur Heirat '87, dann ist sie gegangen.« Er stieß einen Seufzer aus und schaute in Richtung der Tür zur Wohnung der Liebes. »Sie war die Beste, die ich je hatte. Ich kann Ihnen nicht sagen, warum sie sich nicht mehr um Hannes gekümmert hat. Ich vermute, dass Hauke es ihr verboten hatte. Ganz einfach.«

»Hat Hauke sie nicht gut behandelt?«

»Nicht gut behandelt …«, murmelte der Doktor. »Das ist ein schwer zu ertragender Euphemismus, mein Lieber.«
»Verstehe. Ich habe gehört, dass Hannes Petersen von ähnlicher Machart war.«
Der Arzt hob die Schultern, was Paul als ein Ja deutete.
»Was wollen Sie eigentlich genau wissen?«
»Mich interessieren die Hintergründe vom Tod des Hannes Petersen.«
»Weshalb?«
»Mich interessiert, wie es zu dieser Vernachlässigung, wie Sie es genannt haben, kommen konnte. Ich meine, wenn jemand verdurstet, dann kann doch über einen längeren Zeitraum niemand bei ihm gewesen sein. Sie als Hausarzt haben doch einen gewissen Einblick in die Familienverhältnisse.«
»Nicht bei den Petersens. Die haben niemanden ins Haus gelassen. Ist ja heute auch noch so, wie Sie am Tod von Freddys Sohn sehen können. Und auch damals hatte mich niemand von den Petersens gerufen. Es hieß lediglich, Hannes würde an einer Erkältung leiden und müsste das Bett hüten. Da wusste ich nicht, dass Freddy selbst schwer an einer Grippe erkrankt war, einer echten.«
»Haben Sie Ihre Ansicht zur Vernachlässigung laut geäußert?«
»Allerdings.« Er lachte höhnisch auf, sodass Olaf zu ihnen herübersah. »Freddy Petersen hat mich wutentbrannt des Hauses verwiesen.« Der Doktor rückte lautstark mit seinem Stuhl zurück und erhob sich. »Ich muss jetzt in die Praxis zurück.«
»Wann ist Hauke Liebe gestorben, was denken Sie?«
»Vor acht, neun Stunden, Pi mal Daumen.«
»Nachdem die Krankenschwester da war, also«, murmelte Paul.
»Krankenschwester?«
»Hatten Sie nicht eine Schwester organisiert, die nach ihm schauen sollte?«
»Natürlich nicht! Da kennen Sie Hauke aber schlecht. Der

hätte die in null Komma nix rausbefördert. Das hätte der selbst als Torso noch geschafft.«

Nachdem der Arzt gegangen war, blieb Paul noch einen Moment lang sitzen und ließ sich das Gesagte durch den Kopf gehen. Wenn es keine Schwester gewesen war, wen hatte Johann dann im Zimmer von Hauke Liebe gesehen?

»'n Bier?« Das Quaken von Olafs Stimme holte Paul in den Hirschfänger zurück.

»Nein danke.« Paul erhob sich und ging zum Tresen.

»Ihr alter Herr hat aber auch Sitzfleisch, was? Und trinkfest ist der, alle Achtung!« Olaf grinste. »Hat sich trotz des Durcheinanders gestern Abend hier tapfer am Tresen festgehalten.«

»Ja, der steckt uns noch alle in die Tasche. Aber mal was anderes. Olaf, über Tote soll man ja nicht schlecht reden, aber –«

»Verstehe schon«, unterbrach der Kellner ihn. »Hauke. Tja, der war schon ein ganz besonderes Kaliber, das können Sie mir glauben. Mit dem wollte ich nicht verheiratet sein.«

»So schlimm?«

»Schlimmer.«

»Wie Hannes Petersen?«

»Schlimmer. Viel, viel schlimmer.«

In diesem Moment riss jemand die Tür auf und den braunen Vorhang beiseite. Es war der von Hinrichs Hof, der mit dem Pferdeschwanz. »Jetzt hat's den Raven auch erwischt, Leute!«, rief er atemlos in den Schankraum hinein. »Liegt tot im Wald. Nackenschuss.«

Mit einem quietschenden Aufschrei schlug sich Olaf die Hand vor den Mund und starrte Paul an. Der schnappte sich die Krücken und hetzte, so schnell es ihm möglich war, in Richtung Ausgang.

***

Emma war müde. Sie holte sich einen dritten Kaffee und schritt den Gang auf und ab, während sie ihn trank. Sie musste einen klaren Kopf bekommen. Stunden waren bereits vergangen, seit sie im Wald gewesen waren, und sie schaute immer wieder auf die Uhr. Cora Tenning hatte vorhin angerufen, eine der beiden Schutzpolizisten. Sie war mit Maik Blume im Hirschfänger; die Gaststätte war gut besucht. Diese Tatsache konnte Emma an einem einfachen Umstand festmachen: Edgar war nur die Hupe vom Dorf gewesen, Niels hingegen hatte zu »denen da oben« gehört. Und wenn es um die ging, dann spitzten die Leute die Ohren und kamen aus ihren Wohnstuben heraus.

Und jetzt hatte sie es plötzlich mit Konstantin von Thomsen zu tun. Er schien der Schlüssel zu allem zu sein. Sie rieb sich die Stirn. Edgar will also Konstantins Bleibe niederbrennen, dachte sie. Der aber wehrt sich und erschießt Edgar mit seinem eigenen Gewehr am Strand. Und Niels Raven? Er war als Jagdaufseher naturgemäß Feind Nummer eins. Er wird Konstantins Schlupfloch gefunden haben. Vielleicht während der Jagd? Konstantin schnappt ihn sich und sperrt ihn ein? Doch er kann sich befreien, und Jussi findet ihn. Ja, so könnte es gewesen sein.

Konstantin von Thomsen. Emma konnte sich noch gut an ihn erinnern. Felix hatte ihr die Daten durchgegeben, er war jetzt vierunddreißig, wenig älter als sie selbst. Als er Havgart verlassen hatte, da war sie vielleicht fünfzehn und er einer dieser Jungen gewesen, nach denen sich jedes Mädchen umgedreht hatte. Ein Elfenwesen mit goldenen Locken, fremdartig, unergründlich. Sagenhaft schön.

Felix hatte einmal gesagt, sein Bruder würde in einem Käfig leben, und die wirren Gedanken in seinem Kopf seien die Gitter. Das sei der Grund, warum er alles daransetzen würde, frei zu sein. Emma hatte das damals nicht verstanden. Aber jetzt wusste sie, was er gemeint hatte. *Frei sein.* Ein Leben ohne Bindungen, ohne Mauern, ohne Fixpunkt, als letzte Konsequenz auf der Suche nach Freiheit? Ich muss versuchen, mich in die Lage eines Menschen zu versetzen, der keinen festen Wohnsitz hat und sich irgendwie durchschlagen muss, dachte sie. Oder will? Hier ist wieder mal die Kunst des Perspektivwechsels gefragt.

Sie dachte an das Geld, das er bei sich hatte. Gut möglich, dass es seines war. Wenn er jahrelang an der Universität gearbeitet hatte, musste er ganz gut verdient haben. Und Edgar hatte das Geld vielleicht gesehen. Paul hatte ihr doch berichtet, dass Edgar mehrere Verstecke im Wald gehabt habe. Von da aus habe Edgar die Jungs immer beobachtet, wenn sie auf der Jagd gewesen oder anderen Vergnügungen im Wald nachgegangen seien. Auf jeden Fall hatte Konstantin mehr als nur ein Versteck, so viel wussten sie jetzt.

Emma seufzte schwer. Es dürfte sich nur noch um Stunden handeln, bis sie ihn finden würden, so weit kam man mit einem alten Fahrrad doch nicht. Felix hatte gesagt, er würde ebenfalls nach Konstantin suchen, und sie hoffte, dass er mehr Glück haben würde als die Kollegen. Wer wusste, wie die mit ihm umsprangen. Und wie reagierte einer, der wie ein wildes Tier lebte, in einer Gemeinschaft mit Wölfen? Er tickt eben nicht so, wie wir ticken würden in Stressmomenten, dachte sie. Was tut ein Wolf, wenn er Gefahr wittert?

※※※

»Er hat einfach aufgehört zu reden«, sagte der Mann am anderen Ende der Leitung. Er hieß Eetu Heikkinnen und sprach fließend Deutsch, wenn auch mit deutlicher Sprachfärbung. Er war Professor für Physik und Philosophie an der Universität Turku, Finnland, und hatte einige Jahre mit Konstantin von Thomsen zusammengearbeitet. Doch dann sei es zu einem seltsamen Zwischenfall gekommen.

»Wann war das?«, wollte Felix wissen. Er hatte nicht lange gebraucht, die Telefonnummer des Professors herauszufinden.

»Das kann ich Ihnen genau sagen, es war vor drei Jahren. Wir hatten ein Symposium zum Thema Paralleluniversen vorbereitet, an dem Ihr Bruder die Hauptarbeit geleistet hatte. Jahre hatte er daran gearbeitet, es war eine wirklich vielversprechende Arbeit mit neuen Ansätzen, richtungsweisend. Er wollte einen Vortrag halten.«

»In einem Paralleluniversum hat mein Bruder schon immer gelebt, das können Sie mir glauben.«

»Ich weiß, was Sie meinen, aber es war konkreter, als Sie vielleicht denken. Er hat mit der Zeit experimentiert. Genauer gesagt, er hat an einer Zeitmaschine gearbeitet. Dabei stützte er sich auf Einsteins Theorien über Raum und Zeit.«

»Und wohin wollte er mit seiner Maschine reisen?«

»In die Vergangenheit. Er wollte den Unfall seiner Eltern ungeschehen machen.«

Felix schwieg, dann begann er zu lachen. »Ja, das ist tatsächlich mein Bruder, wie er leibt und lebt.«

»Ich weiß, wie sich das anhört, aber wenn Sie mich mal besuchen kommen, werde ich Ihnen das genauer erläutern. Wir leben nicht nur in *einem* Universum, so viel steht fest. Sie sind hiermit eingeladen. Ich … wie soll ich sagen, ich fühle mich mitverantwortlich für das, was geschehen ist.«

»Ich komme darauf zurück, danke. Aber was ist denn nun genau passiert?«

»Das wissen wir eben nicht. Er hat mitten in seinem Vortrag abgebrochen und ist gegangen. Was für uns befremdlich war: Er hat gelacht. Ganz so, als ob ihm plötzlich etwas klar geworden war, als hätte er etwas begriffen. Ab da hat er kein einziges Wort mehr gesprochen.«

»Haben Sie ihn danach noch einmal gesehen?«

»Ja, ein paarmal. Wir haben versucht, ihn zu überreden, zu einem Therapeuten zu gehen, doch er hat nur gelächelt. Und dann ist er gar nicht mehr gekommen.«

»Und Sie haben niemanden verständigt?«

»Ja, wen denn? Er hat ja gesagt, er hätte keine Familie mehr. Dass er einen Bruder hat, der noch lebt, davon wussten wir nichts. Na ja – dann waren aber auch die anderen Sachen.«

»Was denn noch?«

»Drogenprobleme. Das haben wir erst im Nachhinein realisiert, als er schon nicht mehr redete.« Eetu Heikkinnen schwieg eine Zeit lang, dann holte er tief Luft. »Dass Konstantin so tief gefallen ist, tut mir leid, Herr von Thomsen, wirklich. Aber jetzt, wo Sie das sagen, ist es gar nicht mal so überraschend. Es war … wie soll ich sagen? … Es war schon da, es war in ihm angelegt. Jetzt, mit einigem Abstand, scheint es mir so, als wäre sein Verhalten die Konsequenz all dessen, was ihn ausmacht. Aber ein Trost für Sie wird das auch nicht sein.«

Die Konsequenz all dessen, was ihn ausmacht. Die Äußerungen des Professors gingen Felix später lange durch den Kopf. *War schon angelegt.* Natürlich war das sein Bruder, der mitten im Satz innehielt, um all diese Klugscheißer auszulachen. Es war ihm vermutlich auch egal gewesen, was die Folge dieses Verhaltens sein würde. Er hatte es in diesem Moment für richtig empfunden, hatte vermutlich einen seiner Geistesblitze gehabt, die er nie mit jemand anderem hatte teilen können. Was also lag näher, als sich vollends in seiner eigenen Welt einzurichten?

Felix verließ sein Arbeitszimmer und ging hinunter. Ida hatte er nach Hause geschickt; die ganze Nacht hatte sie im Wohnzimmer gesessen und auf Konstantin gewartet. War immer wieder eingenickt, hatte aber partout nicht gehen wollen. Erst als Felix ihr das Versprechen gegeben hatte, sie sofort anzurufen, wenn es Neuigkeiten gab, war sie schweren Herzens gegangen.

Dann musste er an Linda denken. Da hatte ein neuer Tag begonnen, und sie musste ab jetzt ohne Niels weiterleben. Wie auch Felix. Er hatte Niels sein ganzes Leben lang gekannt. Als wäre er sein Bruder gewesen und nicht Konstantin, der ihm immer fremd geblieben war. Es hatte kaum einen Tag gegeben, an dem er nicht mit Niels gesprochen hatte, gearbeitet, gelacht, gestritten, Pläne geschmiedet. Sie hatten die Jagd verändern wollen, wollten zurück zu den großen Gesellschaftsjagden, wie sie Felix' Vater und Großvater veranstaltet hatten, zu Pferd. Wollten den Handel mit Wildfleisch ausbauen. Sie hatten so viele Ideen gehabt. Manchmal dachte er, dass er weitaus mehr

Zeit mit Niels verbracht habe als dessen Frau. Linda. Er musste zu ihr gehen, jemand musste doch nach ihr sehen.

✳✳✳

»Lösch mir die Augen aus: Ich kann dich sehn,
      wirf mir die Ohren zu: Ich kann dich hören,
      und ohne Füße kann ich zu dir gehn,
      und ohne Mund noch kann ich dich beschwören.«
Jussi hatte die Nachricht vor Stunden abgeschickt, aber immer noch keine Antwort erhalten. Noch nicht einmal so etwas wie: »Was ist das denn für ein Kitsch?«, wie er es eigentlich von Lou erwartet hätte. Aber nichts, keine Reaktion. Funkstille. Also versuchte er es noch einmal.
»Vergiss fucking Rilke. Wo steckst du, verdammt????«
Warum meldete sie sich nicht? Wenn sie immer noch sauer war, hätte sie doch nicht Emma um Hilfe gebeten, um nach ihm suchen zu lassen, oder? Emma hatte auch versucht, ihn zu erreichen, aber er hatte nicht die geringste Lust, noch einmal aufs Revier zu gehen. Er hatte erreicht, was er wollte, Raven war erledigt und von Thomsen angeschlagen. Was wollte er mehr?

Freddy war da gewesen, als Jussi nach Hause gekommen war. Er hatte getrunken, das hatte Jussi ihm sofort angesehen, aber er hatte ihn nicht darauf angesprochen. Dann hatte Ole ihn abgeholt, sie wollten heute gemeinsam den neu verlegten Holzfußboden abschleifen. Immerhin, so weit funktionierte sein Plan mit Freddy noch halbwegs.

Jussi duschte eine halbe Ewigkeit, dann zog er sich an und ging hinaus in den Garten. Dort warf er alle Klamotten, die er nachts getragen hatte, in die Schubkarre. Die Flecken auf Jeans und Jacke waren braun geworden. Blut ging doch nie richtig raus, er hätte Ravens DNA mit sich herumgetragen und wäre ständig daran erinnert worden, dass nicht er das Schwein erschossen hatte, obwohl er wochenlang von nichts anderem geträumt hatte. Jussi empfand immer noch kein Mitleid. Etwas in ihm war abhandengekommen. Als hätte David es mitgenommen, und Jussi wusste nicht, wie er das, was nicht mehr da war, wieder auffüllen konnte.

Er schüttete eine ganze Flasche Grillanzünder über die Sachen, riss ein Streichholz an, warf es in die Schubkarre und schaute zu, wie die hellblaue Flamme über die Sachen kroch und sie langsam auffraß. Schade um die Jeans, es war seine beste gewesen. Auch um die Jacke tat es ihm leid, eine Hollister-Bomberjacke aus Wolle, mit Kapuze. Er und David hatten die Klamotten zusammen gekauft, in Hamburg. Er selbst die hellgraue, David die dunkle. Auf der hellen Jacke konnte man das Blut viel besser sehen. David hatte beim Sterben kein Blut verloren. Er war nur erstickt, ganz sauber, ohne die Sauerei, die Raven hinterlassen hatte. Jetzt verbreiteten die Sachen einen bestialischen Gestank und viel Qualm. Wolle roch beim Verbrennen wie Menschenhaar.

Als Nächstes wollte Jussi nachschauen, was bei den Ravens los war. Den Jagdaufseher musste er nun nicht mehr fürchten, er genoss das neue Gefühl der Freiheit. Er konnte sich nicht vorstellen, dass Lous Mutter genauso drauf war wie ihr Mann.

Als er mit dem Bulli über den Hof der Ravens rollte, konnte er sich des Eindruckes nicht erwehren, dass niemand mehr da war. Alles wirkte verlassen und tot. Er stieg aus und ging zum Stall. Die Tür war verschlossen, also klopfte er an. Es blieb ruhig, er klopfte noch einmal, fester jetzt. Schritte waren zu hören, sein Herz schlug schneller, jemand schloss auf. Es war ein kräftiger blonder Typ, etwas älter als er selbst. Jussi kannte ihn vom Sehen. Ben hieß der, wenn er sich recht erinnerte.

»Ja?«

»Hi, ich suche Lou. Weißt du, wo sie ist?«

»Ist weg, mit ihrer Mutter.«

»Weißt du, wohin?«

»Nee.«

»Wie ›nee‹? Haben sie dir nichts gesagt?«

Ben schüttelte den Kopf, dann ließ er seinen Blick eine Weile auf Jussi ruhen. »Bist du nicht der, der Niels gefunden hat?«

Jussi nickte. »Aber da müssen wir nicht unbedingt drüber reden.«

»Klar, sorry.«

»Und du bist dir sicher, dass du nicht weißt, wo sie sind?«

»Jap.«

»Okay, danke.«

Als Jussi wieder in seinem Bus saß, dachte er nach, was er tun sollte, dabei ließ er seinen Blick über den Hof schweifen. Ravens Pick-up stand da und dahinter der weiße Mercedes-G-Klasse-Geländewagen, mit dem Lous Mutter den Pferdeanhänger durch die Gegend fuhr. Von wegen weg, dachte er und begann, mit dem Fuß zu wippen. Warum kam er nicht an Lou heran? Vermutlich hat die Mutter die Nerven verloren, weil Emma ihr von den letzten Worten des Jagdaufsehers erzählt hatte. Sie hatte Angst um ihre Tochter, das konnte er sogar verstehen.

Jussi zündete sich eine Zigarette an. Nie und nimmer waren die weggefahren. Sie sind hier, und Lou darf sich nicht melden, da war er sich sicher. Immerhin stand er ganz oben auf der Liste der potenziellen Gefährder ihrer Prinzessin. Er stieg aus und ging um den Stall herum, setzte sich in den Strandkorb. Er hatte eine Dose Bier dabei und das Seitentischchen ausgeklappt. Selbst eine Decke hatten sie im Strandkorb liegen. Wie am Strand, dachte er, nur leider ohne Wasser und ohne Möwengeschrei. Aber eigentlich wollte er das alles gar nicht haben. Am Strand hatten sie Eddi gefunden, Möwen hatten aus seinen Wunden gefressen. Er hatte das alles hier gründlich satt. Hinter sich hörte er leise Schritte, jemand ging über den Hof. Eine große, schlanke Gestalt mit dunklen Haaren näherte sich dem Tor, und Jussi sah, dass es dieser Maler war.

»Was will der denn hier?«, murmelte Jussi leise und zog die Beine ein, doch der Typ achtete gar nicht auf den Strandkorb, der ohnehin etwas vom Tor weggedreht stand. Der hatte ihm gerade noch gefehlt.

Dieser Adri blieb am Tor stehen und horchte, aber er klopfte nicht an. Dann begann er, wie ein Tiger auf und ab zu gehen, und horchte wieder. Eine Weile wiederholte er das, wobei er einige Male leicht schwankte, als sei er betrunken, und zog schließlich ein Handy aus der Jackentasche. Hatte der ernsthaft Lous Nummer? Jussi richtete sich auf. *Wehe, wenn sie den Anruf von diesem Typen entgegennimmt und meinen nicht!* Tatsächlich, dieser Adri hatte sie erwischt, er redete kurz und steckte das Telefon wieder ein. Jussi pfiff leise durch die Vorderzähne.

Es dauerte nur eine Minute, da öffnete sich die Stalltür, doch es war gar nicht Lou, die herauskam, sondern eine Frau, die Jussi noch nie gesehen hatte. Sie ging auf Adri zu, sprach etwas und schaute zur Stalltür. Sie sah verheult aus. Adri nahm sie in den Arm, und sie gingen denselben Weg zurück, den Adri gekommen war.

Jussi sprang aus dem Strandkorb. Wer war das? Warum hatte sie geheult? War etwas mit dem Fohlen? Oder mit Lou? Er lief zum Stall, das Tor war unverschlossen. Drinnen war nur das Scharren der Hufe zu hören, ein Pferd schnaubte. Um die Ecke lag Carlottas Box, jemand machte sich darin zu schaffen. Er schaute vorsichtig durch den Spalt der Boxentür und sah, dass es Lou war. Dem Himmel sei Dank, dachte er und klopfte vorsichtig an die hölzerne Wand. Lou hob den Kopf und lächelte, als sie ihn sah, und sein Herz machte einen Sprung. Keine Beschimpfungen mehr, keine Wutanfälle, sondern ein Lächeln. Das war so schön, dass er sich irgendwie verarscht fühlte. Kurz darauf saßen sie wieder auf dem Bett in der Sattelkammer, wie vor ein paar Tagen auch. Als wäre dazwischen gar nichts passiert.

»Ben sollte sagen, wir sind weg. Mama hat Angst, wegen dieser Bemerkung von −«, Lou schluckte. »Wegen dem, was Niels gesagt hat.«

»Ben hat superschlecht gelogen«, sagte Jussi. »Das muss er

noch ein bisschen trainieren. Kannst du ihm ruhig ausrichten. Ist er jetzt weg?«

»Nein, aber er wird schon nichts sagen.« Lou betrachtete ihn. »Kannst du besser lügen als Ben?«

»Klar, ich bin Meister meines Fachs.« Jussi grinste.

»Muss ich das jetzt lustig finden? Hauptsache, du hast Emma nicht angelogen.« Sie machte ein sorgenvolles Gesicht. »Heute Morgen habe ich erfahren, dass mein Vater tot ist, du warst dabei, und wir sitzen hier und machen Jokes. Woher soll ich wissen, ob du nicht doch irgendwie in das alles hier verstrickt bist? Warum kommen mir immer wieder diese Zweifel?«

»Keine Jokes. Mir ist nach allem zumute, nur nicht nach Witzen. Und diese Zweifel, die dich ständig heimsuchen, die haben deine Eltern dir eingeimpft. Was wollte der Maler eigentlich hier?«

»Adri?« Lou sah ihn erstaunt an. »Er war hier?«

»Ja, ich habe ihn draußen gesehen, er hat eine Frau abgeholt.«

»Ach so, Eva«, erwiderte Lou. »Ich wusste gar nicht, dass die sich kennen.«

»Wer ist denn jetzt Eva schon wieder?«

»Sie macht Urlaub hier, reist aber heute oder morgen ab.« Lou schaute ihn ganz lange an. »Und wir? Was machen wir jetzt?«

»Wir reisen auch ab. Bis sich alles hier wieder beruhigt hat. Was hältst du davon?«

»Jetzt fängst du auch noch an? Ich bleibe bei Malou.«

»Malou, du hast es wirklich so genannt.«

»Falls es sterben sollte, dann … dann hat es wenigstens einen Namen.«

»Warum sagst du das?« Jussi streckte die Hand aus und streichelte ihre Wange. »Warum sollte es denn sterben?«

»Weiß nicht …« Lous Stimme brach, eine Träne rollte die Wange hinunter.

Lange saßen sie da, eng aneinandergeschmiegt, ohne zu reden. Irgendwann strich er ihr die Haare beiseite.

»Wir müssen weg von hier, Lou. Irgendwas stimmt hier nicht. Ich spüre das. So stark, dass es wehtut.«

»Aber wohin? Es ist doch so kalt.«

Jussi lächelte. »Wenn wir zusammen sind, werden wir nie mehr frieren.«

⁎⁎⁎

Er hat Lucky mit der Schaufel totgeschlagen. Er war bei der Versammlung der Gilde gewesen und hatte zu viel getrunken. Lucky hatte ihn angesprungen, weil er sich so gefreut hat, dass er gekommen ist, doch er war mal wieder sauer. Was es war, weiß ich nicht genau, irgendetwas mit den Petersens, glaube ich. Die Schaufel lag neben Lucky auf dem Hof.

So viele Jahre lang hatte ich mir einen Hund gewünscht. Danach wollte ich nie wieder ein Haustier haben. Oder irgendwas anderes, was man gern haben könnte. Oder lieben. Dann tut es nicht weh, wenn man es verliert. Wenn ich je merken sollte, dass mir etwas ans Herz wächst, dann werde ich es kaputt machen. Und wenn das nicht klappen sollte, dann muss ich mich selbst umbringen. Das haben schon einige getan hier. Ich weiß von einer alten Frau, die »ins Meer gegangen« ist und nicht mehr zurückkam. Ich glaube, so würde ich das auch machen. Nur blöd, dass ich schwimmen kann.

»Deine Wimpern, die langen, Deiner Augen dunkele Wasser, lass mich tauchen darein, lass mich zur Tiefe gehn …« Er sagt immer so schöne Sachen. Ich möchte am liebsten immer mit ihm zusammenbleiben. Und dann Adri. Ich weiß, dass er mich mag. Aber was soll ich machen? Kann man beide mögen, kann man beide lieben? Eigentlich müsste das doch gehen. Manchmal möchte ich tot umfallen. Oder ins Wasser gehen, genau wie diese Frau.

Ich bin froh, dass jetzt ein bisschen Ruhe herrscht. Auch

wenn er mein Vater ist. Aber ich bereue nichts. GAR NICHTS. Ich muss etwas gegen meine innere Unruhe tun. Ich bin immer noch so aufgeregt und nervös, ich kann keinen klaren Gedanken fassen. Das Einzige, was mir dann hilft, ist das Reiten. Man sagt doch immer, man kann nicht vor sich selbst oder seinen Sorgen davonlaufen. Aber man kann ihnen davonreiten.

✳✳✳

Siebzehn, achtzehn, neunzehn ... Die Gedanken tanzten vorbei, ohne dass er einen einzigen packen konnte. Das kam schon mal vor, aber jetzt war es wirklich schade, weil es gute Gedanken waren, gesunde, die weitere, kleinere im Gepäck hatten, und da waren dann wiederum Gedanken drin, von denen einige überraschend waren, neu und unverbraucht, vielversprechend. Das war immer so bei den Tanzenden. Aber es gab noch die anderen, die ihn erschreckten. Die tanzten nicht, sie rasten und sie traten nach ihm. Anfangs hatte er Angst vor ihnen gehabt, weil sie nicht mit dem in Verbindung gebracht werden konnten, was er in seinem Leben gelernt hatte. Von seinen Eltern beispielsweise oder seinem Bruder, seinen Kollegen, später an der Uni. Vor allem bedeutete es doch, dass ihm von sich selbst nur die kleine weiße Spitze des Eisberges bewusst war. Der Rest schlummerte als etwas Dunkles in ihm und sandte Impulse aus, die ihn zu dem anregten, was er dann tat. Heute aber war das mit den Gedanken anders als sonst. Schon letzte Nacht, als die alle im Wald herumgelaufen waren, hatten sie sich verselbstständigt, die Gedanken. Waren zu komplexen Gebilden herangereift und dann weggesprungen, wie Wild, das den Jäger wittert.

Das mit den Gedanken, also dass er sie allesamt auspacken und sich mit ihnen beschäftigen konnte, war ihm erst so richtig gelungen, seit er aufgehört hatte zu sprechen. Denn mit dem Sprechen gingen sie verloren. Die Leute redeten sich um Kopf und Kragen, sie plapperten den ganzen Tag, und neunundneunzig Komma neun Prozent war dummes Zeug, Kehlkopfgeräusche ohne Sinn. Sie hatten ihn damit zum Wahnsinn getrieben, hatten ihn belästigt, bedrängt, misshandelt, mit ihren leeren Worten. Worten, Wort, Wörter – je öfter er das wiederholte, desto sinnentleerter wurde es. *Wörter sind Waffen, die töten, Betrüger, die verraten, Nutten, die sich verkaufen.* Er musste sich die Ohren zuhalten, die Nase, den Mund, weil er befürchtete, die Gedanken, die jetzt in seinem Kopf umherflogen, könnten aus irgendeinem Loch seines Kopfes entweichen und ihn von Neuem drangsalieren.

Erst als er so wurde, wie er jetzt war, hatten sie ihn in Ruhe gelassen, die Menschen und damit auch die Wörter. Niemand hatte ihn mehr angesprochen. Mit so einem wollte keiner was zu tun haben. Als er das begriffen und alles hinter sich gelassen hatte, war es endlich gut gewesen. Er hatte gefunden, wonach er sein ganzes Leben lang gesucht hatte. Und es war so einfach gewesen.

Er hatte einen Trick entwickelt: Wenn er die Beine anzog, dann konnte er seine Ohren mit den Knien zuhalten und hatte so eine Hand für die Nase frei, die andere für die Zigarette oder für was anderes. Vierundsiebzig, fünfundsiebzig … Zahlen waren gut, mit ihnen konnte er umgehen. Mit ihnen ordnete er die Gedanken, bevor er sie in den Speicher leitete, damit er sich später mit ihnen beschäftigen konnte. Jetzt war er einfach zu müde, der lange Winter hatte ihn erschöpft, außerdem hatte er sich eine Hautkrankheit zugezogen, es juckte und brannte. Und dann waren da die beiden Toten. Ja, er konnte es nicht leugnen. Diese beiden markierten das vorläufige Ende seiner Reise, so sah es wohl aus. Das Rudel war weitergezogen, er hatte sich abgesondert, schweren Herzens. Er war jetzt ganz allein. Ab – ge – son – dert. Wie komisch sich das anhörte. Auch so ein Wort. Aber ein gutes Wort.

Irgendwann, nach Minuten, Stunden, Tagen, hatte er Schritte gehört, behutsame Schritte. Er musste noch nicht einmal die Augen öffnen, um zu wissen, wer das war. Da waren aber noch andere gekommen, sie warteten im Hintergrund. Sie hatten Felix vorgeschickt. Langes Schweigen dann. Minuten, Stunden, Tage.

»Dass sie dich suchen, weißt du?«

Er hatte leise zu ihm gesprochen. Konstantin konnte in seiner Stimme hören, dass er kurz davor war zu heulen. Konstantin hatte gesummt, ihm war es gut gegangen.

»Sie werden dich finden. Komm mit mir, alles wird sich aufklären.« Seine Stimme war gebrochen, er hatte den Rotz in der Nase hochgezogen. »Ich weiß, dass du kein Mörder bist, Konstantin. Mein Bruder bringt niemanden um. Aber vielleicht hast du ja irgendetwas gesehen.«

Gesehen? Hatte er allen Ernstes *gesehen* gesagt? Wie sollte Konstantin jemals das alles, was er gesehen hatte, aus sich herauskriegen?

»Er hatte Kleidung der Mordopfer bei sich.« Heimdahl schloss die Tür hinter sich.

Emma stand an der Scheibe im Nebenzimmer des Verhörraumes und schaute hindurch. »Von allen beiden?«, fragte sie, ohne ihren Blick abzuwenden.

»Ja.«

»Und Edgars Gewehr, habt ihr das mittlerweile?«

Heimdahl nickte. »Lag im Gebüsch, unweit des Eiskellers.«

Emma schloss kurz die Augen. »Warum freue ich mich nicht, dass wir ihn endlich haben?«

In diesem Moment sah Konstantin von Thomsen auf, als hätte ihn jemand angesprochen. Er hockte immer noch in der Ecke des Verhörzimmers, mit angezogenen Knien. Die Gesichtshaut unter dem rotblonden Vollbart war dunkel, die blonden und verfilzten Dreadlocks lagen zusammengebunden auf seinem Rücken. Er wirkte nicht verängstigt oder aggressiv, ganz im Gegenteil, er machte einen eher zufriedenen Eindruck. Sie hatten ihm frische Kleidung gebracht, er hatte geduscht, ein Arzt war da gewesen, er hatte etwas zu essen bekommen.

»Weil es einfach nur traurig ist«, erwiderte Heimdahl. »Ich wünschte auch, es wäre anders gekommen.«

Emma sah ihn an. »Und *wie* anders?«

»Keine Ahnung, hast ja recht.« Er seufzte. »Was ist eigentlich mit dem Bruder, wann kommt er wieder?«

Emma schaute auf ihre Uhr. »Ich werde ihn gleich noch einmal anrufen.«

Vorhin war Felix von Thomsen hier gewesen, hatte mit seinem Bruder im Verhörzimmer gesessen und versucht, etwas aus ihm herauszubringen. Wenn ihn einer zum Reden bringen kann, dann nur sein Bruder, hatte Emma gedacht, und Felix hatte dem zugestimmt. Es war eine ungewöhnliche Vorgehensweise, aber es schien die einzige zu sein, mit der sie vielleicht schneller weiterkommen könnten. Heimdahl hatte schon einen Psychiater verständigt, aber der würde erst später kommen.

Felix kannte seinen Bruder am besten, trotz der langen Zeit, in der sie getrennt gewesen waren. »Wir brauchen Geduld«, hatte er vorhin gesagt, als er gegangen war, »Konstantin hat einen anderen Bezug zur Zeit als wir.«

Einen anderen Bezug zur Zeit. Das hatte Felix zu denen gesagt. Stimmte, stimmte auch wieder nicht. Konstantin hatte überhaupt keinen Bezug zur Zeit, weil er die Zeit aufgehoben hatte. Zeit war nicht mehr wichtig. Zeit, so wie sie die Menschen da draußen sahen, war schlecht, ungesund, zu nichts nutze. Einzig das Hier und das Jetzt zählten. Das, mit dem du gerade beschäftigt warst, musste deine gesamte Aufmerksamkeit erhalten, nichts anderes. Das hatte er von seinem Rudel gelernt. Wie so manch anderes auch.

Minuten, Stunden, Tage, Jahre war er da draußen, und alles war gut gewesen. Bis dieser dicke Kerl mit dem Benzin aufgetaucht war, er wusste den Namen nicht mehr. Er wusste auch nicht mehr, wie es dazu gekommen war, das Hin und Her unten am Strand. Die abstoßenden Geräusche, die der Dicke gemacht hatte – es gab Leute, die das »Sprache« nannten. Als es endlich vorbei war, hatte Konstantin alles wieder aus sich herausgezogen, hatte sich gereinigt, war ins Meer gegangen, wollte sich an nichts erinnern, was von dem Dicken gekommen war.

Nur eines war geblieben und auch nur deshalb, weil er es schön fand. Schön? Nein, das traf es nicht, war ja auch nur eines dieser Wörter, die nichts enthielten. Es war wie ein Sprung vom Boot ins Meer gewesen, wie ein Schluck von seinem Zaubertrank, wie ein Blick in den Sternenhimmel, wenn man auf dem Rücken im Sand lag, wie das Heulen eines Wolfes. Es war das schnackende Geräusch der Sehnen dieses Dicken gewesen, als er sie mit seinem Messer durchtrennt hatte.

Jetzt wurde Konstantin traurig, er dachte wieder an seine Gefährten. Er spürte einen Druck hinter den Augen. Er würde sie nicht mehr wiedersehen, weil er den Geruch der Menschen an sich hatte. Er würde wieder ganz von vorn beginnen müssen.

**

»Wie geht das Gedicht eigentlich weiter?«

»Du findest es nicht kitschig?«

»Kein bisschen.« Lou lächelte ihn an. »Ich habe mich zuerst gewundert, dass du überhaupt Gedichte liest. Aber ich finde, es passt zu dir. Du hast so was Theatralisches. Wo hast du das Gedicht her?«

»Ich habe es heute früh in der Zeitung gefunden, und ich fand es irgendwie schön.«

Lou und Jussi saßen an Deck der »Prinsesse Benedikte« auf dem Boden, Himmel und Meer waren dunkel. Jussi tippte etwas in sein Smartphone. Sie saßen windgeschützt, hatten sich in eine mitgebrachte Decke eingehüllt, nur ab und zu streifte sie eine Windböe und brachte den Geruch von Frittierfett mit.

Lous Handy summte, eine Nachricht war eingegangen:

»Brich mir die Arme ab, ich fasse dich
mit meinem Herzen wie mit einer Hand,
halt mir das Herz zu, und mein Hirn wird schlagen,
und wirfst du in mein Hirn den Brand,
so werd ich dich auf meinem Blute tragen.«

Lou sah ihn an. »Nie und nimmer hast du das heute in der Zeitung gelesen.«

»Wieso?«

»Weil es sich so anhört, als wäre es …«, sie dachte nach, »ja, als wäre es ganz tief in dir drin. Als würdest du es schon lange kennen.«

Jussi lehnte den Kopf an die Wand und schloss die Augen. »Stimmt. Du bist eine Seherin.«

»Und du hast schon wieder gelogen.«

Jussi schwieg.

»Du verlierst deinen Bruder, du tötest einen Hund, du hasst meinen Vater, und doch willst du ihn retten, und du rezitierst Gedichte, die nicht gerade romantisch sind, eher … so endgültig. Wie der Tod. Wer bist du? Was hast du vor?«

»Du findest es nicht romantisch? Das ist schade.«

»Es kommt aus einer großen Sehnsucht, aus einer Verzweiflung, ich weiß auch nicht. Irgendwie macht es mir Angst.«

»Willst du wieder nach Hause zurück?«

»Auf keinen Fall«, sagte Lou. »Ich bleibe so lange weg, bis sich meine Mutter beruhigt hat. Außerdem hast du meine Frage nicht beantwortet.«

»Welche Frage?«

»Was du vorhast.«

»Ich würde gern mit dir abtauchen, versinken, nie mehr an die Oberfläche kommen.« Jussi legte den Arm um sie und zog sie an sich. »Ich könnte mit dir sterben, hier und jetzt.«

»Einfach nur mit dir zusammen zu sein würde mir schon reichen. Jetzt ist mir erst mal nur kalt. Lass uns runtergehen. Es ist zu windig, um an Deck zu bleiben.«

»Gleich, nur ein bisschen noch.« Er erhob sich und reichte ihr die Hand. »Komm, lass uns ein wenig das Wasser angucken.«

Lou stand auf und schmiegte sich an ihn. Der Wind wehte ruckartig, eine Möwe flog in ihrer Höhe einige Meter vor der Reling über dem Wasser, und es sah so aus, als stünde sie in der Luft.

»Jussi?«

»Ja?«

»Das Gedicht, dabei hast du doch an David gedacht, oder?«

»Kann schon sein.« Er starrte gebannt auf das dunkle, mit weißer Gischt durchsetzte Wasser und dachte an den Traum. Er und Lou, sich an den Händen haltend, wie sie gemeinsam hineinsprangen und darin versanken. Eigentlich trennten ihn nur noch die Reling und ein bisschen Mut von dem Wahrwerden dieses wunderbaren Traums.

Donnerstag

Die ganze Nacht lang hatte Linda Raven in ihrer Küche gesessen und Wein getrunken. Zwischendurch war sie einmal draußen gewesen, um Brennholz zu holen. Im Stall war Licht gewesen, das hatte sie beruhigt. Sie wollte Lou in Ruhe lassen. Emma war abends vorbeigekommen und hatte sie gefragt, ob sie nicht jemanden schicken sollte, der sich um sie kümmerte. Linda hatte abgelehnt. Dann hatte Emma von Konstantin erzählt, und sie hatte schweigend zugehört. Konstantin also. Sie konnte sich nicht mehr erinnern, wann sie ihn zuletzt gesehen hatte. Er war immer eine Randerscheinung gewesen. Hatte damals schon nie so richtig dazugehört. So wie Edgar. Und nach all den Jahren waren sie wieder zusammengekommen, und Niels und Edgar lebten nicht mehr.

Linda hatte auf dem Sofa neben dem Ofen geschlafen, zusammengerollt wie ein Embryo. Sie konnte nicht in dem Bett liegen, in dem sie mit Niels gelegen hatte. Ihr Schlaf war unruhig, und sie hatte geträumt, von Lou. Die war noch klein, hatte sich in ihr verkrochen, baumelte am unteren Rippenbogen und tat ihr weh. Doch dann kam Niels und trat Lou mit einem einzigen gezielten Tritt aus ihr heraus. Lou kullerte auf den Boden, und plötzlich war Linda im Wald, ihre Tochter lag auf dem Waldboden wie ein Embryo, genau so, wie Linda auf dem Sofa lag, nur dass Lou tot war. Doch es war dann gar nicht mehr Niels, der vor ihr stand und grinsend auf sie herabschaute, sondern Konstantin. Da war sie aufgewacht und hatte Tränen in den Augen gehabt. Sie musste während des Traums geweint haben.

Während sie auf den Kaffee wartete, schaltete sie das Radio ein, die Zehn-Uhr-Nachrichten liefen, und der Sprecher sagte etwas von einem Teilerfolg der Kriminalpolizei im Falle der beiden Morde in Havgart. Sie dachte darüber nach, während sie den Kaffee trank. Ein Teilerfolg war noch kein Erfolg auf ganzer Linie. Sie wollte verstehen, welche Rolle Konstantin spielte. Was hatte er vor? Sie war so in ihren Gedanken versunken, dass sie erst wieder aufhorchte, als der Sprecher sagte, dass Wind aufkommen würde. Wind ist gut, dachte sie. Wind treibt die Wolken weg, lässt den Kamin im Gutsladen heulen, bringt Bewegung, bringt Leben zurück.

Auf dem Weg zum Stall blieb sie stehen und ließ den Blick über den Weg und die flachen, reetgedeckten Gebäude der Ställe schweifen. Ihr eigenes Haus war früher das Kuhhaus und Teil des Gutes gewesen. Niels hatte es damals Felix abgekauft, über ein Jahr lang hatten sie es umgebaut, während sie gleichzeitig darin gewohnt hatten. Wie die Nomaden waren sie von Zimmer zu Zimmer gezogen, bis alles fertig war. Lou war zu der Zeit schon da gewesen, und sie hatten rund um die Uhr gearbeitet, um sich ein schönes Heim zu schaffen. Und schön war es. Weiß gekälkte Wände innen und außen, hellblaue Schlagläden und Fensterrahmen, das Walmdach hatten sie neu decken lassen. Sie fragte sich, was werden würde, wenn Lou wegginge. Nichts, dachte sie und holte einmal tief Luft. Es wird alles so bleiben wie bisher.

Bens Fahrrad stand auf dem Hof, und als Linda durch die Tür ging, öffnete er gerade Carlottas Box. »Moin!«, rief er ihr zu und schaute dann verlegen wieder weg.

Linda bemerkte, dass er nicht wusste, wie er ihr gegenüber auftreten sollte. Bereits gestern hatte er etwas von Beileid gemurmelt und wie schrecklich er das alles fand. Sie beschloss, so mit ihm zu reden, wie sie es immer tat. »Guten Morgen, Ben, hast du Lou schon gesehen?«

»Lou? Also hier ist sie nicht.«

»Hat sie nicht in der Sattelkammer übernachtet?«

»Keine Ahnung.«

Die Pritsche in der Kammer war verlassen, Lous Schlafsack und das Kissen waren nicht mehr da. Sie ging zurück zur Box. Ben hatte Carlotta rausgeführt, das Fohlen lag in der Ecke und döste. Linda lief hinaus auf den Hof.

»Ben?«

Er sah zu ihr hinüber. »Ja?«

»Hast du Lou gestern gesehen?«

»Ja, hab ich.«

»Und wann?«

»Keine Ahnung, kurz bevor ich gegangen bin.«

»War sie allein?«

Er zögerte.

»Jussi Petersen war hier, richtig?«

Ben nickte. »Aber der ist gleich wieder gegangen, hatte nur nach Lou gefragt.«

»Habe ich dir nicht gesagt, du sollst niemanden reinlassen? Du hättest es mir sagen müssen.«

Ben schaute zu Boden. »Ja, sorry, war blöd von mir.«

»Wann bist du denn gegangen?«

Er hob die Schultern. »So gegen sieben vielleicht.«

Er muss wiedergekommen sein, dachte Linda, wandte sich ab und ging in den Stall zurück. Es machte keinen Sinn, den Jungen jetzt zusammenzustauchen, natürlich hielten sie zusammen. In der Sattelkammer setzte sie sich auf die Pritsche und dachte nach. Sie spürte, wie heftig sie atmete. Niels' letzte Worte kamen ihr wieder in den Sinn, als er versucht hatte, irgendetwas über Lou zu sagen. Auch die versuchte sie abzuschütteln, genauso wie diesen furchtbaren Traum. Vielleicht war Lou ja einfach nur bei Henny? Aber warum sollte sie ihren Schlafsack mitgenommen haben?

Als sie die Dorfstraße hinunterging, kam es ihr so vor, als befände sie sich wieder in ihrem Traum. Dies alles geschah nicht wirklich, alle Ereignisse spielten sich in einer anderen Dimension ab, als wäre sie nur die Zuschauerin, die alles durch ein ungeputztes Fenster im Gegenlicht der Sonne betrachtete. Auch die sonst so vertraute Dorfstraße sah plötzlich ganz anders aus, so fremd, als befände sie sich nicht mehr in Havgart. Ihr fiel auf, wie ruhig es war. Als würde das Dorf innehalten, auf etwas warten. Am Hirschfänger angekommen, ging sie links der Gaststätte auf den Hof und schaute durch das Küchenfenster. Henny saß am Tisch, beide Hände auf der Tischplatte, und sah in diesem Moment auf. Sofort erhob sie sich und öffnete einen der Flügel.

»Linda, so komm doch rein.«

Als Linda in der Küche stand, ging Henny auf sie zu und nahm ihre Hände. »Es tut mir so unendlich leid, was passiert ist. Es ist alles so schrecklich.« Linda schaute der alten Frau in die Augen. Sie wusste nicht, was sie sagen sollte, blieb einfach nur stehen und ließ Henny ihre Hände halten. Wie damals, dachte sie plötzlich. Nachdem Maria verschwunden war, da hatten sie auch so dagestanden, in Hennys Küche, genau so.

»Ich kann Lou nicht finden, ich hatte so gehofft, sie ist bei dir.«

»Ist sie denn nicht in der Schule?«

»Nein, ich wollte, dass sie ein paar Tage zu Hause bleibt.«

»Du hättest sie besser hingeschickt, Linda. Eine bessere Ablenkung gibt es nicht. Also bei mir war sie nicht.«

Wieder ein langer Blick in die Augen, ein sirrender Moment der Sprachlosigkeit zog vorüber.

»Henny – ist es unsere Schuld?«

»Jeden Tag habe ich zu Gott gebetet, er möge uns den rechten Weg zeigen«, sagte Henny voller Ruhe. »Vor allem, damit wir nicht an uns selbst verzweifeln.«

Linda schien es, als hätte Henny eine Wandlung durchgemacht. Hinter ihrer Hilflosigkeit schimmerte jetzt etwas Berechnendes und Kühles.

»Warum ist Konstantin ausgerechnet jetzt erschienen, Henny?«

»Gott hat ihn uns geschickt.«

Gott, ja, dachte Linda. In all den Jahren wäre ihr nie eingefallen, zu diesem alten Mann zu beten, der sich nicht sonderlich für sie und Havgart zu interessieren schien. Linda nahm die Dinge lieber selbst in die Hand. Gott hilft nur denen, die sich selbst helfen, das hatte Niels doch immer gesagt.

»Was wirst du jetzt tun?«

»Ich muss Lou suchen«, sagte Linda und rang sich ein Lächeln ab. »Mein verliebtes und verirrtes Mädchen. Aber vielleicht ist sie auch nur bei Felix. Oder bei Adri.«

»Wegen des Porträts, meinst du?«

»Lou hat von nichts anderem mehr geredet, ich kann mir gut vorstellen, dass sie längst damit angefangen haben. Obwohl oder vielleicht gerade weil Niels das nicht gern sah.« Linda wandte sich um und verließ die Küche.

Als sie über den Hof ging, öffnete Henny noch einmal das Fenster. »Sagst du mir Bescheid, wenn Lou wieder da ist?«

Linda nickte, dann sahen sich die beiden Frauen lange an.

»Es sind die Kinder, nicht?«, sagte Linda schließlich.

»Ja, es sind die Kinder, die uns das Herz brechen.«

❊❊❊

Sie hatten in dem kleinen Haus geschlafen, ganz eng zusammen, bis weit in den Tag hinein. Nach dem Aufwachen konnten sie vom Bett aus durch das Fenster hinunter auf den sonnigen Øresund sehen; es war ihm wie ein Traum vorgekommen. Es war so schön, dass es nicht wahr sein konnte. Wieso flog die Haustür nicht auf und Emma stand im Rahmen? *»Ha, mitkommen, Petersen, du bist schon wieder verhaftet!«*

Aber nichts war geschehen. Die Sonne ging auf, schlich an einem blauen Winterhimmel entlang und machte den Anblick des Lebens auf der Erde ein bisschen erträglicher als in den letzten Wochen in Havgart. Natürlich hätte das alles auch schiefgehen können, aber Lou hatte gewusst, wo ihre Großmutter Inger den Schlüssel aufbewahrte: unter einem der Randsteine des Blumenbeetes. Manche Dinge waren so simpel, dass er das gar nicht glauben wollte. Bei ihm war immer alles kompliziert. Was er auch anpackte, alles verwickelte sich vor seinen Augen in ein labyrinthisches Durcheinander, dass er jedes Mal wünschte, er hätte gar nicht erst damit angefangen. War es jetzt nicht auch schon wieder so? Vermutlich würden sie sie bereits suchen. Linda Raven hatte mit Sicherheit schon Emma eingeschaltet. Auch Freddy wusste nicht, wo sie waren, und das tat ihm ein bisschen leid. Aber Jussi hatte Angst, dass Freddy sich verplappern würde, wenn er wieder was getrunken hatte.

Auf der Fähre hatte es begonnen. Er hatte *sie* bei sich, und er fühlte beinahe so etwas wie Glück. Trotz allem, was geschehen war. Und hier draußen, da war Lou plötzlich noch viel mehr. Es war so, als käme sie erst hier richtig zu sich. Mit jedem Meter, den sie sich von Havgart entfernten, wurde sie offener und – ja, was? Er wusste gar nicht, wie er es nennen sollte. »Strahlender« vielleicht. Sie wurde sie selbst. Als hätte sie eine schwere Last zu Hause gelassen. Und das, obwohl sie gerade ihren Vater verloren hatte. Oder weil?

Jussi war vor die Haustür getreten. Auf der anderen Seite des Sunds konnte er die Lastkräne und Fabrikgebäude Malmös erkennen. Dann ein Blick auf die Uhr. Lou war nach Charlottenlund geradelt, um etwas zum Essen zu besorgen, vermutlich fuhr sie noch in der Gegend herum, sie kannte sich schließlich aus. Er fror, jetzt vermisste er die warme Jacke, die er verbrannt hatte. Wieder im Haus zurück, drehte er die Heizung auf. Während Lou unterwegs war, wollte er es hier ein wenig gemütlich machen. Das Haus war aus schwarzem Holz und hatte rote Fensterläden, und verglichen mit den hier üblichen Strandvillen war es eher bescheiden. Es gab ein geräumiges Wohnzimmer mit offener Küche und einen kleinen Schlafraum sowie ein Badezimmer mit Dusche. Es war liebevoll eingerichtet, hell und mit ausgesuchten Möbeln, skandinavisch kühl.

Laut Lou war ihre Großmutter eine erfolgreiche Geschäftsfrau, die Galerien in Nykøbing und Kopenhagen betrieb und nicht viel Zeit fand, sich in ihrem Häuschen am Øresund zu entspannen. Jussi empfand das als paradox – ein Haus zwischen Strandvejen und Kystvejen, der schönsten und teuersten Gegend Dänemarks, zu besitzen und keine Zeit zu haben, es zu nutzen. Sollte ihm recht sein. Jetzt war es ihr Paradies, wenn vielleicht auch nur für ein paar Tage.

Als er alles durchgefegt und den Staub von den Möbeln gewischt hatte, setzte er sich auf das Bett und schaute sich um.

Zusammen mit Lou könnte er es eine Weile hier aushalten, keine Frage. Bis der Frühling kam, oder noch länger. Aber er stellte sich auf mächtigen Ärger ein, und es war ihm scheißegal. Dass er mit Lou hier sein konnte, das allein zählte. Alles andere würde an ihm abperlen wie Wasser an einem Lotusblatt.

Es war nämlich etwas geschehen, das hatte er gestern Abend gespürt, als sie an der Reling standen. Der Wunsch, mit allem Schluss zu machen, der ihn nach Davids Tod Tag und Nacht beschäftigt hatte, war so stark geworden, dass wirklich nicht mehr viel gefehlt hätte, einfach zu springen. Als er in das dunkle Wasser unter ihnen geschaut hatte, war der Impuls da gewesen. Er hatte den Sog des Flugs bereits gespürt, den harten Aufprall auf dem Wasser, das eisige Abtauchen, Wasser in der Nase, Wegbleiben der Luft. Gleichzeitig verschwand etwas aus ihm, und nach einem unendlich traurigen Gefühl der Verlassenheit war Lou neben ihn getreten. Es war, als wäre David endlich gegangen, und als hätte sie es gespürt, war Lou an seine Stelle getreten, um die Leere in ihm wieder aufzufüllen.

Er warf einen Blick auf die Uhr. Lou war jetzt schon ziemlich lange weg. Aber wo sollte er nach ihr suchen? Er kannte sich hier doch überhaupt nicht aus. Sie hatte ihre Tasche nicht mitgenommen, hatte nur die paar Kronen eingesteckt, die in einer Schublade gelegen hatten, und war losgefahren. Lous Handy lag auf dem Schrank neben der Tasche, also konnte er sie auch nicht anrufen. Er schaute in die Tasche und fand jede Menge Kaugummis, eine Tüte Gummibärchen, von der er sich einige herausnahm, ein Täschchen mit Lippenstift und anderer Schminke, ein Doppeldöschen mit der Aufschrift »R« und »L«. Er hatte gar nicht gewusst, dass Lou Kontaktlinsen trug. Er warf alles wieder zurück, griff nach seiner Jacke und der Mütze und ging in den Fahrradschuppen, um sich das andere Rad zu holen. Er könnte ja einfach ein bisschen herumfahren, dann würde er sie schon finden.

***

Im Krankenhaus hatten sie ihn so lange warten lassen, dass er schließlich auf seinem Stuhl eingenickt war. Als das Taxi endlich abbog und die ersten Häuser von Havgart auftauchten, schien es Paul, als hätte er alles, was hier geschehen war, in den Klatschmagazinen im Wartezimmer gelesen oder geträumt: der Mord an einem kindlichen Riesen, das mysteriöse Verschwinden eines Jägers, ein Zwilling, der sein Spiegelbild verliert. Ein Bourgeois, der auf sein Aussterben wartet, und sein ausgewilderter Bruder. Er war nur ein paar Stunden weg gewesen, und schon hatte er das Gefühl, alles wäre gar nicht wirklich passiert. Überhaupt erschien ihm alles so seltsam verdreht. Paul kam sich vor wie ein Schlafwandler, der nur einmal kurz aufgewacht war, und zwar während des Wegschlummerns im Wartezimmer. Da war ihm plötzlich alles ganz klar erschienen. Als hätte er am Schreibtisch in seinem Hamburger Büro gesessen und den Fall mit der klaren analytischen Sichtweise betrachtet, mit der er sonst alle Fälle behandelte. Doch sobald er wach war und nach Havgart zurückkehrte, rutschte er wieder in diesen Halbschlaf hinein, der ihm die klare Sicht raubte.

Vor dem Hirschfänger standen Leute herum, die Zigaretten rauchten und sich unterhielten, einige lachten. Der Laden hatte geöffnet, als wäre nicht der Chef gestern gestorben. Die machen einfach weiter, dachte er. Als wären die Toten nur vom Tellerrand gerutscht, eine Alltäglichkeit. Und im Grunde war es ja auch so. Wozu innehalten? Der Tod lief doch sowieso immer mit und würde sich auch nicht aufhalten lassen, wenn man Trauer hielt.

Das Taxi war schon fast an der Gaststätte vorbeigefahren, da bat Paul den Taxifahrer anzuhalten. Er wollte kurz einen Blick in den Hirschfänger werfen, mit Sicherheit war sein Vater dort. Als er das kleine Stück wieder zurückging, schaute er in den Hof neben der Gaststätte, in dem sich Getränkekästen stapelten und mehrere Mülltonnen standen. Als er schon fast daran vorbeigegangen war, sah er, dass sich eine Tür öffnete und Johann heraustrat.

Paul blieb an der Hauswand stehen und beobachtete seinen Vater, und dessen Bewegungen verrieten, dass er sich ganz offensichtlich auf geheimer Mission befand. Mit hochgezogenen Schultern und ganz vorsichtig schloss er die Tür und bewegte sich dann schnell und leise über den Hof in Richtung der grünen Tür, durch die man hinab in den verbotenen Keller des Hauke Liebe gelangte. Mit seinen langen, dünnen Extremitäten sah Johann aus wie eine Spinne auf zwei Beinen. Als er hinter der grünen Tür verschwunden war, folgte Paul ihm grinsend. Jetzt war auch er neugierig geworden. Zum einen auf den Keller, aber auch darauf, welche Spur Johann wohl gerade verfolgte.

Mit nur einer Krücke stieg er die steilen Stufen hinab, hielt sich mit der freien Hand am Geländer fest, einer kalten Eisenstange, die bedenklich wackelte, weil sie sich an einigen Stellen von der Wand gelöst hatte. Es roch unangenehm – nach Chemikalien, nach Verdorbenem. Hinter der angelehnten Metalltür am Fuße der Treppe drang Licht heraus, schon von Weitem hörte er das Brummen der Neonlampen. Paul öffnete leise die Tür, und sofort fiel sein Blick auf die Metallregale, die zu allen Seiten der Wände standen. So manche Vertreter der Wälder und Wiesen Ostholsteins sowie der Ostsee waren dort versammelt. Ein Auerhahn, ein Hermelin saß auf einem Ast, Stockenten, ein Fuchs, ein kleiner Dachs, mehrere Fische, unter anderem ein riesiger Seewolf. Paul war Angler, er kannte sich aus. Johann stand hinter dem Arbeitstisch und betrachtete gerade eine Schnee-Eule, die auf einem knorrigen Ast hockte, und Paul hüstelte. Wie vom Blitz getroffen zog Johann mit einem quietschenden Laut die Luft ein und fuhr in die Höhe. Paul lachte, doch Johann legte die Hand auf sein Herz und ließ sich in den Stuhl fallen, der vor dem Tisch stand.

»Bist du von allen guten Geistern verlassen, du ... du ... Großer Gott!«

Paul ging, immer noch grinsend, auf Johann zu. »Ich dachte, du nimmst immer diese Pillen aus dem Drogeriemarkt, die gegen Herzinfarkt. Was machst du hier?«

»Das frage ich dich«, erwiderte Johann, immer noch schwer atmend.

Paul sah sich um. »Hierhin hat er sich also geflüchtet.« Johann brauchte noch ein Weilchen, um sich von dem Schreck zu erholen, dann stand er auf. »Hier hat ein Profi gearbeitet, das sehe ich auf den ersten Blick.« Der Arbeitstisch war professionell ausgestattet und ordentlich. In der Mitte des Tisches stand die Arbeit, an der Hauke wohl gesessen hatte, als ihn der Schlag traf, und die offensichtlich auch Johann begeisterte: die weiße Eule. Als Paul näher trat, war ihm, als verfolge sie ihn mit ihren Augen, so lebendig wirkte sie. Eine wunderschöne Arbeit, gestand er sich ein und strich ihr behutsam über das weiche Gefieder. Ja, Hauke war ein Meister seines Faches gewesen, da musste er Olaf zustimmen. »Wenn ich jetzt in die Hände klatsche, fliegt sie davon«, sagte er, »und ich würde mich noch nicht einmal darüber wundern.«

Er wandte sich wieder ab und sah sich um. Ein friedvoller und beruhigender Ort. Hauke Liebe hatte sich eine Zuflucht geschaffen, hier war er Gott. Hier musste er sich nicht mit widerspenstigen Olafs oder anmaßenden Gutsherren auseinandersetzen. Oder mit Erinnerungen an sein totes Kind.

»Faszinierend.« Johann stand derweil vor einem Glaskasten, aus dem ein leises Knistern kam.

Paul kam hinzu und sah, dass es Käfer waren, die über einen fast vollständig abgenagten, ziemlich großen Tierschädel krabbelten, der auf einem silbernen Teller lag.

»Praktisch«, sagte er. »So könnte man unser Geschirr bestimmt auch blitzeblank kriegen.« Paul betrachtete die Tiere noch eine Weile, dann richtete er sich wieder auf. »Und, hast du was Interessantes gefunden?«

Er bekam keine Antwort. Als er sich umsah, bemerkte er, dass Johann wieder verschwunden war. Nur die Eule sah ihn skeptisch an, als missfalle ihr sein Eindringen in diese Welt, die nur Hauke und ihr allein gehört hatte. Er spürte ihren Blick noch in seinem Nacken, als er sich umdrehte und durch die Tür hinkte, über der ein ignoranter Jesus hing, der sich weigerte, ihn anzusehen.

Als Paul nach Hause zurückgekehrt war, blieb er einen Moment auf der Veranda stehen und blickte nachdenklich in den Garten. Die Sonne beschien die schiefen und knorrigen Obstbäume, keine Wolke war am Himmel. Er dachte an Hauke Liebe und an Hannes Petersen. Warum er die beiden nicht aus dem Kopf bekam, wusste er selbst nicht. Aber irgendetwas war mit denen. Er seufzte, dann begann er auf- und abzugehen, ging die Geschehnisse der letzten Tage noch einmal durch. Er dachte an die Festnahme des wild lebenden Gutsherrenbruders. Ein Erfolg, zweifelsohne. Aber irgendetwas passte nicht, er hatte das Gefühl, dass der Hergang zeitlich durcheinandergeraten war.

Er seufzte wieder, stützte sich mit den Ellenbogen auf dem Geländer ab und blickte mit finsterer Miene in Adris Fenster. Ihm fielen wieder die Worte des Malers ein, in Havgart stimme etwas mit der Zeit nicht und Paul solle sich vorsehen. Adri hatte recht, irgendwas war mit der Zeit. Er dachte eine Weile über den Maler nach, diesen irgendwie undurchsichtigen Heimkehrer, der seine Trauminsel verließ, um – ja, was eigentlich? Hatte Paul ihn je in dem Haus dieses Reeders arbeiten sehen?

Umso deutlicher sah er ihn wieder vor seinem Gemälde stehen, auf der Suche nach einer Erinnerung, wie er nicht müde wurde zu beteuern, die Weinflasche in der Hand. Wie er mit dem Messer die Farbe von seinen Bildern kratzte und mit jeder Schicht, die er abtrug, um Jahre jünger wurde und da weitermachte, wo er damals aufgehört hatte. In einer lauen Mittsommernacht auf der Klippe saß und trank, Zauberpilze aß, sich dionysischen Freuden hingab, gemeinsam mit den anmutigen Brüdern auf die Jagd ging. Genau dahin wollte er zurück. Weil da etwas passiert sein musste, das mit den Geschehnissen von heute in Verbindung stand, da war Paul sich mittlerweile sicher.

Gestern Morgen war Paul bei Adri gewesen und hatte ihm die Nachricht vom Tod seines Freundes Niels überbracht. Adri war beinahe zusammengebrochen, und das hatte Paul überrascht. Immerhin hatten sie sich etliche Jahre nicht gesehen, hatten am Ende sogar Streit gehabt.

Als Paul die Küche betrat, sah er, dass Johann einkaufen gewesen war, vermutlich, nachdem er ihn im Krankenhaus abgesetzt hatte: acht Tafeln Nussschokolade, Schokolinsen, Katzenzungen, Salzstangen und Wein – Val Conde Dulce. »Lieblich auch noch.« An so fundamentale Dinge wie Brot, Käse oder Obst hatte Johann keine Gedanken verschwendet. Als Paul die Sachen in den Schrank räumte, fiel sein Blick auf die Mandelkekse, die er im Gutsladen gekauft hatte, weil Johann die so gern aß. Da er wusste, dass Johann sich über jede Nachricht freute, die auf seinem neuen Smartphone einging, tippte er eine ein: »Hüngerchen?«

Nach einer Weile kam die Antwort: »Selig seid ihr, die ihr hungert; denn ihr sollt satt werden.«

Was ist das denn jetzt schon wieder?, dachte Paul und machte sich auf den Weg. Sein Vater war im Wohnzimmer und saß in seinem Sessel am Kamin über einen Collegeblock gebeugt. Auf dem Tisch lagen mehrere Stoffstücke herum, mittendrin lag Baptiste.

»Kleine Pause?« Paul blieb in der Tür stehen.

»Da muss ich meinen Sekretär fragen – Monsieur Baptiste?« Der Kater reagierte nicht.

»Ist wohl nichts zu machen.«

»Ich habe Kekse.« Paul hielt die Packung hoch.

»Das ist eine völlig andere Situation.«

Paul setzte sich aufs Sofa und griff nach einer der Arbeiten, die die Ausmaße einer kleinen Tischdecke hatte, über und über bestickt. Er befühlte das glänzende Garn, das sich in Form einer Schnecke von innen nach außen fortpflanzte. »Seltsames Muster.«

»Hattet ihr das nicht in der Schule?« Johann sah nicht von seiner Arbeit auf.

»Ja … schon, ich kann sogar Stäbchen häkeln.«

»Stäbchen häkeln«, sagte Johann und schüttelte den Kopf.

»Mehr fällt dir dazu nicht ein? ›Er heilt, die zerbrochenen Herzens sind, und verbindet ihre Wunden‹«, sagte er, und es schien, als hätte er das von dem Deckchen abgelesen.

Paul sah sich die Arbeit genauer an. Es dauerte eine Weile, bis er es erkannte. »Tatsächlich. Wie bist du denn darauf gekommen?«

»Ein waches Auge, ein heller Geist, eine Portion Chuzpe.« Paul kniff die Augen zusammen, befühlte das Garn, drehte den Stoff. »Das ist doch Sütterlin, oder? Hat das Henny Liebe gemacht? Hast du die mitgehen lassen?«

»Fragen über Fragen«, erwiderte Johann ruhig. »Und ja, ich habe sie entdeckt, als ich behilflich sein durfte, das Wohnzimmer umzuräumen. Als ich mir später eines besorgen wollte, wäre das beinahe in die Hose gegangen, und das kannst du wörtlich nehmen. Ich konnte mich gerade noch hinter dem Sofa verstecken. Und da, in einer der schwersten Stunden meines Lebens, habe ich das Rätsel entschlüsselt.«

»Genial«, murmelte Paul und versuchte, die Stickerei zu entziffern. »›Tag des Zornes … Tag der Tränen‹ … Ah«, er blickte auf, »daher hast du den Choral, den du gestern gesungen hast. Ganz schön theatralisch, die Liebe.«

»Kommt noch viel besser.« Johann suchte in den Deckchen auf dem Tisch herum. »Ah, hier haben wir es ja.« Er hob bedeutungsvoll den Zeigefinger und rezitierte: »›Gütiger Gott, tilge die Sünden derer, die Buße tun, und lösche ihre Schuld in Gnaden aus.‹« Er schaute auf. »Das hat sie gebetet, als ich hinter dem Sofa im Vorhof der Hölle schmorte.«

Johann notierte wieder etwas in seinen Block, während Paul mittlerweile ganz versunken in die Entzifferung seines Deckchens war. Ganz langsam, Wort für Wort entlockte er den feinen Arbeiten die geheimen Gedanken der Henny Liebe. »›Sammle die … Sterne ein, die bei … Mondlicht auf der See treiben … und schenke sie der Wila.‹ Diese Wila scheint mir allgegenwärtig zu sein.«

»Zumindest bei denen, die sich mehr von der Realität entfernt haben, als es ihnen guttäte«, entgegnete Johann.

»Wie unser Edgar. Der hat doch auch von dieser Wila ge-
sprochen, bei Adri, du erinnerst dich?«
»Sicher erinnere ich mich.«
»›Sie wird weiter tanzen mit dem …‹ Nee, ›mit den Nebel…
Nebelelfen. Mit Haaren aus Seide, Gewändern aus … Spinn-
weben. Gib ihr viele Sterne, und sie lässt dir vielleicht dein
Kind.‹« Paul drehte das Deckchen, weil jeweils an den Rändern
immer wiederkehrende Muster in Spiralen eingestickt waren.
»›Darf nicht leben‹.«
Johann hielt sich gerade ein anderes hellblaues Deckchen
ganz nah vor die Augen. »Fünfzehn Mal hintereinander.«
Paul betrachtete die feine Arbeit, drehte sie in den Händen.
»Stoff und Garn sind in der gleichen Farbe, man erkennt nicht
sofort, dass es eine Schrift ist. Ein gesticktes Tagebuch. ›Darf
nicht leben‹. Hätte sie ›durfte nicht leben‹ gestickt, wäre mir
wohler. ›Darf nicht leben‹ hört sich wie eine Drohung an.«
»Da sagst du was, Junge. Übrigens war mein Besuch im
Präparierkeller auch nicht ganz erfolglos.«
Paul sah ihn fragend an.
Johann reichte ihm ein Stückchen Aluminium. »Lag auf
dem Tisch, neben dem Glas Wasser.«
»Sieht aus wie von einem Blister für Tabletten.«
Johann hatte den Mund voll Keks und zeigte auf den Laptop.
»Adrelon-H«, nuschelte er nach einer Weile. »Ein Mineral…
Dings … hm, hm … mit Wirkung auf den Elektrolythaushalt.
Sollte man nicht nehmen, wenn man über fünfundsechzig ist
oder wenn man unter Bluthochdruck leidet. Also gar nix für
den alten Liebe.«
Paul betrachtete das Stückchen Alu, dann wieder Johann.
»Wenn du das im Keller gefunden hast, sollten wir in Erwä-
gung ziehen, dass Frau Liebe eher Böses im Schilde führte,
oder?«
»Es ist quasi der Beweis für die Andeutungen in den Sti-
ckereien«, entgegnete Johann nicht ohne Stolz in der Stimme.
»Dr. Stoevesand hat Hauke dieses Zeug bestimmt nicht
verordnet. *Sie* hat es ihm verabreicht, in der Hoffnung, ihn

möge endlich der Schlag treffen«, sagte Paul. »Das ist also deine Theorie?«

»Sehr wohl, Junge!«, rief Johann begeistert aus. »Hätte auch beinahe geklappt, doch dann taucht der Petersen-Junge auf und rettet den Alten. Sehr interessant, ich wusste doch, dass es diese Deckchen in sich haben.« Johanns Augen leuchteten vor Erregung, er suchte auf dem Tisch herum, fand die Zigarillos und zündete sich einen an.

»Also weiter. Frau Liebe möchte gern Herrn Liebe ins Jenseits befördern. Sie verabreicht ihm blutdrucksteigernde Tabletten und lässt natürlich die verordneten blutdrucksenkenden weg. Als Krankenschwester kennt sie sich aus. Und zappzarapp, der Schlag trifft ihn tatsächlich. Doch alles umsonst, der Junge taucht auf und rettet ihn. Und dann? Die Tragödie nimmt ihren Lauf, denn jetzt ist Hauke auch noch ein Pflegefall, sie muss sich um ihn kümmern.«

»Schöne Scheiße, ja. Also hat sie es ein zweites Mal versucht? Dieses Mal erfolgreich?«

»Nein, nein, nein«, rief Johann aufgebracht, »ach Gottchen!«

»Was denn?«

»Ich habe doch Bilder geknipst. Von dieser Geburtstagsfeier.«

»Ja und?«

»*Ja und, ja und!*« Johann nahm sein Smartphone und wischte aufgeregt darauf herum. »Ach herrje, wie geht das denn jetzt noch mal?«

»Gib mal her, wir können die Fotos auf dein Laptop laden, das ist viel komfortabler.«

Paul ging in sein Zimmer und kam mit einem USB-Kabel wieder zurück. Dann ging es los: Johanns Lieblingsstrand mit den Findlingen, Muscheln im Sand, ein toter Kabeljau, sein Haus, der Schuppen, die Autos, der neue Ofen, der zerlegte Motor des Minis, Adris Häuschen, Adri vor Lous Porträt auf der Staffelei; dann Paul – auf dem Sofa, auf der Ofenbank, in der Badewanne, am Herd, im Bett. Paul war, als sähe er einen

Fremden. Er musste abgenommen haben, die Haare waren noch länger geworden, und der Bart ließ ihn älter erscheinen. »Du siehst aus, als wärst du beinahe so alt wie ich«, kicherte Johann.

»Ja, danke für das Kompliment, Johann. Das baut mich gerade so richtig auf.«

»Hab ich doch gerne gemacht. Ah, jetzt kommen die Bilder von der Feier für die dicke Frau, also die war so dick, ich wusste gar nicht, dass so was geht.«

Johann hatte einfach in den Raum hineinfotografiert, und da er keinen Blitz benutzt hatte, waren einige der Fotos unscharf oder dunkel. Ein paar der Leute kamen Paul bekannt vor, sie waren aus Havgart, die meisten aber waren ihm fremd.

»Da!«, rief Johann aufgeregt und zeigte auf ein Gesicht in der Menge. »Die Frau da, die hab ich gestern mit Adri gesehen. Vor seinem Haus. Hab mir nix dabei gedacht und hab's dann glatt vergessen.«

»Die kenn ich«, sagte Paul. »Die heißt Eva und macht hier Urlaub.«

Johann schaute angestrengt auf das Foto. »Hm – und Adri war ganz schön erschrocken, als ich um die Ecke kam.«

Paul klickte weiter, auch auf den nächsten Fotos war die Frau zu sehen. »Sie sieht nicht so aus, als würde sie zu der Feiergesellschaft gehören, findest du nicht? Guck doch mal, die steht immer im Hintergrund, hat sich aber nach rechts bewegt. Richtung der Tür zu Liebes Wohnung.«

»Vielleicht ist sie ja die Krankenschwester«, sagte Johann.

»Ach so, habe ich dir das nicht gesagt? Es gibt keine Krankenschwester. Weiß ich von dem Arzt.«

Johann nahm sich einen Keks und griff wieder nach dem Deckchen. »›Was soll ich tun ohne mein Mädchen ... Mein Glück, mein Kind. Aber er sprach ... um das Kind fastete ich und weinte, da es lebte. Ich nahm ihm alles, was es liebte. Aber ich gab ihm das Leben.‹«

»›Gab ihm das Leben‹ – wem? Dem Kind?« Paul dachte nach. »Die Liebes haben nur ein Kind, Maria. Und die ist gestorben.«

»Und wenn nicht?«, sagte Johann. »Marias Leiche wurde nie gefunden, richtig?«

»Könnte sie das sein?«

Jetzt dachten beide darüber nach.

»Aber wieso?«, fragte Paul dann.

»Sie ist in jener Nacht an Mittsommer verschwunden«, murmelte Johann.

»Und sie hat den Umstand, dass sie als vermisst galt, genutzt und ist weggelaufen«, führte Paul die Überlegung weiter. »Wollte fliehen vor ihrem Vater, der nach allem, was wir gehört haben, nicht der Liebevollste war.«

»Hm, aber warum kommt sie zurück, ausgerechnet jetzt?« Johann spielte mit seinem Kinnbärtchen. »Das ist es!«, rief er plötzlich und griff aufgeregt nach dem nächsten Keks. »Hab ich glatt vergessen. Das war gar nicht die Henny.«

»Was meinst du?«

»Die Hände. Ich habe diese Hände gesehen, als ich durch den Gang geschlichen bin. Da war einer in Haukes Schlafzimmer. Ich habe Hände gesehen, junge Hände, die ein Kissen hielten. Gütiger Himmel! Das könnte *sie* gewesen sein. Du sagst doch selbst, sie hat sich Richtung Tür der Liebes bewegt. Sie wollte zu Hauke.«

Baptiste hob seinen Kopf, und Paul und Johann schauten sich an.

»Sie hatte ein Zimmer auf dem Gutshof.« In Pauls Kopf begann es zu arbeiten, er suchte noch einmal das Foto aus der Gaststätte und vergrößerte es. »Und Adri stand mit ihr vor seinem Haus?«

»Sag ich doch!«, rief Johann mit vollem Mund, dass Krümel rausflogen.

Paul schaute sich das Bild lange an. »Wenn das wirklich Maria ist, dann kennen sie sich natürlich.«

»Aber sie sieht ganz anders aus als auf den Fotos, die bei ihren Eltern stehen«, sagte Johann. »Also hat niemand sie erkannt.« Plötzlich riss er die Augen auf. »Aber ja, ich Esel! Henny hat sie erkannt. *Deshalb* hat sie das Tablett fallen lassen.

Eine Mutter erkennt doch ihr Kind, egal wie sehr es sich verändert hat.«

Paul kratzte sich am Kopf. Das ist es, dachte er. Das war die Verbindung zu Adri, von der er immer gewusst hatte, dass sie existiert. Das könnte auch das Gefühl mit der verrutschten Zeit erklären, sie mussten viel weiter zurückgehen.

»Vielleicht sind sie zusammen angereist«, hörte Paul seinen Vater wie aus weiter Ferne sagen.

»Nein, ich habe sie doch gesehen, *bevor* Adri das Häuschen da unten bezogen hat.« Paul griff nach den Krücken und wollte aufstehen.

»Was hast du vor?«

»Mit Adri reden.«

»Und dann?«

»Was meinst du mit ›und dann‹?«

Johann holte einmal tief Luft. »Was, wenn Maria nur gekommen ist, um ihre Mutter von diesem Scheusal zu befreien? Ich meine … Also mal ehrlich, Hauke war doch schon so gut wie tot.«

»Und das sagst du *mir*? Einem Polizisten?«

»Dass sie ihn umgebracht hat, ist ja nicht bewiesen.«

»Nein, *noch* nicht.«

»Und der Arzt sagt doch, Hauke wär an einem Schlaganfall gestorben.«

»Dr. Stoevesand würde seiner Henny nie im Leben einen Mord anhängen, Johann.«

Paul erinnerte sich daran, mit welch lobenden Worten der Arzt über seine ehemalige Krankenschwester gesprochen hatte. Auch wenn er Zeichen eines gewaltsamen Todes gefunden hätte, beispielsweise durch das Ersticken mit Hilfe eines Kissens, würde Paul ihm zutrauen, dies geflissentlich zu übersehen. Noch lag Hauke in der Leichenhalle, noch konnte Emma eine Obduktion veranlassen. Er rieb sich die Stirn. Es schien, als hätten sie gerade tatsächlich etwas ganz Neues entdeckt. Wenn es denn wirklich Maria war. Aber davon wollte Johann plötzlich nichts mehr hören.

»Wenn du nicht willst, dass Henny in die Schusslinie gerät, warum erzählst du mir das alles überhaupt?«, fragte Paul seinen Vater.

Johann fuchtelte mit den Armen in der Luft herum. »Mir ist das doch selbst jetzt gerade klar geworden. Und du bist ein Polizist, aber der ist außer Dienst. Und krank noch dazu.« Dann vertiefte er sich wieder in der Stickerei. »›Die des Todes warten … und er kommt nicht … und grüben ihn wohl‹ … hm … ›ihn wohl aus dem Verborgenen‹.« Johann hob den Kopf. »Hiob.«

»Woher weißt du das denn?«

»Den hat deine Mutter oft zitiert.«

Paul betrachtete seinen Vater, der zusammengesunken über der Stickarbeit saß, sie befühlte, drehte, sich Notizen machte. Er selbst ließ sich wieder ins Sofa fallen. Johann hatte von Pauls Mutter gesprochen, zum ersten Mal, seit Paul hier war. Annemaries Tod war immer ein Thema gewesen, das Johann umschifft hatte, wo es nur ging. Auch nach so vielen Jahren schien er sich nicht damit abgefunden zu haben.

Johann schaute angestrengt auf die Stickerei, als bemerke er Pauls Blick nicht. »›Ich hab mir mein Kindelein schlafen gelegt, ich hab mir's mit roten Rosen besteckt, mit roten Rosen, mit weißem Klee, das Kindel soll schlafen bis morgen früh.‹ Das hat Anne dir auch vorgesungen, da warst du noch ein Baby. Sie hatte eine so schöne Stimme, bis sie krank wurde.«

»Ich dachte immer, sie ist an einem Gehirnschlag gestorben.«

»Ist sie auch, aber der wurde durch den Tumor im Kopf ausgelöst. Durch die Therapie verlor sie dann die Stimme. Seit dieser Diagnose habe ich immer nur gewartet, gewartet und noch mal gewartet. Und zugesehen, wie deine Mutter sich immer mehr abwandte, diesem … diesem Verräter da oben zu.« Johann machte ein verbittertes Gesicht, das Paul noch nie an ihm gesehen hatte. »Ärzte, Pfaffen und Gott, Junge, die kannste alle vergessen. Am Ende hat sie nur noch gebetet. Wir drei, Lotte, du und ich, wir kamen in ihrer Welt nicht

283

mehr vor.« Johann legte das Deckchen auf den Tisch zurück. Er räusperte sich und stand auf. »Ich muss mal aufs Klo. Lass ja Kekse übrig!«

Paul sah ihm nach, wie er davonschlurfte, leicht gebeugt, das Hemd halb aus der Hose hängend. Er dachte daran, dass er eigentlich nur wegen der Kekse gekommen war. Stattdessen hatten sich ganze Welten aufgetan. Der Plan fiel ihm wieder ein, der hinter all den Geschehnissen zu stecken schien. Was hatte dieser Plan mit ihnen allen vor? Er, Paul, war hierhergekommen, weil Johann angeblich vergesslich geworden war. So hatte es doch angefangen, oder? Mit Lottes Bemerkung. Nein, natürlich hatte es damit begonnen, dass Johann sein Asthma auskurieren und die feuchte Heimat verlassen wollte. Und dann hatte Paul das Haus gefunden, war von der Leiter gefallen und so weiter und so weiter. Es gab keinen Anfang, kein Ende. Alles war in Bewegung, und sie alle in Havgart schwammen nur ein Stückchen mit. Aber irgendwo musste Paul ansetzen, um zumindest die Ereignisse auf dieser kurzen Strecke verstehen zu können. Sie waren hier, und das Leben von Edgar Allweis und Niels Raven wurde beendet. Getötet von einem gestörten Adligen, der es vorzog, sich ein Erdloch im Wald mit Wölfen zu teilen, anstatt in seinem großzügigen Gutshaus zu leben.

Der Plan schien sich auszudehnen, wurde allumfassender, als Paul anfangs vermutet hatte. Er setzte wohl schon mit Hannes Petersen oder mit Maria Liebes Verschwinden an und zog seinen roten Faden bis zum heutigen Tag kontinuierlich durch das Gewebe von Hennys Stoffarbeiten. Ihre Stickerei war im Grunde nichts anderes als der niedergeschriebene Plan. Und wenn sie schon ihrem Mann ein Ende bereitet hatte, warum dann nicht auch Hannes Petersen? Gelegenheit und Fachkenntnisse besaß sie als Krankenschwester genug. War sie es nicht gewesen, die sich bis zum Schluss um ihn gekümmert hatte? Und sich um jemanden zu kümmern, musste nicht unbedingt heißen, dass es zum Vorteil des Patienten geschah.

Als Paul später in die Küche kam, überlegte er, was er als Nächstes tun sollte. Mit Henny Liebe reden? Aber was sollte er ihr sagen? »Guten Tag, Frau Liebe, haben Sie zufällig versucht, Ihren Mann mit Tabletten umzubringen? Aber wenigstens ist Ihre Tochter ja doch noch am Leben.« Natürlich müssten sie da schon ein bisschen mehr haben. Nein, Adri müsste endlich reden, dachte er, und in diesem Moment sah Paul, dass der Maler das Haus verließ. Er überlegte, ob er ihm nachrufen sollte, lief dann aber, so schnell es ihm mit den Krücken möglich war, ins Wohnzimmer zurück.

»Monsieur Lupin?«

Johann saß vor seinem Laptop, er reagierte überhaupt nicht auf Paul.

»Wartest du nicht auf einen Auftrag?«

Johanns Kopf schoss hoch, anschließend der ganze Mann. »Zur Stelle!«

»Diskrete Beschattung, kriegst du das hin?«

»Jederzeit! Wer ist der zu Observierende?«

»Adri Holland. Ich möchte wissen, wohin er geht.«

Johann strahlte. »Schon unterwegs.« Er lief in den Flur, griff nach seinen Schuhen, warf sie aber wieder zurück. »Die quietschen, muss andere nehmen.«

Paul schaute aus dem Fenster. »Er hat Bilder dabei.«

»Warum soll ich Adri eigentlich beschatten? Wo sie doch den mutmaßlichen Mörder, diesen Konstantin, gefasst haben?«

»Es geht um Maria Liebe. Ich will wissen, was hier gespielt wird. Und überhaupt, Adri, ich meine … mit dem stimmt doch was nicht. Konstantin mag der Mörder sein, aber irgendwie ist das alles passiert, weil Adri hier ist.« Paul zog sich die Jacke an.

»Und was hast du vor?«

»Ich kann mir vorstellen, dass Adri an den Strand geht. Er hat gestern so etwas gesagt. Aber bis ich da bin, dauert es eine Weile. Du wirst mir einen Zwischenbericht abliefern, damit ich nicht umsonst den mühsamen Weg gehe. Hast du dein Handy dabei?«

»Selbstredend.« Kurz darauf verließ Johann das Haus, blieb im Garten stehen und kam noch einmal zurückgelaufen. »Jacke vergessen.« Dann sah Paul ihm nach, wie er mit einem wehenden olivfarbenen Parka durch den Garten hastete. Wo hat er den denn her?, dachte er. Fehlt nur noch, dass er sich eine Flecktarn-Garnitur zulegt.

✻✻✻

Im Schuppen hatte noch ein rotes Damenfahrrad gestanden, und damit fuhr Jussi den Kystvejen entlang. Ohne das flaue Gefühl im Magen hätte er die Fahrt richtig genießen können; es war wieder einmal zu schön, um wahr zu sein. Die herrlichen Häuser, der Øresund zu seiner Linken, dahinter Schweden. Es war auch gar nicht mehr so kalt. Und doch war ihm, als stünde etwas Ungutes bevor.

Am Søndre Havnevej bog er ab, kreuzte den Strandvejen und fuhr nach Charlottenlund rein. Hier sah alles irgendwie gleich aus. Er hielt nach Lou Ausschau, suchte nach ihrem Fahrrad, sie hatte das hellblaue Hollandrad genommen. Natürlich hätten sie sich auch verpassen können, weil Lou einen anderen Weg nach Hause genommen hatte, klar. Trotzdem suchte er weiter. Vor einem kleinen Café hielt er an und überlegte, sich einen Espresso zu holen. Er stellte das Fahrrad ab, schob die Sonnenbrille hoch und sah sich um.

Da sah er sie wieder, auf der anderen Straßenseite, sie schob ein schwarzes Hollandrad. Erst dachte er, er täusche sich, aber nein, sie war es. Diese Frau, die er mit dem Maler vor dem Stall gesehen hatte. Was will die denn hier?, dachte er, und jetzt erinnerte sich Jussi, dass sie auch auf der Fähre gewesen war. Da er sie nur ganz kurz vor dem Stall gesehen hatte, war er sich nicht ganz sicher gewesen, ob sie es wirklich war. Aber jetzt wusste er, dass es sich um ein und dieselbe Frau handelte. Hatte Lou nicht gesagt, die wollte abreisen? Und wenn die nicht in Charlottenlund wohnte, was machte sie dann hier?

Er setzte die Sonnenbrille wieder auf und zog sich die Mütze tiefer ins Gesicht. Dann stieg er aufs Fahrrad, wechselte die Straßenseite und fuhr los. Lou hatte gesagt, die Frau sei eine Urlauberin. Aber seit der Nacht, in der er Niels Raven gefunden und der versucht hatte, etwas über seine Tochter zu sagen, seitdem war Jussi unruhig. Hatte Raven vielleicht diese Frau gemeint? Aber warum?

Sollte er lieber einfach weiter nach Lou suchen? Oder noch einmal zurückfahren, weil sie ja inzwischen schon wieder zu Hause sein konnte? Nein, er musste an dieser Frau dranbleiben. Die hatte inzwischen wieder ihr Rad bestiegen und fuhr den Frølichsvej hinunter. Jussi fuhr ihr freihändig hinterher und wählte Lous Nummer, aber sie ging nicht dran. Er sah der Frau nach, und da beschlich ihn wieder dieses Gefühl oder besser die Befürchtung. Nämlich dass er, wann immer er eigenständig irgendetwas unternahm, unweigerlich auf ein Desaster zusteuerte.

❉❉❉

Pauls Handy summte, als er gerade im Wald an der Steilküste angekommen war.

»Du hattest recht, Junge, er sitzt am Strand und lässt sich volllaufen.«

»Na prima, dann werde ich nicht mehr viel aus ihm herausbekommen.«

»Oder umso mehr, kann ja auch sein.«

»Was hat er mit den Bildern gemacht, ins Meer geschmissen?«

»Mitnichten, hat sie bei den Ravens vor die Tür gestellt. Soll ich nach Adri gucken?«

»Du kannst nach Hause gehen, danke, Johann, gut gemacht.«

Als Paul endlich am Strand angekommen war, hockte Adri noch immer auf dem Baum und ritzte mit einem Klappmesser in dem Holz herum.

»Scheiße, ist das anstrengend.« Paul ließ die Krücken fallen und setzte sich neben Adri. Schweißgebadet und mit heißen Handflächen. Dann saßen sie schweigend und schauten in die Ferne. »Das Meer ist wie unsere Seele«, sagte Paul nach einer Weile. Adri dachte darüber nach. »Wenn ich schwimme oder in einem Boot sitze, dann bin ich ganz eins mit mir?«

»Wenn du dich drauf einlässt.«

»Guck dir an, wie friedlich sie daliegt, die brave Ostsee.« Paul ließ den Blick am Horizont entlangwandern. Die See war blau, glatt und ruhig. »Dann ist sie besonders tückisch, man vermutet keine Gefahr, fühlt sich sicher.«

»Unterströmungen. Du siehst sie nicht, und manchmal kommen sie bis ans Ufer und ziehen dich in die Tiefe.« Adri schnaubte leise. »Genau das passiert gerade in Havgart.«

Paul warf ihm einen kurzen Blick zu. Wie recht er hatte. Hier in diesem friedlichen Dorf hatte sich im Laufe der Jahre so viel Böses im Verborgenen angesammelt, dass es einen nach dem anderen in den Abgrund riss.

»Wusstest du, dass manche sie auch für Naturgeister halten? Für die schöne Wila?«, fuhr Adri fort.

»Edgar Allweis zum Beispiel.«

Adri nickte. »Eddi, Niels ... Ich kann überhaupt nicht begreifen, dass sie nicht mehr da sind.« Er zog eine Flasche aus einem Spalt im Baum und reichte sie Paul.

Der hob sie an und betrachtete den bernsteinfarbenen Inhalt, in dem ein Kräuterzweig schwamm.

»Selbst gemachter Aquavit«, sagte Adri, dann saßen sie eine Weile schweigend da.

»Leben heißt sterben, sterben heißt schlafen«, sagte Adri irgendwann. »Hab ich auf einem Grabstein gelesen.« Er hustete. »Sterben heißt schlafen ... Das bedeutet doch, du wachst wieder auf, irgendwann, nach Tagen ... oder nach Jahrhunderten. Und dann geht der ganze Scheiß wieder von vorne los.« Er schaute Paul an. »Kann man da nicht irgendwas machen?«

»Was meinst du?« Paul trank einen Schluck und gab Adri die Flasche zurück.

»Wenn das wirklich stimmt, also dass man mehrere Leben hat, was ich nicht glaube, aber wenn doch, dann würden keine hundert Leben davon ausreichen, um das wiedergutzumachen oder irgendwie anders auszugleichen.« Adri schaute sich lange die Flasche an, schüttelte sie, sodass der Zweig umherschwamm, dann trank er wieder. »Ich hätte mich niemals darauf einlassen sollen. Warum, verflucht, habe ich auf sie gehört?« Adri rammte das Messer neben sich ins Holz, stand auf und ging zur Wasserkante. »Ich geh jetzt schwimmen. Wenn das wirklich stimmt, dass man mehrere Leben hat, ist es ja egal, wenn ich gleich absaufe.« Er überlegte eine Weile, packte sich dabei an den Kopf. »Und dann möchte ich als Arschloch wiedergeboren werden, ein Arsch hätte das nicht gemacht, was ich gemacht habe. So sieht's aus.«

»Lass den Quatsch, setz dich wieder hin!«, rief Paul ihm zu. »Und gib mir noch einen Schluck von deinem Zeug da.« Paul sah im Moment keine andere Möglichkeit, Adri davon abzuhalten, ins Wasser zu gehen.

Adri gehorchte, kam zurück und reichte Paul die Flasche.

»Wenn ich ehrlich bin, kann ich mir nicht vorstellen, dass du etwas so Schlimmes getan hast«, sagte Paul. »Das passt irgendwie nicht zu dir.«

Adri grinste verächtlich. »Dann solltest du vielleicht mal an deiner Menschenkenntnis arbeiten.«

Paul wartete eine Weile, aber von Adri kam nichts weiter. Er musste es andersherum versuchen. »Apropos Friedhof, da habe ich auch einen schönen Spruch gelesen: ›Begrenzt ist das Leben, doch unendlich ist die Erinnerung.‹ Weißt du noch, mit wem du dich gestern vor deinem Haus getroffen hast? Ich rede von einer Frau mit kurzen braunen Haaren.«

Adri schnaubte durch die Nase, dann lächelte er. »Ja klar. Wir sind hier auf dem Lande, da hat man keine Geheimnisse.«

»Sie heißt Eva, soviel ich weiß.«

»Wieso fragst du, wenn du es schon weißt?« Adri räusperte

sich, zog die Nase hoch. »Du weißt es doch längst. Du und dein Vater, ihr seid beide keine Dummköpfe. Ich habe eigentlich längst mit dieser Frage gerechnet.«

»Eva. Eva-Maria, richtig? Sie ist nicht ertrunken, das Gerücht habt ihr in die Welt gesetzt.«

Adri schwieg.

»So war es doch, oder?«

»Ja, verdammt!«, rief Adri und sprang auf, schwankte und wäre fast hingefallen.

»Wer wusste alles davon?«

Adri stopfte die Hände in die Hosentaschen und ging an der Wasserkante hin und her. »Ihre Mutter.«

»Sonst niemand?«

Er zuckte mit den Schultern.

»Was ist passiert?«

»Hauke hätte Maria totgeschlagen, damals, in dieser ... beschissenen Nacht. Genauso, wie er Marias Hund totgeschlagen hat, den kleinen Lucky. Er ist mit einem Knüppel im Wald rumgelaufen und hat sie gesucht, weil sie mit uns zusammen war, obwohl er es ihr ein für alle Male verboten hatte.«

»Ihr habt sie versteckt?«

»Ich. Ich habe sie versteckt.« Adri blieb vor Paul stehen. »Zwei Tage nach dieser Nacht bin ich nach Formentera abgereist. Ich habe Maria mitgenommen.«

Paul pfiff durch die Zähne. Natürlich, dachte er, so bekam das Ganze Form. Henny gibt ihr Kind weg, um es vor dem gewalttätigen Vater zu schützen. Der wiederum glaubt, es wäre tot. So wie alle anderen in Havgart auch. Johann hatte recht gehabt!

»Maria muss hier unten umhergeirrt sein, während wir da oben saßen«, fuhr Adri fort, und Paul merkte ihm an, wie froh er war, endlich mit jemandem darüber reden zu können. »Ich bin dann irgendwann alleine am Strand gelandet. Und da stand Henny plötzlich vor mir, mit ihrem weißen Kopftuch. Du kannst dir nicht vorstellen, was ich für einen Schreck gekriegt habe. Sie hat gesagt, sie hätte Maria in mein Zimmer auf dem

Gut gebracht und dass ich mich um sie kümmern soll. Ich, ausgerechnet!« Adri lachte. »Betrunken, zugekifft, halb nackt, total verdreckt. So einem vertraut eine Mutter ihr sechzehnjähriges Mädchen an.« Er schüttelte den Kopf. »Kannst du dir vorstellen, wie verzweifelt Henny gewesen sein muss?«

Paul nickte. »Ja, das kann ich, glaube mir.« Immer wieder hatte er es in seinem Beruf mit den Folgen häuslicher Gewalt zu tun. Viele Fälle gingen nicht gut aus.

»Ich musste erst mal nüchtern werden, begreifen, was da von mir verlangt wurde. Dann habe ich mich um Maria gekümmert. Ihr ging es überhaupt nicht gut. Niemand ist auf die Idee gekommen, mich zu fragen oder in meinem Zimmer nachzuschauen. Ich habe meine Tür abgeschlossen, mich krank gestellt. Und ich musste noch nicht einmal groß simulieren nach dieser Nacht. Wie gesagt, wir sind am übernächsten Tag losgefahren. Selbst Felix hat nichts gemerkt.«

»Und die Leute hier?«

»Denen hat Henny offensichtlich erzählt, Maria wäre aufgrund dieser Kälteallergie ertrunken. Die hatte sie ja wirklich. Aber Hauke und auch viele andere waren der Meinung, dass Maria sich das Leben genommen hat. Es gibt bis heute die wildesten Spekulationen.«

Paul nickte. Er wusste, dass Johann ebenfalls an einer Kälteurtikaria litt, und er wusste auch, wie gefährlich diese war. Schon ein Bad in der kalten Ostsee konnte zu einem anaphylaktischen Schock führen, weshalb diese Art des Ertrinkens aufgrund des schnell abfallenden Blutdrucks mit die häufigste war.

»Und weiter?«

»Meine Eltern haben uns in eine Finca von Bekannten einquartiert, fürs Erste.«

»Deine Eltern wussten also Bescheid?«

»Natürlich, sie konnten Hauke Liebe nicht ausstehen.«

»Hatten Maria und Henny noch einmal Kontakt?«

»Henny hat uns Geld geschickt. In unregelmäßigen Abständen, größere Summen, damit haben wir uns über Wasser gehalten.«

Paul runzelte die Stirn.

Adri lachte verächtlich. »Meine Eltern sind Selbstversorger, sie lehnen Bargeld ab, konnten uns also nicht helfen. Finanziell zumindest. Aber die Liebes, die schwimmen im Geld, und Hauke hatte den Daumen drauf. Dachte er zumindest, doch Henny«, er tippte sich an die Stirn, »die ist gewiefter als der alte Sack. Aber Kontakt«, Adri schüttelte den Kopf, »nein, nie mehr. Eva – also Maria – hatte mit allem abgeschlossen.«

Paul betrachtete ihn.

Adri rieb sich die Arme, es schien, als würde er frieren. »Es war schrecklich. Obwohl alles funktioniert hatte und Maria in Sicherheit war, sie hat sich eigentlich nie so richtig von dieser Flucht erholt.«

»Wie habt ihr das überhaupt gemacht, mit den Papieren und so weiter?«

»Ach, das ist so einfach, das weißt du doch bestimmt. Meine Eltern sind Freaks, sie haben gute Kontakte in alle möglichen Kreise. Genauer wollte ich das nie wissen.«

»Und dann? Wie ging es weiter?«

Adri seufzte. »Gar nicht. Später ist sie nach Ibiza gegangen, in eine WG. Wir haben noch zusammen ihren achtzehnten Geburtstag gefeiert, bald darauf habe ich sie aus den Augen verloren. Es war, als wär sie vor mir geflohen, aber ich weiß nicht, warum.«

»Wie war dein Verhältnis zu Maria? Damals, meine ich, bevor ihr gegangen seid?« Paul nahm noch einen Schluck, rülpste lauter, als er wollte, und drückte die Flasche in die Öffnung im Stamm zurück.

Adri sagte eine Weile nichts, die Frage schien ihn sehr zu berühren. »Ich habe sie vergöttert. Sie war … Sie ist ein ganz besonderer Mensch. Umso schlimmer war es für mich, mit anzusehen, dass Felix sie fallen ließ, nachdem er das Interesse an ihr verloren hatte. Ich habe ihn dafür gehasst.«

»Maria war also in deinem Zimmer. Bist du sicher, dass niemand etwas gemerkt hat?«

»Das habe ich bisher immer gedacht, aber mittlerweile …
Ich weiß es nicht. Es war so ein Durcheinander in dieser Nacht.
Ich erinnere mich nur, dass ich Niels gesehen habe. Kurz bevor
ich auf Henny gestoßen bin. Aber ob der was mitbekommen
hat? Die waren doch alle total breit«, er hob die Schultern,
»ich kann es wirklich nicht sagen.«

»Warum ist sie zurückgekehrt? Ohne dich?«

Adri antwortete nicht darauf.

»Sie musste doch damit rechnen, erkannt zu werden. Immerhin hat sie auf dem Gut gewohnt, in unmittelbarer Nachbarschaft zu ihrer Mutter.«

»Sie hat ein paarmal versucht, zu Henny zu gehen. Aber
jedes Mal, wenn sie ihre Mutter sah, überkam sie so eine Panik,
dass sie es nicht fertigbrachte. Und das mit dem Erkennen –
du musst dir nur alte Fotos von Maria ansehen, sie war ein
pummeliger Teenie, trug wegen ihrer starken Kurzsichtigkeit
eine Brille. Sie hat sich völlig verändert, dazu dann noch die
kurzen Haare. Selbst ich hätte sie nicht erkannt, hätte sie mich
nicht angesprochen.«

»Heißt das, sie war nicht einmal bei ihrer Mutter?«

Adri nickte. »Und weißt du, was das Allerschlimmste ist?«

»Was?«

»Ich war bei Henny, und sie hat mir erzählt, Maria wäre hier
beerdigt.« Er starrte Paul an, als begreife er selbst nicht, was
er gerade gesagt hatte. »Ich war auf dem Friedhof und habe
das Kreuz gesehen. Keine Ahnung, wie sie es geschafft hat, es
aufstellen zu lassen. Aber sie scheint Maria für tot zu halten.
Henny hat sich in ihrer Trauer eingerichtet. Und der Schnaps
hilft ihr dabei. Sie ist zur Alkoholikerin geworden.«

»Wo ist Maria jetzt?«

»Weg.«

»Wie ›weg‹?«

»Sie ist abgereist, Schluss und aus!«

»Und du weißt, wohin?«

»Keine Ahnung.«

Paul dachte eine Weile nach. »Wäre es denkbar, dass Maria

zurückgekehrt ist, um sich an jemandem zu rächen? Für etwas, das in dieser Nacht passiert ist?«

Adri zog die Stirn kraus. »Du meinst, jemand könnte sie –«

»Vergewaltigt haben, zum Beispiel.«

Fassungslos schüttelte Adri den Kopf. »Blödsinn, also wirklich. Und wer bitte schön sollte das getan haben? Felix hatte sie doch schon. Niels, Konstantin oder …«, er lachte auf, »Eddi etwa? Also ich bestimmt nicht. Nein, Paul, das ist Unsinn. Niemand hat ihr etwas getan, allerdings hatte sie schlimme Halluzinationen von diesen Pilzen.« Er seufzte einmal schwer und schaute sich den Baum an, auf dem sie saßen.

Es war eine alte Buche, die Rinde hatte sich an einigen Stellen abgelöst, darunter war das Holz glatt und grau wie der Knochen eines riesigen Tieres. Adri fuhr mit dem Finger die Rillen der in den Stamm eingeritzten Zeichen nach. »Fuck Bush«, stand da, »AC/DC«, alle möglichen Initialen und »Chips sind gesund«. Die Rinde um die Einkerbungen war verwachsen, der Baum hatte vergeblich versucht, die Wunden zu verschließen. Da entdeckte Adri ein kleines Herz und stutzte plötzlich. Er beugte sich tiefer hinunter und musste sich ein Auge zuhalten, weil alles verschwamm. Dann rutschte er vom Stamm, fiel neben dem Baum auf die Knie und strich mit beiden Händen über die Rinde, als wollte er ihn umarmen, fuhr den anderen Einkerbungen nach. Seine Hände begannen zu zittern.

»Scheiße!«, flüsterte er. »Das ist unser Baum.«

Er richtete sich auf und schaute nach oben, dorthin, wo der Baum einst gestanden hatte, dann hangelte er sich zu dem Herzchen zurück und fand es: »Ma + Fe, 22.6.20…« Der Rest der Jahreszahl war nicht mehr zu erkennen.

»Das muss Maria da reingeritzt haben«, sagte er, »Felix ganz sicher nicht. Der hatte nicht eine Sekunde an den Gedanken verschwendet, dass das Mädchen heillos in ihn verliebt gewesen war.« Er schaute sich um. »Was soll das, Paul? Warum sitze ich jetzt auf unserem Baum hier? Das muss doch irgendwas bedeuten.«

»Das bedeutet, dass du dich erinnern sollst.«

Adri setzte sich in den Sand, an den Baum gelehnt, und ließ seinen Blick auf dem Meer ruhen. »Es war so warm und hell. Und ich war so verliebt.«

»In Maria.«

»In die auch.« Adri lachte gequält, und Paul verstand. Das war es, was ihm durch den Kopf geschossen war, als er die Bilder von Adri gesehen hatte. Diese schönen Jungen, Felix, Konstantin und Adri. Natürlich war da mehr gewesen.

»In dieser Nacht ist irgendwas passiert, Paul. Etwas, das ich nicht mitbekommen oder nicht verstanden habe. Deshalb habe ich das verfluchte Bild gemalt, das du auch kennst. Das mit dem toten Reh, die blutigen Arme Konstantins, Niels' rote Haare, das Blut in dem Trinkhorn. Es ist so, hätte jemand Blut über meine Erinnerung gekippt. Blut ist das Einzige, was in meinem Kopf hängen geblieben ist.«

Adri hatte plötzlich das Messer in der Hand. Er betrachtete es, legte es auf die linke Handfläche, fühlte die Kälte der Klinge, ihre Schärfe. »Felix hatte Konstantin ein neues Messer geschenkt. Es war so schön anzusehen, wie zart es die Haut des Rehbocks durchtrennte.« Er schloss die Hand um die Klinge, und ehe Paul reagieren konnte, zog Adri das Messer hinaus. Das Blut lief warm und erstaunlich flüssig aus dem Schnitt.

Paul sprang auf, stieß mit dem Fuß auf dem Boden auf. »Bist du bescheuert?«

Adri grinste, legte den Kopf auf den Baumstamm, hob die Hand und ließ sich das Blut in den Mund tropfen. »Das Blut des toten Tieres, mein Blut, Felix' Blut, alles dasselbe. Und zusammen mit diesen Pilzen – der absolute Wahnsinn.«

»Komm, lass uns gehen, du musst die Wunde versorgen.« Paul reichte Adri seine Hand, um ihn hochzuziehen.

»Warum denn? Merkst du nicht, wie die Erinnerungen gerade kommen?« Er griff wieder nach der Flasche und trank. »Manchmal muss man eben ein bisschen Gewalt anwenden, um sie zu locken.«

Paul stöhnte auf, er hatte das Gefühl, dass ihm das Ganze

zu entgleiten begann. Außerdem schmerzte der Fuß. Er griff nach Adris Arm. »Halte die Hand wenigstens hoch.«

Adri gehorchte, das Blut tropfte auf den Baumstamm. »Für Niels muss die Mittsommernacht ein einziger Horrortrip gewesen sein, hat danach nicht mehr mit mir gesprochen.« Adri lallte jetzt deutlich mehr. »Was wissen Felix und Konstantin? Oder Eddi? Der war doch immer irgendwo in der Nähe. Eddi hat garantiert was mitgekriegt, scheiße!«

Paul blickte auf die Klippe. Dort oben also, dachte er. Dort oben ist etwas passiert. Er ließ seinen Blick an dem Gewirr des kahlen Astwerks der Sträucher entlangstreifen, dann wandte er sich wieder Adri zu. »Komm, wir müssen die Wunde versorgen, kannst du laufen?«

Adri lachte auf und zeigte auf Pauls Fuß. »Ich denke, beim Thema Laufen bist eher du das Problem.«

Paul seufzte. »Ich weiß.«

Eine halbe Stunde später waren sie wieder oben an der Steilküste angekommen. »Ich muss Pause machen, ich kann nicht mehr. Geht's mit der Hand?«

Adri zuckte gleichgültig mit den Schultern. Sie hatten die Hand mit seinem Halstuch verbunden. »Scheiß drauf, ist nicht wichtig.«

Sie standen an der äußersten Spitze des Kliffs und schauten in die blaue Ferne. Die See war von dunklen Schatten durchzogen, die Oberfläche flimmerte silbern.

»Edgars Wasserelfen.« Paul deutete auf das Meer.

Adri nickte lächelnd. »Ja, da sind sie wieder. Wen sie sich wohl dieses Mal holen? Eddi und Niels haben sie ja bereits.« Er hielt sich ein Auge zu. »Ich sehe den Horizont doppelt.«

»Hier oben habt ihr also das Feuer gemacht?«

»Da hinten«, sagte Adri und deutete mit dem Kopf auf die besagte Stelle. Dann schwieg er lange, schaute sich immer wieder um. »Gras, wir haben Gras geraucht, obwohl ich den Geruch nicht ausstehen kann. Dann haben wir uns beinahe totgelacht. Und Niels hat gekotzt.«

Adri schaute in den Wald. »Irgendwann ist Konstantin losgelaufen. Ich weiß noch, dass ich mich darüber gewundert habe, wie verwachsen er mit dem riesigen Geweih gewesen war, als wäre er damit auf die Welt gekommen. Als wäre er gar kein Mensch, sondern ein Tier, gefangen im falschen Körper. Ich dachte, den finden wir nie. Konstantin ist wie ein Rehkitz, lebt im Verborgenen, ohne Geruch, ohne Geräusch.« Er grinste. »Hat er uns ja gerade wieder bewiesen. Und damals haben wir ihn tatsächlich nicht gefunden. Erst später, am Strand, da war er plötzlich wieder da. Was er die ganze Zeit dazwischen gemacht hat, weiß ich nicht. Auf jeden Fall haben wir dann das Ritual vollendet. Das tote Reh ins Boot, die vielen Blumen dazu … Maria hatte sie gesammelt. Dann sind wir rausgeschwommen, allerdings ohne Niels, der war uns verloren gegangen. Wir waren so weit draußen, dass wir den Strand nicht mehr gesehen haben.« Er schüttelte den Kopf. »Und dann haben wir das Boot angezündet, für Konstantins Opferritual.«

»Was für ein Opfer?«

»Konstantin wollte die Götter um einen klaren Verstand und um ein besseres Rezept für seinen Trank bitten.«

Paul bemerkte, dass ein paar Wolken über den sonst klaren Himmel segelten, sie zogen gemächlich aufs Meer hinaus.

»Irgendwann, da haben alle schon nach Maria gesucht, kam Wind auf, starker Wind«, sagte Adri. »Er verstärkte die Rufe, trieb sie in alle Richtungen. Es war wie Hohn, als wollte er sagen: Siehst du, was du angerichtet hast? Nur *ich* wusste doch, wo Maria wirklich war. Und ich sah Haukes Verzweiflung und Wut, obwohl ich ihn verabscheut habe – Scheiße«, er schloss kurz die Augen, »das verfolgt mich bis heute, auch nach so vielen Jahren.«

»Das mit Maria, das musst du schon der Polizei erzählen, das ist dir klar?«

»Ach, so sieht's aus.« Adri sah Paul wütend an. »Und ich dachte, du wärst ein Freund. Der einzige, den ich hier noch habe. Das hast du selbst noch so großkotzig gesagt, dass du nicht als Polizist zu mir kommst.«

»Siehst du nicht selbst ein, dass es einen Zusammenhang geben muss? Die tot geglaubte Maria taucht plötzlich wieder auf, und drei Menschen sterben?«

»Drei? Wieso drei?«

»Wir glauben, dass sie ihren Vater umgebracht hat.«

Adri lachte hell auf. »Na und? Der Kerl hat nichts anderes verdient. Und wenn das so gewesen wäre«, er hob den Zeigefinger, »ich sage wenn, dann hat sie ihm sogar noch einen Gefallen getan. Hauke war doch schon so gut wie tot. Paul, bitte, lass Maria in Ruhe, ich flehe dich an. Sie ist krank. Oder von mir aus warte wenigstens noch ein paar Tage. So lange, bis sie Konstantin zum Reden gebracht haben. Dann wird sich zeigen, dass Maria nichts mit den Morden zu tun hat.«

»Ist sie auf dem Weg nach Spanien?«

Adri ließ die Frage unbeantwortet, sah sich noch einmal um. »Wir sind hier am Feuer versackt, bis der Marder uns aufgeschreckt hat. Ich höre sie heute noch, diese Schreie, die sind wirklich unheimlich. Dann sind wir zur nächsten Jagd aufgebrochen. Irgendwann kam Felix angerannt, voller Panik, weil er Hauke begegnet war. Felix war dermaßen breit, dass Hauke ihn beinahe erwischt hätte. Mit einem Knüppel ist der hinter ihm her. ›Ich schlag dich tot!‹, hat er gebrüllt. ›Was habt ihr mit Maria gemacht?‹, ein Alptraum.«

»Da hatte Hauke also schon gemerkt, dass Maria nicht zu Hause war, und ist losgezogen, um sie zu suchen?«

Adri zuckte mit den Schultern. »Traute sich aber nicht zu uns, weil wir zu viert waren.«

»Und dann?«

»Und dann …« Adri schüttelte den Kopf. »So richtig aufgewacht bin ich erst, als Henny plötzlich vor mir stand. Den Rest kennst du.«

Adri zog die Flasche aus der Jackentasche. »Schreib es auf, dann hast du Material genug für einen Bestseller.«

Paul nickte. »Die Realität bietet in der Tat den besten Stoff, so was kann man sich gar nicht ausdenken.«

Adri ließ sich die letzten Tropfen Aquavit in den Mund

träufeln. Dann holte er kräftig aus und warf die Flasche ins Meer, dabei verlor er kurz das Gleichgewicht, sodass Paul für einen Moment dachte, er falle die Klippe hinunter. Die Flasche drehte sich im Flug und beschrieb einen weiten Bogen über dem Meer. Paul sah ihr nach. Dann schaute er in den Himmel, und plötzlich hatte er das Gefühl, dass die Wolken wieder zurückkamen. Nein, nicht alle, da war nur eine einzige, die die Richtung geändert hatte. Er kniff die Augen zusammen, das konnte doch nicht sein.

Auch Adri schaute der Flasche nach, eine Erinnerung streifte ihn, wollte verblassen, aber er konnte sie packen. »Wie ein angeschossener Vogel«, murmelte er. Niels? Nein, Felix hatte das gesagt. Niels war nicht in der Lage gewesen, zu sprechen, oh mein Gott, war dem schlecht gewesen … Plötzlich waren sie alle wieder da, die Bilder der Vergangenheit.

Niels war verschwunden, er hatte so gekotzt wie nie zuvor in seinem Leben. Als er wieder auftauchte, schneeweiß wie der Mond, sagte er, dass er schrecklichen Durst habe. Felix reichte ihm eine der Flaschen, und Niels trank davon, setzte aber immer wieder ab und beugte sich nach vorn, um sich zu vergewissern, dass die Brühe nicht unten wieder rauslief. Er hatte nämlich das Gefühl, keinen Unterleib mehr zu haben. Er fragte, was das für Pilze gewesen seien, die Konstantin drüben auf der Wiese gesammelt hatte. Konstantin sagte, er habe sie im Tanzkreis der Wila gefunden, deshalb seien sie besonders stark. Felix lag neben Maria, mit aufgestütztem Ellenbogen, eine Strähne ihrer langen Haare um den Finger gewickelt. Er schaute in den Himmel und murmelte etwas von den Sternen da oben und dass sie diese einsammeln müssten, wenn sie alle bei Sonnenaufgang noch am Leben sein wollten. Adri rief, er solle nicht so einen Unsinn faseln, und warf einen Apfel nach ihm. Der Apfel war grün, knallgrün, und er rollte ans Feuer. Felix robbte zum Feuer und streckte sich nach dem Apfel. Sein T-Shirt rutschte dabei hoch, die schlanke Taille, der zarte dunkle Streifen Haar, der sich bis zum Bauchnabel hinaufzog.

Felix reichte Maria den Apfel, die wehrte ab. Adri legte sich neben Felix und biss hinein, ohne den Apfel in die Hand zu nehmen. Kauend lachte er Felix an und sagte ihm, er sei zwar eine Wildsau, habe aber schöne und weiße Zähne. Dabei strich Felix zärtlich über Adris Wange, beugte sich nach vorn und küsste seinen Mund.

Als Niels das sah, rief er, dass er gleich wieder kotzen müsse, und wandte sich mit vor Ekel verzerrtem Gesicht ab. Dann warf er die mittlerweile leere Flasche in hohem Bogen ins Meer. »Sieht aus wie ein angeschossener Vogel«, sagte Felix und sah der Flasche nach. Gemeinsam aßen sie den Apfel, bis nur noch der Stiel übrig war. Dann ging das Horn um, warmes Blut, Konstantin redete von weißen Vögeln, den Sternen auf dem Wasser. Mach dem Mädchen keine Angst ... schöner Jäger ... Der Marder schreit und weint, und du isst den Apfel mit deinen schönen Zähnen, Zähne fahren über feste Haut, Lippen saugen blaue Flecken ... Rennen im Dunkeln, Äste schnellen auf die Brust.

Edgar wachte auf, weil ihm Brandgeruch in die Nase wehte. Er ärgerte sich mächtig, dass er eingeschlafen war; er hatte einfach zu bequem gelegen, das war der Grund gewesen. Außerdem hatte er zu viel Bier getrunken, das machte ihn immer so schläfrig. Jetzt hatte er das Allerwichtigste verpasst. Er hatte doch sehen wollen, was die mit dem Reh anstellen wollten! Am liebsten hätte er Fotos gemacht, aber seine Kamera klackte so laut, wenn er den Auslöser drückte, da ließ er es lieber bleiben.

Edgar war zufrieden mit seinem Versteck. Viel hatte er hin und her überlegt, ob er es wirklich tun sollte. So viel hatte er schon von diesen uralten Hügelgräbern gelesen und gehört, dass er ungeheuren Respekt vor ihnen hatte. Doch da war das Loch, das Fiete Jacobsen gegraben hatte, weswegen dem der Hof abgebrannt war. Nie zuvor hatte Edgar sich getraut, es zu benutzen, aber es hatte die ideale Größe, war schön zugewachsen und lag so günstig, dass er alles beobachten konnte. Ein Stück Fischernetz vors Guckloch, ein paar Zweige drüber, fertig war die Laube.

Er hatte den Dwargen sogar Geschenke mitgebracht, Äpfel, eine Tüte Rosinen, ein paar Süßigkeiten und zwei Dosen Bier. Er hatte alles in eine Tüte gepackt und noch einen Zettel reingelegt. Auf dem hatte er versichert, dass er keinesfalls weiter graben werde, er wolle dort einfach nur liegen. Und bisher war es auch gut gegangen, keiner der Unterirdischen hatte sich beschwert; die Tüte war auch nach kurzer Zeit verschwunden.

Das Beste aber war, dass keiner von den hochnäsigen Typen damit rechnen würde, dass er, der schlaue Eddi, genau dort sein Versteck hatte. Das war seine Lebensversicherung, denn denen war das Grab heilig, so was wie eine Kultstätte. Die einzige Angst, die er hatte, war, dass er zu laut schnarchen würde, falls er einschlief.

Aber auch wenn er wach blieb, mulmig war ihm bei der Sache trotzdem. Die Thomsen-Brüder waren brandgefährlich. Sie waren wie die Viecher im Wald, witterten alles, erspähten alles, konnten sich im Dickicht bewegen, ohne auch nur das klitzekleinste Geräusch zu machen. Richtig unheimlich war das. Oft dachte Edgar, die wären gar keine Menschen, sondern auch irgendwelche Unterirdischen. Oder verwandelte Rehe oder Füchse, vielleicht auch Wölfe. Ja, das würde am besten passen. Allein die Vorstellung machte ihm schon wieder Angst.

Einmal war Konstantin direkt vor Edgars Nase aufgetaucht, und er hatte fast einen Herzkasper gekriegt. Zum einen, weil der Junge ein riesiges Geweih auf dem Kopf trug und sonst nichts anhatte, dafür aber von oben bis unten voll war mit getrocknetem Matsch, oder was immer das auch gewesen war. Zum anderen, weil Edgar gerade ein Rebhuhn gefangen und es nicht rechtzeitig hinter seinem Rücken hatte verschwinden lassen können. Aber der Typ hatte sich überhaupt nicht für das Huhn interessiert, obwohl es doch aus dessen Revier stammte. Hatte gegrinst und war so stiekum wieder weg, wie er aufgetaucht war.

Zu gern hätte Edgar eine geraucht, aber das ging natürlich nicht. Obwohl die alle schon bis oben hin abgefüllt waren und ein qualmendes Hügelgrab vielleicht für das Zeichen irgendeines Naturgottes gehalten hätten. Vorhin war Raven hier gewesen, ganz nah, hatte ihm quasi vor die Haustür gekotzt. Edgar hatte das Stöhnen und Würgen gehört, und ihm war selbst ein bisschen schlecht geworden; er war in so was sehr empfindlich. Raven hatte gejammert und geheult und über irgendwelche Pilze geflucht. Kein Wunder, hatte Edgar gedacht. Wie kann man so etwas auch fressen? Wo man doch gar nicht weiß, ob da nicht doch ein giftiger dabei ist? Und es war ja klar, dass es Raven gewesen war. Dieser verweichlichte Milchbubi sah zwar aus wie der Seewolf in diesem Film und benahm sich auch so, konnte aber nicht im Geringsten mit den Thomsen-Jungen mithalten. Edgar war schon ziemlich stolz auf die Mengen an Bier, die er im Hirschfänger wegputzte, ohne gleich aus den Latschen zu kippen. Aber Felix und Konstantin, Mannomann, alles rein, was ging, und noch mehr. Ohne mit der Wimper zu zucken.

Wie Holland, der war ähnlich. Aber er war kontrollierter, der wusste immer, was er tat. Edgar traute dem nicht über den Weg, er hielt Holland für hinterlistig, unberechenbar. Sah auch verschlagen aus mit seinen schwarzen Haaren, die in alle Richtungen abstanden, und dem schiefen Grinsen. Bei dem wusste man nie, woran man war. Hauke konnte den schon gar nicht ausstehen. Sagte immer: Lass die Maria in Ruhe oder ich breche dir den Hals. Hauke hatte Angst, dass Holland was mit seiner Tochter anfing. Ständig schwänzelte der um sie herum. Dabei hatte Hauke gar nicht mitgekriegt, dass die sich längst mit Felix traf. Aber Edgar würde sich lieber die Zunge abbeißen, als das Hauke zu petzen. In einem seiner Märchenbücher wurde ein Bote, der dem König die Nachricht überbracht hatte, dass die Königstochter einen dem König verhassten Prinzen geheiratet hatte, an den großen Zehen im Kerker aufgehängt. Nein, die Brüder waren Edgar nicht geheuer. Er verstand auch nichts von dem, was die taten, erst recht nicht, was die redeten. Immer so hochgeistiges Gedöns von Erleuchtung, höchstem Genuss, Loslösung von allem Materiellen.

Ja, so kann man sabbeln, wenn man in einem Schlösschen wohnt, dachte Edgar dann immer. Natürlich war das schlimm, dass sie ihre Eltern und die anderen Verwandten verloren hatten. Aber Mangel mussten sie deshalb nicht leiden. Nicht so wie er, bei dem das Geld nie bis zum Monatsende reichte. Deshalb ging er ja immer in den Wald, um sich ein bisschen was nebenbei zu verdienen. So wie Freddy auch. Alles musste man selbst machen. Und für die da oben rissen sich alle den Arsch auf.

Aber eines musste Edgar dem Raven lassen: Er war ein verdammt guter Jäger, besser als die Brüder. Die benutzten Pfeil und Bogen, womit Edgar gar nichts anfangen konnte. Raven hingegen schoss mit der Flinte, wie sich das für einen richtigen Kerl gehörte. Edgar hatte ihn oft beobachtet, und noch nie hatte Raven danebengeschossen, niemals. Ein Schuss und aus die Maus.

Wieder roch es verbrannt, es stank nach … Er konnte es nicht genau sagen, nach verbrannten Haaren? Verdammt, was stellten die nur schon wieder an? Dann konnte er auch rauchen, also zündete er sich eine Zigarette an. Aber plötzlich hörte er was, direkt vor seinem Fenster. Es war Maria, sie kniete auf dem Boden, stützte sich mit den Händen auf und weinte.

»Hilfe, Mama, wo bist du nur?«, hörte Edgar, und das fand er komisch. Was wollte die denn von Henny? Er schaute noch mal zu den anderen hinüber, aber die bekamen nichts mehr mit. Also wartete er noch ein bisschen, weil er Maria nicht erschrecken wollte, dann pellte er sich aus seinem Versteck. Aber Maria war nicht mehr da.

Langsam machte er sich auf den Weg und sah kurz zu den anderen hinüber. Die summten irgendwas, kicherten. Felix und der Holland lagen nebeneinander auf dem Waldboden. Was die da machten, konnte Edgar nicht genau erkennen. Raven war nicht zu sehen, und das beunruhigte ihn. Ein Marder schrie, und da sprangen sie auf. Aber er machte sich Sorgen um das Mädchen, und so lief er in Richtung der Klippe. Im ersten

Licht der einsetzenden Dämmerung sah er sie schließlich, unten am Strand. Irgendetwas stimmte nicht mit ihr. Vielleicht sollte Edgar ihr helfen? Aber was, wenn Raven da unten war? Oder noch schlimmer, wenn Hauke plötzlich auftauchte, weil er Maria suchte? Edgar rutschte einfach den Abhang hinunter, da war Maria schon im Wasser. Lieber Gott, dachte Edgar, was habt ihr mit dem Mädchen gemacht? Maria war schon ein Stück im Wasser drin, rutschte aber immer wieder auf den glatten Steinen aus.

Edgar blickte sich ständig um. Was hatte das Mädchen vor? Er hasste das Wasser, fuhr nur zum Fischen raus. Noch nie war er ohne Boot in der Ostsee gewesen. Er konnte auch gar nicht schwimmen. Edgar hatte noch nie verstanden, dass die Leute hier Urlaub machten, nur um in dieser kalten Brühe zu baden. Langsam ging er los. Das Wasser schwappte in die Schuhe, kroch die Hose herauf. Auch er rutschte aus, fiel hin. Dabei stieß er vor Schreck einen Schrei aus, doch das Mädchen hörte ihn gar nicht, ging weiter, murmelte etwas.

»Liebes Wasser, mach die Schmerzen weg ... gemein von euch, das mit den Pilzen.«

So etwas in der Art hörte Edgar. Er rappelte sich wieder hoch und kämpfte sich weiter voran. Maria war jetzt schon weit drin, dann verschwand sie. Edgar geriet in Panik, wollte laufen, aber es ging so schwer in dem blöden Wasser. Er ließ sich fallen, hechelte, lief über die Steine und machte mit den Armen Ruderbewegungen. Erst jetzt bemerkte er das Boot, das etwas weiter entfernt an ihnen vorbeiglitt. Er hörte Stimmen, jemand lachte leise. Edgar hatte gute Augen und sah, dass jemand, nein, mehrere an dem Boot hingen und es aufs offene Meer brachten. Das müssen die Jungs sein, dachte er und hielt inne. Aber die schienen ihn gar nicht gesehen zu haben.

Maria trieb auf dem Wasser, ihr blasses Gesicht lag auf der Oberfläche wie eine dieser Masken aus Venedig. Edgar fand die immer gruselig, konnte nie verstehen, dass man sich so was als Deko an die Wand hängte. Vorsichtig packte er Maria unter den Armen, sie reagierte überhaupt nicht, als wär sie schon tot. Dann zog er sie langsam ans Ufer zurück. Es musste eine Ewigkeit gedauert haben. Immer wieder machte er Pause und stützte das Mädchen, sie konnte kaum auf den Beinen stehen. Sie weinte die ganze Zeit.

Als sie endlich in Ufernähe waren, da sah er sie, die Wila. Sie huschte so schnell zwischen den großen Steinen umher und verschwand genauso schnell. Es war noch nicht hell, und Edgar hatte eigentlich nur einen Schatten gesehen, aber er war sich sicher. Für einen Augenblick war er starr vor Angst. Er zitterte sowieso schon wegen des kalten Wassers und der ganzen Aufregung. Aber irgendwie schaffte er es doch, das Mädchen an den Strand zu bringen. Sie saß nun auf einem der Steine. Auf dem, hinter dem die Wila verschwunden war. Edgar schaute sich immer wieder suchend um, ob sie nicht doch noch irgendwo lauerte, konnte aber nichts erkennen. Dann beugte er sich zu Maria hinunter. »Kannst du jetzt nach Hause gehen? Bitte! Geh doch nach Hause.«

Maria nickte stumm, rührte sich aber nicht von der Stelle. »Wat maak ik nu blots? Oh, grote Gott, segg mi doch, wat ik nu maken sall!« Da fiel ihm ein, dass er eine Decke in seinem Boot liegen hatte. Manchmal schlief er doch hier draußen, in seinem Boot. So doof er das Meer fand, das Rauschen der Wellen mochte er gern. Er lief los, um die Decke zu holen. Maria zitterte genauso wie er, und so setzte er sich neben sie und legte die Decke über sie beide.

Dann saßen sie da, und Edgar wusste nicht, was er zu ihr sagen sollte. Hatte sie sich wirklich umbringen wollen? Was sagte man denn dann? Dass es doch dumm sei, egal was man angestellt habe. Es gebe doch immer eine Lösung. So sah Edgar das nun mal. Auch für ihn würde es immer irgendwie gehen. Er wusste ja selbst, dass er nicht so wie die anderen war, aber was machte das schon? Er freute sich doch genauso über einen Sonnenaufgang oder einen fetten Dorsch wie andere auch.

Draußen auf dem Meer schoss eine Stichflamme hoch, sie kam aus dem Boot, das die Verrückten rausgebracht hatten. Eddi kümmerte das alles nicht mehr.

Jemand kam plötzlich von hinten. Maria hatte die Augen geschlossen und ihren Kopf an Edgars Schulter gelehnt. Doch er schreckte hoch. Es war Niels Raven.

»Was machst du hier, Eddi?« Er lallte, hielt sich gerade so auf den Beinen.

»Nix.« Edgar sprang auf und legte die Decke über Maria. »Sie hat … Sie wollte …« Mehr brachte er nicht heraus. Er zitterte am ganzen Körper.

»Lass gut sein, Eddi. Komm, geh nach Hause. Ist ja nichts passiert.«

Edgar zeigte mit dem Finger in Richtung der Steilküste hinter sich. »Habt ihr sie auch gesehen?«

»Wen meinst du?«

»Die … na ja, die Wila.«

Niels sah ihn mit ernster Miene an. »Ich an deiner Stelle wäre vorsichtig. Wir alle haben sie gesehen. Die Elfen sind auch bei ihr. Konstantin hat sie gerufen. Du weißt ja, dass er so was kann.« Er rülpste und torkelte ein paar Schritte nach hinten. Dann ging er wieder auf Edgar zu und hob mahnend den Zeigefinger. »Sieh zu, dass du ganz schnell nach Hause kommst.«

Edgar nickte und lief los.

»Eddi?«, rief Raven plötzlich.

»Ja?« Er blieb stehen, Angst lag in seinem Gesicht.

»Das mit Maria hier, das behalten wir für uns.«

Edgar nickte heftig.

»Die Wila will sie haben. Maria ist in Wirklichkeit eine von ihnen, du verstehst?«

Wieder heftiges Kopfnicken.

»Ihr passiert nichts, das haben die uns versprochen.«

Edgar dachte nach, sein Gesicht drückte Besorgnis aus.

»Ich kümmere mich persönlich darum, Eddi. Maria wird's besser haben als bei Hauke.«

Erleichtert nickte Edgar ihm zu.

»Und, Eddi?« Niels legte den Zeigefinger vor den Mund. »Pst!«

Noch einmal nickte Edgar, drehte sich um und hastete davon.

✳✳✳

»Hast du getrunken?«

»Sieht ganz so aus«, entgegnete Paul. Er lag auf der Ofenbank und atmete schwer.

Bevor er zu Hause angekommen war, hatte er Verbandszeug aus Johanns Wagen geholt und ihm die Hand verbunden. Die Bitte, doch eben bei Dr. Stoevesand vorbeizugehen, hatte Adri mit einem »Jajaja« abgetan.

Johann saß rauchend in seinem neuen Schaukelstuhl, der im Frühling auf der Veranda stehen sollte. »Solange du nicht allein trinkst. Das ist nämlich schlecht für dein Innenleben. Nimm dir ein Beispiel an Monsieur Baptiste.« Er streichelte den Kopf des Katers, der auf seinem Schoß lag. »Der trinkt ausschließlich mit mir und ist deshalb noch so frisch und munter.«

»Ich habe mit Adri getrunken, und ich sag dir was: Wir hatten mit allem recht. Ich meine das, was wir vorhin über die Tochter der Liebes spekuliert haben.«

»Ach was!« Johann machte einen Ruck nach vorn, Baptiste schoss vom Schoß. »Maria ist also nicht tot und heißt jetzt … Wie heißt sie noch mal?«

»Eva.«

»Und es war Henny! Die hat sie versteckt, richtig?«

»Ja und nein. Sie hat Maria Adri überstellt, und der hat sie nach Spanien mitgenommen.«

»Nach Spanien! Nach … nach …«

»Formentera.«

»Donnerwetter, was für eine Tat! Ich hab's doch gewusst. Das war unsere tapfere Henny.« Er versuchte, aus seinem Stuhl zu springen, schaffte es aber erst beim dritten Anlauf. Als er endlich stand, warf er dem Stuhl einen verärgerten Blick zu, dann wandte er sich wieder Paul zu. »Darauf müssen wir anstoßen.«

Paul schüttelte sich. »Bitte nicht!« Er hatte Hunger. Er rappelte sich wieder auf, ging zum Herd und hob den Deckel des Topfes an. Johann hatte eine Erbsensuppe gekocht, so eine richtige, mit über Nacht eingeweichten Erbsen, geräuchertem Speck, Kartoffeln, Möhren. Paul schloss die Augen und sog ihren Duft ein. Kindheitserinnerungen flackerten auf, an einen warmen Bauch, Behütetsein, Unbekümmertheit, seine Oma Gertl. So etwas hätten Vitello tonnato, Mozzarella caprese oder ein Bún bò Nam Bộ nie vermocht, wenn sie auch noch so köstlich waren.

Johann füllte Kaffee aus der Thermoskanne in zwei Tassen. »Hier, der macht dich wieder munter.« Er setzte sich umständlich in den Schaukelstuhl zurück. »Und jetzt erzähl mir alles. Der Reihe nach, wenn ich bitten darf.«

Paul schnüffelte skeptisch an seinem Kaffee.

»Ist nix drin.«

Dann berichtete Paul von dem, was er von Adri am Strand gehört hatte.

Johann lauschte aufmerksam, nickte dann und wann, trank von dem Kaffee, paffte. »Donnerwetter, ich kann mich nur wiederholen.« Er schaukelte jetzt stärker hin und her. »Also gut. Und Adri will uns weismachen, er hätte nicht gewusst, dass das Mädchen hier in Havgart war? Hält der uns für mental retardiert?«

Paul sah ihn erstaunt an. »Wo hast du denn den Ausdruck her? Von deinen Gesundheits-Apps?« Er rührte gedankenverloren in der Suppe. »Ich weiß nicht, ich weiß nicht«, murmelte er. »Aber ich glaube ihm das. Wenn er schon zugibt, dass es Maria ist, warum sollte er in diesem Punkt lügen?«

Johann deutete auf den Topf. »Kümmerst du dich um die Einbrenne?«

»Die was?«

»Zwiebeln in Butter anbraten, Mehl rein, anschwitzen und in die Suppe rühren. Zum Abrunden. Keine Suppe ohne Einbrenne!«

»Wenn du meinst.« Paul öffnete den Küchenschrank, holte eine Zwiebel heraus und folgte den Anweisungen seines Vaters.

Der setzte sich an den Tisch und rieb sich die Hände. »Ich habe Hunger wie ein Scheunentor.«

»Du meinst, wie ein Mähdrescher«, sagte Paul und stellte den Topf auf den Tisch. »Nein, das war's auch nicht.«

In diesem Moment summte Pauls Handy. Er zog es aus seiner Hosentasche, es war Emma. Er nahm den Anruf entgegen, stellte aber den Lautsprecher ein.

Emma erzählte von dem Laborbericht, der endlich eingegangen sei. Demnach sei Edgar Allweis' Blut an Konstantins Messer gefunden worden sowie das Blut des zweiten Opfers Niels Raven an seiner Kleidung. Die Motive könnten die Verteidigung seiner Behausung gewesen sein.

Als Paul den Anruf beendet hatte, musterte Johann ihn neugierig. »Du hast ihr nichts über Maria gesagt.«

Paul schwieg.

»Das ist sehr nobel von dir, mein Sohn.« Johann lächelte zufrieden.

»Das ist halt unser persönlicher Fall. Der Fall im Fall sozusagen. Vielleicht hat das eine mit dem anderen auch gar nichts zu tun.« Paul setzte sich und begann zu essen. »Johann, die Suppe ist … ein Traum.«

»Das ist eine einfache Erbsensuppe, was gibt's da zu träumen?« Johann hielt plötzlich inne. »Scheunendrescher heißt es, man hat Hunger wie ein Scheunendrescher. Und anschließend gibt's einen Kümmelschnaps. Das Letzte, was ich bei Observationen gebrauchen kann, sind Flatulenzen.«

Freitag

Im Morgengrauen waren die Justizvollzugsbeamten von einem lauten Geheule aufgeschreckt worden, dass sie gedacht hatten, ein Rudel Wölfe sei draußen vor den Toren. Als sie Konstantin von Thomsens Zellentür stürmten, sahen sie ihn am Fenster stehen, den Kopf zurückgeworfen und so laut jaulend, dass ihnen ein Schauer über den Rücken lief. Als sie versuchten, ihn vom Fenster wegzuziehen, um ihn zu beruhigen, wehrte er sich anfangs heftig, doch plötzlich, als hätte jemand einen Knopf gedrückt, gab er nach, hockte sich in seine Ecke und begann wieder mit seinem Gesang.

Bereits gestern war Felix bei seinem Bruder gewesen, heute früh war er wieder gekommen. Er gab die Hoffnung nicht auf, dass er Konstantin doch noch dazu bringen konnte, sich in irgendeiner Form zu äußern. Für alle Fälle lief ein Aufnahmegerät mit, das auf dem Tisch stand. Felix hatte sich auf das zweite Bett gelegt, beide Arme hinter dem Kopf verschränkt, und einfach erzählt. Irgendetwas Belangloses, Begebenheiten von damals, als sie noch Kinder gewesen waren, von Ida, von den Mitarbeitern des Gutes. Felix hatte Konstantin an dessen Ferienjob am Solojärvi-See in Finnland erinnert und ihn gefragt, wie er um Himmels willen auf die Idee gekommen sei, einen so menschenverachtenden Trank zusammenzubrauen. Da hatte Konstantin zum ersten Mal aufgeschaut, hatte mit dem Summen aufgehört und seinen Bruder angegrinst. Nur einen Augenblick lang, aber Felix hatte gesehen, dass etwas in Konstantin vorgegangen war. Doch dann hatte er sich wieder zurückgezogen in diesen Dämmerzustand, um allein zu sein. So wie andere Menschen in ihre Wohnungen gingen und die Haustür verriegelten. Felix dachte, dass man das wohl so machte, wenn man keine Wohnung hatte, dann wurde der eigene Kopf zu einem Rückzugsort. Immerhin hatte er eine Bresche geschlagen. Die Erinnerungen an Finnland hatten

Konstantin berührt. Oder die Gedanken an die Mittsommernacht.

Felix richtete sich auf und setzte sich im Schneidersitz auf
die Pritsche. »Weißt du eigentlich, dass Ida die ganze Nacht
auf dich gewartet hat?«

Konstantin summte ungerührt weiter.

»Egal was passiert ist, Konstantin, Ida steht zu dir. Und ich
auch. Einerlei, was die anderen hier sagen, sind sowieso alles
Idioten. Weißt du, dass Niels den ersten Wolf schon vor Monaten gesichtet hat?«, fuhr Felix fort. »Du kannst dir vorstellen,
dass er nicht gerade begeistert war. Und du kannst dir auch
denken, was hier los gewesen wäre, wenn diese Naturschützer
davon Wind bekommen hätten. Also haben wir gebetet, dass
dieser Kelch an uns vorüberziehen möge.« Er seufzte. »Egal,
jetzt weiß es sowieso jeder, und schon gehen die ganzen Dis-
kussionen los, Abschussquoten für Wölfe, Entschädigungen
für Schäfer und so weiter.«

Konstantin schaute Felix die ganze Zeit über an. Felix hatte
den Eindruck, als sei die Zufriedenheit aus seinem Gesicht
verschwunden.

»Die Wölfe waren natürlich auch Thema während der Jagd,
kannst du dir ja denken. Da waren sicher einige dabei, die allzu
gerne einen vor die Flinte bekommen hätten.« Felix lächelte
und schüttelte den Kopf. »Schießen stattdessen den Frischling krank.« Er machte eine Pause. »Und dann hat jemand
auf Niels geschossen. Also ich meine, während der Jagd. Die
denken, dass du das gewesen bist. Aber die haben die Kugel
nicht. Finde du mal eine Kugel im Wald, das ist genauso wie
die Nadel im Heuhaufen. Und ohne Kugel findet man auch
das Gewehr nicht, aus dem geschossen wurde.«

»Siellä oli metsästys … hän oli peloissaan … voimme haistaa
pelkoa«, sagte Konstantin plötzlich, als wäre es ganz selbstverständlich, sich mit seinem Bruder zu unterhalten.

Felix holte einmal tief Luft, dann grinste er seinen Bruder
an. Die klaren grünen Augen, das ebenmäßige Gesicht, die
blonden Haare. Felix kam es so vor, als scheine der kleine

Bruder durch diesen Mann hindurch, zu dem es jetzt endlich auch eine Stimme gab. Er konnte sein Glück kaum fassen, obwohl er kein Wort verstanden und Konstantin undeutlich geredet hatte, aber das machte nichts. Überhaupt nichts. Konstantin hatte seine Höhle verlassen und war zu ihm zurückgekehrt. Und Felix war davon überzeugt, dass sich auch bald herausstellen würde, dass Konstantin alles Mögliche war: ein Krimineller, ein Penner, ein Drogenabhängiger, ein Geisteskranker – aber niemals ein Mörder.

»Raastettu sienet, poron turkki, kitti, bouillonkuutiot keittiöstä Ida, poron kusta, erilaisia kehon nesteitä, sokeri«, sagte Konstantin. Dann legte er sich auf die Pritsche und begann wieder zu summen. Für ihn war die Unterhaltung beendet.

✳✳✳

Kippling hat mich natürlich nicht erkannt. Saß nur da, einen Drink vor sich, und hat ohne Unterbrechung geredet. Der Mund ging auf und zu, auf und zu, ich weiß noch von früher, wie gern er sich selbst reden hört. Sein Lachen ist abfällig, er hat gebleichte Zähne. Ich konnte ihn noch nie leiden. Genauso wenig wie diese Bar, aber er passt gut hierher. Es sind immer viele Deutsche dort. Alles so Typen wie Kippling. Sie reden über ihre Boote, Autos, Immobilien. Die ganze Insel ist voll von diesen alten Deutschen.

Adri geht eigentlich nie in solche Bars. Und ich bin nur dort gelandet, weil eine Freundin die Bedienung kennt. Es ist schon seltsam, wie die Dinge manchmal laufen. Hätte ich diese Freundin nicht getroffen, wäre alles anders gekommen. Dann würde er noch leben. Dann würden alle noch leben.

Adri hat mich auch nicht erkannt, er hat aber auch nicht auf mich geachtet. Er war so fasziniert von Kippling, nein, ich glaube eher von dem Angebot, das der ihm unterbreitete, dass er das Geschwätz in Kauf genommen hat. Adri hat sich nicht viel verändert, er ist immer noch so schlank, älter geworden ist er. Aber er hat einen traurigen Ausdruck in den Augen. Es schien nicht so gut gelaufen zu sein für ihn. Ich habe ihn so sehr vermisst. Er hätte doch meine große Liebe sein können. Das tut mir heute noch weh. Auf jeden Fall hat Kippling angefangen, über sie zu reden. »Schnapsdrossel ... lag am helllichten Morgen vor dem Hirschfänger ... blaues Auge ... volltrunken ... ekelhaft.« Er hat so überheblich gelacht, hat sich lustig gemacht über sie, dass ich es kaum ausgehalten habe. Auch wenn ich sie eigentlich nie wiedersehen wollte, nach dem, was in der Nacht damals am Strand geschehen war. Als er anfing, über Havgart zu reden, hätte ich gehen sollen. Ich wollte das nicht hören. Aber ich saß wie festgewachsen da und konnte mich nicht mehr bewegen. Das war mir lange nicht mehr passiert, ich hatte gedacht, ich wär endlich so weit, aber das stimmte nicht. Er hatte die schrecklichen Bilder heraufbeschworen, und mir ist davon schlecht geworden. Es war, als hätte sich ein Film in meinem Kopf eingeschaltet. Es gab kein Entkommen, dieser Film lief, und ich musste ihn mir ansehen. Ich sah sie dort liegen, auf der Straße, so hilflos, wo sie doch so stark sein kann. Ich weiß nicht mehr, was alles durch meinen Kopf gerauscht ist. Es war so viel, wie immer, es ist der Ozean in meinem Kopf, der nie zur Ruhe kommt. Ein Gedanke aber ist hängen geblieben, wiederholt sich immer wieder, in Endlosschleife. Ich sehe es so deutlich, als hätte ich es längst getan. Als wäre ich längst in mein Dorf zurückgekehrt, das nicht mehr mein Dorf ist, um ihn umzubringen, damit sie endlich leben kann.

❊ ❊ ❊

Henny hatte die ganze Nacht wach in ihrem Bett gelegen. Ab und zu hatte sie auf die leere Matratze neben sich gefasst, auf Haukes Seite. Tastete umher, als könnte sie nicht glauben, dass er wirklich nicht mehr da war. Gestern hatte Olaf sie zur Leichenhalle nach Oldenburg gebracht. Der wehrte sich anfangs mit Händen und Füßen, zeterte, was sie denn da wolle und dass Hauke bestimmt nicht mehr so appetitlich aussehe. Aber am Ende war er doch gefahren, hatte aber draußen gewartet. Henny wollte doch nur eines: Sich vergewissern, dass Hauke wirklich dort war, dass er nie mehr wieder nach Hause kommen würde.

Nach dem Tee ging sie in die Gaststätte, wie immer. Nur dass sie jetzt ganz allein war, machte ihr ein wenig Angst. Selbst ihre kleine Lou war nicht hier. Henny schüttete sich einen Doppelkorn ein und begann, die Stühle von den Tischen zu räumen. Gestern war eine Putzfrau hier gewesen. Es war das erste Mal, dass jemand anderes als sie im Hirschfänger geputzt hatte. Olaf hatte sie dazu gedrängt. »Nu gönnen Sie sich doch mal was.«

Es roch ganz anders jetzt, als sei ein frischer Geist hier eingezogen. Als alle Stühle wieder ordentlich an den Tischen standen, ging sie langsam umher, setzte sich mal an den einen, dann an den anderen Tisch, trank noch einen Korn. Sie konnte sich gar nicht mehr daran erinnern, wann sie zuletzt hier im Gastraum gesessen hatte. Vielleicht würde sie ja einmal hier irgendwo Platz nehmen, und Olaf würde ihr ein Essen bringen. Vielleicht mit diesem netten Herrn Lupin, dem älteren natürlich. Sie mochte ihn, sie sollte ihn wirklich mal zu einem Essen einladen.

Aber erst, wenn alles, was hier passiert ist, geklärt ist. Erst dann würde sie an die schönen Dinge denken, die das Leben vielleicht doch noch irgendwo für sie bereithielt. Sie hatte auch deshalb nicht schlafen können, weil sie immer an Hauke denken musste; sie verstand nicht, warum die Angst nicht gehen wollte. Sie hatte sogar die Fenster geöffnet, um den Geruch der Angst zu vertreiben, aber er war geblieben. Erst nach einigen weiteren Gläsern hatte sie sich beruhigen können. Eigentlich müsste sie alles rauswerfen. Ganz neu beginnen. Sie ging in den Flur und zog den Mantel an, um die bestellten Brote aus dem Gutsladen zu holen.

Linda war gerade dabei, den Kofferraum des Wagens zu räumen. Die Frauen gingen in den Laden, und Linda stellte einen Korb mit frischem Weißbrot auf den Tresen. »Sind noch warm«, sagte sie. Sie sah ein wenig entspannter aus als in den letzten Tagen.

»Hast du eine Nachricht von Lou?«, fragte Henny.

»Sie sind in Dänemark, stell dir vor. Ich habe vorhin mit meiner Mutter telefoniert. Eine Nachbarin ihres Sommerhauses am Sund hat sie angerufen und gesagt, dass zwei junge Leute in der Nacht angekommen wären, ob das in Ordnung geht. Der Beschreibung nach waren es Lou und Jussi Petersen.«

Henny atmete erleichtert auf.

»Inger wollte rausfahren und kurz nach dem Rechten sehen.«

»Lou ist vernünftig, du musst dir keine Sorgen machen«, sagte Henny.

Linda nickte. »Ich weiß. Aber ich wünschte so sehr, alles wäre wieder wie früher.«

»Es wird nie mehr wie früher werden, Linda. Wir beide sind jetzt allein.«

»Wir haben Lou, vergiss das nicht.«

Lindas Telefon klingelte, und sie schaute auf das Display. »Das ist Inger.« Linda nahm den Anruf entgegen. »Mama, bist du schon in Charlottenlund?«

Henny stand direkt neben Linda, während sie telefonierte. Die Stimme von Inger Johannsen war so laut, dass Henny jedes Wort verstehen konnte. Lou und dem Jungen gehe es gut, der sei ja ein ganz Süßer, und sie hätten eine Frau getroffen, die Lou wohl kenne, eine, die in Havgart Reiterferien gemacht habe.

Linda beendete den Anruf. »Du hast recht, wir müssen uns keine Sorgen machen.«

Wieder im Hirschfänger zurück, stellte Henny den Korb in

der Küche ab, aber den Mantel ließ sie an. In ihren Gedanken sah sie Maria, die mit Caro über die Felder fegte. Sie war die Einzige gewesen, die mit diesem eigensinnigen Pferd umgehen konnte. Henny wollte auf den Friedhof gehen, zu Marias Grab. Es müsste mal wieder geharkt werden, das Kreuz würde sie sauber machen. Es war doch dem langen Winter so schutzlos ausgeliefert gewesen. Ich werde ihr ein paar Blumen aufs Grab legen, dachte sie, zum Glück ist es nicht mehr so kalt.

＊

Adri war missmutig aufgewacht, missmutig hatte er eine geraucht. Seltsamerweise hatte er keine Kopfschmerzen, nur die Schnittwunde in der Hand schmerzte. Als würde man vom Saufen an frischer Luft am Strand keinen Kater bekommen. Anschließend war er durchs Dorf gegangen, um zu überlegen, was er heute tun würde. Eine Sache war, kurz ins Haupthaus hinüberzugehen, um nach der Heizung zu sehen. Später wollte er einen Monteur anrufen. Er hatte Olaf gesehen, wie der sein Fahrrad vor dem Hirschfänger abstellte. Henny mit einer Gießkanne in der Hand, Johann mit dem Kater im Gefolge, vermutlich auf dem Weg zum morgendlichen Küstenspaziergang. Im Gutsladen war er kurz gewesen und hatte sich ein Baguette gekauft. Der Verband war verrutscht, und Linda hatte angeboten, ihm einen neuen anzulegen. »Ist ja nicht so ganz einfach, wenn man nur eine Hand dafür hat.«

Adri nahm das Angebot an, und Linda holte den Verbandskasten.

»Oh je«, sagte sie, »sieht böse aus. Ich an deiner Stelle würde damit zum Arzt gehen.«

Zu dem Bild, das Adri vor ihre Tür gestellt hatte, hatte sie nichts gesagt.

Bisher war er nur einmal in Kipplings Haus gewesen, um sich einen Überblick zu verschaffen, was zu tun war. Langsam ging er durch die von der Sonne erhellten Räume und gelangte ins Wohnzimmer. Weiße Sofas aus Leder, Solnhofener

Kalksteinboden, moderne Kunst auf Sockeln. Weiße Laken verhüllten einige der Möbel. Sie waren oft hier gewesen, zum Essen, an Geburtstagen und zum letzten Mal nach der Beisetzung von Felix' und Konstantins Eltern. Markus Kippling hatte darauf bestanden, das Leichenmahl in seinem Haus abzuhalten. Er hatte seinen besten Freunden, die nun tot waren, einen letzten Dienst erweisen wollen.

Adri öffnete die Türen zum Garten hinaus, dann ging er zur Bar und schenkte sich einen Single Malt ein. Er ließ seinen Blick umherschweifen, erinnerte sich an diesen Herbsttag im Oktober. Es hatte den ganzen Tag über geregnet. Konstantin war schon morgens betrunken gewesen, Felix hatte kein einziges Wort gesprochen. Sie hatten beide schwarze Anzüge getragen, und sie waren so schön gewesen, dass es Adri körperliche Schmerzen bereitet hatte, sie anzusehen.

Adri ließ sich in den Sessel gegenüber dem Sofa fallen. In denselben Sessel, in dem er damals auch gesessen hatte. Er sah sie wieder hier herumstehen, die Gläser in der Hand, einen Teller mit Kuchen, gedämpfte Stimmen. Alle waren hier, nur die Liebes nicht. Adri wusste von Maria, dass Henny so gern gekommen wäre, aber Hauke hatte es ihr verboten. Maria aber war gekommen, etwas später. Sie saß mit Felix auf dem weißen Sofa, ihm gegenüber.

Er schaute auf das leere weiße, unschuldige Sofa. Maria hatte ein schwarzes Kleid an, die offenen Haare lagen auf ihren Schultern. Felix saß neben ihr, dunkle Locken, das schmale, blasse Gesicht, die grünen Augen. Dann begann Felix zu weinen, erst rollten nur ein paar Tränen die Wangen hinunter, endlich ließ er seinen Kopf auf Marias Schoß fallen und schluchzte. Alle schauten erst hin, dann betreten weg, manche gingen ins Nebenzimmer, konnten es nicht ertragen. Konstantin lachte, warf das Glas an die Wand oberhalb des Kamins und lief hinaus.

Dann waren sie allein, nur noch die beiden auf dem Sofa, Adri in seinem Sessel. Maria hielt den Kopf geneigt. Felix in ihrem Schoß, sie streichelte sein Haar. *Maria und Jesus.* Dann passierte es, der Tumult im Flur, Rufe, Geschrei, Hauke kam hereingestürmt, lief auf die beiden zu, packte Maria am Arm und riss sie hoch. Markus Kippling kam aus der Bibliothek gelaufen, rief zu Hauke, er solle sie sofort loslassen, doch der zog sie mit sich hinaus. Niemand hielt die beiden auf. Dann wurde es wieder ruhig. Adri stand auf, setzte sich zu Felix auf das Sofa und begann, seine Locken zu streicheln. »Irgendwann wird sie dieses Schwein umbringen, und wir müssen ihr dabei helfen«, sagte Adri.

Jetzt erhob er sich wieder, der ganze Arm schmerzte mittlerweile, und Adri fühlte sich matt. Bestimmt hatte er Fieber, auch war ihm der Alkohol in den Kopf gestiegen. Er musste sich jetzt richtig zusammenreißen, aber noch kurz in den Keller gehen, um sich den Namen der Heizungsfirma zu notieren, die die Anlage wartete. *Wenigstens das muss ich noch schaffen.* Unten angekommen, öffnete er die Metalltür zum Heizungskeller und machte Licht. An der Wand gegenüber dem Brenner hing ein Schild mit dem Namen der Firma. Als aus dem Flur ein Geräusch kam, hielt er kurz inne. »Jemand da?« Doch nichts passierte, es war ihm auch egal.

Adri legte den Block an die Wand und notierte den Namen und die Telefonnummer. Dabei rutschte der Ärmel seines Pullovers ein Stück hoch und legte den roten Strich frei, der auf der Innenseite des Armes entlanglief.

»Scheiße«, murmelte er und steckte die Sachen weg. Vielleicht sollte er doch Lindas Rat befolgen und die Hand im Krankenhaus behandeln lassen.

***

Gerade war der Architekt gegangen, mit dem Felix mögliche Optionen für die Erweiterung der Ferienapartments besprochen hatte. Gern hätte er Linda dabeigehabt, denn mit Niels zusammen hatte er auch eine Erweiterung der Ställe geplant. Er wollte Linda nicht außen vor lassen, sie betrieb ja schließlich die Zucht und Ausbildung der Turnierpferde. Aber Linda war nicht da gewesen, weder im Gutsladen noch zu Hause. Der Architekt hatte sich alles angeschaut, hatte seiner Phantasie freien Lauf gelassen, und Felix fand, dass es sich gut angehört hatte. Aber er war mit den Gedanken nicht bei der Sache gewesen.

Er klappte den Laptop zu und nahm den Zettel mit der Übersetzung von Konstantins Bemerkung in die Hand. Er hatte das Band Eetu Heikkinnen vorgespielt, und da Konstantin undeutlich gesprochen hatte, war es eher eine Vermutung. Der Google-Übersetzer war noch schlimmer gewesen, also hatte er mehrere Varianten des Gesagten.

Er überlegte, was er jetzt damit anfangen sollte, da fiel sein Blick auf die Zeitung, die Ida ihm zusammen mit der Post auf den Schreibtisch gelegt hatte. Auf der Titelseite war ein Foto abgebildet. »Sie sind zurück!«, stand in großen Lettern darüber. Felix schaute sich das Bild an, überflog den Artikel. Es war immer dasselbe Blabla, wenn Wölfe gesichtet wurden, einer schrieb vom anderen ab. Dann las er die winzige Bildunterschrift: »© Jussi Petersen«.

Er musste lächeln. Sieh an, dachte er, hast dir mit dieser unseligen Geschichte ein bisschen was dazuverdient. Und uns gleichzeitig noch eins ausgewischt, da nun jeder weiß, in wessen Revier die Wölfe gesichtet wurden.

Er legte die Zeitung zurück und betrachtete wieder den Zettel, als er eine Idee hatte. So kam er vielleicht ein bisschen weiter und musste nicht gleich Emma belästigen. Die hatte sich nun einmal auf Konstantin eingeschossen und würde sich mit so einer vagen Behauptung auch nicht davon abbringen lassen.

Johann und Paul waren in der Küche, inspizierten die Schränke und diskutierten einige Möglichkeiten für das Mittagessen, als Johann eine Bewegung im Garten bemerkte. »Nanu?«, sagte er und streckte den Hals, um besser sehen zu können. »Will der wirklich zu uns, oder hat er sich im Gartentörchen geirrt?« Es war Felix von Thomsen, der auf ihr Haus zukam.

Johann öffnete die Tür, von Thomsen winkte ihm zu und war mit zwei Sätzen die Holzstufen der Veranda heraufgesprungen. »Entschuldigen Sie, dass ich Sie zu Hause störe, aber ich muss mit Ihnen reden.« Paul konnte seinem Vater ansehen, dass er hocherfreut war, denn er strahlte den Besucher an und geleitete ihn in sein Haus. Felix von Thomsen schaute sich in der Küche um. »Es ist seltsam, wieder hier zu sein. Ich habe dieses Haus nach Adris Fortgang nie wieder betreten.« »Ja, so schließt sich ein Kreis.« Johann deutete auf einen Stuhl. »Was können wir für Sie tun?« Dabei streifte ihn der Gedanke, dass seine künftige Arbeit als Privatermittler genau so aussehen könnte. Dass ein Klient durch seinen Garten kommen, ihm ein Vorkommnis schildern und ihn dann um Hilfe bitten würde. Das alles natürlich in einem professionelleren Umfeld, einem kleinen Büro vielleicht. Er würde darüber nachdenken, ob er Pauls Gästezimmer entsprechend umfunktionieren sollte.

Felix setzte sich. Paul bemerkte das Pflaster unter den Locken seitlich der Stirn. Dann fiel ihm der Maler wieder ein, der hatte auch gehörig was abbekommen. Alle Beteiligten sind entweder angeschlagen oder tot, dachte er und richtete dann seine Aufmerksamkeit auf ihren Besucher.

»Ich war bei meinem Bruder«, begann Felix von Thomsen. »Sie sind ja im Bilde, und ich muss Ihnen nicht noch einmal alles erzählen, oder?«

»Weitgehend«, sagte Paul. »Ich weiß von meinem Kollegen, dass er in psychiatrischer Betreuung ist und dass Sie selbst mit ihm sprechen dürfen.«

»Das ist richtig. Heute war ich sogar mehrere Stunden bei ihm und ...«, er holte einen Zettel aus seiner Jackentasche, »es ist etwas passiert.«

»Hat er geredet?« Johann saß kerzengerade ganz vorn an der Stuhlkante.

Felix nickte. »Und das, was er sagte, hat mich verwirrt.«

Vater und Sohn Lupin schauten Felix von Thomsen gespannt an.

»Er hat Finnisch gesprochen, und ich habe mich mit der Übersetzung ein wenig schwergetan. Aber das tut man eigentlich immer bei dem, was mein Bruder von sich gibt.« Er faltete den Zettel auseinander und schob ihn Paul hin. »Aber sinngemäß war es das hier.«

»›Er wurde gejagt … Er hatte Angst … Wir können Angst riechen‹«, las Paul vor und schaute wieder auf.

»Ehrlich gesagt bringt mich das nicht besonders weiter«, sagte Felix. »Vielleicht wollten sie doch einen Wolf schießen?«

»Wer?«, fragte Johann.

»Einer der Jagdgäste vielleicht.« Von Thomsen zuckte mit den Schultern.

Dann herrschte einige Zeit lang Schweigen. Jeder der drei saß in Gedanken versunken da und versuchte, das Gesagte mit dem in Verbindung zu bringen, was sie wussten.

Irgendwann hob Johann den Zeigefinger. »Es sei denn, er hat nicht von heute gesprochen, sondern von damals. Junge, nach allem, was wir von Adri wissen, ist in der Nacht von Maria Liebes Verschwinden auch allerhand passiert.«

Felix von Thomsen warf Johann einen fragenden Blick zu. »Wovon reden Sie? Was hat Adri erzählt?«

Paul räusperte sich. »Ja … Es gibt da vielleicht ein paar neue Erkenntnisse im Falle der verschwundenen Tochter der Liebes.«

Felix zog die Augenbrauen zusammen. »Hat das irgendwas mit Konstantin zu tun?«

»Das wissen wir noch nicht.«

»Wie dem auch sei. Konstantin hat nicht von damals gesprochen. Wir oder besser gesagt ich habe von der Jagd am vorigen Sonntag gesprochen. Von dem Fehlschuss, dass jemand Niels verletzt hat und so weiter.«

»Weiß Emma Flint, dass Konstantin geredet hat?«

»Ja, sicher. Aber es ist absurd, dass Konstantin die beiden Morde begangen haben soll. Ich weiß nicht, was ich jetzt machen soll.«

»Verstehe.« Paul nickte langsam. »Aber trotzdem sieht es so

aus, dass Ihr Bruder, wenn nicht Niels Raven, so doch Edgar Allweis getötet hat.«

»Blödsinn.« Felix von Thomsen stand auf. »Ich kenne doch meinen Bruder. Auch wenn er etwas anders tickt, so weiß ich doch, wozu er fähig ist und zu was nicht.«

»Edgars Blut ist an seinem Messer.«

»Edgar war doch schon tot, als Konstantin ihm die Sehnen durchtrennt hat. In dieser Beziehung waren sich Edgar und Konstantin ähnlich. Beide hatten Angst, dass ein Toter doch noch nicht so ganz tot sein könnte. Er wollte nur verhindern, dass Edgar noch einmal aufsteht und ihm erneut die Behausung abfackelt. Das ist Konstantin, wie er leibt und lebt.«

»Das bestätigt auch die Rechtsmedizin«, warf Paul ein, »ich meine, dass Edgar die Sehnen post mortem durchtrennt wurden. Das schließt aber leider nicht aus, dass Ihr Bruder ihn vorher getötet hat.«

Felix ging einige Male in der Küche auf und ab. Dann blieb er plötzlich stehen. »Ach so, das hab ich ganz vergessen. Wissen Sie, was man bei Konstantin gefunden hat? Ich war dabei, als Ihr Kollege kam und es Emma erzählt hat.«

Die beiden schüttelten die Köpfe.

»Tramadol-Tropfen, ein starkes Schmerzmittel. Konstantin hat keine Verletzung, wozu also hätte er die gebraucht, wenn er Niels nicht helfen wollte?«

»Ha!«, rief Johann und sah zu Paul hinüber. »Und du hast immer behauptet, ich hätte die Tropfen versteckt.«

Paul erinnerte sich an den seltsamen Vorfall, als er in der Badewanne eingeschlafen war. An den Regen und daran, dass jemand mit matschigen Schuhen in ihrer Küche gewesen war. Sein Vater hatte Stein und Bein geschworen, dass er nichts damit zu tun habe, und war anschließend beleidigt abgezogen.

»Dann war es Ihr Bruder, der bei uns im Haus war. Einen Tag nach der Jagd.« Er sah zu Felix auf. »Da war Raven schon verschwunden.«

»Und was, denken Sie, können wir für Sie tun?«, wollte Johann nun von Felix wissen.

Felix zog ein Kärtchen aus der Jackentasche und legte es auf den Tisch. »Das lag in meinem Briefkasten, und ich dachte, Sie haben vielleicht Informationen oder könnten an welche herankommen, ohne, na ja …«, er kratzte sich am Kinn, »ohne dass die Polizei gleich auf falsche Gedanken kommt. Ich möchte einfach wissen, was passiert ist. Vor Emma und ihren Kollegen, verstehen Sie?«

Johann hatte nach der Karte greifen wollen, aber Paul schnappte sie ihm vor der Nase weg. Er sah kurz darauf und atmete einmal tief ein und wieder aus. »Das glaub ich jetzt nicht.« Er hielt eine von Johanns Visitenkarten in der Hand. Unverändert: »Der Helfer in allen Lebenslagen – diskret und kompetent!«

»Klappern gehört zum Handwerk, das sagst du auch immer«, kam es kleinlaut von Johann.

»Du hast nicht ernsthaft die albernen Dinger überall verteilt.« Paul ließ resigniert die Hände auf die Oberschenkel fallen. Dann wandte er sich wieder an Felix von Thomsen. »Entschuldigung, das müssen wir nicht jetzt klären. Wenn mein Herr Vater Versprechungen macht und Erwartungen weckt, dann muss er die wohl erfüllen.«

Johann hatte wieder Oberwasser, und Tatendrang trieb ihn von seinem Stuhl. Dann fiel sein Blick auf die Uhr. »Nun gut, heute werden wir nicht mehr viel erreichen, ist schon spät. Aber morgen werden wir mit Hochdruck ermitteln!«

Paul schaute noch einmal auf den Zettel mit den übersetzten Äußerungen des Bruders. »Zerstoßene Pilze, Fell vom Rentier, Fensterkitt, Brühwürfel aus Idas Küche, Rentierpisse, diverse Körperflüssigkeiten, Zucker.«

Felix winkte ab. »Ein Trank für Manneskraft und Glückseligkeit.«

∗∗∗

Jussi hatte Lou gestern in Charlottenlund verpasst.

»Mann, Scheiße«, hatte er gerufen und das Fahrrad in die

Ecke geworfen. »Hast du mal auf die Uhr geguckt? Ich hab mir totale Sorgen gemacht.«

Lou hatte die Reaktion so süß gefunden, dass sie ihm ein Küsschen gegeben hatte. »Was soll denn schon groß passieren?«

»Ach – ich weiß auch nicht. Ich muss halt immer an die letzten Worte deines Vaters denken. Du weißt schon, das mit deinem Namen. Wo hast du gesteckt?«

»Ich bin ein bisschen rumgefahren. Und dann habe ich Eva getroffen.«

Der Tag neigte sich dem Ende zu, die Sonne war bereits hinter dem Horizont verschwunden, und ein leichter Wind war aufgekommen. Das Feuer im Kamin wärmte den ganzen Raum.

»Wir haben so viel Brennholz, das reicht bis zum nächsten Winter«, sagte Jussi und setzte sich neben Lou auf das Schaffell. Er stocherte mit dem Schüreisen im rot glühenden Holz, schlug darauf, dass Funken umherflogen.

»Das wäre so schön.« Lou lehnte sich an ihn, und beide sahen lange ins Feuer.

»Wie geht es dir?« Jussi strich ihr eine Haarsträhne beiseite.

»Weiß nicht. Mein Vater wurde vor nicht mal achtundvierzig Stunden erschossen, und ich sitze hier mit dir vor dem Feuer.« Sie schaute ihn an. »Es ist, als träume ich. Warum weine ich eigentlich nicht die ganze Zeit?«

»Habe ich nach Davids Tod auch nicht«, sagte Jussi. »Und ich glaube, das ist ungesund.«

»Mir ist überhaupt nicht nach Weinen zumute. Ich fühle mich, als wäre ich betäubt, total ferngesteuert. Also wundere dich nicht darüber, wenn ich lache oder blöde Witze reiße. Ich mein das nicht so.«

Jussi schmunzelte. »Ich lache mit, deswegen sind wir doch hier. Wir vergessen einfach alles.« Er legte ein Holzscheit nach. »Was wollte diese Eva eigentlich von dir?«

Lou richtete sich auf. »Nichts Besonderes, sie hat nur Hallo gesagt.«

»Seht ihr euch noch mal?«

»Vielleicht morgen, um uns zu verabschieden.«

»Sie reist ab?«

»Ja, sie muss wieder nach Hause. Eigentlich schade, sie ist total nett.«

»Sie ist komisch«, sagte Jussi.

Lou sah ihn verständnislos an. »Wieso das denn? Du kennst sie doch gar nicht.«

»Trotzdem. Sie hat sich merkwürdig benommen, ich habe sie doch gesehen, vor eurem Stall. Zusammen mit diesem Adri, hab ich dir doch erzählt. Und geheult hat sie auch.«

»Sie hat geweint?«

»Total. Und ich sag dir was, dieser Adri, dem würde ich nicht über den Weg trauen.«

»Wir sind hier in Sicherheit, mein kleiner Schisser. Und außer meiner Mutter und meiner Oma weiß niemand, dass wir hier sind.« Sie kniff ihn in die Nase. »Zufrieden?«

»Und diese Eva.«

»Und wenn schon. Obwohl ich ihr gar nicht gesagt habe, wo wir gerade sind.« Lou sah ihn jetzt mit gerunzelter Stirn an. »Was ist eigentlich los mit dir?«

Jussi stocherte weiter in der Glut. »Ich weiß nicht, warum, aber ich habe so ein Scheiß-Gefühl, dass mir fast schlecht ist.«

»Du bist schon manchmal komisch.« Lou stand auf.

»Was hast du vor?«

»Einen Tee machen. Darf ich, Angsthase?«

Jussi verzog das Gesicht. »Mach dich ruhig lustig über mich.« Er hangelte sich zu seinem Tablet, das auf dem Boden lag, und setzte sich wieder vor den Kamin. Der Wind pfiff in den Ritzen des alten Holzhauses.

»Yeah, geschafft!«, rief er nach einer Weile. »Es ist online, hier, guck mal.«

»Dein Foto für diesen Artikel?« Lou stellte die Teetassen vor dem Kamin ab. »Und dafür, dass du unsere Kamera benutzt hast, werde ich am Umsatz beteiligt.«

»Kommt drauf an.«

»Auf was.«

»Wie nett du zu mir bist.« Jussi beugte sich zu ihr und biss ihr ins Ohr.

»Lass das!« Lou reichte ihm den Tee. »Ich möchte jetzt doch mal gern die Bilder aus dem Wald sehen.«

»Ich denke, du hältst das nicht aus.«

»Ich will's versuchen.«

»Okay, komm her.« Jussi legte sich bäuchlings auf das Schaffell, Lou daneben.

Dann startete er den Film, und sie schauten eine Weile auf die grauen Bilder.

»Wie viele Wildschweine es bei uns gibt«, sagte Lou. »Kein Wunder, dass Linda so viel Fleisch verkauft.«

»Ist ja auch lecker«, sagte Jussi.

»Aber Geld dafür ausgeben wollt ihr dann doch nicht.«

»Jetzt fang du nicht auch noch damit an.«

Dann schauten sie schweigend auf die Bilder, Jussi spielte wieder mit einer Strähne von Lous Haaren.

»Guck mal«, rief Lou nach einer ganzen Weile, »da ist ja meine Mutter!«

»Die hab ich mehrere Male drauf. Sie hat die ganze Nacht nach deinem Vater gesucht.« Er ließ den Film schneller laufen. »Hier, da ist sie wieder.« Er richtete sich auf. »Das ist ja komisch …«

»Was ist komisch?«

»Das hab ich beim ersten Mal gar nicht gesehen. Ist das ein Gewehr da über ihrer Schulter?«

»Warum nicht?«

»Wozu braucht sie ein Gewehr, wenn sie jemanden sucht?«

Lou überlegte eine Weile. »Vielleicht hatte sie Angst vor den Wölfen.«

»Wölfe gehen Menschen aus dem Weg, das müsste sie als Frau eines Jagdaufsehers eigentlich wissen.« Nach einer Weile stoppte er die Aufnahmen erneut und zoomte das Bild heran, es war jetzt stark verpixelt. »Das ist doch ein Jagdgewehr.«

»Ja, seltsam«, sagte Lou. »Sie muss vor irgendwas Angst gehabt haben. Vor dem Obdachlosen vielleicht? Diesem Bruder von Felix?«

Jussi zuckte mit den Schultern. »Das wäre die einzige Erklärung. Es sei denn …«

»Es sei denn was?«

»Ach nix.«

Lou drehte sich zu ihm um. »Es sei denn was?«, fragte sie lauter. »Du denkst, dass sie die Flinte für meinen Vater brauchte?«

»Nein«, versuchte Jussi, sich zu verteidigen. »Wieso sollte sie auch? Aber du musst doch einsehen, dass es schon komisch ist.«

»Du spinnst ja wohl.« Lou stand auf. »Wieso sollte meine Mutter auf meinen Vater schießen wollen?«

Jussi seufzte einmal schwer. »Hast ja recht, ist total idiotisch.« Er hielt ihr die Hand hin. »Komm her, mir ist kalt.«

»Dann setz dich näher ans Feuer.«

»Jetzt sei doch nicht sauer.«

»Bin ich aber. Dass du so was nur denken kannst.«

Etwas im Nebenzimmer knallte plötzlich laut. Die beiden fuhren zusammen, dann sprang Jussi auf. »Was war das?«

Sie horchten eine Weile, heftige Windböen fuhren um das Haus.

»Wir sollten die Schlagläden zumachen«, sagte Lou.

»Okay, ich helfe dir.«

»Du gehst raus und löst die Verriegelung, ich mache sie von innen zu.«

Als Jussi die Tür öffnete und in den Garten trat, schlug ihm der Wind so heftig ins Gesicht, dass er für einen Moment nicht atmen konnte. Er schaute hoch, weiße Wolken rasten über ihn hinweg. Er lief zum Fenster neben der Tür, wo Lou schon auf ihn wartete. Er löste die Verriegelungen und schloss die Läden. Als sie beim letzten Fenster auf der Rückseite des Hauses angekommen waren, war ihm, als stünde jemand im Garten des Nachbargrundstückes. Er blieb stehen und schaute, dann trat die Gestalt ein Stück zur Seite.

»Jetzt mach schon!«, rief Lou. »Was ist denn jetzt schon wieder?«

»Da war jemand.«

»Wo?«

»Hinter der Hecke, auf dem Nachbargrundstück.«

»Stell dir vor, da wohnen auch Menschen«, sagte Lou und verdrehte die Augen.

Das war aber kein Nachbar, dachte Jussi und löste die letzten beiden Riegel. Scheiße, das war nie und nimmer ein Nachbar. Ich denke, Dänen seien so verdammt cool. Warum sollte einer von denen bei diesem Wetter im Dunkeln draußen stehen und uns beobachten?

Im Laufe des Abends nahm der Wind noch weiter zu und war seltsam warm, wie Jussi fand. Er ging immer mal wieder hinaus, um eine zu rauchen, und fror nicht, obwohl er nur eine Sweat-Kapuzenjacke trug. Die Zigarette war natürlich nur ein Vorwand, eigentlich wollte er nachsehen, ob sich doch jemand draußen herumdrückte.

Jetzt zog er die Kapuze über den Kopf und lief im Garten umher, konnte aber niemanden sehen. Dann ging er auf den Strandvejen. Warum wurde er das Gefühl nicht los, dass sie beobachtet wurden?

Er schlenderte ein Stück die Straße hinauf, dann wieder hinunter. Erst als er wieder am Haus ankam, bemerkte er das schwarze Hollandrad auf der anderen Straßenseite. Er sah sich um, dann ging er zu dem Rad. Ein Korb war an der Lenkstange befestigt, genauso wie bei dem Rad von dieser Eva, die er gestern gesehen hatte. Es gibt Hunderttausende von schwarzen Hollandrädern mit einem Korb am Lenker, sagte eine Stimme in ihm.

Er sah genauer nach. Das Fahrrad war nicht abgeschlossen, sondern einfach nur abgestellt worden. Das Haus, vor dem es stand, sah unbewohnt aus. Alle Rollos waren unten. Bestimmt gegen den starken Wind, sagte wieder die Stimme in ihm. Wir haben ja auch alle Schlagläden zugemacht. *Und währenddessen stand dort jemand.* Ein letzter Blick über die Straße, dann warf er die Zigarette weg, steckte beide Hände in die Hosentaschen und ging zum Haus zurück.

Lou lag schon im Bett und las in einem Buch, das sie aus dem Regal geholt hatte: Peter Høeg. »Frøken Smillas fornemmelse for sne.«

Jussi warf sich neben sie aufs Bett. »Du kannst Dänisch?«

»Meine Mutter ist vielleicht Dänin?« Lou schüttelte lächelnd den Kopf.

»Ich habe Evas Fahrrad gesehen«, sagte er. »Steht draußen, genau gegenüber. Ich dachte, die weiß nicht, wo wir wohnen.«

»Vielleicht habe ich es doch erwähnt, ich weiß es nicht mehr.« Lou legte das Buch weg, dann wandte sie sich Jussi zu. »Hast du sie denn gesehen? So richtig, von Angesicht zu Angesicht? Oder doch nur das Fahrrad?«

»Nur das Fahrrad.«

»Und da hängt ein Schild dran: ›Dieses Fahrrad gehört Eva‹, stimmt's?«

Jussi seufzte einmal tief, dann zog er Lou zu sich heran, legte das Knie über ihre Hüfte. »Wenn ich paranoid werde, hilfst du mir dann?« Er küsste ihr auf den Kopf. »Bleibst du bei mir und pflegst mich gesund?«

Lou verzog das Gesicht, dann drehte sie sich zu ihm. »Ich werde dafür sorgen, dass du gar nicht erst verrückt wirst. Ich wäre eine miese Krankenschwester. Ich habe viel zu wenig Geduld, ekle mich vor allem, was aus Menschen rauskommt, und wenn es auch nur geistiger Müll ist.« Sie lächelte ihn an.

»Dann hält der Müllschlucker jetzt die Klappe.« Jussi kuschelte sich an sie und ertappte sich dabei, dass er betete. Er betete, dass endlich das Gefühl verschwinden möge, das ihm die Luft zum Atmen abschnürte.

***

Durch die Ritzen der Schlagläden konnte man hindurchschauen. Sie hatten eine kleine Lampe brennen lassen. Wie sie dalagen, so eng zusammen. Wie zwei verloren gegangene

Kinder in einem großen Wald. Eigentlich war es doch schön, dass sie einander hatten. Sie selbst hatte jetzt niemanden mehr. Sie fragte sich, ob sie einen Verdacht hatten, irgendetwas ahnten. Wenn, dann eher der Junge, er war misstrauisch. Das war er wohl gewohnt, so war er erzogen worden. Beinahe hätte er sie gesehen, sie war unvorsichtig gewesen. Aber es war noch einmal gut gegangen. Was aber nun? Sie war hierhergekommen und wusste plötzlich nicht mehr, wie es weitergehen sollte. Alles war kaputt, nichts war mehr wie früher. Ob sie alle Spuren beseitigt hatte, wusste sie nicht. Sie hatte nur Konstantin als Pfand. Er hatte sich im richtigen Moment eingeschaltet und sich um Edgar gekümmert. Auch wenn der schon nicht mehr gelebt hatte. Aber jetzt? Wenn doch nur nicht Adri gekommen wäre, damit hatte alles angefangen.

Sie schaute noch einmal durch die Ritze, der Junge war nicht mehr da, er musste aufgestanden sein. Sie ging leise um das Haus herum und sah ihn vor der Tür auf der Bank sitzen, er rauchte eine Zigarette. Sie wartete einen Moment und überlegte, was sie tun sollte. Sie hatte keinen Plan mehr. Sie würde sich auf ihre Intuition verlassen müssen. Jetzt trat auch Lou aus der Tür und setzte sich neben ihn. Sie griff nach der Zigarette, nahm einen Zug, hustete und lehnte sich an ihn.

Sie entschloss sich, bis morgen zu warten, vielleicht würde sie in den vielen dunklen Stunden der Nacht, die noch vor ihr lagen, doch noch eine Lösung finden.

Samstag

Felix von Thomsen hatte lange geschlafen und wurde geweckt, weil irgendetwas draußen in regelmäßigen Abständen knallte. Erst versuchte er, es zu ignorieren, doch da es nicht aufhörte, stand er auf. Er ging zum Fenster. Der Wind fuhr durch die Tanne neben dem kleinen Bedienstetenhäuschen. Wieder hörte er den Knall, es kam von Kipplings Haus, als würde ein Fenster hin- und hergeworfen. Felix suchte den Schlüssel, den er in Verwahrung hatte, zog die Jacke an und ging los.

Im Wohnzimmer angekommen, sah er, dass einer der Schlagläden an den Flügeltüren zur Terrasse nicht richtig befestigt war. Nachdem er alles geschlossen hatte, sah er den Zollstock auf der Heizung liegen. Er nahm ihn in die Hand, sah sich um. Weiße Laken auf dem Boden, ein Glas auf dem Beistelltisch. Felix roch daran, ein kleiner Rest Whisky war noch darin. Felix ging in die Vorhalle und schaute auf die Galerie, die das obere Stockwerk umlief. Eine dunkelblaue Cabanjacke hing an der Garderobe.

»Adri? Bist du hier irgendwo?«

Felix stieg die Treppe hinauf, sah in jedes der Zimmer, aber Adri war nicht hier. Er ging noch einmal zurück und durchsuchte die Taschen der Jacke; neben Zigaretten und einem Schlüsselbund fand er einen Notizzettel. Sofort erkannte er Adris Schrift wieder, diese schrägen, wie dahingekritzelten Buchstaben. Es war eine Liste von Dingen, die er hier im Haus erledigen wollte. Einige Sachen aus dem Baumarkt holen, Bewegungsmelder einbauen, Heizung: Monteur notieren.

»Heizungsmonteur«, murmelte Felix, steckte den Zettel ein und öffnete die Tür zum Keller. Licht brannte dort unten. Langsam stieg er die steile Kellertreppe hinunter. Als er die schwere Metalltür zum Heizraum geöffnet hatte, sah er Adri auf dem Boden direkt neben der Tür liegen. Felix fiel auf die Knie, fühlte seine Wangen. Sie waren kalt.

»Hey! ... Aufwachen, verdammt!« Er legte zwei Finger auf die Halsschlagader, erst die eine, dann die andere Seite. Felix konnte kein Leben mehr in ihm spüren. Panik stieg auf, gepaart mit der Gewissheit, dass es dieses Mal nicht Konstantin gewesen sein konnte. Dieses Mal nicht! Da er kein Handy dabeihatte und er wusste, dass Kippling das Telefon abgemeldet hatte, rannte er los, so schnell er konnte, sprang die Kellertreppe hinauf, erwischte eine Stufe nicht richtig und fiel hin. Als er am Haus der Lupins vorbeikam, sah er Johann am Fenster der Küche stehen. Das war näher als bis nach Hause. Er stürmte durch den Garten und riss, ohne anzuklopfen, die Tür auf.

»Einen Krankenwagen«, keuchte er. »Wir müssen sofort einen Krankenwagen rufen. Wenn er überhaupt noch lebt.«

Als das blau blinkende Licht hinter dem Hügel verschwand, standen Paul, Johann und Felix vor Adris Haus, dessen Tür nicht abgeschlossen war. Paul konnte Johann ansehen, dass ihm die Sache mit Adri sehr zu schaffen machte. Auch Felix von Thomsen war blass.

»Was sagen denn die Ärzte?«, wollte Paul wissen.

»Er hat eine schwere Sepsis.« Felix schaute durch die offene Tür in das hell erleuchtete kleine Haus. »Kann sein, dass er die Fahrt nicht überleben wird.« Er ging hinein, Paul und Johann folgten ihm.

»Warum ist er dort unten zusammengebrochen?« Felix ließ sich auf einen der Stühle fallen. »So eine Blutvergiftung übermannt einen doch nicht so plötzlich.«

»Ich bin nicht ganz unschuldig daran«, sagte Paul. »Ich war dabei, als er sich in die Hand geschnitten hat, und ich habe ihn nicht zu einem Arzt geprügelt.«

Felix runzelte die Stirn. »Er hat sich selbst in die Hand geschnitten?«

»Es hat mit damals zu tun. In der Nacht, in der Maria verschwand, muss etwas geschehen sein. Etwas, das ihn bis heute so sehr beschäftigt, dass er alles tut, um sich wieder erinnern zu können. Und es muss etwas sein, auf das er jetzt erst gestoßen ist.«

»Seit er wieder in Havgart ist, meinen Sie?« Felix von Thomsen dachte nach, dann zuckte er die Schultern. »Das mit Maria war ja wohl schlimm genug.« Er stützte sich mit den Ellenbogen auf den Beinen ab, dann fuhr er sich durch die Haare. »Wissen Sie, was seltsam ist?«

Paul schüttelte den Kopf.

»Adri hatte blutige Fingernägel. Ganz so, als hätte er verzweifelt versucht, die Tür zu öffnen.«

»War sie denn verschlossen?«, fragte Johann.

»Eben nicht. Sie ließ sich ohne Problem öffnen. Allerdings steckte der Schlüssel außen.«

Johann fuhr sich immer wieder durch sein Bärtchen. »Jemand muss gewusst haben, dass es ihm nicht gut ging.«

»Hat die Tür abgeschlossen, als Adri im Heizungskeller war«, fuhr Paul fort, »und sie erst wieder geöffnet, als er nicht mehr bei Bewusstsein war.«

»Wer macht so was? Und warum?«, fragte Felix.

»Eine Krankenschwester«, sagte Johann.

Felix sah ihn fragend an.

»Wegen Maria!«, rief Johann. »Das könnte Henny gewesen sein. Sie will nicht, dass es rauskommt.«

Felix sah abwechselnd von Paul zu Johann. »Das *was* rauskommt?«

Paul holte einmal tief Luft. Dann erzählte er Felix all das, was Adri ihm am Strand berichtet hatte.

Felix war aufgestanden, ging, die Arme vor dem Körper verschränkt, auf und ab. Als Paul fertig war, blieb Felix mitten im Raum stehen. Sah erst Paul an, dann Johann, und lachte einmal hell auf. »Dieses Arschloch!«, rief er. »Lässt mich hier hängen, mit Hauke, mit der Polizei, und sitzt gemütlich mit Maria auf dieser ... dieser bekloppten Insel?« Er murmelte etwas Unverständliches. »Und Maria? Sie soll bei uns gewohnt haben?«

Paul nickte. »In einem Ihrer Apartments.«

»Das ist mir zu hoch, ganz ehrlich. Warum habe ich sie nicht erkannt? Kann ein Mensch sich so sehr verändern?«

»Sie haben nicht mit ihr gerechnet«, sagte Johann, »weil Sie dachten, sie wäre tot.«

»Allerdings!«, rief Felix wütend aus. »Das habe ich all die Jahre über geglaubt. Kälteallergie ...« Er lachte verächtlich. »Und jetzt denken Sie, dass es die Liebe war, die Adri im Keller eingesperrt hat?«

»Immerhin war er, von uns abgesehen, der Einzige, der von Maria wusste«, sagte Paul. »Obwohl ... nein, das glaube ich irgendwie nicht.«

»Ich auch nicht, Junge«, sagte Johann. »Damit würde sie doch erst recht die Aufmerksamkeit auf die ganze Geschichte lenken. Sie würde das diskreter erledigen.«

Paul und Johann warfen sich einen Blick zu, und beide dachten wohl an Hennys Maßnahmen, mit denen sie womöglich Hannes Petersen und ihrem eigenen Mann ein Ende bereitet hatte.

»Ihn für eine Weile im Keller einzuschließen finde ich allerdings schon sehr diskret«, warf Felix ein.

»Würden Sie so etwas Frau Liebe zutrauen?«

Felix hob die Schultern. »Keine Ahnung, eigentlich kenne ich sie gar nicht richtig.«

»Herr von Thomsen«, Paul holte tief Luft, »ich möchte Sie bitten, einmal gründlich in Ihrem Gedächtnis zu graben. Ist in jener Nacht, in der Adri Maria versteckt hat, etwas passiert? Etwas, das Nachwirkungen bis heute haben könnte? Einmal davon abgesehen, dass Maria wieder hier ist?«

Felix stieß ein Zischen aus. »Wenn Sie wüssten, was in dieser Nacht los war. Da fragen Sie den Falschen, ich weiß so gut wie nichts mehr.«

Paul erinnerte sich jetzt wieder an das, was Adri gesagt hatte, dass er die Marder so unheimlich gefunden hatte. »Wie hören sich eigentlich Marder an, wenn sie schreien?«

»Marder? Nervig können die sein, und laut. Wie Babys.«

Paul starrte ihn an. »Verfluchte Scheiße!«, flüsterte er. Dann setzte er sich auf einen Stuhl und fasste sich an den Kopf. »›Um das Kind fastete ich und weinte, da es lebte … Ich nahm ihm alles, aber ich gab ihm das Leben.‹ – So ähnlich war das doch, Johann?«

»Ja, schon.«

»Man kann diese Stickerei auch anders interpretieren. Hatte Maria zugenommen?«

Felix runzelte die Stirn. »Keine Ahnung … Ich glaube schon. Schlank war sie jedenfalls nicht.«

Paul stand auf und ging zu den Bildern, die unterhalb der Fenster an der Wand standen. Er sah sie eines nach dem anderen durch. »Es ist weg, verdammt.« Er richtete sich wieder auf. »Johann, wir müssen an deinen Laptop.«

»Weshalb?«

»Du hast es fotografiert.« Paul nahm die Krücken. »Wir haben doch deine Fotos angeschaut, die du im Hirschfänger gemacht hast«, rief er und hastete los, »und da habe ich es gesehen.«

Kurz darauf standen die drei Männer in Johanns Küche und starrten auf die Bilder, die Paul in schneller Folge durchging.

»Hier ist es.« Zu sehen war Adri, der neben einem Bild auf der Staffelei in seinem Atelier stand. »Wen hat er hier porträtiert?«

»Die kleine Raven«, sagte Johann.

»Das ist Maria«, entgegnete Felix.

Paul vergrößerte das Bild, bis es unscharf wurde, aber die Signatur war gut zu erkennen: »A. H. 2003«. »Das ist Maria, in ungefähr dem Alter, in dem ihre Tochter Lou heute ist.«

»Ihre Tochter Lou?«, rief Felix aus.

»Maria war schwanger«, sagte Paul. »Und sie hat das Baby in der Mittsommernacht auf die Welt gebracht.«

»Sind Sie verrückt?«, rief Felix.

»Das ist es, was Adri rausgefunden hat«, sagte Paul. »Das ist es, was ihn so sehr beschäftigte. Deshalb hat er dieses Porträt hier vor Lindas Haustür gestellt. Du hast es selbst gesehen, Johann, bei deiner Beschattung.« Er atmete tief durch, schloss kurz die Augen. Jetzt hatte er auch nicht mehr das Gefühl, dass die Zeiten durcheinandergeraten waren. »Natürlich, das ist es, jetzt passt alles.«

»Aber … niemand wusste was davon.« Felix war blass geworden.

»Vielleicht wusste sie es selbst nicht, oder sie hat die Schwangerschaft verdrängt. ›Gravitas suppressalis‹ nennt man das. Kommt öfter vor, als man denkt. Babys fallen beim Wasserlassen in die Toilette, ihr glaubt gar nicht, was wir alles schon erlebt haben.«

»Sie müssen sie aufhalten.«

Die dünne Stimme kam von hinten, und die Männer drehten sich herum. Henny Liebe war eingetreten. Ihr weißes Haar war offen, und sie zog den Mantel vor der Brust zusammen. Als Paul sie so dastehen sah, fiel ihm Edgars Bemerkung in Adris Häuschen wieder ein. Da hatte er von einer weißen Frau gesprochen, die er damals gesehen haben wollte. Allerdings waren ihre Haare da noch nicht weiß gewesen, stattdessen hatte sie ein weißes Kopftuch getragen.

»Sie müssen sie finden, bevor noch mehr passiert«, sagte Henny, ihre Lippen zitterten.

Felix stand in der Küche und starrte ins Leere, die Arme vor der Brust verschränkt. Henny saß auf der Kante des Stuhls, wie eine, die es gewohnt war, gleich wieder aufgeschreckt zu werden. Paul und Johann hatten sich an den Tisch gesetzt, um zu vermeiden, dass alle auf sie hinabschauten.

»Ich habe das Blaulicht des Krankenwagens gesehen«, sagte Henny. »Was ist denn los?«

»Adri. Er hat eine schwere Blutvergiftung«, sagte Johann. »Man hat ihn im Keller von Kipplings Haus gefunden.« Er warf einen schnellen Blick zu seinem Sohn, der ihm zunickte, fortzufahren.

Johann räusperte sich. »Wir vermuten, dass jemand ihn dort unten eingesperrt hat.«

Sie starrte ihn an. »Nicht mein Adri, oh Gott, nicht der

Junge.« Dann wurde ihr Blick flehend. »Sie müssen sie zurückholen, bitte.«

»Reden Sie von Maria?«

Sie richtete sich auf, sagte aber nichts.

»Frau Liebe«, schaltete Paul sich jetzt ein. »Jemand hat versucht, Adri umzubringen. Jetzt reden Sie endlich, verdammt!«

»Ich habe sie gesehen, als sie gestern aus Kipplings Haus gekommen ist. Und am frühen Abend wieder.« Hennys Hände lagen auf ihrem Schoß, sie zitterte immer noch.

Diese Frau macht mich noch wahnsinnig, dachte Paul.

»Frau Liebe, wo ist Lou?«

»Am Øresund, im Ferienhaus, mit dem Jungen.«

»Ist Maria auch da?«

Die alte Frau nickte fast unmerklich.

Felix stürmte aus dem Haus, und Johann sah ihm verwirrt nach. »Will der da jetzt hin?«

»Verdammte Scheiße!«, rief Paul. »Johann, lauf! Du musst ihn aufhalten. Er darf auf keinen Fall fahren. Das gibt ein Unglück.«

»Ogottogott!« Johann packte sich an die Stirn und hastete hinterher.

Paul sah gleich, dass Felix für seinen alten Vater viel zu schnell war. Die Wut über seine Hilflosigkeit und die verfluchten Krücken überrollte ihn, sodass er die rechte Krücke hochriss und mit einem Schrei, den ein Kugelstoßer beim Wurf ausstößt, von sich schleuderte. Sie erwischte Felix am Hinterkopf, sodass dieser zu Boden ging.

Erschrocken und verwundert zugleich betrachtete Paul die andere Krücke, und endlich wurde ihm klar, welche Rolle diese Dinger in dem großen Plan spielten.

∗∗∗

»Hier haben wir uns um unser Kind gekümmert. Es waren die glücklichsten Monate in unserem Leben gewesen.«

Die Sonne schien durch die kleinen weißen Fenster, die

Fensterkreuze warfen ihre Schatten auf den Holzboden. Sie saß in dem roten Sessel, der schräg vor dem Kamin stand, trug einen olivfarbenen Parka, Jeans und helle Lederboots. Die hellen Haare waren zu einem einfachen Pferdeschwanz gebunden, ohne vorher gekämmt worden zu sein. Jussi fiel jetzt erst so richtig auf, wie gut sie eigentlich aussah. Sie ist so attraktiv, sie hätte alles und jeden haben können, dachte er. Und jetzt hat sie alles kaputtgemacht.

Jussi fand, dass sie sich verändert hatte, sie wirkte entspannter, als wäre eine Last von ihr abgefallen, als wäre sie zu einem Entschluss gelangt. Das beunruhigte ihn noch mehr als das Jagdgewehr, das auf ihrem Schoß lag. »Wohin ist Lou gefahren?« Linda Raven hatte sich zurückgelehnt und schaute ihn an.

»Sie haben uns beobachtet?«

»Ich habe die ganze Nacht im Auto gesessen, und heute Morgen sah ich sie mit dem Fahrrad davonfahren.« Linda lächelte, als Jussi nicht antwortete. »Vermutlich trifft sie sich mit Maria. Ist ja ihr gutes Recht.«

»Sie könnten Lou zurückholen«, erwiderte Jussi.

Linda antwortete nicht.

Er starrte diese seltsame Frau an. Die Frau, die so schreckliche Dinge getan hatte. Die den Lauf eines Gewehres in den Nacken ihres Mannes gedrückt und abgefeuert und ihn, Jussi, bewusstlos geschlagen hatte. Er glaubte nicht, dass sie auch nur eine Sekunde zögern würde, ihn abzuschießen wie ein Stück Wild. Aber er hatte ja gewusst, dass etwas passieren würde. *Im allerschlimmsten Fall sehe ich David im Himmel wieder.* Das wäre fast schon ein Trost.

»Hat sich eigentlich niemand gewundert, dass Sie plötzlich mit einem Baby nach Havgart zurückgekommen sind, damals?«, fragte er. Vielleicht konnte er so noch ein bisschen Zeit gewinnen. Es konnte doch nicht mehr lange dauern, bis Emma kapiert hatte, was wirklich passiert war. Oder dieser andere, der mit dem kaputten Fuß, dieser Lupin, der machte doch den Eindruck, als wäre er auf Zack.

»Das war gar nicht so plötzlich«, sagte Linda. »Wir sind erst nach Monaten wieder zurückgekommen. Ich hätte also durchaus schon in Havgart schwanger gewesen sein können, ohne jemandem davon zu erzählen.« Sie ließ ihren Blick lange auf Jussi ruhen. »Ich wollte so gern ein Baby haben, weißt du, aber ich kann keine Kinder bekommen. Und dann kommt Niels nach Hause, einen Faltkorb in den Händen, so einen, mit dem Henny immer die Brote bei mir holt, und da lag sie drin. Kannst du dir das vorstellen? Ein kleines Ding, ein Mädchen, ganz gesund, in ein weißes Kopftuch gewickelt.« Sie lachte. »Niels war so betrunken gewesen, dass er wohl erst viel später kapiert hatte, was ihm da passiert war, und das mit zweiundzwanzig.« Sie bekam plötzlich ein ganz weiches Gesicht, als durchlebte sie diesen Moment wieder.

»Nein, kann ich mir ehrlich gesagt nicht vorstellen.« Jussi richtete sich auf und versuchte, mit fester Stimme zu reden. »Dann ist Henny Liebe gar nicht Lous ›Ersatzoma‹, sondern die richtige.«

Linda nickte.

»Und wer ist der Vater?«

»Ist das wirklich wichtig?«

Er schüttelte nur den Kopf. Dann beugte er sich vor. »Warum haben Sie diese Maria nicht einfach umgebracht? Das können Sie doch so gut. Und wäre auch viel einfacher gewesen.«

»Aber warum? Sie ist doch auch ein Opfer. Ich hätte ihre Tochter niemals behalten, wenn ich gewusst hätte, wie sich alles verändern würde. Mein Glück war doch, plötzlich ein Kind zu haben und beschützen zu dürfen, das niemanden sonst hatte.«

Wieder schüttelte Jussi den Kopf. Was erzählte diese Frau da? »Auch ein Opfer«? Irgendwie passte jetzt nichts mehr so richtig in das Bild, das er von ihr hatte. Einerseits diese Kaltblütigkeit und dann die Sehnsucht danach, ein Kind zu beschützen. »Aber warum dann Ihr Mann?«

Ihre Augen verdunkelten sich, der verklärte Ausdruck in

ihrem Gesicht verschwand; die ganze Situation war plötzlich eine andere. Aber Jussi wollte jetzt trotzdem wissen, was passiert war. Was auch immer er damit riskierte. Er beugte sich nach vorn. »Warum musste er sterben?«

»Niels war ein Tyrann, das habe ich viel zu spät gemerkt.« Sie lachte verächtlich auf. »Wollte sich schmücken mit der schönen Dänin, an die sich sonst keiner herantraute.« Schlagartig wurde sie wieder ernst. »Und dann war das Baby da, unsere Lou. Er musste teilen, und das kann so einer wie Niels nicht.«

Jussi runzelte die Stirn. »Aber er hat Lou doch geliebt, oder nicht?«

»Abgöttisch. Aber er und ich haben uns immer weiter voneinander entfernt.«

Vor Jussis Augen flogen plötzlich Bilder von Niels Raven vorbei. Die Jagd auf David, Freddys abgeschossener Hund vor ihrer Haustür, die Schlinge, mit der Raven ihn stranguliert hatte. Diese kalte Gewalt des kräftigen Mannes hinter ihm, die ihn beinahe das Leben gekostet hätte. Jussi begriff, dass es Raven vermutlich sehr schwergefallen war, im letzten Moment doch noch von ihm abzulassen. Er fasste sich an den Hals, der sich wieder zusammenzog.

»Und dann war Maria plötzlich da«, unterbrach Linda seine düsteren Gedanken. »Er ist vollkommen durchgedreht. Am Morgen der Jagd sagte er, dass er sich um sie ›kümmern‹ würde.«

»Er wollte sie –«

Linda nickte langsam. »Wie Edgar, ja.« Sie atmete tief ein, dann ließ sie ihren Blick wieder auf Jussi ruhen. »Es tut mir leid, dass ausgerechnet du Niels gefunden –«

»Stopp!«, rief Jussi. »Kein Wort mehr, keine Entschuldigungen. Ihr seid doch alle nur krank.«

Linda lächelte bitter, dann betrachtete sie ihn aufmerksam. »Du hast dich in sie verliebt.«

»Das geht Sie einen Scheiß an.«

Seltsamerweise verschwand ihr Lächeln nicht, stattdessen wurde es sanfter, reichte bis in ihre Augen. »Du bist ein guter

Mensch, das habe ich schon immer gedacht. Vor dir muss ich Lou nicht beschützen. Du würdest sie niemals …« Sie umfasste das Gewehr fester.

Jussi konnte die Signale, die diese Frau aussandte, nicht mehr deuten. Und das würde er jetzt auch nicht mehr versuchen. Was immer dieser Frau einfallen sollte, um ihren Kopf zu retten, er würde alles mit Selbstachtung über sich ergehen lassen. Ihm war, als wäre Davids Teil in ihm zurückgekehrt und hätte ihm Mut zugeredet. *Komm schon, Dicker, lass dich nicht kleinkriegen!*

Die neue Gelassenheit wurde noch größer, als er aus dem Augenwinkel einen dänischen Polizeiwagen vor dem Haus halten sah. Auf Emma war eben doch Verlass. Diese Irre vor ihm schien nichts zu merken. Jedenfalls zeigte sie keine Reaktion.

Plötzlich ging ein Ruck durch sie. Linda stand auf, und tatsächlich, er traute sich, ebenfalls aufzustehen. Sie schauten sich einen quälend langen Moment an.

»Warum erzählen Sie mir das alles eigentlich?«, fragte er.

Linda hielt noch immer das Gewehr in der Hand. »Ich habe doch sonst niemanden mehr«, sagte sie, drehte sich um und ging hinaus.

Jussi schaute ihr nach. *Siehste, Dicker, geht doch!* Dann wurde ihm schlecht.

✳✳✳

»Schon allein der Blick von ihr, wenn sie sieht, dass jemand nach einem Sattel oder nach Zaumzeug greift. Deshalb hat es mich total gewundert, dass Caro bei dir stillgehalten hat.« Lou saß auf dem Holzgeländer der kleinen Brücke, die sich über den Teich im Park spannte.

»Wir haben uns von Anfang an gemocht. Und alte Liebe vergeht nicht.«

»›Caro‹ heißt ja ›lieb‹. Ich frage mich, wer dem Biest diesen Namen gegeben hat.«

»Ich fürchte, den hat sie von mir.«

»Echt? Dann kennst du Caro schon so lange?«

Eva lächelte. »Ich war bei ihrer Geburt dabei.«

»Wusste ich ja gar nicht.« Lou sprang hinunter. »Ich hab dich aber vorher noch nie in Havgart gesehen.«

»Ich war auch lange nicht dort«, sagte Eva.

»Schade, ich hätte dich gern schon früher kennengelernt.« Beide lehnten sich jetzt an das Geländer und schauten in den stillen Teich. Die Gesichter spiegelten sich im Wasser, und ihre Augen trafen sich – sie sahen einander an.

»Wirst du noch einmal nach Havgart kommen?«, fragte Lou, ohne den Blick vom Wasser abzuwenden.

»Bestimmt, jetzt, wo ich dich kenne.«

Lou spürte die Wärme, die von dieser Frau ausging. Noch nie hatte sie so eine starke Empfindung gehabt, selbst bei Jussi nicht. Sie schaute Eva an. Wer bist du?, wollte sie sie fragen, aber sie traute sich nicht.

»Vielleicht kommst du mich ja mal besuchen.«

»Supergerne. Ich weiß aber gar nicht, wo du wohnst.«

»Auf Ibiza.«

»Auf Ibiza? Dann kennst du Adri von da?«

Eva lächelte. »Adri, den kenne ich schon immer.«

»Ihr würdet ein schönes Paar abgeben.« Lou musterte sie. »Bist du in ihn verliebt? Sorry, geht mich echt nichts an.«

Lou schluckte, und plötzlich spürte sie, dass Tränen aufstiegen. *Warum gerade jetzt? Die ganze Zeit über kann ich nicht weinen, mache auf cool, und jetzt weine ich plötzlich? Ausgerechnet bei Eva, die ich doch so nett finde.* Ärgerlich wischte sie sich die Träne von der Wange, dann schluchzte sie los, und es fühlte sich so befreiend an.

Eva nahm Lou in den Arm, bis sie sich wieder beruhigt hatte. Dabei streichelte sie zärtlich ihre Haare.

Lou holte ein Taschentuch aus ihrer Tasche und schnäuzte sich. »Mist«, sie tastete auf ihrem Auge herum, »ich glaube, ich habe eine Kontaktlinse verloren.«

»Du trägst auch Kontaktlinsen?«

»Ein Maulwurf ist nichts gegen mich. Ich bin total kurz-
sichtig. Du auch?«

»Und wie«, sagte Eva und nahm Lous Gesicht in ihre
Hände. »Zeig her – ah, hier ist sie.«

»Danke.« Lou schob die Linse routiniert wieder ins Auge
zurück.

Lange standen sie dann am Geländer, schauten in das ruhige
Wasser.

»Wirst du abreisen?« Lou schnäuzte sich noch einmal.

»Ja.«

»Bleibt es dabei? Du kommst wieder?«

»Es bleibt bei allem, Lou, versprochen.«

Ein Windhauch strich über den Teich, und die Gesichter
lösten sich auf, zerfielen in Schatten und Schlieren, und Lou
dachte, wie schade es doch war, dass man die Bilder im Wasser
nicht festhalten konnte.

***

Als Emma bei Paul und Johann ankam, war alles vorbei.

»Linda hat sich der dänischen Polizei gestellt.«

»Erzähl«, sagte Paul und schob ihr den Stuhl zurecht.

»Niels hat Edgar umgebracht«, begann Emma, »du lagst
ganz richtig, Paul. Maria hat in der Nacht damals ein Baby
zur Welt gebracht. Wo und wie, ist allerdings unklar, ich weiß
auch nicht, ob wir es jemals genau erfahren werden. Henny
hat es verdrängt, Maria wird es für sich behalten, Niels ist
tot, Edgar auch. Und dann kommt Maria zurück, und Eddi
erkennt sie sofort. Er wusste ja, dass sie nicht tot war und ist
zu Niels gelaufen und hat Schweigegeld verlangt.«

»Schweigegeld wofür?«, hakte Paul nach. »Wusste er denn,
dass Lou in Wirklichkeit Marias Kind war?«

»Alle hielten Eddi für zurückgeblieben«, fuhr Emma fort.
»Aber er musste etwas mitbekommen haben, damals am
Strand, auf das er sich erst einen Reim machen konnte, als
Maria wieder auftauchte. Er war der Einzige, der sowohl Maria

sofort erkannt hat als auch die verblüffende Ähnlichkeit mit Lou. Also hat er eins und eins zusammengezählt. Ich glaube, es war ein Schuss ins Blaue, aber damit hat er Niels zu Tode erschreckt.«

Die drei dachten einen Moment lang nach.

»Und Niels hat Edgar dann spätnachts mit der Aussicht auf sein Traumgewehr an den Strand gelockt und ihn mit dessen Büchse erschossen«, sagte Paul.

Johann hatte aufmerksam gelauscht. »Und dann ist Konstantin von Thomsen gekommen und hat dem Toten vorsichtshalber die Sehnen durchtrennt, damit der nicht noch mal versuchen kann, seine Unterkunft niederzubrennen.«

»Ja, so wird es wohl gewesen sein.« Sie schüttelte den Kopf. »Wie soll man auch auf so was kommen?«

»Und weiter?«, fragte Paul.

»Niels muss die Nerven verloren haben. Und warum Linda ihn erschossen hat, das werden wir hoffentlich dann erfahren.«

»Sie war es also auch, die während der Jagd auf ihren Mann geschossen hat?«

Emma nickte betrübt. Sie war blass und sah mitgenommen aus.

»Aber sie hat ihn verfehlt«, fuhr Johann fort, »und Konstantin von Thomsen findet ihn und versteckt ihn in seinem Bau.«

Wieder nickte Emma. »Er hat sich um ihn gekümmert. Hat deine Tropfen geklaut, Paul, und ihn verarztet.«

»Und Linda hat nicht begriffen, wo Niels abgeblieben war, und jetzt wird auch klar, warum sie nicht aufgehört hat, ihn zu suchen«, sagte Paul.

»Sie wurde immer panischer, wusste ja nicht, ob er mitbekommen hatte, dass sie auf ihn geschossen hatte. Leider war es Jussi, der sie dann zu Niels geführt hat. In der Nacht, als Jussi Fotos von den Wölfen machen wollte, ist er vorher noch bei Lou im Stall gewesen. Linda hat die beiden belauscht, und als sie Jussi etwas von einer interessanten Entdeckung sagen hörte, ist sie ihm gefolgt.«

»Und Adri hat das Ganze erst hier in Havgart durchschaut. Ich muss schon sagen, Linda Raven ist konsequent geblieben bis zum Schluss«, sagte Paul.

»Das mit Adri war eine reine Verzweiflungstat«, erwiderte Emma. »Sie hätte eigentlich wissen müssen, dass sie damit nicht durchkommt. Auch, weil sie damit rechnen musste, dass Maria jetzt alles weiß.«

»Was ist überhaupt mit Maria?«, wollte Paul wissen. »Wo ist sie?«

Sie zuckte mit den Schultern.

»Und Henny Liebe? Was hat sie dazu gesagt?«

»Henny? Die sagt, dass Maria gestorben wär damals. Sie wäre aufgrund eines allergischen Schocks ertrunken und läge doch auf dem Friedhof.«

»Sie hat es komplett verdrängt«, murmelte Paul, »das habe ich mir beinahe gedacht.« Die Stickereien fielen ihm ein. Die spiegelten ihr Gewissen, nicht die Wirklichkeit. Eine Überlebensstrategie.

Johann warf Paul einen mahnenden Blick zu, den Emma bemerkte.

»Ist was?« Emma betrachtete die beiden abwechselnd. »Ihr verschweigt doch irgendwas?«

Paul dachte, dass Emma vermutlich einen weiteren Mord aufklären müsste, wenn sie Haukes Leiche obduzieren würden. Er hörte, wie Johann auf seinem Stuhl herumrutschte, wie er aufstand, wie er sagte, dass er dringend Kekse bräuchte, er sei ja völlig unterzuckert. »Da ist nichts weiter«, sagte Paul. »Aber was ist mit Lou? Weiß sie es?«

»Sie ist noch am Øresund, zusammen mit Jussi. Die Leute von der psychologischen Betreuung sind bei ihnen.« Emma sah traurig aus. »Vermutlich wird sie in diesem Moment alles erfahren.«

»Das ist gut, dass der Junge da ist«, sagte Johann. »Dann ist sie auf dieser schlechten Welt nicht ganz alleine.«

»Im Grunde ist sie ja nicht alleine«, entgegnete Paul. »Sie hat eine Mutter, und sie hat einen Vater.«

»Und hat gleichzeitig Mutter und Vater verloren.« Emma stützte das Kinn in die Hand und sah Paul an. »Niemals hätte ich so etwas vermutet. Nie, nie, niemals. Ich könnte jetzt so losheulen. Was haben wir nur für einen beschissenen Job?« »Nicht der Job, Emma. Was tun die Menschen für beschissene Dinge?« Er seufzte, wusste genau, wie Emma das meinte. Ihm ging es doch auch manchmal so.

✳✳✳

Felix hatte ihm die Jacke mit ins Krankenhaus nach Oldenburg gebracht und geholfen, den Ärmel über den verbundenen Arm zu ziehen, dann waren sie hinausgegangen, um eine zu rauchen.

»Machst du eigentlich immer so bescheuerte Sachen?« Felix ging neben Adri her, stieß eine Rauchwolke in die Luft. Die Platzwunde am Hinterkopf war im Krankenhaus behandelt worden, und er trug einen Kopfverband.

»Irgendeiner muss sie ja machen, sonst wäre nie was passiert.«

»Ach so, Heldenmut also, nicht Blödheit«, sagte Felix.

»Kannst du mal damit aufhören?« Adri blieb stehen. »Was willst du hören? Danke, dass du mir das Leben gerettet hast? Okay, gerne.« Er verneigte sich. »Vielen Dank, Herr Baron, dass Sie mir –«

»Wie wär's mit einer Erklärung? Weggelaufen bist du, hast uns allein gelassen mit den ganzen Bullen. Mit den Anschuldigungen der anderen. Hauke ist jeden Tag gekommen, weißt du das eigentlich? Monatelang. Stand draußen vor dem Haus, kam durch die Hintertür, hat getobt. Einmal hat er Ida an die Wand geschubst, dass sie eine Gehirnerschütterung erlitt. Wollte wissen, was wir mit Maria gemacht haben. Wollte wissen, warum sie sich das Leben genommen hat.« Er lachte. »Ja klar, das Leben genommen! Weißt du, dass ich das bis gestern wirklich geglaubt habe?«

»Jetzt tu doch nicht so scheinheilig, du hattest damals doch schon gar kein Interesse mehr an Maria.«

»Ist das ein Grund, uns so zu belügen?«

»Ach, komm, ihr hattet doch ein gutes Leben hier. Aber es war nur schwer auszuhalten, stimmt's? Ich hab's ja auch nicht geschafft, aber wir haben uns beide durchgebissen. Ich auf meiner verdammten Insel, umgeben von betrunkenen deutschen Idioten. Du auf deinem Gut, gefangen im Netz deiner Jagdgesellschaft und in diesem Dorf voller Trottel. Eine Alibifrau namens Sonia hilft auf Dauer auch nicht, also geht man auf die Jagd. Eine ganz besondere Jagd. War das der Kick, den du brauchtest? Die Jagd auf den goldigen blonden Engel David?«

Felix hatte genug von dem Geschwätz, packte blitzschnell nach Adris gesundem Handgelenk. »Halt deine verdammte Fresse!« Er drückte fester zu und begann, ihm den Arm zu verdrehen.

Adri biss die Zähne zusammen. »Mach schon, los. Wie oft habe ich geträumt, dass du mich umbringst, dann bin ich wenigstens nicht umsonst gekommen.«

Die Ärztin, die Adri behandelt hatte, kam zufällig vorbei. »Was ist denn hier los? Sind Sie verrückt geworden?« Sie stürmte auf die beiden zu, und Felix ließ von Adri ab.

Kopfschüttelnd ging die Frau weiter, drehte sich jedoch immer wieder nach den beiden um.

»Im Stich gelassen hast du sie, Felix. Du hast Maria das Herz gebrochen, du warst ihre große Liebe.« Er rieb sich das Handgelenk. »Das habe ich dir nicht verziehen. Du hast ja keine Ahnung, wie sehr sie gelitten hat.«

»Teenieschwärmerei, sie wäre drüber hinweggekommen.«

»Ach ja? Hast du jemals versucht, dich in andere Menschen hineinzuversetzen? Gibt es jemanden, ausgenommen du selbst, für den du dich interessierst?«

»Du warst der Einzige. Vielleicht wäre ich sogar mit dir mitgegangen. Aber du hast mich nicht gefragt.« Felix wandte sich ab und ging. Dann drehte er sich noch einmal um. »Bist du der Vater von ihrem Kind?«, rief er, als er schon ein gutes Stück entfernt war.

Einige Leute, die draußen standen und rauchten, hatten die Auseinandersetzung verfolgt. Jetzt nahmen sie Adri ins Visier. Adri betrachtete Felix eine Weile. »Ich kann keine Kinder zeugen«, rief er dann, »hatte als Jugendlicher Mumps, das weißt du doch noch. Außerdem habe ich gar nicht mit ihr geschlafen.« Die Leute richteten ihre Blicke jetzt auf Felix, warteten gespannt auf eine Antwort. Der stand einen Moment reglos da. Dann wandte er sich ab, ganz langsam, und ging davon.

※※※

Tschüss, Tagebuch!
Das wird mein letzter Eintrag sein. Ich weiß noch nicht, was ich mit dir machen werde. Auf jeden Fall nicht zurückblättern, nichts mehr lesen. Genauso, wie ich nie mehr nach Havgart zurückkehren werde. Das habe ich in dem Moment beschlossen, als ich sie auf dem Friedhof sah, vor dem Kreuz, auf dem mein Name steht. Ich denke, es ist gut so, wie es ist. Sie sah so zufrieden aus. Ich muss auch nicht mehr zurückkehren, weil ich das gefunden habe, von dem ich gar nicht wusste, dass ich es all die Jahre gesucht habe.
Er ist eingeschlafen. Sein verbundener Arm auf meinem Bauch, als hätte er Angst, dass ich weggehe. Ich schaue aus dem kleinen Fenster neben mir. Über uns der blaue Himmel, unter uns das Meer aus Wolken. Aber das geht dich nichts mehr an. Da ist nichts mehr, was ich dir in aller Heimlichkeit anvertrauen muss. Ab jetzt kann ich darüber reden.

※※※

Die Sonne schien über den Øresund, das Gefühl der Bedrohung war verschwunden. Egal was jetzt noch passieren sollte, schlimmer würde es nicht werden. Und er glaubte, dass Lou es ähnlich empfand. Obwohl es sie so ungleich härter getroffen hatte, dass er niemals Worte dafür finden würde. Niemand konnte das. Die Psychologinnen, die sich um Lou gekümmert hatten – es waren zwei junge Frauen gewesen –, konnten es auch nicht. Aber sie hatten sie aufgefangen, hatten das Netz gespannt, in das sie sich fallen lassen konnte.

Jussi stand neben Lou auf der kleinen Brücke im Park. Sie hatte unbedingt noch einmal hierherkommen wollen. Jussi hatte versprochen, sie ab jetzt keine Sekunde mehr allein zu lassen. Das Beste war aber, dass sie eine Weile hierbleiben konnten, bis sich eine Lösung gefunden hatte. Nun sah er ihre Augen in dem dunklen Wasser, in das er so gern mit ihr gesprungen wäre. Ihre Blicke gingen hin und her, und als er in seine eigenen Augen blickte, waren es Davids Augen, die ihn ansahen, und David zwinkerte ihm zu. *Jetzt gib ihr endlich 'nen Kuss!*

»Warum grinst du so?«, hörte er Lou sagen.

Jussi sah im Wasser, wie er seinen Arm um Lous Schulter legte, sie an sich drückte und sich beinahe die Augen verrenkte, damit er gleichzeitig zugucken konnte, wie er ihr einen fetten Kuss auf die Wange drückte.

***

»Du musst beim Schalten Zwischengas geben, die Gänge gehen schwer rein.«

Der Porsche rollte mit röhrendem Auspuff die Dorfstraße hinunter.

»Was du nicht sagst.« Johann legte den Gang mit drei Fingern ein, um die Leichtigkeit des Vorgangs zu demonstrieren.

Paul sah erstaunt auf. »Du hast das Getriebe auch gemacht?«

»Meinst du, dieses Prachtstück steht in meinem Schuppen, ohne dass ich dran herumschraube?«

»Danke, Johann, ich werde mich revanchieren. Bald ist Frühling, dann kann ich mir mal die undichten Fenster vornehmen.«

»Gütiger Himmel!«, rief Johann. »Alles, nur keine Handwerksarbeiten.«

Als sie am Hirschfänger vorbeikamen, stand Olaf draußen, rauchte und winkte den beiden zu. Johann hielt an und kurbelte die Scheibe herunter. »Moin!«

»Geile Karre, wie kommt man denn an so was? Bestechung im Dienst?« Er beugte sich tief hinunter, um Paul anzugrinsen.

Paul grinste zurück.

»Dann geht's also wieder nach Hamburg?« Olaf stützte sich mit der Hand auf dem Autodach ab. »Selbst fahren geht wohl noch nicht?«

»Leider nein, Gas- und Bremspedal kann ich noch nicht treten.«

In diesem Moment kam Henny aus dem Hirschfänger. Sie nickte den Männern freundlich zu und ging dann weiter, eine grüne Gießkanne in der Hand.

Olaf sah ihr nach. »Geht jeden Tag auf den Friedhof, richtig gespenstisch, nachdem alle wissen, dass Maria ja noch lebt.« Er seufzte. »Aber was soll's. So kann sie weitermachen, irgendwie.« Er sah wieder zu Paul in den Wagen. »Was ist denn jetzt mit Hennys Tochter, ist sie wirklich wieder weg? Ohne Henny zu sehen? Sagt man sich hier.«

»Das stimmt. Adri hat sie begleitet.«

»Na, der hat ja wohl gehörig die Nase voll, was?«, sagte Olaf. »Was ist denn jetzt mit der kleinen Raven?« Er überlegte. »Nee, ist ja gar nicht mehr eine Raven, ist eine – was eigentlich?«

»Eine komplizierte Geschichte«, sagte Paul.

»Und wann sieht man dich noch mal wieder? Ich darf doch endlich Du sagen?«

»Klar«, sagte Paul. »Bald, denke ich. Ich habe doch Verwandtschaft hier draußen. Und dein Bier ist gar nicht mal so schlecht.«

»Na dann, alles Gute!« Olaf klopfte aufs Autodach, trat die Zigarette aus und ging in den Hirschfänger zurück.

Paul lehnte sich entspannt zurück. »Auf nach Hamburg, Papa!«

Johann startete den Wagen. »Du hast gerade ›Papa‹ zu mir gesagt.«

»Hab ich nicht.«

»Hast du doch.«

»Nein, ganz sicher nicht.«

Epilog

Etwas weiter hinter dem Hügelgrab, fernab des Wanderweges und der Steilküste, lag eine kleine Senke im Wald, die immer dann, wenn die dunklen Schatten in der See trieben, von Nebelschleiern verdeckt war. Edgar hatte diese Stelle gekannt, und es gab Tage, da brachte er den Mut auf, dort hinzugehen. Dann konnte er ihnen zuschauen, den Elfen, wie sie gemeinsam mit der Wila tanzten, mit Kleidern fein wie Spinnweben. Einmal, nach ein bisschen zu viel Bier, brachte er den Mut auf, mit ihnen zu tanzen. Er dachte, es sei nur für wenige Minuten gewesen, aber in Wirklichkeit war Edgar drei ganze Tage verschwunden. Niemand im Dorf, auch Edgar nicht, konnte sich das erklären.

Die Wila schenkte ihm ein Blatt von einem Baum, den Edgar nicht kannte. Zumindest stand der Baum nicht in der Gegend von Havgart – Edgar kannte sich in der Natur gut aus. Das Blatt hatte die Form eines Herzens, und seltsamerweise verwelkte es nicht. Er legte es in sein Regal zu den anderen schönen Dingen, die er am Strand gefunden hatte. Das Blatt blieb immer grün und frisch, und Edgar wunderte sich nicht darüber. Er wusste doch, dass es in dem Reich, aus dem die Wila kam, ein bisschen anders zuging als im richtigen Havgart.

Und wozu das den anderen zeigen? Die hielten ihn ja doch nur für bescheuert.